황정견시집주 9

黃庭堅詩集注

Anotations of Hwang Jeong-gyeon's Poems

옮긴이

박종훈 朴鍾勳 Park Chong-hoon
지곡서당(芝谷書堂)에서 한학(漢學)을 연수했으며, 조선대학교 국어국문학부(고전번역전공)에 재직 중이다.

박민정 朴玟貞 Park Min-jung
고려대학교에서 중국고전시 박사학위를, 중국저장대학(浙江大學)에서 대외한어교학 박사학위를 취득했다. 현재 세종사이버대학교 국제학과 교수로 재직 중이다.

이관성 李灌成 Lee Kwan-sung
곡부서당에서 서암 김희진 선생에게 한문을 배웠다. 현재 퇴계학연구원에 재직 중이다.

황정견시집주 9

초판발행 2024년 8월 15일

지은이 황정견
옮긴이 박종훈 · 박민정 · 이관성

펴낸이 박성모
펴낸곳 소명출판
출판등록 제1998-000017호
주소 06641 서울시 서초구 사임당로14길 15 서광빌딩 2층
전화 02-585-7840
팩스 02-585-7848
이메일 somyungbooks@daum.net
홈페이지 www.somyong.co.kr

ISBN 979-11-5905-923-0 94820
979-11-5905-914-8 (전14권)
정가 40,000원

이 저서는 2019년 대한민국 교육부와 한국연구재단의 지원을 받아 수행된 연구임 (NRF-2019S1A5A7069036).
This work was supported by the Ministry of Education of the Republic of Korea and the National Research Foundation of Korea (NRF-2019S1A5A7069036).

한국연구재단
학술명저번역총서

황정견시집주 9

黃庭堅詩集注

Anotations of Hwang Jeong-gyeon's Poems

황정견 저
박종훈 · 박민정 · 이관성 역

일러두기

1. 본 번역은 『黃庭堅詩集注』(전5책)(北京 : 中華書局, 2007)를 저본으로 삼았다.
2. 위 저본에 있는 '교감기'는 해당 구절의 원문에 각주로 붙였고 '**[교감기]**'라고 표시해 두어, 번역자가 붙인 각주와 구별했다.
3. 서명과 작품명이 동시에 나올 때는 '『 』'로 모았고, 작품명만 나올 때는 '「 」'로 처리했다.
4. 번역문과 원문 중에 나오는 소자(小字)는 '【 】'로 표시해 묶어 두었다.
5. 번역문과 원문 중에 나오는 '○'는 저본에 있는 것을 그대로 옮겨온 것으로, 주석 부분에 추가로 주석을 붙인 부분이다.
6. 번역문에는 1차 인용, 2차 인용, 3차 인용까지 된 경우가 있는데, 모두 큰따옴표(" ")로 처리했다.

1. 황정견은 누구인가?

황정견黃庭堅, 1045~1105은 북송北宋의 대표 시인으로, 자는 노직魯直, 호는 산곡山谷 또는 부옹涪翁이며 홍주洪州 분녕分寧, 지금의 장시江西성 슈수이修水 사람이다. 소식蘇軾, 1036~1101의 문하생 중 가장 핵심적인 인물로, 장뢰張耒 · 조보지晁補之 · 진관秦觀 등과 함께 '소문사학사蘇門四學士'로 불린다. 어릴 때부터 총명했던 황정견은 23세에 진사에 급제하여 국사편수관까지 역임했으나 이후 여러 지방관과 유배지를 전전하는 등 벼슬길이 순탄치 않았다. 두보杜甫, 712~770를 존경했고 소식의 시학詩學을 계승했으며, 소식과 함께 소 · 황蘇·黃으로 불린다.

중국시가의 최고 전성기라 할 수 있는 당대唐代를 뒤이어 등장한 북송의 시인들에게는 당시에서 벗어난 송시만의 특징을 만들어 내야 하는 일종의 숙명이 있었다. 이러한 숙명은 북송 초 서곤체에 의해 시도되었으며 북송 중기에 이르러 비로소 송시다운 시가 시대를 풍미하기에 이르렀다. 황정견이 그 중심에 있었으며 그를 중심으로 진사도陳師道 등 25명의 시인이 황정견의 문학을 계승하며 하나의 유파로 활동했다. 이들을 일컬어 '강서시파江西詩派'라 했는데, 이 명칭은 남송 여본중呂本中, 1084~1145의 『강서시사종파도江西詩社宗派圖』에서 비롯되었다. 25인 모두 강서江西 출신은 아니지만, 여본중은 유파의 시조인 황정견이 강서출신이라는 점에서 강서시파로 붙인 것이다. 시파의 성원들은 모두 두보를 배웠기에 송대 방회方回, 1227~1305는 두보와 황정견, 진사도, 진여의陳與義를 강서시파의 일조삼종一朝三宗이라 칭하였다.

여본중이 『강서종파시집江西宗派詩集』 115권을 편찬했으며, 뒤이어 증굉曾紘, 1022~1068이 『강서속종파시江西續宗派詩』 2권을 편찬했다. 송대 시단에 있어서 황정견의 영향력은 남송南宋에까지도 미쳤는데, 우무尤袤, 양만리楊萬里, 범성대范成大, 육유陸游, 소덕조蕭德藻 같은 남송의 대가들도 모두 그 풍조에 영향을 받았다. 황정견강서시파의 시풍詩風은 송대 뿐만 아니라 원대元代 및 조선의 시단에도 적지 않은 영향을 미쳤다.

2. 북송의 시대 배경과 문학풍조

송나라는 개국開國 왕조인 태조부터 인종조仁宗朝를 거치면서 만당晩唐·오대五代의 장기간 혼란했던 국면이 어느 정도 정리되어 나라가 안정되고 백성들의 생활환경 또한 비교적 안정을 찾게 되었다. 전대前代의 가혹했던 정세가 완화됨에 따라 농업이 급속도로 발달하였고 안정된 농업의 경제적 기초 위에서 상공업이 번창하고 번화한 도시가 등장하는 등 사회 전반에 걸쳐 전대에 비해 상당한 풍요를 구가하게 되었다. 이처럼 사회 전체가 안정되고 발전함에 따라 일반 백성들은 점차 단조로운 것보다는 복잡하고 화려한 것을 추구하게 되었다. 시대적·사회적 환경은 곧 문학 출현의 배경이고, 문학은 사회생활이 반영된 예술이라고 할 만큼 불가분의 관계에 있다. 유협劉勰이 "문학의 변천은 사회정황에 따르다文變染乎世情, 興廢繫乎時序"고 한 것처럼, 사회의 각종 요인은 문학적 현상을 결정하기 때문에 이러한 요소의 변화는 필연적으로 문학 풍조의 변혁을 동반한다. 송초 시체詩體의 변천은 이러한 사실을 보여주는 객관적인 증거이다. 특히 송대에는 일찍부터 학문이 중시되었다. 이는 주로 군주들의 독서열과 학문 제창으로 하나의 사회적 풍조로 자리잡게 되어 송대의 중문중학重文重學적 분위기가 마련되었다.

중국 시가의 전성기라 할 수 있는 당대唐代가 마무리되고 뒤이어 등장한 북송 초는 중국시가발전사 측면에서 보면 일종의 '답습의 시기'이면서 '개혁의 시기'였다고 할 수 있다. 이 시기 시단에서는 백체白體, 만당체晚唐體, 서곤체西崑體 등 세 시풍이 크게 유행했다. 이중 개국 초 성세기상盛世氣象 및 시대 분위기와 사람들이 추구하던 심미취향에 매우 적합했던 서곤체가 시간상 가장 늦게, 가장 긴 기간 동안 성행했고 결과적으로 이러한 시대적 문학적 요구는 황정견 시를 통해 꽃을 피우며 북송 시단 및 송대 시단을 대표하게 되었다.

3. 황정견 시의 특징과 시사적 위상

황정견은 시를 지을 때 힘써 시의 표현을 다지고 시법을 엄격히 지켜 한 마디 한 글자도 가벼이 쓰지 않았다. 황정견은 수많은 대가들을 본받으려고 했지만, 그중에서도 두보杜甫를 가장 존중했다. 황정견은 두보 시의 예술적인 성취나 사회시社會詩 같은 내용 측면에서의 계승보다는, 엄정한 시율과 교묘巧妙한 표현 등 시의 형식적 측면을 본받으려 했다. 『창랑시화滄浪詩話』·『시인옥설詩人玉屑』·『허언주시화許彦周詩話』·『후산시화后山詩話』·『왕직방시화王直方詩話』·『초계어은총화苕溪漁隱叢話』 등에 보이는 황정견 시론의 요점을 정리하면 대략 다음과 같다.

첫째, 시의 조구법造句法으로서의 환골법換骨法과 탈태법奪胎法이다. 이에 대해 황정견은 "시의 의미는 무궁한데 사람의 재주는 한계가 있다. 한계가 있는 재주로 무궁한 의미를 좇으려고 하니, 비록 도잠과 두보라고 하더라도 공교롭기 어렵다. 원시의 의미를 바꾸지 않고 그 시어를 짓는 것을 환골법이라고 하고, 원시의 의미를 본떠서 형용하는 것을 탈태법이라고 한다[詩意無窮, 而人才有限. 以有限之才, 追無窮之意, 雖淵明少陵, 不得工也. 不易其意而造其語, 謂之換骨法. 規摹其意而形容之, 謂之奪胎法]"라고 한 바 있다『시인옥설(詩人玉屑)』에 보인다. 이로 보건대, 황정견이 언급한 환골법은 의경을 유사하게 하면서 어휘만 조금 바꾼 것을 일컫고, 탈태법은 의경을 변형하여 사용하는 방법이라고 할 수 있다.

예를 들면, 당대唐代 유우석劉禹錫의 "멀리 동정호의 수면을 바라보니, 흰 은쟁반 속에 하나의 푸른 고동 있는 듯[遙望洞庭湖水面, 白銀盤里一青螺]"를 근거로 황정견이 "아쉬워라, 호수의 수면에 가지 못해, 은빛 물결 속에서 푸른 산을 보지 못한 것[可惜不當湖水面, 銀山堆裏看青山]"이라 읊은 것은 환골법이고 백거이白居易의 "사람의 한평생 밤이 절반이고, 한 해의 봄철은 많지 않다오[百年夜分半, 一歲春無多]"라 한 것을 기반으로 황정견이 "한평생 절반은 밤으로 나눠 흘러가고, 한 해에도 많지 않노니 봄 잠시 오네[百年中去夜分半, 一歲無多春再來]"라고 읊은 것은 탈태법이다. 황정견이 환골법과 탈태법을 활용한 작품에 대해서는 『시인옥설詩人玉屑』에서 언급한 바 있다.

둘째, 요체拗體의 추구이다. 요체란 근체시의 평측平仄 격식을 반드시 엄정하게 따르지는 않은 것을 말한다. 이를테면, 평성이 들어가야 할 자리에 측성을 두거나 측성의 위치에 평성을 두어 율격적 참신성을 획득하는 방식으로 두보와 한유韓愈도 추구했던 것이다. 황정견은 더욱 특이한 표현을 추구하기 위해 시율에 어긋나는 기자奇字를 자주 사용하면서 강서시파 특징 중 하나가 되었다. 이와 관련하여, 송대 위경지魏慶之가 찬술한 『시인옥설詩人玉屑』에 '촉구환운법促句換韻法'과 '환자대구법換字對句法' 등을 소개하면서, "기세를 떨쳐 평범하지 않으려는 의도에서 비롯되었다. 이전에는 이러한 체제로 시를 지은 사람은 없었는데, 오직 황정견이 그것을 바꾸었다[欲其氣挺然不群, 前此未有人作此體 , 獨魯直變之]"라는 평어가 보인다.

셋째, 진부한 표현이나 속된 말을 배척하고 특이한 말과 기이한 표현을 추구했다. 구체적으로는 술어를 중심으로 평이한 글자를 기이하게 단련鍛鍊시켰고 조자助字의 사용에 힘을 특히 기울였으며, 매우 궁벽하고 어려운 글자를 사용했고 기이한 풍격을 형성하기 위해 전대前代 시에서 잘 쓰지 않던 비속非俗한 표현을 시어로 구사하여 참신한 의경을 만들어내곤 했다. 이와 관련해 황정견은 "차라리 음률이 조화롭지 않을지언정 구句를 약하게 만들지 말아야 하며, 차라리 글자 구사가 공교롭지 않을지언정 시어를 속되게 만들어서는 안 된다[寧律不諧, 而不使句弱. 寧用字不工, 不使語俗]"라고 했으며『시인옥설(詩人玉屑)』, 황정견의 시구 중에는 "다른 사람을 따라 계획을 세우는 것은 결국 사람에게 뒤지게 된다[隨人作計終後人]"라는 구절과 "문장에게 가장 피해야 할 것은 다른 사람을 따라 짓는 것이다[文章最忌隨人後]"라는 구절도 있다.

또한 엄우嚴尤는『창랑시화滄浪詩話』에서 "소식과 황정견에 이르러 비로소 자신의 기법에서 나온 것을 시로 여기며, 당대 시인들의 시풍에서 벗어난 것이다. 황정견은 공교로운 말을 쓰는 것이 더욱 심해졌고, 그 후로 시를 짓는 자리에서 황정견의 시풍이 성행했는데 세상에서는 '강서종파'라 불렀다[至東坡山谷始自出己法以爲詩, 唐人之風變矣. 山谷用工尤深刻, 其後法席盛行, 海內稱爲江西宗派]"라고 했다. 송대 허의許顗의『허언주시화許彥周詩話』에 "시를 지을 때 평이하고 비루한 기운을 제거하지 않으면 매우 잘못된 작품이 된다. 객이 묻기를 "어떻게 하면 그런 것을 제거할 수 있습니까" 라 하였다. 이에 내가 "당의 의산 이상은의 시와 본조 황정견의 시를 숙독하여 깊이 생각하면 제거할 수 있다"라고 대답했다作詩淺易鄙陋之氣不除, 大可惡. 客問, 何從去之. 僕曰, 熟讀唐李義山詩與本朝黃魯直詩而深思之, 則去也"라는 구절이 보인다. 이밖에 『후산시화后山詩話』이나 『왕직방시화王直方詩話』 및 『초계어은총화苕溪漁隱叢話』 등에도 황정견이 시어 사용에 있어서의 기이한 측면에 대한 언급이 보인다.

넷째, 전고典故의 정밀한 사용을 추구했다. 이는 황정견 시론의 "한 글자도 유래가 없는 것은 없다[無一字無來處]"와 연관된다. 강서시파는 독서를 중시했는데, 이것은 구법의 차원에서 전대 시의 장점을 수용하기 위한 것이지만, 이는 전고의 교묘巧妙한 활용이라는 결과로 표현되기도 했다. 그러면서 전인의 전고를 그대로 답습하지 않고 자신의 의도에 맞게 변용했다.

이와 같은 황정견의 환골탈태법과 요체와 기이한 표현 및 전고의 활용이라는 창작법에 대해 부정적 평가도 적지 않다. 『예원치원』에서는 "시격이 소식과 황정견으로부터 변했다고 한 논의는 옳다. 황정견의 뜻은 소식이 불만스러워 곧바로 능가하려 했는데도 소식보다 못하다. 어째서인가? 교묘하게 하려고 하면 할수록 졸렬해지고 새롭게 하려고 하면 할수록 진부해지며, 가까워지려고 하면 할수록 멀어지기 때문이다[詩格變自蘇黃, 固也. 黃意不滿蘇, 直欲凌其上, 然故不如蘇也. 何者. 愈巧愈拙, 愈新愈陳, 愈近愈遠]", "노직 황정견은 소승이 되기에는 부족하고 다만 외도일 따름이며, 이미 방생 가운데 빠져 있었다[魯直不足小乘, 直是外道耳, 已墮傍生趣中]", "노직 황정견은 생경生硬한 기법을 구사했는데 어떤 경우는 졸렬하고 어떤 경우는 공교로우니, 두보의 가행체에서 본받았다[魯直用生拗句法, 或拙或巧, 從老杜歌行中來]"라고 평가했다. 이러한 부정적 평가는 황정견 시의 파급력에 대한 반증이기도 하다. 황정견을 중심으로 한 강서시파가 당대當代는 물론 후대 및 조선의 문인들에도 적지 않은 영향을 미쳤다.

한국 한시는 중종中宗 연간에 큰 성과를 이루어 이행李荇, 1478~1534, 박상朴祥, 1474~1530, 신광한申光漢, 1484~1555, 김정金淨, 1486~1521, 정사룡鄭士龍, 1491~1570, 박은朴誾, 1479~1504 등의 시인을 배출했고 선조宣祖 연간에는 이를 이어 노수신盧守愼, 1515~1590, 황정욱黃廷彧, 1532~1607, 최경창崔慶昌, 1539~1583, 백광훈白光勳, 1537~1582, 이달李達, 1539~1612 등 걸출한 시인을 배출했다. 이때 우리 한시의 흐름은 고려 이래 지속되어 온 소식을 위주로 한 송시풍宋詩風의 연장선상에 있다가, 황정견과 진사도를 배우게 되었으며, 다시 변해 당시唐詩를 배우게 되었다. 이에 따라 이 시기 시인은 송시를 모범으로 삼는 부류와 당시를 모범으로 삼는 경우로 대별된다. 또한 송시를 모범으로 삼는 경우도 다시 소식을 배우고자 했던 인물과 황정견이나 진사도를 배우고자 했던 인물로 나눌 수 있다. 그만큼 황정견의 영향력이 컸다는 것을 알 수 있다.

황정견과 진사도를 배웠다고 언급되는 시인으로는 박은, 이행, 박상, 정사룡, 노수신, 황정욱 등을 들 수 있다. 이들은 각기 한 시대를 대표하는 시인으로, 우리 한시사韓詩史에서 심도 있게 다루어지고 있다. 이들 시인을 '해동강서시파海東江西詩派'라고 규정하고 있는데, 그 이유는 황정견과 진사도로 대표되는 '강서시파'의 영향력 아래에서 찾아볼 수 있다.

이인로李仁老, 1152~1220는 『보한집補閑集』에서 "소식과 황정견의 문집을 읽는 것이 좋은 시를 짓는 방법이다"라고 했으니, 고려 중기에 황정견의 문집이 유통되고 있었음을 확인할 수 있다. 이후 공민왕恭愍王 때에는 『산곡시집주山谷詩集註』가 간행되었고 조선조에는 황정견을 중심으로 한 강서시파 시인의 작품을 뽑은 시선집이나 문집이 여러 차례 간행되었다. 안평대군安平大君도 황정견 등을 포함한 『팔가시선八家詩選』을 엮었고 황정견 시를 가려 뽑아 『산곡정수山谷精粹』를 엮은 바 있다. 성종成宗 때에도 한 차례 황정견 시집을 간행했고 성종의 명으로 언해諺解를 시도했지만 실행되지는 못했다. 이후 유호인兪好仁, 1445~1494이 『황산곡집黃山谷集』을 발간하였고 중종에서 명종 연간에 황정견의 문집이 인간印刊되었다. 황정견 시문집에 대한 잇닿은 간행은 고려와 조선의 시인들이 지속적으로 강서시파를 배우고자 했다는 당대當代 시단의 흐름을 반영한 것이다.

고려시대부터 조선 초기까지 강서시파의 영향을 확인할 수 있는 시인으로 이인로李仁老, 임춘林椿, ?~?, 이담李湛, ?~?, 이색李穡, 1328~1396, 신숙주申叔舟, 1417~1475, 성삼문成三問, 1418~1456, 조수趙須, ?~?, 김종직金宗直,

1431~1492, 홍귀달洪貴達, 1438~1504, 권오복權五福, 1467~1498, 김극성金克成, 1474~1540, 조신曺伸, 1454~1529 등 셀 수 없을 정도이다. 이러한 흐름은 두보의 시를 배우고자 한 것으로 파악되는데, 앞서 보았듯이 황정견이 두시杜詩를 가장 잘 배웠다고 칭송되고 있었기에, 황정견을 통해 두보의 시에 접근해 보려는 노력도 깔려있었다고 할 수 있다. 정사룡도 이달에게 두시를 가르쳤고 노수신은 그의 시가 두시의 법도를 얻은 것으로 평가되고 있으며, 황정욱도 두보의 시를 엿보고 있다는 지적을 받고 있다. 그 밖에 박은, 이행, 박상의 시가 두시의 숙독에서 나온 것을 작품의 도처에서 확인할 수 있다. 이러한 경향으로 볼 때, 두보의 시를 배우는 한 일환으로 강서시파의 핵심인 황정견에 관심을 기울인 것으로 보인다. 이 밖에도 조선 초 화려한 대각臺閣의 시풍에 대한 반발도 강서시파의 작품을 배우고자 하는 한 배경으로 작용했다.

지속적인 강서시파 관련 서적의 수입과 인간印刊을 바탕으로 강서시파에 대한 학습이 고려에서부터 조선 초까지 지속되었고 이를 배경으로 강서시파를 배우고자하는 움직임이 성종 연간에 집중적으로 나타났으며, 한시사에게 거론되는 주요 시인들이 등장하게 되었다. 이러한 연장선상에서 소위 '해동강서시파'가 출현하게 된다.

해동강서시파는 강서시파의 영향을 받고 이에 따라 유사한 시풍을 견지했던 일군의 시인을 지칭하는 개념이다. 이 점에서 해동강서시파는 강서시파의 시풍이나 창작방법론을 대거 수용하고 이에서 한 걸음 더 나아가 자신만의 변용을 꾀한 시인들이라 평가할 수 있다. 황정견을 위주로 한 강서시파를 배웠다고 언급되는 해동강서시파의 시인으로는 박은, 이행, 박상, 정사룡, 노수신, 황정욱 등을 들 수 있다. 이들 시인들이 강서시파의 배웠다는 구체적인 기록도 남아 있다.

해동강서시파의 시가 중국 강서시파의 작법을 수용했다는 것은 단순히 자구를 모방하는 차원의 것이 아니라, 시를 쓰는 법을 배워 우리의 정서와 실정에 맞는 시를 쓰기 위해 노력한 것이다. 결국 해동강서시파의 작품에 대한 올바른 접근은 강서시파에 대한 접근에서부터 비롯되어야 한다. 시작법을 어떻게 수용하고 있는지, 또 어떠한 변용이 이루어진 것인지에 대한 입체적인 접근이 있어야만 해동강서시파에 대한 올바른 평가를 내릴 수 있다. 그 출발점이 바로 해동강서시파에 지대한 영향을 미쳤던 황정견 문집에 대한 완역이다.

4. 『황정견시집주黃庭堅詩集注』는?

『황정견시집주』는 북경北京 중화서국中華書局에서 2007년에 출간한 책이다. 전5책으로 『산곡시집주山谷詩集注』 권1~20, 『산곡외집시주山谷外集詩注』 권1~17, 『산곡별집시주山谷別集詩注』 상 · 하, 『산곡시외집보山谷詩外集補』 권1~4, 『산곡시별집보山谷集別集補』 권1로 구성되어 있다.

『산곡시집주』 권1~20은 송宋 임연任淵이, 『산곡외집시주』 권1~17

은 송宋 사용史容이, 『산곡별집시주』 상·하는 송宋 사계온史季溫이 각각 주석을 붙여놓은 것이다. 『산곡시외집보』 권1~4와 『산곡시별집보』 권1은 청淸 사계곤謝啓崑이 엮은 것이다.

『황정견시집주』의 체계와 구성을 정리하면 다음 표와 같다.

책	권	비고
제1책	집주(集注) 권1~9	임연(任淵) 주(注)
제2책	집주(集注) 권10~20	
제3책	외집시주(外集詩注) 권1~8	사용(史容) 주(注)
제4책	외집시주(外集詩注) 권9~17	사용(史容) 주(注)
제5책	별집시주(別集詩注) 上·下	사계온(史季溫) 주(注)
	외보유(外補遺) 권1~4	사계곤(謝啓崑) 주(注)
	별집보(別集補)	

각 권에 수록된 시작품 수를 일람하면 다음 표와 같다.

권수	수록 작품 수	권수	수록 작품 수
山谷詩集注卷第一	22제(題) 30수(首)	山谷外集詩注卷第三	23제(題) 61수(首)
山谷詩集注卷第二	14제(題) 18수(首)	山谷外集詩注卷第四	18제(題) 31수(首)
山谷詩集注卷第三	19제(題) 30수(首)	山谷外集詩注卷第五	13제(題) 43수(首)
山谷詩集注卷第四	8제(題) 30수(首)	山谷外集詩注卷第六	20제(題) 25수(首)
山谷詩集注卷第五	9제(題) 29수(首)	山谷外集詩注卷第七	27제(題) 31수(首)
山谷詩集注卷第六	28제(題) 29수(首)	山谷外集詩注卷第八	27제(題) 40수(首)
山谷詩集注卷第七	25제(題) 40수(首)	山谷外集詩注卷第九	35제(題) 39수(首)
山谷詩集注卷第八	21제(題) 28수(首)	山谷外集詩注卷第十	30제(題) 33수(首)
山谷詩集注卷第九	28제(題) 44수(首)	山谷外集詩注卷第十一	29제(題) 45수(首)
山谷詩集注卷第十	17제(題) 23수(首)	山谷外集詩注卷第十二	28제(題) 50수(首)
山谷詩集注卷第十一	23제(題) 47수(首)	山谷外集詩注卷第十三	34제(題) 48수(首)
山谷詩集注卷第十二	28제(題) 50수(首)	山谷外集詩注卷第十四	23제(題) 46수(首)
山谷詩集注卷第十三	27제(題) 41수(首)	山谷外集詩注卷第十五	34제(題) 40수(首)

권수	수록 작품 수	권수	수록 작품 수
山谷詩集注卷第十四	14제(題) 43수(首)	山谷外集詩注卷第十六	35제(題) 47수(首)
山谷詩集注卷第十五	29제(題) 54수(首)	山谷外集詩注卷第十七	27제(題) 44수(首)
山谷詩集注卷第十六	18제(題) 42수(首)	山谷別集詩注卷上	36제(題) 37수(首)
山谷詩集注卷第十七	25제(題) 29수(首)	山谷別集詩注卷下	25제(題) 46수(首)
山谷詩集注卷第十八	17제(題) 27수(首)	山谷詩外集補卷第一	50제(題) 58수(首)
山谷詩集注卷第十九	28제(題) 45수(首)	山谷詩外集補卷第二	70제(題) 93수(首)
山谷詩集注卷第二十	19제(題) 27수(首)	山谷詩外集補卷第三	91제(題) 138수(首)
山谷外集詩注卷第一	24제(題) 29수(首)	山谷詩外集補卷第四	95제(題) 128수(首)
山谷外集詩注卷第二	22제(題) 30수(首)	山谷詩別集補	25제(題) 28수(首)
총 1,260제(題) 1,916수(首)			

『황정견시집주』에는 총 1,260제題 1,916수首의 시작품이 수록되어 있다. 이 거질의 서적에 임연任淵·사용史容·사계온史季溫·사계곤謝啓崑이 주석을 부기했는데, 이를 통해서도 황정견의 박학다식함을 재삼 확인할 수도 있다.

임연·사용·사계온·사계곤은 주석에서 시구의 전체적인 표현이나 단어 및 고사와 관련해 『시경』·『논어』·『장자』·『초사』·『문선』·『한서』·『사기』·『이아』·『좌전』·『세설신어』·『본초강목』·『회남자』·『포박자』·『국어』·『서경잡기』·『전국책』·『법언』·『옥대신영』·『풍토기』·『초학기』·『한시외전』·『모시정의』·『원각경』·『노자』·『명황잡록』·『이원』·『진서』·『제민요술』·『오초춘추』·『신서』·『이문집』·『촉지』·『통전』·『남사』·『전등록』·『초목소』·『당본초』·『왕자년습유기』·『도경본초』·『유마경』·『춘추고이우』·『초일경』·『전심법요』·『여씨춘추』·『부자』·『수훤록』·『박물지』·『당서』·『신어』·『적곡자』·『순자』·『삼보결록』·『담원』·『한서음의』·『공자가어』·『당척언』·『극담록』·『유양잡조』·『운서』·『묘법연화경』·『지도론』·『육도삼략』·『금강경』·『양양기』·『관자』·『보적경』 등의 용례를 들어 자세하게 구절의 의미를 부연 설명했다. 또한 두보를 필두로 ·도잠·소식·한유·백거이·유종원·이백·유몽득·소무·이하·좌사·안연년·송옥·장적·맹교·유신·왕안석·구양수·반악·전기·하손·송기·범중엄·혜강·예형·왕직방·사령운·권덕여·사마상여·매요신·유우석·노동·구준·조하·강엄·장졸 등의 작품에 보이는 구절을 주석으로 부연하여 작품의 전례前例와 전체적인 의미를 상세하게 서술했다. 이밖에도 여타의 시화집에 보이는 황정견의 작품과 관련된 시화를 주석으로 부기하여, 작품의 창작배경이나 자신의 상황 및 의미를 자세하게 설명한 있다.

이처럼 『황정견시집주』 전5책은 황정견 작품의 구절 및 시어詩語 하나하나가 갖는 전례와 창작배경 그리고 구절의 의미 및 전체적인 의미를 상세하게 주석을 통해 소개해 주어, 황정견 작품의 세밀한 이해를 돕고 있다.

5. 향후 연구 전망

황정견과 강서시파에 대한 연구는 지금까지 꾸준히 진행되어 왔다. 그러나 아직까지 황정견 시작품에 대한 전체적인 번역이 이루어지지 않았기에, 구체적인 실상의 일면만을 위주로 하거나 혹은 피상적으로 연구가 진행되었다는 점에서 아쉬움이 남는다. 이에 상세한 주석을 통해 작품에 대한 이해를 돕는『황정견시집주』에 대한 완역은, 부족하나마 후학들에게 실질적으로 황정견 시를 이해하기 위한 토대 내지는 발판의 역할 정도는 할 수 있을 것으로 판단되며, 이를 계기로 유관 연구가 활발하게 진행되기를 기대하는 바이다.

첫째, 중국 문학 연구의 측면에서도 황정견을 중심으로 한 강서시파에 대한 연구가 활발하게 진행 될 것으로 기대한다. 강서시파 시론의 핵심이라고 할 수 있는 시의 조구법造句法으로서의 환골법換骨法과 탈태법奪胎法, 요체拗體의 추구, 진부한 표현이나 속된 말을 배척하고 특이한 말과 기이한 표현을 추구, 전고의 정밀한 사용 등에 대한 실제적인 접근이 이루어질 수 있는 계기가 될 것이며, 이로 인해 황정견뿐만 아니라 강서시파, 그리고 강서시파의 영향을 받았던 원대 시인에 대한 연구가 활발하게 진행 될 것이다.

둘째, 조선 문단에 대한 연구도 활발해질 것으로 기대한다. 고려 이후 지속적인 강서시파 관련 서적의 수입과 인간印刊을 바탕으로 강서시파에 대한 학습이 고려에서부터 조선 초까지 지속되었고 이를 배경으로 강서시파를 배우고자하는 움직임이 성종 연간에 집중적으로 나타났으며, 한시사에게 거론되는 주요 시인들이 등장하게 되었다. 이러한 연장선상에서 소위 '해동강서시파'가 출현했다.

해동강서시파로 지목된 박은朴誾, 이행李荇, 박상朴祥, 정사룡鄭士龍, 노수신盧守愼, 황정욱黃廷彧 등 이외에도 이인로李仁老, 임춘林椿, 이담李湛, 이색李穡, 신숙주申叔舟, 성삼문成三問, 조수趙須, 김종직金宗直, 홍귀달洪貴達, 권오복權五福, 김극성金克成, 조신曺伸 등도 모두 황정견이 주축이 된 강서시파의 영향 하에 있다는 연구 성과도 보고된 바 있다.

이로 보건대, 『황정견시집주』 전5권의 완역은 강서시파의 영향을 받았던, 소위 해동강서시파의 실체를 밝히는데 적지 않은 도움이 될 것으로 보인다. 또한 어떠한 부분에서 적극적으로 수용하려고 했는지, 그 목적이 무엇이었는지에 대한 연구의 초석이 될 것이다. 더불어, 강서시파의 영향 하에서 해동강서시파는 어떠한 변용을 통해, 각 개인의 특장을 살려 나갔는지에 대한 연구도 활발하게 진행될 것이다. 시인 개개인에 대한 접근을 통해, 해동강서시파의 특장을 밝히는데 있어 출발점이 될 것으로 기대한다.

황정견시집의 완역은 황정견 시작품과 중국 강서시파의 실체를 밝힐 수 있는 계기가 될 것이며, 동시에 지속적인 관심을 쏟았던 조선의 해동강서시파의 영향 관계 및 변용에 대한 연구가 본격적으로 진행될 수 있는 초석이 되리라 기대한다.

대저 시로써 세상에 이름을 날린 자는 한 글자 한 구절을 반드시 달로 분기로 단련하여 일찍이 함부로 드러내지 않고서 반드시 심사숙고한 바가 있다. 옛날 중산中山 의 유우석劉禹錫이 일찍이 말하기를 '시에 벽자僻字를 사용할 때는 반드시 근거한 바가 있어야 한다'라고 했다. 공考功 송지문宋之問의 「도중한식塗中寒食」에서 "말 위에서 한식을 맞으니, 봄이 와도 당락을 보지 못하네[馬上逢寒食, 春來不見餳]"라고 하였다. 일찍이 '당餳'이란 글자가 벽자임을 의아하게 생각하였는데, 이윽고 『모시毛詩』의 고주詁注를 읽고 나서 이에 육경 가운데 오직 이 주에서 이 '당餳'자에 대한 설명이 있는 것을 알게 되었다. 경문공景文公 송기宋祁 또한 이르기를 "몽득夢得 유우석이 일찍이 「구일九日」이란 시를 지으면서 '고餻'자를 쓰려고 하였는데 생각해보니 육경에 이 글자가 없어서 결국 쓰지 못하였다"라고 했다. 그러므로 경문공 송기의 「구일식고九日食餻」에서 "유랑은 기꺼이 '고餻'자를 쓰지 않았으니, 세상 당대의 호걸을 헛되이 저버렸어라[劉郎不肯題餻字, 虛負人間一世豪]"라고 했다. 이처럼 전배들의 글자 사용은 엄밀하였으니 이 시주詩注를 짓게 된 까닭이다.

본조 산곡山谷 노인의 시는 『이소離騷』와 『시경·아雅』의 변체變體를 다하였으며 후산後山 진사도陳師道가 그 뒤를 이어 더욱 그 결정을 맺었다. 그러므로 두 사람의 시는 한 구절 한 글자가 고인古人 예닐곱 명을 합쳐 놓은 것과 같다. 대개 그 학문은 유儒, 불佛, 노老, 장莊의 깊은 이치를 통달하였으며, 아래로 의서醫術, 복서卜筮, 백가百家의 학설에 이르기까지 그 정수를 모두 캐어내어 시로 발하지 않음이 없다.

처음 산곡이 우리 고을에 와서 암곡 사이를 소요할 때 나는 경전經典을 배웠다. 한가한 날에는 인하여 두 사람의 시를 가지고 조금씩 주를 달았는데, 과문하여 그 깊은 의미를 자세히 파악하기 어려운 것이 한스러웠다. 일단 집에 보관하고서 훗날 나와 기호가 같은 군자를 기다려 서로 그 의미를 넓혀 나갔으면 한다.

정화政和 신묘년辛卯年, 1111 중양절重陽節에 쓰다.

大凡以詩名世者, 一字一句, 必月鍛季鍊, 未嘗輕發, 必有所考. 昔中山劉禹錫嘗云, 詩用僻字, 須要有來去處. 宋考功詩云, 馬上逢寒食, 春來不見餳. 嘗疑此字僻, 因讀毛詩有瞽注, 乃知六經中唯此注有此餳字, 而宋景文公亦云, 夢得嘗作九日詩, 欲用餻字. 思六經中無此字, 不復爲. 故景文九日食餻詩云, 劉郎不肯題餻字, 虛負人間一世豪. 前輩用字嚴密如此, 此詩注之所以作也. 本朝山谷老人之詩, 盡極騷雅之變, 後山從其游, 將寒冰焉. 故二家之詩, 一句一字有歷古人六七作者. 蓋其學該通乎儒釋老莊之奧, 下至於醫卜百家之說, 莫不盡摘其英華, 以發之於詩. 始山谷來吾鄕, 徜徉於巖谷之間, 余得以執經焉. 暇日因取二家之詩, 略注其一二. 第恨寡陋, 弗詳其祕. 姑藏於家, 以待後之君子有同好者, 相與廣之. 政和辛卯重陽日書.[1]

---

1 [교감기] 근래 사람 모회신(冒懷辛)이 상단의 문자를 고정(考訂)하면서 "이 편의 서문은 광서(光緖) 26년(1900)에 의녕(義寧) 진씨(陳氏)가 복각(復刻)한 『산곡시집주(山谷詩集注)』의 권 머리에 실려 있다. 원문(原文)과 파양(鄱陽) 허윤(許尹)의 서문은 함께 이어져 허윤 서문의 제1단락이 되어버렸다. 현재는 내용에

육경六經은 도道를 실어서 후세에 전해주는 것인데, 『시경』은 예의禮義에 멈추니 도가 존재하는 바이다. 『주시周詩』 305편 가운데 그 뜻은 남아 있지만 그 가사가 없어진 것은 6편이다. 크게는 천지와 해와 별의 변화에서부터 작게는 충조초목蟲鳥草木의 변화까지, 엄한 군신과 부자, 분별이 있는 부부와 남녀, 온순한 형제, 무리의 붕우, 기뻐도 더러움에 이르지 않고 원망하여도 어지러움에 이르지 않으며 간하여도 고자질에 이르지 않고 화를 내어도 사람을 끊지 않으니, 이것이 『시경』의 대략이다. 옛날 청묘淸廟에 올라 노래하며 제후들과 회맹할 때, 계자季子가 본 것과 정인鄭人이 노래한 것, 사대부들이 서로 상대할 때 이것을 제쳐두고 서로 마음을 통할 것이 없다. 공자孔子가 "이 시를 지은 자는 그 도를 아는구나"라고 했으며, 또한 "시를 배우지 말았으면 말을 할 수 없다"라고 했으니, 대개 세상에서 시를 사용하는 것이 이와 같다. 周나라가 쇠하여 관원이 제 임무를 못하고 학교가 폐하여 대아大雅가 지어지지 못한 지 오래되었다. 한나라 이후로 시도詩道가 침체되고 무너져서 진晉, 송宋, 제齊, 양에 이르러서는 음란한 소리가 극심해졌다. 조식, 유정劉楨, 심전기沈佺期, 사령운謝靈運의 시는 공교롭지 않은 것은 아니지만 화려한 비단에 아름답게 장식한 것 같아 귀공자에게 베풀 수는 있지만 백성들에게 쓸 수는 없다. 연명淵明 도잠陶潛과 소주蘇州 위응

근거하여 이것이 임연(任淵)이 손수 쓴 서문임을 확정하고서 인하여 허윤의 서문에서 뽑아내어 기록한다"라고 하였으니 이 말을 『후산시주보전(後山詩注補箋)·부록(附錄)』과 참고하여 볼 것이다.

물韋應物의 시는 적막하고 고고枯槁하여 마치 깊은 계수나무 아래 난초 떨기 같아 산림에는 어울리지만 조정에 놓을 수는 없다. 태백太白 이백李白과 마힐摩詰 왕유王維의 시는 어지러운 구름이 허공에 펼쳐지고 차가운 달이 물에 비친 것 같아 비록 천만으로 변화하지만 사물에 미치는 곳은 또한 적었다. 맹교孟郊와 가도賈島의 시는 산한酸寒하고 험루儉陋하여 새우와 조개를 한 번 먹으면 곧 마치니 비록 하루 종일 씹어도 배가 부르지 않는 것과 같다. 다만 두보杜甫의 시는 고금을 드나들어 천하에 두루 퍼져 충의忠義의 기氣가 성대하니 이를 능가하는 후대의 작자는 없다.

송宋나라가 일어나고 이백 년이 흘러 문장의 성대함은 삼대三代를 뒤좇을만한데, 시로 세상에 이름을 날린 자로 예장豫章의 노직魯直 황정견黃庭堅이 있으며 그 후로는 황정견을 배웠으나 그에 약간 미치지 못한 자로 후산後山 무기無己 진사도陳師道가 있다. 두 공의 시는 모두 노두老杜에서 근본 하였으나 그를 직접적으로 따라 하진 않았다. 용사用事는 대단히 치밀한데다 유가와 불가를 두루 섭렵하였으며, 우초虞初의 패관소설稗官小說과 『준영雋永』·『홍보鴻寶』 등의 책에다가 일상생활의 수렵까지 모두 망라하였다. 후대의 학자들이 이 시의 비밀을 보지 못하여 이따금 알기 어려움에 어려움을 느낀다. 삼강三江의 군자 임연任淵은 군서群書에 박학하고 옛사람을 거슬러 올라가 벗하였는데, 한가한 날에 드디어 두 사람의 시에 주해를 내었으며 또한 시를 지은 본의의 시말에 대해 깊이 따져 학자들에게 알려주었다. 그러나 세상의 전주箋注와 같지 않고 다만 출처만을 드러내었을 뿐이다. 이윽고 완성되자 나에게 주면서 그 서문을 지어달라고 하였다.

내가 일찍이 두 시인의 시흥詩興이 고원高遠함에 의탁하여 읽어도 무슨 의미인지 알 수 없는 것을 걱정하였다. 임연 군의 풀이를 얻고서 여러 날에 걸쳐 음미해 보니 마치 꿈에서 깬 것 같고 술에 취했다가 깬 것 같으며, 앉은뱅이가 일어서게 된 것과 같으니 어찌 통쾌하지 않으랴. 비록 그러나 그림을 논하는 자는 형체는 비슷하게 할 수는 있지만 그림을 그려낸 심정을 포착하여 말로 표현하기 어렵고, 거문고 소리를 들은 자는 몇 번째 줄인 줄은 알지만 그 음은 설명하기 어렵다. 천하의 이치 가운데 형명도수形名度數에 관련된 것은 전할 수 있지만, 형명도수를 넘어서는 것은 전할 수 없다. 옛날 후산 진사도가 소장少章 진구秦覯에게 답하기를 "나의 시는 예장豫章의 시이다. 그러나 내가 예장에게 들은 것은 그 자상한 것을 말하고 싶지만, 예장이 나에게 말해주지 않았고 나 또한 그대를 위해 말하고 싶어도 못한다"라고 했다. 오호라, 후산의 말은 아마도 이를 가리킬 것이다. 지금 자연子淵 임연이 이미 두 공에게서 얻은 것을 글로 드러내었다. 정미하여 오묘한 이치는 옛말에 이른바 '맛 너머의 맛'이란 것에 해당한다. 비록 황정견과 진사도가 다시 태어난다 해도 서로 전할 수 없으니, 자연이 어찌 말해줄 수 있으랴. 학자들은 마땅히 스스로 얻는 것이 옳을 것이다.

자연子淵의 이름은 연淵으로 일찍이 문예류시유사文藝類試有司로써 사천四川의 제일이 되었다. 대개 금일의 국중의 선비이며 천하의 선비이다.

소흥紹興 을해년乙亥年, 1155 12월 파양鄱陽 허윤許尹은 삼가 서문을 쓰다.

六經所以載道而之後世,[2] 而詩者, 止乎禮義, 道之所存也. 周詩三百五篇, 有其義而亡其辭者, 六篇而已. 大而天地日星之變, 小而蟲鳥草木之化, 嚴而君臣父子, 別而夫婦男女, 順而兄弟, 羣而朋友, 喜不至瀆, 怨不至亂, 諫不至訐, 怒不至絶, 此詩之大略也. 古者登歌淸廟, 會盟諸侯, 季子之所觀, 鄭人之所賦, 與夫士大夫交接之際, 未有舍此而能達者. 孔子曰, 爲此詩者, 其知道乎! 又曰, 不學詩, 無以言. 蓋詩之用於世如此.

周衰, 官失學廢, 大雅不作久矣. 由漢以來, 詩道浸微陵夷, 至於晉宋齊梁之間, 哇淫甚矣. 曹劉沈謝之詩, 非不工也, 如刻繒染縠, 可施之貴介公子, 而不可用之黎庶. 陶淵明韋蘇州之詩, 寂寞枯槁, 如叢蘭幽桂, 可宜於山林, 而不可置於朝廷之上. 李太白王摩詰之詩, 如亂雲敷空, 寒月照水, 雖千變萬化, 而及物之功亦少. 孟郊賈島之詩, 酸寒儉陋, 如蝦蠏蜆蛤, 一啖便了, 雖咀嚼終日, 而不能飽人. 唯杜少陵之詩, 出入今古, 衣被天下, 藹然有忠義之氣, 後之作者, 未有加焉.

宋興二百年, 文章之盛, 追還三代. 而以詩名世者, 豫章黃庭堅魯直, 其後學黃而不至者, 後山陳師道無已. 二公之詩皆本於老杜而不爲者也. 其用事深密, 雜以儒佛. 虞初稗官之說, 雋永鴻寶之書, 牢籠漁獵, 取諸左右. 後生晩學, 此祕未覩者, 往往苦其難知. 三江任君子淵, 博極羣書, 尙友古人. 暇日遂以二家詩爲之注解, 且爲原本立意始末, 以曉學者. 非若世之箋訓, 但能標題出處而已也. 旣成, 以授僕, 欲以言冠其首.

予嘗患二家詩興寄高遠, 讀之有不可曉者. 得君之解, 玩味累日, 如夢而寤,

---

2 [교감기] '而'는 전본에는 '傳'으로 되어 있는데, 의미가 더 분명하다.

如醉而醒，如痿人之獲起也，豈不快哉. 雖然論畫者可以形似，而捧心者難言，聞絃者可以數知，而至音者難說. 天下之理涉於形名度數者可傳也，其出於刑名度數之表者，不可得而傳也. 昔後山答秦少章云，僕之詩，豫章之詩也. 然僕所聞於豫章，願言其詳，豫章不以語僕，僕亦不能爲足下道也. 嗚乎，後山之言，殆謂是耶，今子淵既以所得於二公者筆之乎. 若乃精微要妙，如古所謂味外味者，雖使黃陳復生，不能以相授，子淵相得而言乎. 學者宜自得之可也.

子淵名淵，嘗以文藝類試有司，爲四川第一，蓋今日之國士天下士也.

紹興乙亥冬十二月，鄱陽許尹謹敘.

산곡외집시주권제십일山谷外集詩注卷第十一

산곡외집시주권제십이山谷外集詩注卷第十二

황정견시집주 전체 차례

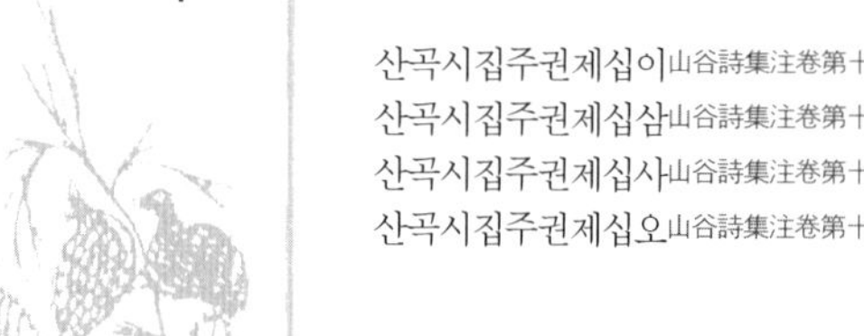

산곡외집시주권제십山谷外集詩注卷第十

1. 나가서 사신을 맞이하였는데, 사신이 새벽에 배를 띄워 떠나자 와요에서 돌아오다

出迎使客質明放船自瓦窰歸

鼓吹喧江雨不開	북을 치듯 시끄러운 강에 비는 그치지 않아
丹楓落葉放船回	단풍잎 지는데 배를 띄워 돌아가네.
風行水上如雲過	바람이 물 위로 불어와 마치 구름이 지나가듯
地近嶺南無鴈來	이곳 영남에 가까워 오는 기러기 없네.
樓閣人家捲簾幕	누각과 민가는 주렴을 거두었고
菰蒲鷗鳥樂灣洄	부들과 갈매기를 물굽이에서 즐겁게 바라보네.
惜無陶謝揮斤手	애석하게도 도연명, 사령운의 뛰어난 솜씨 없지만
詩句縱橫付酒杯	시구 지어 종횡으로 읊으며 술잔을 드네.

【주석】

鼓吹喧江雨不開 丹楓落葉放船回 : 사령운의 「만출서사당晩出西射堂」에서 "새벽 서리에 단풍잎은 붉게 물들고"라고 했다. 두보의 「방선放船」에서 "손님을 창계현까지 전송하노니, 차가운 산에 비도 그치지 않네. 말이

미끄러울까 근심하여, 짐짓 배를 타고 돌아오네"라고 했다.

謝靈運詩, 曉霜楓葉丹. 杜詩, 送客蒼溪縣, 山寒雨不開. 直愁騎馬滑, 故作汎舟回.

風行水上如雲過 : 『주역 · 환괘』에서 "바람이 물 위에서 부는 것이 환이니"라고 했다.

易渙卦, 風行水上, 渙.

地近嶺南無鴈來 : 형양에 회안봉이 있다. 고시古詩에서 "기러기는 가을빛 끌어와 형양으로 들어오네"라고 했다.

衡陽有回鴈峯, 詳見上注.

樓閣人家捲簾幕 : 두목의 「제선주개원사題宣州開元寺」에서 "늦가을 비에 집집마다 발을 내리고, 해 저무는 누대에 피리 소리 바람에 실려 오네"라고 했다.

杜牧之詩, 深秋簾幕千家雨, 落日樓臺一笛風.

菰蒲鷗鳥樂灣洄 惜無陶謝揮斤手 : 두보의 「강상치수江上値水」에서 "어찌하면 도연명 사령운 같은 사람 얻어, 그들로 하여금 시를 지으며 함께 노닐까"라고 했다. 장인의 솜씨가 비록 공교롭더라도 반드시 그것을 받아줄 만한 상대가 있어야 함을 말한다. 『장자』에서 "장자가 혜자

의 묘 옆을 지나게 되었는데, 따르는 종자를 돌아보면서 말했다. "초나라 수도인 영 땅에 사는 사람이 코끝에 흰 흙을 마치 파리 날개만큼 얇게 발랐다. 그리고 장석에게 그것을 깎아내게 하자, 장석이 도끼를 휘두르는데 휙휙 바람이 일었지만, 태연히 그 소리를 들으며 다 깎아내게 하였다. 흰 흙을 다 떼어 냈지만 코는 조금도 상하지 않았고, 영 땅의 사람은 선 채로 얼굴빛 하나 변하지 않았다. 송나라 원군이 이 말을 듣고 장석을 불러서 말하기를, "어디 한 번 과인에게도 그것을 해보아라"라고 하자, 장석이 대답하였다. "제가 전에는 그것을 깎아낼 수 있었습니다. 비록 그러했으나 이제 저의 상대는 죽은 지 오래되었습니다"라고 했다. 이제 나의 벗 혜자가 죽었으니, 나도 바탕을 삼을 이가 없어졌으며 함께 얘기할 사람이 없게 되었구나""라고 했다.

杜詩, 焉得思如陶謝手, 令渠述作與同遊. 揮斤, 見上.

2. 공의보의 시에 차운하여 화답하다

【의보는 일찍이 길주의 수령을 지냈다】

次韻和答孔毅甫【毅甫嘗爲吉倅】

鵬飛鯤化未卽逍遙游[1]	곤어가 변해 붕새로 날아도 곧 「소요유」는 아니며
龍章鳳姿終作廣陵散	용 무늬 봉황 자태로 끝내 「광릉산」을 지었네.
湓浦鑪邊督數錢	분포의 풀무 옆에서 돈 세는 것 감독하더니
故人陸沉心可見	세상에 잠긴 벗은 마음을 알 수 있네.
氣與神兵上斗牛	기운은 신이한 검과 더불어 두우 사이를 비추며
詩如晴雪濯江漢	시는 맑은 눈과 같아 강한에서 씻은 듯하네.
把詠公詩闔且開	공의 시를 잡고 읊조리며 펼쳤다 닫았다 하는데
旁無知音面牆歎	곁에 지음이 없어 담을 마주하듯 탄식하네.
我今廢書迷簿領	나는 지금 책을 덮고 장부에 어지러우니
魚蠹筆鋒蛛網硯	붓은 좀 먹고 벼루에는 거미가 줄을 쳤네.
六年國子無寸功	육 년 동안 국자감에 있으며 조금의 공훈도 없는데
猶得江南萬家縣	오히려 강남 만가의 고을을 얻었네.

1 [교감기] '鯤'은 원래 '鶤'으로 되어 있었는데, 영원본과 고본에 의거하여 고쳤다.

客來欲語誰與同　　객이 오면 이야기 나누고파도
누가 그대와 같을까
令人熟寐觸屛風　　사람으로 하여금 잠에 빠져
병풍에 머리를 대게 하네.
竊食仰愧冥冥鴻　　무위도식하니 높은 하늘 나는
기러기 부끄러운데
少年所期如夢中　　젊었을 때 기약한 것은 꿈처럼 아득하네.
江頭酒賤樽屢空　　강가의 술은 값이 싸니 술동이 자주 비고
南山有田歲不逢　　남산에 있는 밭은 풍년이 되지 못하네.
相思夜半涕無從　　그리움에 한밤중에 까닭 없이 눈물 흐르는데
千金公亦費屠龍　　공 또한 용 잡는데 천금을 썼구나.

【주석】

鵬飛鶤化未卽逍遙游 : 『장자 · 소요유』에 붕새와 곤어에 대한 이야기가 나온다.

見莊子第一篇.

龍章鳳姿終作廣陵散 : 『진서 · 혜강전』에서 "사람들은 혜강을 용의 무늬에 봉황의 자태를 지녔다고 했다. 혜강이 동시에서 처형될 때 해 그림자를 돌아보고서 거문고를 요구하여 연주하면서 "옛날 원효니가 나에게 광릉산을 배우려고 하였는데, 나는 매번 거절하였었다. 이제 내

가 죽게 되니 광릉산은 끊어지게 되었구나""라고 했다. 처음에 혜강이 낙서에서 노닐 때 화양정에서 유숙하면서 거문고를 당겨 연주하였다. 밤이 깊어지자 문득 어떤 길손이 이르러 혜강과 음률에 대해 이야기를 나누었다. 그리고서 거문고를 당겨 연주하니 바로 「광릉산」으로 음조가 대단히 뛰어났다. 마침내 혜강에게 그 곡을 주니 혜강은 다른 사람에게 전하지 않겠다고 맹세하였다. 한고생은 음률을 아는데 혜강이 거문고 연주하는 것을 듣는데 「지식」에 이르자 탄식하면서 "아름답구나, 혜강의 이 곡조여"라고 했다. 위와 진의 교체기를 당하여 그 음은 상조商調를 위주로 하니 진나라는 금의 운세를 지녔다. 상은 또 금의 소리에 해당하니 이에 위나라가 바야흐로 약해지고 진나라가 그를 대신한 것이다. 왕릉, 무구검, 제갈탄이 연이어 양주도독이 되어 모두 위나라의 부흥을 도모하였는데, 모두 사마씨에게 죽임을 당하였다. 혜강은 양주가 옛날 광릉의 지역이며 왕릉 등이 모두 위나라의 대신이기에 그 곡조를 광릉산이라고 명명하였다. 즉 위나라가 망한 것은 광릉에서 시작한 것이며, 「지식」의 의미는 진나라가 비록 갑자기 흥성하였으나 끝내 여기에서 멈춰서 그만두게 된다는 말이다. 이 내용은 『백씨육첩 · 지음문』에 보이니, 이곳에 아울러 첨부한다.

嵇康傳, 人以爲龍章鳳姿. 康將刑東市, 顧視日影, 索琴彈之曰, 昔袁孝尼嘗從吾學廣陵散, 吾每靳固之. 廣陵散於今絶矣. 初康遊洛西, 宿華陽亭, 引琴而彈. 夜分, 忽有客至, 與康談音律, 因索琴彈之, 而爲廣陵散, 聲調絶倫, 遂以授康, 仍誓不傳人. 韓皐生知音律, 聞鼓琴, 至止息嘆曰, 美哉, 嵇康之爲是曲. 其當晉魏之際乎. 其音主商, 晉金運, 商又金聲, 此所以知魏方季而晉方代也. 王淩毌邱儉諸葛誕, 繼爲楊州都督, 咸謀興復, 爲司馬氏所殺. 康以楊州故廣陵地, 淩等皆魏大臣, 故名其曲曰廣陵散. 言魏散亡而廣陵始. 止息者, 晉雖暴興, 終止息於此. 見白氏六帖知音門, 併附于此.[2]

湓浦鑪邊督數錢 : 평중의 자는 의보로, 원우 연간에 관각에 들어갔다. 당시 강주전감을 맡고 있었다. 살펴보건대 『심양지』에서 "광녕감은 한 해 20만 전을 주조한다"라고 했다. 『동파소공첩東坡蘇公帖』에서 "며칠 전에 공의보가 나를 찾아왔는데, 이 사람은 전감에서 교체되어 장안으로 들어가려고 하였다"라고 했는데, 주에서 "도중에 집을 그리워하여 돌아간 듯하다"라고 했다. 『후한서』에서 "동요에서 "하간의 처녀들이 돈 세는 데 뛰어나네""라고 했다.

平仲字毅甫, 元祐入館, 時監江州錢監. 按潯陽志, 廣寧監歲鑄錢二十萬. 東坡帖云, 數日前, 孔毅甫見過, 此人錢監得替, 欲入京. 注, 擬中路思家而還. 後漢書, 童謠曰, 河間姹女工數錢.

故人陸沉心可見 : 『장자』에서 "바야흐로 세상과 멀리 떨어진 채 사는 데 마음 또한 세속과 함께 사는 것을 달갑게 여기지 않으니, 이는 땅속

---

2 [교감기] '初康遊洛西'부터 '誓不傳人'까지는 『진서·혜강전』에서 인용하였고, '韓皐生'부터 '止息於此'까지는 『백씨육첩』에 보인다. 영원본에는 이 조목의 주가 없다.

에 잠기어 있듯이 숨어 지내는 사람이다"라고 했는데, 주에서 "사람 가운데 숨어 지내니 이는 물이 없어도 잠겨 있는 자이다"라고 했다.

陸沉, 見上.

氣與神兵上斗牛 : 『한서 · 주아부전』에서 "군사에 관한 일이란 신비스럽고 비밀스러운 것인데"라고 했다. 장협張協의 「칠명七命」의 주에서 "검은 능히 천하를 위협하므로 신병이라 이른다"라고 했다. 『남사 · 심경지전沈慶之傳』에서 "문제가 북침할 때 심경지가 열흘 동안 통솔하여 안팎이 정돈되니, 당시에 모두 신병이라 불렀다"라고 했다. 『진서 · 장화전張華傳』에서 "북두와 견우성 사이에 항상 자줏빛 기운이 있었다. 이에 뇌환雷煥이 "이것은 보검의 정기가 하늘 위로 솟은 것으로 예장豫章의 풍성豐城입니다"라고 했다. 장화가 즉시 뇌환을 풍성령豐城令에 보임했다. 뇌환이 풍성현에 도착하여 감옥의 터를 파서 하나의 돌 상자를 얻었는데, 그 속에 두 개의 검이 있었다. 하나는 용천검龍泉劍이고 다른 하나는 태아검太阿劍이었다"라고 했다.

神兵, 劍氣衝斗牛, 並見上.

詩如晴雪濯江漢 : 『맹자』에서 "증자曾子가 공자를 찬양하면서 "장강長江과 한수漢水의 물로 깨끗이 세탁해서 따가운 가을 햇볕에 말리면 그보다 더 하얀 것이 있을 수 없는 것과 같다""라고 했다.

孟子, 江漢以濯之.

把詠公詩闔且開 : 왕안석의 「기왕봉원」에서 "옷을 걸치고 일어나 앉아 근심에 울적하고, 돌아와 앉아 책을 잡고서 펼쳤다 닫았다 하네"라고 했다. 백거이의 「화미지고재」에서 "푸른 등이 깜박이며 비추니 잠들지 못하고, 다만 그대 시를 잡고서 펼쳤다가 닫았다가 하네"라고 했다.

王荊公寄王逢原, 披衣起坐愁不愜, 歸坐把卷闔且開. 樂天和微之高齋,[3] 青燈明滅照不寐, 但把君詩闔且開.

旁無知音面牆歎 : 『서경』에서 "배우지 않으면 담장을 마주 보고 서 있는 것과 같다"라고 했다. 『후한서 · 등후전』에서 "학문에 대해 담을 마주하고 서 있는 것 같다"라고 했다.

書, 不學牆面. 後漢鄧后傳, 面牆學術.

我今廢書迷簿領 : 『사기 · 악의전』에서 "일찍이 제나라의 괴철蒯徹과 주보언主父偃은 「보연왕서報燕王書」[4]를 읽고 책을 덮고 울지 않은 적이 없었다"라고 했다.

樂毅傳, 未嘗不廢書而泣.

魚蠹筆鋒蛛網硯 : 『문선』에 실린 포조의 「의고擬古」에서 "다섯 수레의

3 [교감기] '樂天' 두 글자는 원래 탈락되어 있었는데, 전본에 의거하여 보충하였다. 영원본에는 이 조목의 주가 없으며, 또한 위의 왕형공에 대한 주도 없다.

4 보연왕서 : 악의가 연나라 왕에게 올린 글이다.

책을 읽어 문사들의 필봉을 꺾었다"라고 했다.

選詩, 五車摧筆鋒.

六年國子無寸功 : 한유의 「최십육소부崔十六少府」에서 "3년간 국자감의 스승이 되니, 뱃속에 명아주와 비름만 가득하네"라고 했다. 『한서 · 이광전』에서 "이광이 점성가인 왕삭과 이야기를 하면서 "한나라가 흉노를 정벌하기 시작한 이후로 나는 그 중심에 있지 않은 적이 없었습니다. 그러나 나의 부하로 교위 이하 가운데 그 재능이 중간에도 미치지 못하지만, 전투 중에 세운 공으로 제후가 된 자가 수십 명이 되는데, 나는 끝내 봉읍을 받을 조그마한 공훈도 없습니다. 어째서 그런 것입니까""라고 했다.

退之詩, 三年國子師, 腸肚習藜莧. 李廣傳, 終無尺寸功.

猶得江南萬家縣 客來欲語誰與同 令人熟寐觸屛風 : 『삼국지 · 관로전』에서 "일찍이 관로가 어떤 사람에게 이르기를 "내가 유영천 형제와 이야기를 나누면 사람으로 하여금 정신과 생각이 맑게 일어나게 만든다. 그 밖의 사람들은 대낮에도 졸음이 쏟아지게 만든다""라고 했다. 『한서 · 진만년전』에서 "자함은 기이한 재주를 지녔다. 만년이 일찍이 그가 곧은 말하는 것을 병통으로 여겨서, 자함을 불러 평상 아래에서 주의를 늘어놓았다. 밤중까지 말이 이어지자 자함은 머리를 병풍에 대고 졸았다"라고 했다.

三國管輅傳, 嘗謂人曰, 吾與劉潁川兄弟語, 使人神思淸發. 自此之外, 殆白日欲寢矣. 漢陳萬年傳, 子咸有異材. 萬年嘗病, 召咸教戒於牀下, 語至夜半. 咸睡, 頭觸屛風.

竊食仰愧冥冥鴻 : 양웅의 『법언』에서 "기러기 하늘 멀리 날아가면 사냥꾼이 어찌 잡을 수 있으리"라고 했다.

楊子云, 鴻飛冥冥, 弋人何慕焉.

少年所期如夢中　江頭酒賤樽屢空 : 『후한서 · 공융전』에서 "술동이에 술이 비지 않는 것이 내가 바라는 바이다"라고 했다.

孔融傳, 樽中酒不空.

南山有田歲不逢 : 『한서 · 양운전』에서 "시를 지어 "저 남산에 밭이 있나니, 묵어서 다스리지 못하네. 한 마지기 콩을 심었더니, 떨어져서 빈 줄기만 남았네. 인생은 행락이나 할 뿐이거늘, 어느 때에 부귀하기를 기다리랴""라고 했다.

漢楊惲傳, 其詩曰, 田彼南山, 蕪穢不治. 種豆一頃, 落而爲萁. 人生行樂耳, 須富貴何時.

相思夜半涕無從 : 『예기 · 단궁』 상에서 "내가 어찌 아무 까닭 없이 눈물을 흘렸겠느냐"라고 했다.

檀弓上, 吾惡夫涕之無從也.

千金公亦費屠龍 : 『장자』에서 “주평만은 용을 죽이는 방법을 지리익에게 배우는데 천금의 가산을 탕진하고 나서야 재주를 이뤘지만 그것을 써먹을 곳이 없었다”라고 했다. 한유의 「악양류岳陽樓」에서 “용을 잡느라 천금을 낭비하니, 재주가 또한 높다고 하겠네”라고 했다.

屠龍, 見上. 韓詩, 屠龍破千金, 爲藝亦云亢.

3. 다시 이전 운자를 사용하여 공의보에게 보내다

再用舊韻寄孔毅甫

鑒中之髮蒲柳望秋衰	거울속의 머리칼은 부들과 버들이 가을만 바라봐도 시든 듯
眼中之人風雨俱星散	눈 안의 그리는 사람은 비바람에 모두 별처럼 흩어졌네.
往者託體同青山	죽은 이는 몸을 의탁해 청산과 함께 하고
健者漂零不相見	튼튼한 자는 떠돌며 서로 만나지 못하네.
庾公樓上有詩人	유공의 누대 위에 시인이 있는데
平生落筆瀉河漢[5]	평소 붓을 대어 은하수를 쏟아낸다네.
置驛勤來索我詩	역말 통해 부지런히 와서 나의 시를 찾으며
自說中郎識元歎	스스로 말하길 중랑이 알아본 원탄이라 하네.
我方凍坐酒官曹	내가 바야흐로 추운데 앉아 동관들과 술 마시는데
爲公然薪炙冰硯	그대 위해 땔나무 때며 언 벼루를 녹이네.
不解窮愁著一書	궁핍과 근심을 풀지 못하고 책 한 권 지었지만
豈有文章名九縣	어찌 문장이 구현에 이름이 날까.
奴星結柳送文窮	종놈이 버들 엮어 궁귀 보내는 글을 짓고
退倚北窗睡松風	물러나 북창에 앉아 솔바람에 조네.

5 [교감기] '瀉'는 고본에는 '寫'로 되어 있다.

太阿耿耿截歸鴻	태아검 번뜩이며 돌아가는 기러기를 자르는데
夜思龍泉號匣中	밤에 상자 안에서 우는 용천검을 생각하네.
斗柄垂天霜雨空	북두자루는 하늘에 드리우고 서리는 허공에 날리는데
獨鴈叫羣雲萬里	외로운 기러기 무리를 찾아 울며 만 리 구름 속을 날아가네.
何時握手香爐峯	언제나 향로봉에서 손을 잡고서
下看寒泉濯卧龍[6]	한천에서 씻고 있는 와룡을 굽어볼까.

【주석】

鑒中之髮蒲柳望秋衰 : 『진서』에서 "고열지는 간문제와 동갑이었는데 머리가 일찍 세었다. 문제가 그 까닭을 물으니, 대답하기를 "송백의 자태는 서리를 맞고 나서도 오히려 무성하고 부들과 버들의 일반적인 것들은 가을만 바라보아도 먼저 시듭니다""라고 했다. 구양수의 「걸치사표」에서 "여러 다른 나무들은 바야흐로 무성한데 부들, 버들은 가을이 아닌데도 일찍 시든다"라고 했다.

晉書, 顧悅之與簡文同年, 而髮早白. 帝問之, 曰, 松柏之姿, 經霜猶茂, 蒲柳常質, 望秋先零. 歐陽公乞致仕表, 羣才方茂, 蒲柳未秋而早衰.

---

6 **[교감기]** '下'는 원래 '不'로 되어 있었는데, 뜻이 '下'보다 좋지 않다. 지금 영원본과 고본, 전본과 건륭본에 의거하여 고친다.

眼中之人風雨俱星散 : 육기의 「답장사연答張士然」에서 “감회에 젖어 고향 땅 생각하니, 눈에 익은 사람이 떠오르네”라고 했다. 위문제의 시구에서 “고개 돌려 사방을 바라보니, 눈에 옛 벗이 없구나”라고 했다. 이백의 「대제곡」에서 “마음속에 있는 사람 보이지 않고”라고 했다. 두보의 「증왕사직贈王司直」에서 “높은 소리로 노래하며 푸른 눈으로 나를 바라보는데, 그 눈에 비친 나는 늙어버렸네”라고 했다. 말하자면 희녕, 원풍 연간에 여러 사람들이 모두 쫓겨남을 이른다. 『삼국지 · 강유전』에서 “강유는 위나라 대장군 등예에게 격파되어 별이 흩어지듯 뿔뿔이 달아났다”라고 했다. 두보의 「봉송왕신주음북귀奉送王信州崟北歸」에서 “이별은 비가 흩뿌림과 같고, 가고 멈춤은 구름이 떠도는 것이네”라고 했다. 또한 「해민解悶」에서 “별이 성긴 곳에 사립문 초가 자리 잡고”라고 했다. 백거이의 「추일회표직秋日懷杓直」에서 “같이 나갔다가 다시 같이 돌아와, 아침부터 저녁까지 함께 하였네. 비바람처럼 갑자기 서로 흩어져, 강산을 두고 아득히 떨어지게 되었네”라고 했다. 유우석의 「청고동귀請告東歸」에서 “벗들은 비구름처럼 흩어져, 눈에 가득한 산천만 여전하구나”라고 했다.

陸士衡詩, 感念桑梓域, 髣髴眼中人.[7] 魏文帝詩, 迴顧四向望, 眼中無故人. 李白大堤曲, 不見眼中人. 杜詩, 靑眼高歌望吾子, 眼中之人吾老矣. 言熙豊間

7 [교감기] ‘陸士衡詩’ 이하는 『문선』 25권에 의거해보면 이에 보이는 시구는 사룡(士龍) 육운(陸雲)의 「답장사연시」로, 육사형의 시가 아니다. 또한 영원본에는 이 부분의 조목과 아래에서 인용한 이백, 위문제, 백거이, 유우석 등 여러 조목의 주가 없다.

諸人皆斥逐. 三國志姜維傳, 星散流離. 杜詩, 別離同雨散, 行止若雲浮. 又草閣柴扉星散居. 白樂天詩, 同出復同歸, 從朝復至暮. 風雨或消散, 江山映迴互. 劉禹錫詩, 故人雲雨散, 滿目山川多.

往者託體同青山 : 도연명의 「의만가擬挽歌」에서 "죽었는데 무슨 말이 필요하랴, 몸을 의탁하여 산과 함께 하네"라고 했다.

陶明明挽歌, 死去何所道, 託體同山阿.

健者漂零不相見 庾公樓上有詩人 : 누대가 강주에 있다.

樓在江州.

平生落筆瀉河漢 : 『장자·소요유』에서 "나는 그 말이 놀랍고 두려웠지만, 그 말은 은하수와 같아서 끝이 없고 현실과 크게 멀어서 인정에 가깝지 않았습니다"라고 했다. 한유의 「상우적서」에서 "문장의 변화는 번개와 같고, 드넓음은 은하수와 같다"라고 했다.

莊子逍遙游篇, 其言猶河漢而無極也. 韓文公上于頔書, 文章變化若雷霆, 浩汗若河漢.

置驛勤來索我詩 自說中郎識元歎 : 『오지·고옹전』에서 "고옹의 자는 원탄으로 오군의 오 땅 사람이다. 백개 채옹蔡邕이 오 땅에서 원수를 피해 있었는데, 고옹이 그에게 거문고와 서예를 배웠다"라고 했다. 『삼

국지·강표전』에서 "백개가 이르기를 "지금 나의 이름을 그대에게 주겠네"라고 하자, 고옹은 백개와 이름이 같게 되었다"라고 했다. 『오록』에서 "옹의 자는 원탄이니, 채옹이 그에게 감탄했다는 의미이다"라고 했다.

吳志顧雍傳, 雍字元歎, 吳郡吳人. 蔡伯喈避怨於吳, 雍從學琴書. 江表傳云, 伯喈謂曰, 今以吾名與卿. 故雍與伯喈同名. 吳錄曰, 雍字元歎, 言爲蔡雍所歎也.

我方凍坐酒官曹 爲公然薪炙冰硯 : 『서경잡기』에서 "한의 천자는 술로 글씨를 쓰고 옥으로 벼루를 만드니 얼지 않는 성질을 취하였다"라고 했다.

西京雜記, 以酒爲書滴, 以玉爲硯, 皆取其不冰.

不解窮愁著一書 : 『사기·우경전』에서 "만호후 경상의 인끈을 중하게 여기지 않고 위제와 사잇길로 조나라로 떠나 위나라 대량에서 곤궁하게 살았다. 뜻을 이루지 못하다가 책으로 드러내니 세상에서 『우씨춘추』라고 전한다. 태사공이 "우경은 곤핍과 근심이 아니라면 또한 책을 지어서 후세에 자신을 드러낼 수 없었을 것이다""라고 했다.

史記虞卿傳, 不重萬戶侯卿相之印, 與魏齊間行, 卒去趙, 困於梁. 不得意, 乃著書. 世傳之曰虞氏春秋. 太史公曰, 虞卿非窮愁, 亦不能著書以自見於後世云.

豈有文章名九縣 : 『후한서 · 광무찬』에서 "구현에 회오리바람이 일고"라고 했다.

漢光武贊, 九縣飈回.

奴星結柳送文窮 : 한유의 「송궁문」에서 "주인이 노비 성으로 하여금 버드나무를 엮어 수레를 만들었다"라고 했다.

退之送窮文云, 主人使奴星結柳作車.

退倚北窗睡松風 太阿耿耿截歸鴻 : 『진서 · 장화전』에서 "뇌환이 풍성현에 도착하여 감옥의 터를 파서 하나의 돌 상자를 얻었는데, 그 속에 두 개의 검이 있었다. 하나는 용천검龍泉劍이고 다른 하나는 태아검太阿劍이었다"라고 했다. 한유의 「이검利劍」에서 "날카로운 검의 빛이 반짝반짝거리네"라고 했다.

張華傳, 雷煥掘豊城獄, 得一石函, 中有雙劍, 一曰龍泉, 一曰太阿. 退之詩, 利劍光耿耿.

夜思龍泉號匣中 斗柄垂天霜雨空 獨鴈叫羣雲萬里 : 한유의 「만박강구晩泊江口」에서 "한 마리 한 마리 울어대는 뭇 원숭이"라고 했다. 두보의 「고안孤雁」에서 "외로운 기러기는 아무것도 먹지 않고, 무리를 생각하며 울면서 날아가네. 누가 한 조각 그림자를 불쌍히 여기랴, 만 겹의 구름 위에서 무리를 잃었구나"라고 했다.

退之詩, 一一叫羣猿. 杜詩, 孤雁不飮啄, 飛鳴聲念羣. 誰憐一片影, 相失萬重雲.

何時握手香爐峯 : 향로봉은 강주에 있다.

香爐峰隷江州.

不看寒泉濯卧龍 : 제갈공명의 호는 와룡이다.

諸葛孔明號卧龍.[8]

8 [교감기] '號'자는 원래 없었는데, 전본에 의거하여 보충하였다.

4. 2월 2일 새벽에 여릉의 서제에서 만나는 꿈을 꾸고서 진적용에게 기별을 보내다【진적용의 이름은 여기로, 당시 여릉현령으로 있었다】

二月二日曉夢會於廬陵西齋作寄陳適用【適用名汝器, 時知廬】

燕寢著爐香	침실에는 향로의 향이 피어오르니
愔愔閑窗闥	한가로운 창가에서 편안하도다.
夢到郡城東[9]	꿈이 군성의 동쪽에 이르니
笑談西齋月	서쪽 재실 달빛 아래 웃고 이야기하네.
行樂未渠央	즐거움 다하지 않았는데
苦遭晴鳩聒	새벽 비둘기 떠들썩하니 괴롭구나.
江郡梅李白	강가 고을에 매화와 오얏은 희니
士女嬉城闕	사녀는 성문 위에서 즐거워하네.
聞道潘河陽	듣자니, 반악이 하양의 수령이 되어
滿城花秀發	성 가득 꽃이 만발하였다네.
頗留載酒車	자못 술을 실은 수레 보내와
共醉生塵襪	함께 취하며 버선에 먼지 일었네.
想見舞餘姿	상상컨대, 춤추는 아름다운 자태
風枝斜蠆髮	가지에 바람 불 때 말아 올린 머리칼 빗기었네.

9 [교감기] '夢到'는 영원본에는 '因到'로 되어 있다.

鄙夫不擧酒	비루한 나는 술잔 들지 않아도
春事亦可悅	봄 경치 또한 즐겁구나.
雨足肥菌芝	비 뿌려 영지를 살지게 하고
沙暄饒筍蕨	모래 따뜻하여 죽순과 고사리 넘치네.
海牛壓風簾	물소 뿔로 바람 부는 주렴 누르고
野飯薰僧鉢	들판 밥은 승려의 바릿대에 향기롭네.
飽食愧公家	배불리 먹으니 관청에 부끄러운데
曾無助毫末	일찍이 조금도 보탬이 되지 못하네.
勸鹽惟新令[10]	소금 일은 새 명령을 따르는데
王欲惸獨活	왕은 홀아비와 고아를 잘살게 하고프네.
此邦淡食傖	이 지역의 소금 없이 먹는 놈들
儉陋深刺骨[11]	비리함은 깊이 골수에 이르네.
公囷積邱山	나라 창고는 산처럼 쌓였는데
賈竪但圭撮	장사치는 다만 미세함을 다투네.
縣官思乳哺	천자는 백성을 배부르게 먹이려는데
下吏用鞭撻	낮은 아전들은 채찍을 휘두르네.
正恐利一源	참으로 두렵기는, 이익의 근원이
未塞兎三窟	토끼의 세 굴처럼 막지 못하는 것.

10 [교감기] '惟'는 고본과 전본, 그리고 건릉본에는 '推'로 되어 있다.

11 [교감기] '刺'는 전본에는 '次'로 되어 있다. 살펴보건대 주의 문장에 의거해보면 아마도 '次'로 지어야 할 것 같다.

寄聲賢令尹　　어진 수령에게 소식 전하는데
何道補黥刖　　어찌 나의 부족한 것을 채워달라고 말하랴.
從來無研桑　　이전부터 계연과 상홍양의 재주 없으니
顧影愧簪笏　　그림자 돌아보며 관복이 부끄럽네.
何顏課殿上[12]　　꼴찌를 받았으니 어찌 얼굴 들랴
解綬行采葛　　인끈 풀어버리고 「채갈」을 노래하네.

【주석】

燕寢著爐香 : 위응물의 「군연郡宴」에서 "화려한 창 든 병사들의 호위 삼엄한데, 연회 열린 방에 맑은 향이 어렸네"라고 했다.

韋蘇州詩, 燕寢凝淸香.

愔愔閑窗闥 : 『좌전』에서 "「기초」[13]는 온화하여"라고 했는데, 주에서 "음음愔愔은 평안하고 온화한 모양이다"라고 했다.

左傳, 祈招之愔愔. 注云, 安和貌.

夢到郡城東 笑談西齋月 行樂未渠央 : 『시경 · 정료』에서 "밤이 얼마나 되었는고. 밤이 아직 끝나지 않았네"라고 했는데, 주에서 "밤이 중앙에

12 [교감기] '課殿'은 영원본에는 '殿課'로 되어 있다.
13 「기초(祈招)」 : 일시(逸詩)의 편명이다. 주 목왕이 정사를 돌보지 않고 수레를 타고 천하를 두루 다녀보고자 했을 때, 채공(蔡公) 모보(謀父)가 이 시를 지어 저지하였다.

이르지 않음을 이른다. '渠'의 음은 '遽'이다"라고 했다.

詩庭燎, 夜未央. 注, 夜未渠央. 渠, 音遽.

苦遭啨鳩聒 : 두보의 「하일이공견방夏日李公見訪」에서 "시끄러운 소리 귀를 따갑게 하는데, 누가 우리 집이 조용하다 하는가"라고 했다.

杜詩, 苦遭此物聒, 孰謂吾廬幽.

江郡梅李白 士女嬉城闕 : 『시경 · 국풍 · 정풍』에서 "성문 위에 올라서서 바라보네"라고 했다.

鄭國風, 在城闕兮.

聞道潘河陽 滿城花秀發 : 반악이 하양의 수령이 되어 복사와 오얏을 심어 활짝 피었다. 사람들이 "하양 한 고을 꽃 속에 파묻혔네"라고 했다. 『유신집』에 있는 「춘부」에서 "하양 한 고을 모두 꽃이요, 금곡은 이전부터 정원에 나무가 가득하네"라고 했다. 『문선』에 실린 좌사의 「촉도부」에서 "울창함은 사마상여와 같고 희기는 군평과 같은데, 왕포는 빛나면서 빼어나네"라고 했다.

潘岳爲河陽令, 樹桃李花, 人號曰, 河陽一縣花. 庾信集中有春賦云, 河陽一縣倂是花, 金谷從來滿園樹. 文選蜀都賦, 君平, 王褒煜煜而秀發.

頗留載酒車 : 『한서 · 양웅전』에서 "양웅이 술을 무척 좋아하면서도

집이 가난해 마시지를 못했는데, 호사자好事者가 술과 안주를 싸 들고 와서 종유하며 배웠다"라고 했다.

揚雄傳, 時有好事者, 載酒肴從遊學.

共醉生塵襪 : 『문선』에 실린 조식의 「낙신부」에서 "파도를 타고 가볍게 걷는데, 비단 버선에 먼지가 이네"라고 했다. 이백의 「감흥感興」에서 "향불의 먼지 비단 버선에 일고, 푸른 물에 옷 젖지 않네"라고 했다.

文選洛神賦, 凌波微步, 羅襪生塵. 李白詩, 香塵動羅襪, 綠水不沾衣.

想見舞餘姿 風枝斜蠆髮 : 『시경 · 도인사』에서 "군자의 여자여, 말아 올린 머리털이 벌 꼬리와 같도다"라고 했다.

詩都人士云, 彼君子女, 卷髮如蠆.

鄙夫不擧酒 春事亦可悅 : 두보의 「곡강배정남사음曲江陪鄭南史飮」에서 "백발노인 봄날 흥취에 어울리지 않지만, 항내 가득한 술 비우며 아름다운 경치 그리네"라고 했다. 또한 「북정시」에서 "산골 고요한 경치 또한 기쁘구나"라고 했다.

老杜詩, 自知白髮非春事, 且盡芳樽對物華. 又北征詩, 幽事亦可悅.

雨足肥菌芝 沙暄饒筍蕨 海牛壓風簾 : 해우는 물소이다. 전집의 「효왕중지영요화效王仲至詠姚花」에서 "해우 뿔로 주렴 모서리 누르니 바람도

열지 못하네"라고 했는데, 대개 장군방의 『좌설』에서 "소학사가 꿈속에서 지은 「요한가」에서 "해우 뿔로 주렴 모서리 누르니 바람이 들어오지 못하네""라고 했는데, 이전 시의 주에서 이에 대해 언급하지 않았다.

海牛, 犀也. 前集有詩云, 海牛壓簾風不開. 蓋用張君房脞說, 蕭學士夢中賦曉寒歌云, 海牛壓簾風不入. 前注偶不及此.

野飯薰僧鉢 : 『유마경』에서 "화보살化菩薩이 바릿대 가득한 향기로운 음식으로 유마힐에게 주니 향기가 비야성을 뒤덮었다"라고 했다.

維摩經, 以滿鉢香飯, 普薰毗耶城.

飽食愧公家 曾無助毫末 勸鹽惟新令 王欲惸獨活 : 권염은 이미 「부염」에 보이는데, 대개 관가의 소금은 팔지 않고 분배를 억제한다. 그러므로 그 말을 완곡하게 하여 권權이라고 하였다. 『서경』에서 "홀아비와 고아를 사납게 대하지 않으며"라고 했다.

勸鹽, 已見賦鹽詩, 蓋官鹽不售, 而抑配焉, 婉其詞曰勸耳.[14] 尙書, 無虐惸獨.

此邦淡食傖 : 『한서 · 가의전』에서 "나라의 제도가 혼란하고 어수선하다"라고 했는데, 주에서 "'搶'의 음은 '傖'이다. 오나라 사람들이 초나라 사람들을 얕잡아 '창傖'이라고 한다. 창傖은 어지러운 모양으로,

---

14 이상의 주는 원래 다음 구절에 달렸는데, 내용이 맞지 않아 역자가 임의로 이곳으로 옮겼다.

음은 '仕'와 '庚'의 반절법이다"라고 했다. 『진서 · 주처전』에서 "주처의 아들 주기가 죽음에 임박하여 아들 협에게 이르기를 "나를 죽인 자는 여러 창자傖子들이니, 능히 복수할 수 있어야 나의 아들이다"라고 했다. 오나라 사람들은 중원 사람들을 창傖이라고 불렀기 때문에 그렇게 말한 것이다"라고 했다. 『남사』에서 "송 효무제는 여러 신하는 친압하여 각자 부르는 명칭이 있었다. 유원경과 원호지는 모두 북쪽 사람이었는데, 유독 왕현모만이 노창老傖이라 불리었다"라고 했다. 『남사』에서 "두탄이 "신은 본래 중원의 고족이었는데, 다만 남쪽으로 빨리 건너오지 않아서 다만 '창황傖荒'으로 지목을 받아 배척을 받습니다""라고 했다. 『세설신어 · 아량』에서 "어제 어떤 남루한 늙은이가 와서 이 정자에 유숙하였다"라고 했는데, 주에서 "진양추가 "오나라 사람은 중원 사람을 창傖이라고 한다""라고 했다. 유종원의 「문황려聞黃鸝」에서 "나는 지금 잘못 수많은 산속에 떨어져, 신세가 이곳 사람과 같아 돌아갈 생각하지 않네"라고 했다. 이상에서 서로 말한 내용이 같지 않기 때문에 모두 갖춰서 늘어놓았다. 산곡은 예장 사람으로 길주 사람들을 얕잡아 창傖이라고 하였으니, 대개 천하고 거칠어서 남북도 분간하지 못한다는 의미를 취하였다.

賈誼傳, 國制搶攘. 注, 搶音傖, 吳人罵楚人曰傖. 傖, 攘亂貌也, 音仕庚切. 晉周處傳, 處子玘將卒, 謂子勰曰, 殺我者諸傖子, 能復之, 乃吾子也. 吳人謂中州人曰傖, 故云爾. 南史, 宋孝武狎侮羣臣, 各有稱目. 柳元景垣護之並北人, 而王玄謨獨受老傖之目. 南史, 杜坦曰, 臣本中華高族, 直以南渡不早, 便以傖荒見隔. 世說雅量門云, 昨有一傖父來寄亭中. 注云, 晉陽秋曰, 吳人以中州人爲傖. 柳子厚詩, 我今誤落千萬山, 身同傖人不思還. 以上所說不同, 故具列之. 山谷, 豫章人也, 而詆吉州人爲傖, 蓋取傖荒之義. 無分於南北也.

儉陋深刺骨 : 『한서 · 두주전』에서 "외면으로는 너그러웠으나, 내심은 법을 각박하게 적용하여 골수에 이르렀다"라고 했다.

漢杜周傳, 內深次骨.

公困積邸山 賈竪但圭撮 : 『한서 · 율력지』에서 "많고 적음을 헤아리는 자는 규촬圭撮도 틀리지 않았다"라고 했는데, 주에서 "4규가 촬이 되니, 세 손가락으로 집는 것에 해당한다"라고 했다. 또한 "64개의 기장 알이 규가 되며 '撮'의 음은 '倉'과 '括'의 반절법이다"라고 했다.

漢律曆志, 量多少者不失圭撮. 注, 四圭曰撮, 三指撮之也. 又曰, 六十四黍爲圭. 撮, 倉括反.

縣官思乳哺 : '현관縣官'은 천자를 이르니 『한서 · 곽광전』의 주에 보인다. 『남사 · 양종실시흥왕담전』에서 "시흥왕이 형주를 다스릴 때 사람들이 노래하기를 "시흥왕은 백성들의 아버지라네. 백성들의 어려운 일에 다가와 마치 불이나 홍수처럼 돕는다네. 언제나 다시 와서 나를 젖 먹이려나""라고 했다. 형 땅의 방언에 아버지를 '다爹'라고 불렀으니, 음은 '徒'와 '我'의 반절법이다.

縣官, 出霍光傳.[15] 南史梁宗室始興王憺傳, 行荊州事, 人歌曰, 始興王, 人之爹, 赴人急, 如水火. 何時復來哺乳我. 荊土方言, 謂父爲爹, 徒我反.

下吏用鞭撻 正恐利一源 : 『음부경』에서 "이로운 것의 한 근원을 끊어 버리면 군사를 쓰는데 10배나 좋아진다"라고 했다.

陰符經云, 絶利一源, 用師十倍.

未塞兎三窟 : 『전국책』에서 "풍훤이 맹상군을 위하여 설에서 빚을 거두게 되었는데, 채권을 불사르고 돌아오니 맹상군이 기뻐하지 않았다. 후에 맹상군에 자신의 봉지인 설나라에 갈 수밖에 없게 되었는데, 노인과 어린이들이 길에서 맞이하니 맹상군이 그제서야 기뻐하였다. 풍훤이 "교활한 토끼는 굴이 세 개여야 겨우 죽음을 면할 수 있습니다. 지금 그대는 하나뿐이니, 아직 베개를 높이 베고서 잠 잘 수는 없습니다. 청컨대 두 개의 굴을 더 뚫겠습니다"라고 하였다. (…중략…) 맹상군에게 이르기를 "세 개의 굴이 완성되었으니, 이제 그대는 베개를 높이 베고 잘 수 있습니다""라고 했다. 『진서·왕연전』에서 "아우 왕징을 형주 자사로 삼고 족제인 왕돈을 청주 자사로 삼고서 이르기를 "형주는 강한의 견고함이 있고, 청주는 보해의 험춘함이 있다. 그대 두 사람이 밖에 있고 내가 여기에 있으면 세 개의 굴이 될 것이다""라고 했다. 대개 왕연은 풍훤의 말을 인용하였다.

15 [교감기] '出'자는 원래 없었는데, 전본에 의거하여 보충하였다.

戰國策, 馮諼爲孟嘗君收債於薛, 燒券而還. 孟嘗君不悅. 後就國於薛, 老幼迎於道, 孟嘗君乃喜. 馮諼曰, 狡兎三窟, 免其死耳. 今君有一, 未得高枕而臥. 請復鑿二窟云云. 謂孟嘗君曰, 三窟已成, 請君高枕矣. 晉王衍傳, 以弟澄爲荊州, 族弟敦爲青州, 因謂曰, 荊州有江漢之固, 青州有輔海之險. 卿二人在外, 而吾留此, 足爲三窟矣. 蓋擧馮煖語也.

寄聲賢令尹 何道補黥刖 : 『장자 · 대종사』에서 "나의 이마에 새겨진 먹물을 지우고 나의 베인 코를 이어줄 것을"이라고 했다.

莊子大宗師篇, 息我黥而補我劓.

從來無研桑 : 반고의 「답빈희」에서 "계연과 상홍양처럼 아득함은 마음으로 계산하다"라고 했는데, 주에서 "『사기』에서 "구천은 범려와 계연의 계책을 사용하였다"라고 했다. 연硏은 계연의 이름이다"라고 했다. 『한서』에서 "상홍양은 암산을 잘하여 시중이 되었다"라고 했다.

班固答賓戲,[16] 研桑心計於無垠. 注云, 史記勾踐用范蠡計然. 研, 計然之名也. 漢書, 桑弘羊以上計爲侍中.[17]

顧影愧簪笏 : 한유의 「조귀朝歸」에서 "머리엔 높고 높은 진현의 관[18]

16 [교감기] '答'자는 원래 없었는데 『문선』 45권에 의거하여 보충하였다.
17 [교감기] '上計'는 전본에는 『문선주』를 따라 '心計'로 되어 있다.
18 진현의 관 : '진현관(進賢冠)'은 고대에 황제를 조현(朝見)할 때 쓰던 일종의 예모(禮帽)인데, 당나라 때에는 백관들이 모두 이 관을 썼다.

을 쓰고, 허리엔 맑게 빛나는 수창의 패옥을 찼네. 복장이야 어찌 멋있지 않으랴만, 덕과 서로 어울리지 않네. 그림자를 돌아보고 그 소리를 듣노라니, 얼굴 붉어지고 등에서 땀이 흐르네"라고 했다.

退之詩, 峨峨進賢冠, 耿耿水蒼佩. 服章豈不好, 不與德相對. 顧影聽其聲, 赬顏汗漸背.

何顏課殿上 解綬行采葛 : 『한서 · 예관전』에서 "예관이 좌내사로 옮기었다. 좌내사는 조세를 맡은 일이 꼴찌 성적을 받아 면직에 해당하였다. 백성들이 그가 면직한다는 소식을 듣고서 모두 그를 잃을까 두려워하였다. 이에 큰 집에서는 소와 수레로, 작은 집에서는 지고이고 와서 마치 새끼줄이 이어지듯 조세를 내었다. 인사고과에서 다시 최상이 되었다"라고 했다. 『시경 · 왕풍 · 채갈』에서 "참소를 두려워한 시다"라고 했다.

漢兒寬傳, 寬遷左內史. 以負租課殿, 當免. 民聞當免, 皆恐失之. 大家牛車, 小家擔負, 輸租繈屬, 課更以最上. 王風采葛, 懼讒也.

5. 진적용이 오남웅이 준 종이를 보내준 것에 대해 장구를 지어 사례하다

長句謝陳適用惠送吳南雄所贈紙

廬陵政事無全牛	여릉의 정사는 대단히 훌륭하니
恐是漢時陳太丘	아마도 한나라 때 진 태구와 같네.
書記姓名不肯學	이름을 쓸 줄만 알고 기꺼이 학문하지 않았으니
得紙無異夏得裘	종이 받았지만 여름날 갖옷 얻음과 다르지 않네.
琢詩包紙送贈我	시를 짓고 종이를 담아 나에게 보내주니
自狀明月非暗投	명월주를 어두운데 던지는 것은 아니라네.
詩句縱橫剪宮錦	시구는 종횡으로 궁궐 비단에 잘라 썼는데
惜無阿買書銀鈎	아매가 은 갈고리처럼 쓴 것이 없어 애석하네.
蠻溪切藤卷盈百	만계에서 자른 등나무 백 권이나 되는데
側厘羞滑璽羞白[19]	측리보다 조금 매끄럽고 만견지보다 조금 희네.
想當鳴杵砧面平	생각해보면, 절구질하고 평평하게 다듬었으리니
桄榔葉風溪水碧	시냇물은 푸르고 광랑나무 잎은

19 [교감기] '側厘'는 전본에는 '側理'로 되어 있으며, 건륭본에는 '側釐'로 되어 있다.

바람에 흔들리네.

千里鵝毛意不輕 천리의 거위 털 성의가 가볍지 않으니
瘴衣腥膩北歸客 비린내 나는 장독瘴毒 옷에
북으로 돌아가는 나그네.

君侯謙虛不自供 군후가 겸허하여 스스로 쓰지 않으니
胡不贈世文章伯 어찌 세상의 문장 잘 하는 이에게 주지 않는가.

一涔之水容牛蹄 길가에 괸 물은 소 발이나 받아들일 수 있는데
識字有數我自知 겨우 몇 글자나 아는 나 자신을 잘 아네.

小時雙鈎學楷法 어려서 쌍구로 해서 쓰는 법을 배웠는데
至今小兒憎家雞[20] 지금 어린아이는 집안 닭은 싫어하네.

雖然嘉惠敢虛辱 그러나 은혜로운 선물을 헛되이 욕 되게 하랴
煑泥續尾成大軸 청니 데워 꼬리에 붙여 큰 축을 만들었네.

寫心與君心莫傳 마음 쏟아 그대에게 드려도
마음 전하지 못하는데
平生落魄不問天 평생 영락하여도 하늘에 따지지 않네.

樽前花底幸好戲 술동이 앞 꽃 아래에서 다행히 글씨 희롱하니
爲君絶筆謝風煙 그대 위해 붓을 꺾어 풍연을 사절하겠는가.

已無商頌猗那手 이미 「상송」의 아름답고 성대한 솜씨 없으니
請續南華內外篇 청컨대 남화경 내외편을 이어볼까 하네.

20 [교감기] '至今'은 전본에는 '至介'으로 되어 있다.

【주석】

廬陵政事無全牛 : 길주는 여릉현을 다스린다. 진적용과 산곡은 동시에 고을을 다스렸다. 『장자』에서 "포정이 문혜군을 위해서 소를 잡았다. 문혜군이 "기술이 어떻게 이런 지경까지 이를 수 있는가"라 묻자, 포정이 "처음 제가 소를 해체할 때에는 보이는 게 모두 소이더니 3년이 지난 후에는 소의 온 모습이 보이지 않게 되었습니다""라고 했다. 소식의 「송장장관送張長官」에서 "오묘하게 자르니 온전한 닭과 소가 없네"라고 했다.[21]

吉州治廬陵縣, 適用與山谷同時作邑. 莊子, 庖丁未嘗見全牛, 見上. 杜詩, 妙割無全牛.

恐是漢時陳太丘 : 『후한서 · 진식전』에서 "태구의 장에 임명되었는데, 덕을 닦아 맑고 깨끗하였으므로 백성들이 편안하였다"라고 했다.

後漢陳寔傳, 除太丘長, 修德淸淨, 百姓以安.

書記姓名不肯學 : 『한서 · 항적전』에서 "어려서 글을 배웠는데 이루지 못하고 그만두고서 검술을 배웠는데 또 이루지 못하고 그만두었다. 항적이 "글은 성명을 쓸 줄 알면 충분하다""라고 했다.

項籍傳, 少時學書不成, 去學劍又不成去. 籍曰, 書足記姓名而已.

21 주에서 작자는 두보라 하였는데, 두보의 시에는 이와 같은 작품이 보이지 않는다. 다만 소식의 「송장장관」에서 "妙割無鷄牛"라고 하였다.

得紙無異夏得裘 琢詩包紙送贈我 自狀明月非暗投 : 『좌전』에서 "약오가 섶나무 수레를 타고 헤진 옷을 걸친 채 산림을 개척했다"라고 했다. 『한서 · 추양전』에서 "명월주와 야광벽을 어두운 밤에 길가에서 사람에게 던지면 모두 칼을 어루만지면서 서로를 흘겨봅니다. 왜 그렇겠습니까. 아무런 까닭 없이 앞에 나타났기 때문입니다"라고 했다.

見上.

詩句縱橫剪宮錦 惜無阿買書銀鈎 : 한유의 「취증장비서醉贈張秘書」에서 "조카 아매는 글자는 모르지만, 자못 팔분체를 쓸 줄 아네. 시가 완성되면 그에게 쓰게 하는데, 나의 군대를 자랑할 만하여라"라고 했다. 『진서』에서 "삭정索靖의 「초서장草書狀」에서 "초서의 형상은 굽은 것이 은갈고리 같고 표일함이 놀란 난새와 같다""라고 했다.

退之詩, 阿買不識字, 頗知書八分. 詩成彼之寫, 亦足張吾軍. 銀鈎, 見上.

蠻溪切藤卷盈百 側厘羞滑璽羞白 : 『습유기』에서 "남월에서 측리지를 올렸는데, 남월 사람들이 김으로 만든 것이다. 그 무늬가 종횡으로 기울어져서 그렇게 이름 지었다"라고 했다. 소이간의 『지보』에서 "장화가 『박물지』를 지어 완성하자 진 무제가 측리지 만 번番을 하사하였으니, 남월에서 바친 것이다"라고 했다. 『본초강목 · 척리』에서 "도은거가 이르기를 "이것은 남월 사람들이 사용하는 종이이다"라고 했다"라고 했다. 『본초강목』 당본의 주에서 "이 사물은 물속의 이끼로, 지금은

채취하여 종이를 만든다. 음은 척리이다. 척리는 측려와 서로 비슷하고, 측려는 또한 측리와 비슷하다"라고 했다. 또한 "즉 석발이다"라고 했다. 『법서요록法書要錄』에서 "왕희지의 「난정서」를 쓰는데, 잠견지蠶繭紙와 서수필鼠鬚筆을 이용했다"라고 했다. 『북호록北戶錄』에서 "진송晉宋 연간에 한 종류의 종이가 있었는데, 길이가 한 장 정도여서 배 안에서 베껴 썼다. 세상에서는 이것을 '견지繭紙'라고 한다"라고 했다.

拾遺記, 南越獻側理紙, 南人以海苔爲之, 其理縱橫斜側, 因以爲名. 蘇易簡紙譜云, 張華造博物志成, 晉武帝賜側理紙萬番, 南越所貢也. 本草陟釐, 陶隱居云, 此卽南人所用作紙者. 唐本注云, 此物乃水中苔, 今取爲紙, 音陟釐. 陟釐與側黎相近, 側黎又與側理相近也. 又云, 卽石髮也. 繭紙, 見上.

想當鳴杵砧面平 桄榔葉風溪水碧 : 광랑목은 광남에서 생산된다. 이 종이는 오남웅이 준 것으로, 남웅주는 광남동로에 속한다.

桄榔木, 廣南所出. 此紙吳南雄所贈, 南雄州隸廣南東路.

千里鵝毛意不輕 : 『복재만록』에서 "속언에 "이 사람의 눈 안에 서시가 있다"라는 말이 있으며, 또한 "천 리에 거위 털을 보내주니, 물건은 가볍지만 마음은 중하네"라는 말이 있는데, 모두 비속한 말이다. 산곡이 이를 취하여 시어로 삼았다. 「답공익춘사」에서는 "서시가 사람의 눈을 좇으니, 마음에 가장 드는 일이네"라고 했으며, 「사진적용혜지」에서 "천 리에서 보내준 거위 털 성의가 가볍지 않네""라고 했다.

復齋漫錄云, 諺曰, 是人眼裏有西施. 又曰, 千里寄鵝毛, 物輕人意重. 皆鄙語也, 山谷取以爲詩. 答公益春思云, 西施逐人眼, 稱心最爲得. 謝陳適用恵紙云, 千里鵝毛意不輕.

瘴衣腥膩北歸客 君侯謙虛不自供 胡不贈世文章伯 : 두보의 「희증진소부戲贈秦少府」에서 "같은 마음 골육의 친척 못지않았고, 말할 때마다 나의 문장 뛰어나다 인정해줬지"라고 했다.

老杜詩, 同心不減骨肉親, 每語見許文章伯.

一涔之水容牛蹄 : 『회남자』에서 "소 발자국에 괸 물에는 한 자의 잉어가 없다"라고 했다. 한유의 「제탄곡추사당」에서 "아! 취모검이 없으니, 이 소 다리의 피를 진하게 베지 못하네"라고 했는데, 은殷은 피가 진한 것을 이른다.

淮南子曰, 牛蹄之涔, 無尺之鯉. 退之題炭谷湫祠堂, 吁無吹毛劍, 血此牛蹄殷. 殷, 血深色.

識字有數我自知 : 양억楊億의 『양문공담원』에서 "진나라 개운 연간에 양제에 조령을 내려 각각 시와 부 한 편을 지어서 예부로 보내 시험의 모범 답지로 삼게 했다. 그런데 유독 학사 이역은 불만스러워하면서 "나는 겨우 몇 글자만 아는데, 저번에 우연히 옆 사람으로 인해 과거에 합격하였다. 나에게 백포를 입게 하고 공부에 드나들게 하는데, 시험을

보게 하면 반드시 떨어질 것이다. 어찌 문장을 지어서 세상의 모범답안이 되겠는가"라고 하니, 당시 의논이 훌륭하다고 하였다"라고 했다.

楊文公談苑云, 晉開運中, 詔令兩制各作詩賦一篇, 付禮部爲考試之式. 獨學士李懌不肯, 曰李懌識字有數, 因人成事, 使令衣白袍入貢部, 下第必矣. 胡能作文章爲世模楷. 時論美之.

小時雙鉤學楷法 : 산곡의 「논학자」에서 "우선 마땅히 쌍구[22]를 하여 두 손가락을 중첩하여 붓을 압박하여 붓으로 무명지를 누르고, 높이 붓을 잡고서 팔뚝으로 하여금 자신의 뜻을 따라 좌우로 운필한 뒤에 인자격人字格을 살펴본다면 어려움은 걱정하지 않아도 된다"라고 했다.

山谷論學字云, 先當雙鉤, 用兩指相疊, 蹙筆壓無名指, 高捉筆, 令腕隨己左右, 然後觀人字格, 則不患其難矣.

至今小兒憎家雞 : 『남사 · 왕승건전』에서 "정서장군 유익은 글씨를 잘 써서 젊어서 왕희지와 이름이 나란하였다. 그러나 왕희지는 후에도 발전하였으나 유익은 오히려 전과 구분되지 않았다. 그가 형주에 있을 때 도성 사람에게 보낸 편지에서 "아이들이 집안 닭은 천히 여기고 모두 왕희지의 글만 배운다""라고 했다. 유종원의 「은현희비서殷賢戲批書」에서 "들으니 근래 여러 자제가, 못가에 임해 자기 집 닭 배우기를 싫

22 쌍구 : 글씨를 쓰는 데 운필(運筆)하는 방법의 하나. 엄지손가락 · 집게손가락 · 가운뎃손가락으로 붓대를 걸쳐 잡고 약손가락으로 받쳐 쥐는 방법이다.

어한다고 하네"라고 했다.

南史王僧虔傳, 論書云, 征西庾翼書, 少時與右軍齊名. 右軍後進, 庾猶不分. 在荊州與都下人書云, 小兒輩賤家雞, 皆學逸少書. 柳子厚詩, 聞道近來諸子弟, 臨池尋已厭家雞.

雖然嘉恵敢虛辱 : 가의의 「조굴원부弔屈原賦」에서 "아름다운 은혜를 삼가 받들어"라고 했다.

賈誼賦, 恭承嘉惠兮.

賁泥續尾成大軸 : 『후한서 · 등훈전』의 주에서 "『동관기』에서 "등훈의 옛날 아전으로 대단히 가난한 자가 등훈이 평소 먹던 약이 북주에다 떨어진 것을 염두에 두었으며, 또한 등훈이 청니로 봉한 책을 좋아하는 것을 알고서, 여양에서부터 걸어서 낙양까지 녹거를 끌고 가서 약을 사고, 돌아오면서 조나라의 역양을 지나 청니 한 복을 사서 수레에 싣고 상곡으로 가서 등훈에게 올렸다. 등훈이 사람의 마음을 얻은 것이 이와 같았다""라고 했다.

後漢鄧訓傳注云, 東觀記曰, 訓故吏最貧羸者, 念訓常所服藥, 北州所乏, 又知訓好靑泥封書, 從黎陽步推鹿車於洛陽市藥, 還過趙國易陽, 并載靑泥一襆, 至上谷遺訓. 其得人心如此.

寫心與君心莫傳 : 『시경』에서 "이윽고 군자를 보니, 내 마음 풀어지는

구나"라고 했다.

詩, 旣見君子, 我心寫兮.

平生落魄不問天 : 『한서 · 역이기전』에서 "집안이 가난하고 영락하여 입고 먹을 생업이 없었다"라고 했는데, '魄'의 음은 '薄'이다. 두보의 「곡강삼장曲江三章」에서 "이내 삶 내던지고 하늘에도 묻지 않노니"라고 했다.

酈食其傳, 家貧落魄. 魄音薄. 杜詩, 自斷此生休問天.

樽前花底幸好戱 : 두보의 「만출좌액晩出左掖」에서 "조회에서 물러나 꽃 아래에서 흩어지고"라고 했다.

杜詩, 退朝花底散.

爲君絶筆謝風煙 : 두보의 「음중팔선가飮中八仙歌」에서 "일필휘지로 종이에 쓰면 마치 구름과 이내 이는 듯"이라고 했다.

杜詩, 揮毫落紙如雲煙.

已無商頌猗那手 : 『시경 · 상송』은 「나」로 시작하는데, 그 시에서 "아름답고 성대하도다"라고 했다.

商頌以那爲首, 其詞曰, 猗與那與.

請續南華內外篇 : 『장자』는 『남화진경』이라고 불리는데, 내편이 일곱

편이고 외편이 서른세 편이다. 이백의 「대붕부」에서 “남화노선이 칠원에서 천기를 발하네”라고 했다.

莊子號南華眞經, 內篇七, 外篇三十三. 李白大鵬賦, 南華老仙, 發天機於漆園.

6. 진적용에게 부치다

寄陳適用

日月如驚鴻	해와 달은 놀란 기러기같이 빠르고
歸燕不及社	돌아가는 제비는 사일도 안 돼서 떠나네.
清明氣姸暖	청명은 날씨가 곱고 따뜻한데
亹亹向朱夏	쉬지 않고 더운 여름으로 향하네.
輕衣頗宜人	가벼운 옷은 자못 사람에게 좋으니
裘褐就椸架	갖옷은 옷걸이로 들어가네.
已非紅紫時	이미 붉은 도리 시절이 아니니
春事歸桑柘	봄 일은 뽕나무로 돌아가네.
空餘車馬跡	부질없이 거마의 자취만 넘치는데
顚倒桃李下	도리 아래에 넘어져 누워있네.
新晴百鳥語[23]	날이 개자 온갖 새는 지저귀는데
各自有匹亞	각자 짝이 있구나.
林中僕姑歸	숲속으로 비둘기 돌아가니
苦遭拙婦罵	사나운 아낙이 소리쳐 피함이네.
氣侯使之然	날씨가 그렇게 만들었는데
光陰促晨夜	광음이 밤낮을 재촉하네.
解甲號淸風	껍질 벗고 맑은 바람에 우는데

23 [교감기] '鳥語'는 건륭본에는 '鳥喧'으로 되어 있다.

卽有幽蟲化　곧 두꺼운 벌레에서 우화할 것이네.
朱墨本非工　장부는 본래 잘하지 못하니
王事少閑暇　왕사에 한가로움이 적네.
幸蒙餘波及　다행히 남겨진 은혜를 받아
治郡得黃霸　고을 다스림에 황패가 되었네.
邑鄰陳太丘　이웃 고을의 진 태구
威德可資借　위엄과 덕을 의지할 수 있네.
決事不遲疑　일을 결단함에 머뭇거리지 않고
敏手擘太華　민첩한 수단은 태화산을 가를 정도라네.
頗復集紅衣　자못 다시 미녀 모아
呼嘹飮休假[24]　휴가에 노래하며 술 마시네.
歌梁韻金石　들보 울리는 노래는 금석에서 나온 듯
舞地委蘭麝[25]　춤추는 누대는 난초, 사향 향기 진하네.
寄我五字詩　나에게 오언시 보내니
句法窺鮑謝　구법은 포조, 사령운을 넘보네.
亦歎簿領勞　또한 수고로운 장부에 한탄하는데
行欲問田舍　떠나며 전원에 대해 묻고 싶네.
相期黃公壚　황공의 주막에서 만날 것 기약하니

24 [교감기] 영원본과 전본에는 '嘹'는 '僚'로 되어 있으며, 전본에는 '假'는 '暇'로 되어 있다.

25 [교감기] 영원본에는 '地'는 '池'로 되어 있다.

不異秦人炙　　진나라 구이도 맛이 있을 걸세.
我初無廊廟　　나는 애초부터 조정에 뜻이 없어
身願執耕稼　　농사나 짓기를 원했었네.
今將荷鋤歸　　지금 호미 잡고 돌아가려 하니
區宇畦甘蔗　　토란밭에 사탕수수 심어야지.
觀君氣如虹　　그대 보노라니 기운은 무지개 같아
千輩可陵跨　　많은 무리들을 압도하네.
自當出懷璧　　스스로 품은 구슬 꺼내어
往取連城價　　연성의 가격을 얻을 수 있네.
賜地買歌僮　　하사받은 땅으로 가동을 사고
珠翠羅廣厦　　푸른 구슬로 넓은 집을 두를 수 있네.
富貴不相忘　　부귀하더라도 나를 잊지 말고
寄聲相慰籍　　소식 전해줘서 나를 위로해주길.

【주석】

日月如驚鴻 歸燕不及社 : 두보의 「입추후제立秋後題」에서 "세월이 넉넉하지 않아, 절기가 어젯밤에 바뀌었네"라고 했다. 두목지의 「귀연」에서 "화려한 방에 노래와 춤으로 떠들썩한데, 제비가 오고 가도[26] 사람

26 제비가 오고 가도 : 일반적으로 입춘(立春)과 입추(立秋) 뒤의 다섯 번째 무일(戊日), 혹은 춘분(春分)과 추분(秋分)에서 가장 가까운 무일을 각각 춘사일(春社日)과 추사일(秋社日)이라고 하는데, 제비는 춘사일에 왔다가 추사일에 떠나간다.

은 보지 않네"라고 했다.

杜詩, 日月不相饒, 節序昨夜隔. 杜牧之歸燕詩, 畫堂歌舞喧喧地, 社去社來人不看.

清明氣姸暖 亹亹向朱夏 : 『초사』에서 "때는 끊임없이 흘러 중년을 지났는데, 막히어서 이룬 것이 없구나"라고 했다. 두보의 「절구만흥絶句漫興」에서 "인생은 얼마나 될까! 봄 지나 벌써 여름이니"라고 했다.

楚辭, 時亹亹而過中兮.[27] 蹇淹留而無成. 杜詩, 人生幾何春又夏.

輕衣頗宜人 : 두보의 「기양담寄楊譚」에게 "다만 계림만이 살기 적당하네"라고 했으며, 또한 「유객有客」에서 "상쾌하여 자못 사람에게 좋구나"라고 했다.

杜詩, 宜人獨桂林. 又云, 疎快頗宜人.

衺褐就椸架 : 『예기 · 곡례』에서 "남녀는 옷걸이를 함께 사용하지 않는다"라고 했다.

曲禮, 男女不同椸架.

已非紅紫時 : 한유의 「감춘感春」에서 "노랗고 노란 원청화, 붉은 도리

27 [교감기] '過中'은 원래 '過半'으로 되어 있었는데, 지금 전본을 따르고 아울러 『초사 · 구변(九辯)』에 의거하여 고쳤다. 또한 영원본에는 이 조목의 주가 없다.

는 이미 졌네"라고 했다.

韓詩, 黃黃芜菁花, 紅紫事已退.

春事歸桑柘 空餘車馬跡 顚倒桃李下 新晴百鳥語 各自有匹亞 : 『문선』에 실린 작자 미상의 「상가행傷歌行」에서 "봄철의 새가 번드치며 남쪽으로 나는데, 훨훨 날아서 홀로 멀리 가네. 슬픈 소리로 짝을 부르는데, 애처롭게 지저귀어 나의 맘을 아프게 하네"라고 했다.

選詩, 春鳥翻南飛, 翩翩獨翱翔. 悲聲命儔匹, 哀鳴傷我腸.

林中僕姑歸 苦遭拙婦罵 : 구양수의 「화성유춘우和聖俞春雨」에서 "병들었어도 흐리고 갬이 마치 발고勃姑 같음 알겠어라"라고 했고 또한 「명구鳴鳩」에서 "하늘 비 그치자 비둘기 울고, 아낙네 돌아오자 지저귀며 기뻐하네"라고 했다. '발고勃姑'와 '복고僕姑'는 모두 비둘기이다. 원장元章 미불米芾의 『화사畫史』에서도 또한 '발구勃鳩'라고 했다. 『장자』에서 "방 안에 공간이 없으면 며느리와 시어미가 서로 다투게 되듯이"라고 했는데, 그 주注에서 "'발계勃磎'는 서로 다툰다는 것이다"라고 했다.

見上.

氣侯使之然 光陰促晨夜 解甲號淸風 卽有幽蟲化 : 매미를 이른다. 한유의 「성남연구城南聯句」에서 "벌레 껍데기는 줄기에서 메말라 매달려 있네"라고 했다.

言蟬也. 退之聯句, 化蟲枯摀莖.

朱墨本非工 : 『후주서 · 소작전』에서 “소작이 문서의 정식과 지출은 붉은색으로 수입은 검은색으로 쓰는 법을 제정하였다”라고 했다.

後周書蘇綽傳, 始制文案程式, 朱出墨入.

王事少閑暇 幸蒙餘波及 : 『좌전』에서 “중이가 “진나라에 전해져 있는 것은 모두 임금께서 쓰시고 남은 것들입니다””라고 했다.

左傳, 重耳云, 其波及晉國者, 君之餘也.

治郡得黃霸 : 『한서 · 황패전』에서 “황패가 재상이 되었는데, 공명은 고을을 다스릴 때보다 손상되었다”라고 했다.

黃霸傳, 及爲相, 功名損於治郡時.

邑鄰陳太丘 : 후한의 진식이 태구의 장이 되었다.

後漢陳寔爲太丘長,

威德可資借 決事不遲疑 敏手擘太華 : 장형의 「서경부」에서 “함양의 옛 서울은 두 화산태화산과 소화산과 이어져 있는데, 거대한 신령이 큰 힘을 써서 손으로는 화산의 꼭대기를 둘로 쪼개고 발로는 화산의 기슭을 차서 굽게 흘러가는 황하를 관통하게 하였는데, 그 자취가 지금도 남아

있다"라고 했는데, 이선의 주에서 "옛말에 "화산은 본래 하나였는데 하수가 지나가면서 산을 두고 굽게 지나가니 황하의 신이 손으로 그 위를 들고 발로는 그 아래를 차서 이격시켜 가운데를 나눠 둘로 만든 뒤에 황하가 흐르게 하였다. 그 손과 발의 흔적이 지금도 남아 있다"" 라고 했다.

西京賦, 綴以二華, 巨靈贔屓, 高掌遠蹠, 以流河曲, 厥跡猶存. 善曰, 古語云, 此本一山, 當河水過之而曲行, 河之神以手擘開其上, 足蹋離其下, 中分爲二, 以通河流, 手足之迹, 今尙在也.

頗復集紅衣 呼嘹飮休假 : 한유의 「현재유회縣齋有懷」에서 "양부에서 황량하게 변해가니, 3년 만에 휴가를 얻었네"라고 했다.

退之詩, 兩府變荒凉, 三年就休假.

歌梁韻金石 : '가량歌梁'은 한아가 노래하면 그 여운이 들보를 맴돌아 묵은 먼지가 3일 떠다니기를 그치지 않았다는 고사를 인용하였다. 사령운의 「의위태자시擬魏太子詩」에서 "급한 활시위는 높게 나는 소리를 내고, 맑은 노래는 들보의 먼지를 털어내네"라고 했다. 사조의 「화복무창和伏武昌」에서 "춤추는 관은 터가 드넓고, 들보의 노래는 여향이 남아 있네"라고 했다. 이백의 「천은유야랑天恩流夜郞」에서 "취하여 춤추니 비단 자리 어지럽고, 맑은 노래 날듯한 들보를 맴도네"라고 했다. 『장자』에서 "증자가 위나라에 거할 때, 옷깃을 여미려 하면 팔꿈치가 나

오고, 짚신을 신으면 발뒤꿈치가 터졌다. 신발을 끌면서 「상송」을 부르면, 그 소리가 천지에 가득 차 마치 금석에서 나오는 것 같았다"라고 했다.

歌梁, 用韓娥能使透迤之聲環梁, 而凝塵奮飛三日不止事. 謝靈運詩, 急弦動飛聽, 淸歌拂梁塵. 謝朓詩, 舞館識餘基, 歌梁相遺囀. 李白詩, 醉舞紛綺席, 淸歌繞飛梁. 曾子曳屣而歌商頌, 聲滿天地, 若出金石.

舞地委蘭麝 寄我五字詩 句法窺鮑謝 : 포조와 사령운을 이른다.

明遠, 靈運.

亦歎簿領勞 行欲問田舍 : 『삼국지』에서 "유비劉備가 허사許汜에게 "그대는 밭이나 집을 구하노니, 취할 만한 말이 없구나"라 했다"라고 했다.

求田問舍, 見上.

相期黃公壚 : 『진서 · 왕융전』에서 "왕융이 상서령이 되어 황공주로 앞을 지나다가 뒷수레에 탄 사람을 돌아보면서 "내가 옛날 혜강, 완적 등과 함께 이 주점에서 술을 마시면서 죽림의 놀이에도 그 말석에 참여했었다. 혜강과 완적이 세상을 떠난 후로 시무에 묶여 지내다가 오늘 이곳을 보니 거리는 비록 가까우나 아득하기가 산하가 가로놓인 듯하네""라고 했다.

黃公壚, 見上.

不異秦人炙 : 『맹자』에서 "진秦나라 사람의 구이를 좋아함이 나의 구이를 좋아함과 다를 것이 없다"라고 했다.

孟子告子篇, 耆秦人之炙, 無以異於耆吾炙.

我初無廊廟 : 『진서 · 왕희지전』에서 "왕희지가 은호殷浩에게 보답하는 편지에서 "나는 본래 스스로 낭묘廊廟[28]에 뜻이 없다""라고 했다.

王羲之傳, 吾素無廊廟.

身願執耕稼 今將荷鋤歸 區宇畦甘蔗 : 『문선』에 실린 좌사의 「촉도부」에서 "오이밭과 토란밭, 단 사탕수수와 매운 생강"이라고 했다.

文選蜀都賦, 瓜疇芋區, 甘蔗辛薑.

觀君氣如虹 : 『예기 · 빙의』에서 "군자는 옥에 덕을 견주니, 옥의 흰 기운이 하늘의 흰 기운과 같다"라고 했다. 강엄이 곽공에게 이르기를 "그대가 뱉은 침은 구슬이 되고 기운을 토하면 무지개가 된다"라고 했다.

禮記聘義, 君子於玉比德焉, 氣如白虹天也. 江淹謂郭鞏曰, 子之咳唾成珠玉, 吐氣作虹蜺.

千輩可陵跨 自當出懷璧 往取連城價 : 조나라가 화씨벽을 얻었는데 진나라가 15성으로 바꾸기를 원하였다. 인상여가 종자를 시켜 옷으로

28 낭묘(廊廟) : 대신들이 정사를 의논하고 집행하는 곳인 묘당(廟堂)을 가리킨다.

구슬을 싸서 조나라로 돌아가게 하였다. 자세한 내용은 『사기 · 인상여전』에 보인다.

趙得和氏璧, 秦願以十五城易之. 藺相如使從者衣褐懷璧歸趙. 詳見相如傳.

賜地買歌僮 珠翠羅廣廈 : 두보의 「모옥위추풍소파가茅屋爲秋風所破歌」에서 "어이하면 천칸 만칸 너른 집 구해"라고 했다.

杜詩, 安得廣厦千萬間.

富貴不相忘 寄聲相慰籍 : "만약 재산이 넉넉해지고 지위가 높아지더라도 서로 잊지 맙시다"라는 말은 『한서 · 진승전』에 보인다. "계상의 정장이 나에게 안부를 전하라고 했는데, 어찌 전하지 않는가"라는 말은 『한서 · 조광한전』에 보인다. "자신의 부하들을 안심하게 하였다"라고 했는데, 안사고는 "천薦은 깔개처럼 편안하게 한다는 말이다"라고 했다. 이 말들은 『한서 · 호건전』에 보인다. "그를 위로함이 참으로 두터웠다"라는 말은 『후한서 · 외효전』에 보인다.

苟富貴, 無相忘. 見陳勝傳. 界上亭長, 寄聲謝我. 見趙廣漢傳. 所以慰薦走卒. 師古曰, 薦者擧藉也. 見胡建傳. 所以慰籍之良厚, 見後漢隗囂傳.

7. 회원옹에게 보내다

寄懷元翁

歲年豊稻秔	해마다 벼농사 풍년들어
井邑盛烟火	마을마다 밥 짓는 연기 짙게 오르네.
北園曾未窺	북쪽 정원을 아직까지 보지 못했으니
王事方勤我	왕사가 바야흐로 나를 힘들게 하여서네.
花枝互低昂	꽃과 가지 서로 위 아래로 어울리고
鳥語相許可	새는 지저귀며 서로 찾네.
觀物見歸根	만물을 살펴 근본으로 돌아감을 보며
撫時終宴坐	때를 살피며 종일 좌선하네.
搔首望四鄰	머리 긁으며 사방 이웃 바라보니
諸賢皆最課	제현은 모두 좋은 고과 받았네.
極工簿領書	장부에 노력을 기울이느라
甚辨米鹽顆	자잘한 곡식과 소금을 헤아리네.
平生短朱墨	평소 장부에 약하니
吏考仰丞佐	아전들이 살펴 보좌하네.
初無公侯心	애초부터 공후될 마음 없으니
骨相本寒餓	골상이 본래 가난할 징조라네.
明窗懷玉友	밝은 창에서 옥같은 벗 그리면서
淸絶吟楚些	청절한 그대 시를 읊조리네.

念君方坐曹　　생각건대 그대 바야흐로 관청에 앉았는데
無因奉虛左　　높은 자리 추천하는 이가 없구나.

【주석】

歲年豊稻秔 井邑盛烟火 : 『문선』에 실린 육운의 「답장사연答張士然」에서 "마을에서 서로 따르고"라고 했는데, 주에서 인용한 『주례』에서 "아홉 가족이 정井이 되고, 네 정이 읍이 된다"라고 했다. 『사기 · 율서』에서 "밥 짓는 연기가 만 리에 뻗어 있다"라고 했다.

選詩, 井邑自相循. 注引周禮, 九夫爲井, 四井爲邑. 史記律書, 烟火萬里.

北園曾未窺 : 『한서 · 동중서전』에서 "공부하느라 삼년 동안 정원을 엿보지 않았다"라고 했다.

董仲舒傳, 三年不窺園.

王事方勤我 : 『시경』에서 "나랏일이 나에게 몰려들거늘"이라고 했다.

詩, 王事適我.

花枝互低昂 : 한유의 「차일족가석此日足可惜」에서 "길옆의 초목의 꽃, 울긋불긋 서로 어울리네"라고 했다. 구양수의 「모춘유감暮春有感」에서 "훈풍이 꽃속 깊이 들어와, 꽃가지 서로 어울려 흔들거리네"라고 했다.

韓文公詩, 道傍草木花, 紅紫相低昂. 歐陽公詩, 薰風入花骨, 花枝互低昂.

鳥語相許可 : 『한서 · 소하전』에서 “임금께 아뢰면 허락을 받았다”라고 했는데, 안사고가 “아뢴 말을 옳다고 하고 요청한 바를 허락받았다”라고 했다.

漢蕭何傳, 上奏許可. 師古曰, 可其所奏, 許其所請.

觀物見歸根 撫時終宴坐 : 『노자』에서 “만물이 눈앞에 나란히 줄지어 있을지라도, 나는 그것이 원래 없음을 살핌으로써 마음을 망령되이 움직이지 않는다. 만물은 나란하게 줄지어 있지만, 모두 텅 빈 없는 근본으로 돌아간다. 근본으로 돌아간 것을 정이라 하고, 정은 본성을 돌이킨 것이라 이른다”라고 했다. 『유마경』에서 “일찍이 숲속에서 좌선하고 있었다”라고 했다.

老子云, 萬物並作, 吾以觀復. 夫物芸芸,[29] 各歸其根. 歸根曰靜. 宴坐, 見上.

搔首望四鄰 諸賢皆最課 : 『한서 · 서전』에서 “관리의 고과를 평가할 때 연달아 최고를 받았다”라고 했다. 한유의 「기추자사」에서 “처음에는 벼슬아치 마음이 없는 듯하더니, 끝내 고을의 고과가 최고를 받았네”라고 했다.

班固叙傳云, 奏課連最. 韓詩寄鄒刺史, 初如遺宦情, 終乃最郡課.

---

29 [교감기] ‘以’는 원래 ‘已’로 되어 있었으며, ‘觀’ 아래에 원래 ‘其’가 있었으며, ‘夫物’ 두 글자는 원래 탈락되어 있었다. 지금 영원본과 전본을 따르고 아울러 왕필이 주를 단 『노자』에 의거하여 보충하고 바로잡았다.

極工簿領書 甚辨米鹽顆 : 『사기 · 천관서』에서 "그 점괘는 낟알이나 소금처럼 자잘하여 보잘 것 없다"라고 했다. 『한서 · 함선전』에서 "쌀과 소금을 관리하는 사소한 일부터 모든 일을 자신이 직접 하였다"라고 했다.

史記天官書, 其占驗凌雜米鹽. 漢書咸宣傳, 其治米鹽.

平生短朱墨 : 『후주서 · 소작전』에서 "소작이 문서의 정식과 지출은 붉은색으로 수입은 검은색으로 쓰는 법을 제정하였다"라고 했다.

見上.

吏考仰丞佐 初無公侯心 骨相本寒餓 : 한유의 「소주유별장단공사군韶州留別張端公使君」 시에서 "골상 험한 우번을 스스로 한탄하네"라고 했다.

退之詩, 自歎虞翻骨相屯.

明窗懷玉友 淸絶吟楚些 : '사些'는 『초사 · 초혼』에 보인다.[30] 『남사 · 왕림전』에서 "왕전과 왕석 두 왕 씨 형제는 당시에 옥의 형, 금의 아우라고 불렀다"라고 했다. 심존중의 『몽계필담』에서 "지금 기주, 삼협, 호주, 상주 사람들은 모든 주술의 글자 뒤에 '사些'를 붙이니, 바로 초나라 사람들의 오래된 습속이다"라고 했다.

30 사(些)는 『초사(楚辭)』 초혼편(招魂篇)의 구절 말미에 사용한 어조사(語助詞)로, 즉 초혼의 주문(呪文)을 뜻한다.

見楚辭招魂. 南史王琳傳, 時謂銓錫二王, 玉昆金友. 沈存中云, 今夔峽湖湘人, 凡禁呪句尾, 皆稱些, 乃楚人舊俗.

念君方坐曹 : 『한서 · 설선전』에서 "동지와 하지가 되면 관리를 쉬게 하였는데, 적조연 장부張扶만이 홀로 기꺼이 쉬지 않고 관청에 앉아 일을 보았다"라고 했다. 백거이의 「화몽유춘和夢游春」에서 "종일 관청에 앉아 있으니, 열흘 동안 휴가가 없었네"라고 했다.

薛宣傳, 日至休吏, 賊曹椽獨不肯休, 坐曹治事. 白樂天詩, 竟日坐官曹, 經旬曠休沐.

無因奉虛左 : 『사기 · 위공자무기전』에서 "위나라에 은사가 있으니 후영이라 한다. 나이가 일흔인데 집안이 가난하여 대량의 이문감을 하고 있다. 공자가 수레를 몰면서 왼쪽을 비워두고 스스로 후생을 맞이하였다"라고 했다. 위발이 제나라 제상인 조삼을 만나려고 아침마다 그의 사인舍人 집 문 앞을 청소하던 내용이 『한서 · 제도혜왕전』에 보인다.

史記魏公子無忌傳, 公子從車騎, 虛左, 自迎夷門侯生. 魏勃願見相君無因, 見齊悼惠王傳.

8. 술을 마주하고 앞의 시 운자에 차운하여 회원옹에게 보내다

對酒次前韻寄懷元翁

花光漸寒食　꽃빛은 점점 한식에 가까우니
木燧催國火　목수는 나라의 불을 바꾸네.
沽酒鳥勸人　직박구리는 사람에게 술 권하는데
懷賢吾忘我　어진이 그리며 나는 나를 잊네.
事往墮甑休　지나간 일은 솥을 버리듯 하고
心知求田可　마음은 밭을 구해야 할 줄 아네.
可人不在眼　훌륭한 사람 눈앞에 있지 않으니
樽俎思促坐　술동이에 재촉하여 앉기를 바라네.
有生當倥偬　삶은 마땅히 매우 바쁜데
無暇天所課　틈도 없이 하늘이 내쫓는다네.
不解聞健飮　술을 잘 마시지 못하니
俄成一蓬顆[31]　얼마 후면 무덤이 되겠지.
泥鈞埏萬物　진흙으로 만물을 빚는데
寒暑勤五佐　추우나 더우나 오재가 부지런히 돕네.
豈其懷愛憎　어찌 애증을 품어서
私使我窮餓　사사로이 내가 곤궁하고 굶주리게 하랴.
醉魂招不來[32]　취한 혼은 불러도 오지 않으니

31　[교감기] '俄'는 고본에는 '我'로 되어 있다.

浪下巫陽些	부질없이 무양을 내려보냈네.
夢成少年嬉	꿈속에서 소년처럼 즐기는데
走馬章臺左	장대의 왼쪽으로 말을 내달리네.

【주석】

花光漸寒食 : 이백의 「상황서순남경가上皇西巡南京歌」에서 "꽃빛이 상림원 붉은빛에 뒤지지 않네"라고 했다.

李白詩, 花光不減上林紅.

木燧催國火 : 『논어』에서 "불씨를 취하는 나무도 바뀐다"라고 했다. 『업중기』에서 "병중서는 새해가 시작되고 105일이 될 때 개자추를 위해 불을 때지 않고 3일 동안 차가운 음식을 먹는다"라고 했다. 『예기·내칙』에서 "오른쪽에는 대휴와 목수를 찬다"라고 했는데, 주에서 "목수는 불을 일으키는 도구이다"라고 했다. 『주례』에서 "사관은 불에 대한 정령을 담당하는데, 사계절마다 불 피우는 나무를 바꾸어 질병을 제거했다"라고 했다. 장협張協의 「잡시雜詩」에서 "떨어져 지낸 지 얼마나 되었나, 부신 나무가 문득 바뀌 불을 피우네"라고 했다.

論語, 鑽燧改火. 鄴中記, 并州一百五日, 爲介子推斷火, 冷食三日. 內則云, 大鑴木燧. 注云, 木燧, 鑽火也. 周禮, 司爟掌行火之政令, 四時變國火, 以救時疾. 張景陽詩, 離居幾何時, 鑽燧忽改火.

---

32 [교감기] '魂招'가 전본에는 '招魂'으로 되어 있다.

沽酒鳥勸人 : '제호提壺'는 새 이름이다. 성유 매요신의 「사금언四禽言」에서 "직박구리가 좋은 술을 파네. 바람이 손이 되고 나무가 벗이 되네. 산꽃은 요란하게 눈앞에 피니, 오늘 아침 너에게 권커니 천만 수 누리게"라고 했다.

見上.

懷賢吾忘我 : 『장자 · 제물齊物』에서 "남곽자기南郭子綦가 "지금 나는 내 자신을 잃어버리고 있었는데, 자네가 그것을 알았구려"라 했다"라고 했는데, 그 주注에서 "내가 나를 잃어버렸으니, 천하의 어떤 사람인들 족히 알랴"라고 했다.

莊子齊物論云, 今者吾喪我. 注云, 我自忘矣.

事往隨甑休 : 맹민이 솥을 지고 가다가 땅에 던져버리고서 뒤도 돌아보지 않고 떠났다. 임종 곽태가 그것을 보고 그 의도를 물으니, 대답하기를 "솥이 이미 깨졌는데 쳐다본들 무슨 이익이 있겠습니까"라 하였다. 임종이 기특하게 여기고는 자신을 따라 학문할 것을 권하였다. 10년이 지나 이름이 널리 알려졌다. 이 내용은 『후한서 · 곽태전』에 보인다.

孟敏荷甑墮地, 不顧而去. 林宗見而問其意, 對曰, 甑已破矣, 視之何益. 林宗異之, 勸令游學, 十年知名. 見後漢郭太傳.

心知求田可 : 진등의 인물됨에 대해 허사가 거만하다고 하자, 유비가

"지금 천하에 대란이 일어 제왕이 그 거처를 잃었으니, 그대는 집안일을 잊고 나라를 걱정하며 세상을 구할 뜻을 품어야 마땅하나, 밭을 구하고 집을 사러 다니기만 할 뿐 채택할 만한 견해조차 없다"라고 한 말이 『위지·여포전』의 뒤에 부록되어 있다.[33] 왕안석의 「송순보送純甫」에서 "늙은 나는 쓸모가 없으니 또한 밭이나 구하려네"라고 했다.

陳登謂許汜曰, 君求田問舍, 言無可采. 附呂布傳後. 王荊公詩, 老吾無用亦求田.

可人不在眼 : 『예기·잡기雜記』에서 "관중이 도적 떼를 만나 그중에서 두 사람을 선발하여 환공桓公에게 천거하여 환공의 신하가 되게 하며 말하기를 "함께 지내는 자들이 못된 자들이어서 도적질을 하게 된 것이지, 쓸 만한 사람들입니다""라고 했다. 『진사』에서 "환온이 왕돈의 묘를 지나면서 "훌륭한 사람이여! 훌륭한 사람이여""라고 했다.

禮記, 管仲遇盜, 取二人焉, 上以爲公臣, 曰其所與游辟也, 可人也. 晉史, 桓温過王敦墓曰, 可人可人.

樽俎思促坐 有生當倥傯 : 『후한서·탁무전』에서 "저는 참으로 바빠서 한가로운 날이 없었습니다"라고 했다.

後漢卓茂傳, 斯固倥傯不暇給之日.

---

33 원문에서는 진등이 허사에 대해 논한 것으로 되어 있는데, 이는 글을 축약하면서 저지른 오류이다. 자세한 내용은 『위지·여포전』에 보인다.

無暇天所課 : 동파의 「독락원獨樂園」에서 "하늘이 죄수의 붉은 옷 입힌 것과 같네"라고 한 것, 「차운답지次韻答之」에서 "장안의 낮은 관리 하늘이 내쫓았네"라고 한 것과 같다.

如東坡詩, 此病天所赭, 長安小吏天所放之類.

不解聞健飮 : 한유의 「취증장비서醉贈張秘書」에서 "글을 지으며 술 마실 줄 몰라"라고 했다. 백거이의 십이월이십삼일작十二月二十三日作」에서 "들으니 건강하게 한가롭게 지내며 술을 즐긴다고"라고 했다.

韓退之詩, 不解文字飮. 白樂天詩, 聞健偸閑且勤飮.

俄成一蓬顆 : 『한서 · 가산전』에서 "그 후손은 잔디와 흙으로 무덤을 덮지 못하고 남의 묘에 의탁하여 장사지낼 것이다"라고 했다.

賈山傳, 曾不得蓬顆蔽冢而託葬焉.

泥鈞埏萬物 : 동중서의 「현량책賢良策」에서 "진흙이 돌림판 위에 있는 것과 같아서 빚는 자의 의도대로 따릅니다"라고 했다. 『노자』에서 "찰흙을 빚어 그릇을 만든다"라고 했는데, 주에서 "연埏은 빚는 것이요, 식埴은 흙이다"라고 했다.

董仲舒策云, 猶泥之在鈞, 唯甄者之所爲. 老子云, 埏埴以爲器. 注云, 埏, 和也. 埴, 土也.

寒暑勤五佐 : 『사기 · 봉선서』에서 "천신 가운데 가장 존귀한 이는 태일이며, 태일을 돕는 자로 오제가 있다"라고 했다. 살펴보건대 『예기 · 월령』에서 "사계절에 모두 제帝가 있으며, 토는 사계절에 모두 왕성하다"라고 했다.

史記封禪書云,[34] 天神貴者太一, 太一佐曰五帝. 按月令, 四時皆有帝, 而土王四季.[35]

豈其懷愛憎 私使我窮餓 : 『장자 · 대종사』에서 "부모가 어찌 내가 빈궁하기를 바랐겠는가. 하늘은 사사로이 덮음이 없고, 땅은 사사로이 실음이 없으니, 하늘과 땅이 어찌 사사로이 나를 빈궁하게 했겠는가"라고 했다.

莊子太宗師篇云, 父母豈欲吾貧哉. 天無私覆, 地無私載, 天地豈私貧我哉.

醉招魂不來 浪下巫陽些 : 두보의 「득사제소식得舍弟消息」에서 "이제 늙어버렸으니, 언제나 나 죽을 지 알 수 없구나"라고 했다. 한유의 한유의 「답장철答張徹」에서 "근심스런 원숭이는 한이 맺혀 죽고, 괴이한 꽃은 꿈에 취해 향기롭네"라고 했다. 「초혼」에서 "천제께서 무양에게 이르기를 (…중략…) 무양이 이에 하계로 내려와 혼을 부르나니 "혼이여 돌

34 [교감기] '封禪書'는 원래 '天官書'로 되어 있었는데, 잘못이다. 지금 『사기』 28권에 의거하여 고친다.

35 [교감기] 전본에 '帝'는 '常'으로 되어 있고, '王'은 '旺'으로 되어 있다. 또한 이 두 구는 「월령」에 보이지 않는다.

아오라. 그대의 육신을 떠나서, 어찌하여 사방을 떠도는가""라고 했다.

杜詩, 不知臨老日, 招得幾人魂. 退之詩, 愁狖酸骨死, 怪花醉魂馨. 招魂云, 帝告巫陽曰云云. 乃下招曰, 魂兮歸來, 去君之恒幹, 何爲乎四方些.

夢成少年嬉 走馬章臺左 : 『한서 · 장창전』에서 "장대 거리로 말을 내달려"라고 했다. 이백의 「소년자少年子」에서 "청운의 뜻을 품은 젊은이가, 활을 끼고 장대의 왼쪽에서 노네"라고 했다.

漢張敞傳, 走馬章臺街. 太白詩, 靑雲少年子, 挾彈章臺左.

9. 후위가 길수에 갔는데 3일 내린 진흙탕 비에 돌아오지 않은 것을 알고서 장난삼아 지어서 보내다

侯尉之吉水覆按未歸三日泥雨戲成寄之

歎息侯嬴老	후영이 늙어 탄식이 이는데
尉曹鞍馬疲	위조는 말을 타느라 피곤하네.
山花迷部曲	산꽃은 마을에 어지러이 지고
江雨壓旌旗	강가의 비는 깃발을 짓누르네.
越鳥勸沽酒	제호로는 술을 사오라고 권하고
竹雞憂蹋泥	자고새는 진흙에 빠질까 걱정하네.
不知何處醉	어느 곳에서 취한 줄 알 순 없지만
遙寄解酲詩	멀리서 해장하는 시를 보내네.

【주석】

歎息侯嬴老 : 『사기 · 위공자무기전』에서 “무기는 신릉군에 봉해졌다. 위나라에 은사 후영이 있었는데, 나이가 70으로 집이 가난하여 대량의 이문감을 맡고 있었다. 공자가 그에게 가서 청하여 재물을 두텁게 보내주었으나 받지 않았다. 이에 공자가 술자리를 마련하고 빈객을 크게 모아 자리가 정해지자, 왼쪽 자리를 비워둔 수레를 따르게 하여 자신이 직접 후생을 맞이하였다”라고 했다.

史記魏公子無忌傳, 封爲信陵君. 魏有隱士侯嬴, 年七十, 家貧爲大梁夷門監者. 公子往請, 欲厚遺之, 不肯受. 乃置酒大會賓客, 坐定, 公子從車騎, 虛左, 自迎侯生云云.

尉曹鞍馬疲 山花迷部曲 江雨壓旌旗 越鳥勸沽酒 : 이백의 「추포청계秋浦清溪」에서 "맑은 바람이 창가의 대를 흔드니, 자고새 일어나 서로 부르네"라고 했는데, 자고새는 제호로를 이른다.

太白詩, 淸風動窗竹, 越鳥起相呼. 謂提壺盧.

竹雞憂蹋泥 : 진흙이 미끄러운 것을 이른다.

謂泥滑滑.

不知何處醉 遙寄解酲詩 : 『진서 · 유령전』에서 "한 번 마시면 한 섬이요, 해장할 때 다섯 말이다"라고 했다.

劉伶五斗解酲.

10. 후위의 집에서 비파 연주를 듣다

侯尉家聽琵琶

舫齋蒼竹雨聲中	선실의 푸른 대는 빗속에 울고
一曲琵琶酒一鍾	한 곡조 비파에 술 한 병이네.
恰似潯陽江上聽	심양강가에서 듣는 것과 흡사한데
只無明月與丹楓	다만 밝은 달과 단풍이 없구나.

【주석】

舫齋蒼竹雨聲中 一曲琵琶酒一鍾 恰似潯陽江上聽 只無明月與丹楓 : 백거이의 「비파인」 대략을 들어보면 "심양강가에서 밤에 손님을 보내려니, 단풍잎과 갈대꽃 가을이 쓸쓸하네. 주인은 말에서 내리고 손님은 배에 올라, 술을 들어 마시려니 음악이 없네. 취해도 기쁘지 않아 슬피 헤어지려는데, 이별할 때 강엔 달만 잠겨 있네"라고 했다.

白樂天琵琶引其略云, 潯陽江頭夜送客, 楓葉荻花秋瑟瑟. 主人下馬客在船, 擧酒欲飮無管絃. 醉不成歡慘將別, 別時茫茫江浸月云云.

11. 원주 수령 료헌경에게 보내다

寄袁守廖獻卿

公移猥甚叢生筍	공이가 떨기로 자란 죽순처럼 매우 많고
訟牒紛如蜜分窠	송사의 공문서는 벌집처럼 어지럽네.
少得曲肱成夢蝶	잠시 팔을 굽혀 꿈에 나비가 되니
不堪衙吏報鳴鼉	관아 아전이 악어 북 치는 것을 견딜 수 없네.
已荒里社田園了	마을의 전원이 이미 황폐해졌으니
可奈春風桃李何	봄바람에 도리 피면 어찌할까.
想見宜春賢太守	상상해보면 의춘의 어진 태수는
無書來問病維摩	병든 유마힐에게 편지 보내 묻지 않는가.

【주석】

公移猥甚叢生筍 : 한유의 「증최립지贈崔立之」에서 “어느덧 한 묶음 죽순처럼 쌓여 있네”라고 했다. 문집 안에 「부이」, 「관이」, 그리고 「공이」 등은 모두 포고문이다. 사마상여는 「유파촉격」을 지었다.

退之詩, 戢戢已多如束筍. 集中有符移官移與公移, 皆檄也. 司馬相如有喻巴蜀檄.

訟牒紛如蜜分窠 : 송첩訟牒은 즉 「북산이문」에서 말하는 “공문서와 송사로 매우 바쁘다”는 것을 이른다.

訟牒, 卽北山移文所謂牒訴倥偬也.

少得曲肱成夢蝶 : 『장자』에서 "언젠가 장주가 꿈속에 나비가 되어, 나풀나풀 잘 날아다니는 나비로서 스스로 유쾌하고 만족스러웠다. 조금 뒤에 잠을 깨고 보니 뻣뻣하게 누워있는 장주라는 인간이었다. 장주의 꿈속에 나비가 된 것인지, 나비의 꿈속에 장주가 된 것인지 모르겠다"라고 했다.

見上.

不堪衙吏報鳴鼉 : 『시경 · 영대』에서 "악어가죽 북이 둥둥 울리니"라고 했다. 유종원의 「동유원장술구同劉院長述舊」에서 "종종걸음으로 앞 수레에 꼴을 먹이고, 용 구리 북 울려 관아에 보고하네"라고 했다. 소동파의 「부수차賦水車」에서 "악어가 굴속에서 우니 마치 관가의 북소리 같네"라고 했다.

詩靈臺云, 鼉鼓逢逢. 柳子厚詩, 蹀躞騶先駕, 龍銅鼓報衙. 東坡詩, 鼉鳴穴中如打衙.

已荒里社田園了 : 도연명의 「귀거래사」에서 "전원이 장차 황폐할 것이니"라고 했다.

見歸去來辭.

可柰春風桃李何 想見宜春賢太守 : 원주 의춘군은 또한 의춘현을 다스린다.

袁州宜春郡, 亦治宜春縣.

無書來問病維摩 : 『유마경』에서 "유마힐이 곧 신력으로 그 방안을 깨끗이 치우고 다만 한 침상만 남겨두었는데, 병이 나서 드러누웠다"라고 했다.

維摩經, 維摩詰卽以神力空其室內, 唯置一床, 以疾而臥.

12. 원주 자사 요헌경이 차운하여 답하면서 아울러 황정국의 『재생전』을 보내왔는데, 그 시에 차운하여 보내다

廖袁州次韻見答并寄黃靖國再生傳次韻寄之

春去懷賢感物多	봄이 가니 어진이 그리는데 경치에 감회가 일고
飛花高下罥絲窠	날리는 꽃은 높이 떨어져 거미줄에 매달리네.
傳聞治境無戾虎	들으니, 다스리는 고을이 사나운 호랑이 없다하며
更道豊年鳴白鼉	풍년에 흰 악어 북을 울린다고 말하네.
史筆縱橫窺寶鉉	사필은 간보와 서현을 종횡으로 넘겨보고
詩才淸壯近陰何	시재는 맑고 굳세 음갱, 하손에 가깝네.
寄聲千萬相勞苦	대단히 위로해주는 소식 전해주니
如倚胡牀得按摩	호상에 기대어 어찌하면 안마해줄까.

【주석】

春去懷賢感物多 飛花高下罥絲窠 : 두보의 「한식寒食」에서 "꽃이 바람에 위아래로 날리네"라고 했다. 한유의 「성남연구城南聯句」에서 "거미줄 걷어내도 다시 생겨나네"라고 했다.

杜詩, 風花高下飛. 退之聯句, 絲窠掃還成.

傳聞治境無戾虎 : 『전국책 · 진어』에서 "진진이 말하기를 "호랑이 두 마리가 사람을 잡아먹겠다고 서로 싸웠다. 관장자란 자가 찔러 죽이겠다고 나서자 관여가 만류하면서 "호랑이는 탐악한 짐승이며 사람은 그의 맛있는 먹이가 된다"라고 했다"라 했는데, 주에서 "려戾는 탐하다"라고 했다. 아울러 후한의 송균이 구강태수가 되었을 때, 구강에 호랑이가 많은 것을 보고 "호랑이가 산에 있는 것은 자라가 물에 있는 것과 같다. 지금 백성을 해치는 것은 잔혹한 관리이다"라고 하고는 간사한 아전을 물리쳤더니 호랑이가 모두 동쪽으로 강을 건너갔다는 고사를 아울러 사용하였다.

戰國策秦語云, 陳軫曰, 有兩虎爭人而鬬者, 管莊子將刺之, 管與止之, 曰虎者戾蟲, 人者甘餌也. 注云, 戾, 貪也. 兼用後漢宋均爲九江太守虎渡江事.

更道豊年鳴白鼉 : 당나라 장적의 「잡가요시雜歌謠辭」에서 "하늘에 비가 오려 하니, 동풍이 부네. 남쪽 시내 흰 악어가 굴속에서 우네"라고 했다.

唐張籍詩, 天欲雨, 有東風. 南溪白鼉鳴窟中.

史筆縱橫窺寶鉉 : 원주에서 "간보는 『수신기』를 지었고 서현은 『계신록』을 지었는데, 당시에 간보를 귀신의 동호[36]라고 불렀다"라고 했다.

---

36 동호 : 동호지필은 사실(史實)을 왜곡하지 않고 있는 그대로 정직하게 기록함을 이른 말이다. 춘추시대 진(晉)나라의 태사(太史)였던 동호가 권세를 두려워하지 않고 사실을 있는 그대로 직필한 데서 유래한다.

元注云, 干寶作搜神記, 徐鉉作稽神錄, 當時謂寶鬼之董孤

詩才淸壯近陰何 : 두보의 「여이백동심이십與李白同尋范十」에서 "이후는 아름다운 시를 잘 지으니, 이따금 음갱 하손과 비슷하네"라고 했는데, 음하陰何는 음갱, 하손을 이른다.

杜詩, 李侯有佳句, 往往似陰何[37] 謂陰鏗何遜.

寄聲千萬相勞苦 如倚胡牀得按摩 : 『한서 · 조광한전』에서 "계상의 정장이 희롱하며 "관아에 이르거든 나를 위해 조군에게 안부를 잘 전해주게나""라고 했는데, 안사고가 "다多는 두터움이다. 즉 "정성을 다해"라는 의미로 지금 사람들이 "천만 안부를 묻는다"는 말과 같다. 『진서 · 환이전』에서 "수레에서 내려 호상에 걸터앉아 피리로 세 곡조를 불렀다"라고 했다.『예기 · 내칙』에서 "옷이 따뜻한지 추운지 묻고, 병과 가려움이 있으면 공경하여 짚어보고 긁는다"라고 했는데, 주에서 "억抑은 짚어 보는 것이요, 소搔는 긁는 것이다"라고 했다. 『맹자』에서 "어른을 위하여 안마를 한다"라고 했는데, 주에서 "절지는 손의 관절을 안마하는 것이다"라고 했다. 유준의 「광절교론」의 주에서 "절지는, 손발을 안마하는 것이다"라고 했다.

趙廣漢傳, 界上亭長戲曰, 至府爲我多謝問趙君. 師古曰, 多, 厚也. 言殷勤,

37 [교감기] '李侯' 이하 두 구는 전본에는 "頗學陰何苦用心"으로 되어 있다. 이 구는 두보의 「해민(解悶)」에 보이는 말이다.

若今人言千萬問訊. 據胡牀, 見晉桓伊傳. 禮記內則, 問衣燠寒,[38] 疾痛苛癢, 而敬抑搔之. 注云, 抑, 按. 搔, 摩之. 孟子, 爲長者折枝. 注, 折枝, 按摩折手節也. 劉峻廣絶交論注, 折枝, 按摩手足也.

38 [교감기] '煥'은 현재 통행되고 있는 『예기·내칙』에는 '燠'으로 되어 있다. 영원본과 전본에도 또한 '燠'으로 되어 있다.

13. 원주 유 사법도 또한 나의 '마摩'자 운의 시에 화답하니, 인하여 다시 차운하여 보내다

袁州劉司法亦和予摩字詩因次韻寄之

袁州司法多兼局	원주의 사법은 겸한 일이 많아
日暮歸來印幾窠	날이 저물어 돌아올 때까지 도장을 몇 번이나 찍나.
詩罷春風榮草木	시를 마치니 봄바람이 초목에 꽃을 피운 듯
書成快劍斬蛟鼉[39]	글자를 쓰니 날랜 검으로 교룡과 악어를 벤 듯.
遙知吏隱淸如此	멀리서 알겠네, 아전으로 숨어 이처럼 맑으니
應問卿曹果是何	응당 경의 관서는 과연 어디인지 물어보네.
頗憶病餘居士否	자못 기억하기론 병이 들었던 거사가 아니던가
在家無意食蘿藦[40]	집에 있으면서 무심하게 박주가리 먹는구나.

【주석】

袁州司法多兼局 日暮歸來印幾窠 詩罷春風榮草木 : 도연명의 「귀거래사」에서 "물오른 나무들은 무성하게 자라고"라고 했다.

---

39 [교감기] '斬'은 영원본에는 '斫'으로 되어 있다.

40 [교감기] '食'은 전본에는 '飮'으로 되어 있다. 또한 '藦'는 각각의 본에 원래 '摩'로 되어 있었는데, 『명의별록(名醫別錄)』의 도홍경이 인용한 세속의 말에 의거하여 바로잡았다.

歸去來辭, 木欣欣以向榮.

書成快劒斬蛟鼉 : 한유의 「석고가」에서 "날랜 칼로 살아 있는 교룡과 악어를 벤 듯"이라고 했다.

退之石鼓歌, 快劍斫斷生蛟鼉.

遙知吏隱淸如此 : 두보의 「백수최소부白水崔少府」에서 "세상 숨는 게 마음 편한 관리, 이곳이 그 은거지라네"라고 했다. 『여남선현전』에서 "정흠은 의피의 남쪽에서 아전으로 숨어 살았다"라고 했다.

杜詩, 吏隱適情性, 玆焉其窟宅. 汝南先賢傳, 鄭欽吏隱於蟻陂之陽.

應問卿曹果是何 : 『진서 · 왕휘지전』에서 "왕휘지가 환충의 기병참군이 되었다. 환충이 휘지에게 무슨 관서에서 근무하느냐고 묻자, "아마도 마조인 듯싶습니다""라고 했다.

王徽之傳, 爲桓沖騎兵參軍, 沖問, 卿署何曹. 對曰, 似是馬曹.

頗憶病餘居士否 在家無意食蘿藦 : 『본초강목 · 구기조』 도은거의 주에서 "세속에서 말하기를 "집안 멀리 떠나면 박주가리와 구기자는 먹어서는 안 된다"라고 하니, 이는 양기가 강성해지기 때문이다"라고 했다.

本草枸杞, 注曰, 諺云, 去家千里, 不食蘿藦枸杞.

14. 앞 시에 차운하여 길노에게 답하고 아울러 하군용에게 보내다

次韻奉答吉老并寄何君庸

傾懷相見開城府	그리워하다가 개성부에서 만나서
取意閑談沒臼窠[41]	주제 정해 한가롭게 얘기하니 상투적이지 않아라.
但取吏曹無狡兎[42]	다만 토끼 같은 교활함 없는 아전 취하고
任呼舞女伐靈鼉	무녀 불러 신령한 악어 북을 치게 하네.
屢中甕面酒幾聖	자주 술에 빠지니 청주는 얼마인가
苦憶尊前人姓何	술동이 앞에 그리운 사람 괴롭게 생각하네.
願得兩公俱助我[43]	원컨대 두 공은 함께 나를 도와
不唯朱墨要漸摩	장부뿐만 아니라 인의에 나아가게 해 주시오.

【주석】

傾懷相見開城府 : 『문선』에 실린 우령승의 『진기총론』에서 "선황제숙종의 성품은 침중하여 마치 성과 같은데 그러나 능히 너그럽게 용납함이 있었다. 이임보는 성처럼 철벽이어서 그의 마음을 넘겨다 볼 수 없

---

41 [교감기] '沒'은 영원본에는 '投'로 되어 있다.

42 [교감기] '但取'는 영원본에는 '但使'로 되어 있다.

43 [교감기] '助我''는 전본에는 '投報'로 되어 있다.

었다"라고 했다.

文選干令昇晉紀總論云, 宣皇帝性深阻, 有如城府, 而能寬綽以容納. 李林甫城府深密, 人莫窺其際.

取意閑談沒臼窠 : 구과臼窠는 앞에 보인다.

臼窠, 見上.

但取吏曹無狡兎 : 『전국책』에서 "풍훤이 맹상군을 위하여 설에서 빚을 거두게 되었는데, 채권을 불사르고 돌아오니 맹상군이 기뻐하지 않았다. 후에 맹상군에 자신의 봉지인 설나라에 갈 수밖에 없게 되었는데, 노인과 어린이들이 길에서 맞이하니 맹상군이 그제서야 기뻐하였다. 풍훤이 "교활한 토끼는 굴이 세 개여야 겨우 죽음을 면할 수 있습니다. 지금 그대는 하나뿐이니, 아직 베개를 높이 베고서 잠 잘 수는 없습니다. 청컨대 두 개의 굴을 더 뚫겠습니다"라고 하였다. (…중략…) 맹상군에게 이르기를 "세 개의 굴이 완성되었으니, 이제 그대는 베개를 높이 베고 잘 수 있습니다""라고 했다.

狡兎三窟, 見上.

任呼舞女伐靈鼉 : 『시경 · 채기』에서 "진격하는 북소리 둥둥 울리니"라고 했다. 장형의 「남도부」에서 "자색 봉황 피리를 불고, 신령스런 악어의 북을 치네"라고 했다.

采芑詩, 伐鼓淵淵. 南都賦, 吹紫鳳之簫, 伐靈鼉之鼓.

瓮中甕面酒幾聖 : 『법서요록』에서 "산동山東에서는 '항면缸面'이라 하는데, 하북河北에서 '옹두甕頭'라고 하는 것과 같으니, 술이 막 익는 것을 말한다"라고 했다. 『위지·서막전』에서 "당시 나라에서 술을 금하였는데, 서막은 남몰래 술을 마셔 크게 취하기도 하였다. 교사인 조달이 맡은 관청의 일로 묻자, 서막은 술에 취해 "성인에 빠졌소"라고 했다. 조달이 태조에게 아뢰자 태조가 매우 화를 내었다. 선우보가 "평소 취객들은 청주를 성인이라 하고 탁주를 현인이라 하니, 우연히 술에 취해 그렇게 말하였을 뿐입니다"라 하자, 이로 인해 죄를 면하였다. 후에 문제가 즉위하여 묻기를 "자못 다시 성인에 빠지는가"라 하자, 대답하기를 "때때로 다시 빠집니다""라고 했다. 이백의 「월하독작月下獨酌」에서 "술을 기울이면 근심이 오지 않네. 이래서 주성이, 술을 마시면 마음이 트였었구나"라고 했다.

缸面, 卽甕頭, 見上注. 魏志徐邈傳, 時科禁酒, 而邈私飮至沈醉, 校事趙達問以曹事, 邈曰, 中聖人. 達白之太祖, 太祖甚怒. 鮮于輔曰, 平日醉客, 謂酒淸者爲聖人, 濁者爲賢人. 偶醉言耳. 坐得免. 後文帝踐阼, 問曰, 頗復中聖人不. 對曰, 時復中之. 李白詩, 酒傾愁不來, 所以知酒聖.

苦憶尊前人姓何 願得兩公俱助我 不唯朱墨要漸摩 : 장부책의 지출은 붉은색으로 수입은 검은색으로 쓰는 것만 도와주는 것이 아니라 또한 인

과 의에 점점 물들게 하는 것도 도와주라는 말이다.

非特治簿書, 朱出墨入,[44] 亦欲漸仁摩義也.

44 [교감기] '朱出墨入'은 원래 '朱入墨出'로 되어 있었다. 살펴보건대 『북사·소작전』에서 "蘇綽制文案程式, 朱出墨入, 及計帳戶籍之法"으로 되어 잇다. 지금 영원본과 전본을 따르고 아울러 「소작전」에 의거하여 바로잡았다.

15. 원주 자사 요헌경의 「회구은」의 시에 차운하다

次韻奉答廖袁州懷舊隱之詩

詩題怨鶴與驚猿	원망하는 학과 놀란 원숭이 시로 읊는데
一幅溪藤照騫烟	한 폭의 시내 등나무가 사향 연기에 비추네.
聞道省郎方結綬	들으니, 바야흐로 상서랑의 인끈을 찼다는데
可容名士乞歸田	전원으로 돌아가길 바라는 명사 되었네.
嚴安召見天嗟晚	엄안을 불러 보며 황상이 늦음을 탄식하고
賈誼歸來席更前	가의는 장안으로 돌아와 문제가 자리를 앞으로 당겼네.
何況班家有超固	반씨 집안의 반초, 반고와 어찌 비교하랴
應封定遠勒燕然	정원후에 봉해지고 연연산에 비문 새겼으니.

【주석】

詩題怨鶴與驚猿 : 『문선』에 실린 공치규의 「북산이문」에서 "난초 휘장 텅 비어 밤에 학이 원망하고, 산사람 떠나니 새벽 원숭이 놀라네"라고 했다.

文選北山移文, 蕙帳空兮夜鶴怨, 山人去兮曉猿驚.

一幅溪藤照騫烟 : 섬계가에 오래된 등나무가 많다는 것은 서원여의 「조섬등문」에 보인다.

剡溪上多古藤, 見舒元輿弔剡藤文.

聞道省郎方結綬 : 후한의 황향은 상서랑이 되어 궁궐을 떠나지 않았다. 『백낙천집』에 「하양십이신배성랑시」가 있다. 두보의 「입주행入奏行」에서 "성낭이나 경윤은 그냥 줍듯이 얻어"라고 했다. "소육蕭育과 주박朱博이 벼슬에 나아가면 왕양王陽과 공우貢禹는 벼슬에 나갈 준비를 한다"라는 말은 『한서·소육전』에 보인다.

後漢黃香爲尙書郎, 不離省闥. 白樂天集有賀楊十二新拜省郎詩. 杜詩, 省郎京尹必俯拾. 蕭朱結綬, 見漢蕭育傳.

可容名士乞歸田 : 도연명의 「귀전원거歸田園居」에서 "졸박함 지키려 전원으로 돌아왔네"라고 했다. 『문선』에 장형의 「귀전부」가 있다.

淵明詩云, 守拙歸園田. 文選, 張平子有歸田賦.

嚴安召見天嗟晩 : 『한서·주보언전』에서 "소장을 올려 아침에 주달하고 저녁에 임금이 불렀다. 당시 서락과 엄안도 소장을 올려 임금이 세 사람을 불러서 보고는 이르기를 "그대들은 모두 어디에 있었는가. 어찌 이렇게 늦게 만난단 말인가""라고 했다.

主父偃傳, 上書, 朝奏暮召, 時徐樂嚴安亦俱上書, 上召見三人, 謂曰, 公等皆安在, 何相見之晩也.

賈誼歸來席更前 : 가의가 장사 태부가 되었다. 문제가 어느 날 가의가 그리워서 부르니 장안에 이르러 뵙게 되었다. 이야기를 나누는데 한밤중이 되자 문제가 자세히 들으려고 자리를 앞으로 당겼다.

誼爲長沙傅. 帝思誼, 徵之, 至入見. 至夜半, 文帝前席.

何況班家有超固 應封定遠勒燕然 : 반초는 정원후에 봉해지고, 반고는 연연산에 비석을 새겼다. 각각 전傳이 전한다.

班超封定遠侯, 班固勒燕然銘, 各有傳.

16. 군수 손승의에게 올리다

上權郡孫承議

公家簿領如雞棲	관청의 장부는 닭의 둥지처럼 어지럽고
私家田園無置錐	민가의 전원은 송곳 꽂을 곳도 없네.
眞成忍罵加餐飯	참으로 꾸짖음 참아가며 억지로 식사하는데
不如西江之水可樂饑	서강의 물 마시며 굶주림 즐길만 함만 못하네.
他人勤拙猶相補	타인은 졸렬함을 힘써 더욱 돕지만
身無功狀堪上府	나는 상부에 올릴 공적이 없네.
公誠遣騎束縛歸	공은 기마 보내 나를 속박하여 가는데
長隨白鷗卧烟雨	오랫동안 흰기러기 따라 이내 속에 누우리라.

【주석】

公家簿領如雞棲 : 『문선』에 실린 유정劉楨의 「잡시雜詩」에서 "장부 속에 파묻혀 있으니"라고 했는데, 이선의 주에서 "부령簿領은 문서 장부에 기록하는 것이다"라고 했다. 『장자주』에서 "령領은 기록이다"라고 했다. 『후한서 · 진번전』에서 "진류의 주진의 자는 백후이다. 삼부의 노래에 "수레는 닭의 둥지 같고 말은 개와 같은데, 바람처럼 용맹하게 악을 미워하는 주백후라네"라고 했다.

簿領, 見上. 車如雞棲馬如狗, 見陳蕃傳後.

私家田園無置錐 : 『순자』에서 "선비란 송곳 꽂을 땅도 없지만 사직을 지키는 대의에 밝다"라고 했다.

荀子, 無置錐之地, 而明於爲社稷之大義.

眞成忍罵加餐飯 : 두보의 「상우두사上牛頭寺」에서 "참으로 거리낌 없는 나들이로구나"라고 했다. 『문선』에 실린 고시 「행행중행행行行重行行」에서 "버려졌다고 다시 말하지 말고, 힘써 식사를 잘 하라"라고 했다.

杜詩, 眞成浪出游. 文選古詩, 努力加餐飯.

不如西江之水可樂饑 : 『시경 · 형문衡門』에서 "샘물이 졸졸 흐름이여, 굶주림을 즐길 만하도다"라고 했다.

詩, 泌之洋洋, 可以樂飢.

他人勤拙猶相補 : 백거이의 「자도군재自到郡齋」에서 "번뇌를 없애는 데는 고요만 한 것이 없고, 졸렬함을 보충하는 데는 부지런만 한 것이 없다"라고 했다. 『열자』에서 "은혜로서 과실을 벌충할 수 없다"라고 했다. 『한서 · 하무전』에서 "성왕께서 공을 계산하여 허물을 감해주시니 그러므로 공훈이 없다고 하겠습니다"라고 했다.

樂天詩, 救煩無若靜, 補拙莫如勤. 列子云, 恩過不相補矣. 漢何武傳, 聖王有計功除過, 故云無功狀.

身無功狀堪上府 : 『한서 · 주박전』에서 "격문이 이르거든 공훈을 가지고 관부에 나아가시라"라고 했는데, 주에서 "벌伐은 공훈이다"라고 했다. 『한서 · 우정국전』에서 "옥안獄案을 갖추어서 관부에 올리고 병을 핑계대어 떠나갔다"라고 했다.

漢朱博傳, 齎伐閱詣府. 注, 伐, 功勞也. 于定國傳, 具獄上府.

公誠遣騎束縛歸 : 『문선』에 실린 위문제의 「여오질서與吳質書」에서 "지금 기마병을 보내 업하에 이르게 하겠다"라고 했다. 두보의 「초당草堂」에서 "높은 벼슬아치도 내가 옴을 반겨, 말 탄 심부름꾼 보내 필요한 것 물어보네"라고 했다. 『정관정요貞觀政要』에서 "포숙아가 "관중은 노나라에 속박되었던 때를 잊지 말아야 한다""라고 했다. 두보의 「견흥遣興」에서 "그대는 보게나 시체로 묶여 가면, 또한 무덤으로 돌아간다는 것을"이라고 했다. 사곡은 태화에 있으면서 세 사람의 군수를 겪었다. 살펴보건대 문집 가운데 묘지명에서 "길주를 맡은 요공이 원풍 신유년에 졸하였다"라고 했으며, 또 다른 묘지명에서 "길주를 맡은 필공이 원풍 5년 11월에 졸하였다"라고 했다. 또 살펴보건대 「길주서봉원삼수정기」에서 "여릉은 근래에 수령이 비어 문득 다른 관리가 대신 다스리게 하였다. 내가 부탁을 받고 전사에서 유숙하였는데, 아전들은 백성을 제기를 차리거나 채찍을 든 천한 사람으로 여기는 자들이 많았으니 양이 양치기를 잃은 격이다. 원풍 6년 봄에 조서로 수춘의 위후를 기용하였다"라고 했으니, 이로 보건대 손 군수란 자는 반드시 고을에 해

를 끼친 인물이다. 그러므로 시에 화를 내는 말이 있다.

文選魏文帝書, 今遣騎到鄴. 老杜云, 大官喜我來, 遣騎問所須. 鮑叔牙曰, 使管仲無忘束縛於魯時. 杜詩, 君看束縛去, 亦得歸山岡. 山谷在太和, 閱郡守三人. 按集中所誌墓云, 知吉州姚公, 元豊辛酉卒. 又一誌云, 知吉州畢公, 元豊五年十一月卒. 又按吉州西峯院三秀亭記云, 廬陵比缺守, 輒以他吏攝, 承託宿傳舍, 吏胥視民爲俎豆執鞭者衆, 羊失其牧. 元豊六年春, 詔用壽春魏侯. 以此觀之, 則孫權郡者, 必能病諸邑, 故詩有忿語.

17. 손봉의의 시에 화운하여 채소를 보낸 것에 사례하다

奉和孫奉議謝送菜

春蔬照映庾郞貧	봄 채소는 가난한 유랑을 밝게 비추는데
遣騎持籠佐茹葷	말에 광주리 딸려 보내 훈초 먹는 걸 돕네.
却得齋厨厭滋味	부엌에서 맛난 채소 실컷 먹으니
白鵝存掌鼈留裙	흰 거위 발바닥이 남아 있고
	자라는 치마가 남아 있네.

【주석】

春蔬照映庾郞貧 : 『남사·유고지전』에서 "임방이 희롱하기를 "누가 유랑을 가난하다고 하는가. 항상 27종의 규채를 먹는걸""[45]이라고 했다.

南史庾杲之傳, 庾郞貧食鮭.

遣騎持籠佐茹葷 : 『문선』에 실린 위문제의 「여오질서與吳質書」에서 "지금 기마병을 보내 업하에 이르게 하겠다"라고 했다. 두보의 「초당草堂」

45 임방이 (…중략…) 먹는걸 : 규채는 생선과 채소 반찬을 범칭한 말이다. 남제(南齊) 때의 문신 유고지(庾杲之)가 본디 청빈하여 먹는 것이라고는 오직 '부추김치[韮葅]', '삶은 부추[瀹韮]', '생부추[生韮]' 등 잡채(雜菜)뿐이므로, 임방(任昉)이 그를 희롱하여 위에서처럼 말하였다. 27종이란 곧 구(韮)의 음이 구(九)와 같으므로, 세 종류의 부추 나물을 3×9=27로 환산하여 말한 것인데, 유고지는 실상 세 종류의 부추만을 먹었을 뿐 규채는 없었지만, 임방이 장난삼아 그에게 많은 종류의 규채를 먹는다고 하였다.

에서 “높은 벼슬아치도 내가 옴을 반겨, 말 탄 심부름꾼 보내 필요한 것 물어보네”라고 했다. 『장자 · 인간세』에서 “술을 마시지 않고, 훈초를 먹지 않는다”라고 했다.

遣騎, 見上. 莊子人間世篇, 不飮酒, 不茹葷.

却得齋厨厭滋味 白鵝存掌鼈留裙 : 『강남별록』에서 “승려 겸명은 시와 술을 좋아하고 거위와 자라 고기를 즐겼다. 열조가 그가 원하는 것을 묻자, “다만 원하는 것은 거위가 네 개의 다리를 지니고, 자라가 두 개의 겹치마를 지녔으면 합니다””라고 했다. 도악의 『오대사보』에도 같은 내용이 보인다.

江南別錄云, 僧謙明好詩酒, 烈祖問其所求, 曰, 唯願鵝生四箇腿, 鼈生兩重裙. 陶岳五代史補亦云.

18. 손공선과 이중동이 금빛 앵이를 읊은 것에 화운하다. 2수

和孫公善李仲同金櫻餌唱酬. 二首

첫 번째 수其一

人生欲長存	인생은 오래 살고 싶어 하는데
日月不肯遲	세월은 더디 가려 하지 않네.
百年風吹過	백년은 바람이 불 듯 지나가니
忽成甘蔗滓	문득 사탕수수 찌꺼기가 되네.
傳聞上世士	듣노니, 상고의 선비들은
烹餌草木滋	음식을 익힐 때 맛난 초목도 곁들이네.
千秋垂綠髮	천추에 검푸른 머리 드리우니
每恨不同時	항상 시대를 함께 하지 못해 한스럽네.

【주석】

人生欲長存 日月不肯遲 : 도연명의 「잡시雜詩」에서 "세월을 더디 가려 하지 않고, 사시는 서로 재촉하네"라고 했다.

淵明詩, 日月不肯遲, 四時相催逼.

百年風吹過 忽成甘蔗滓 : 한산자의 시에서 "다시 30년이 지났지만, 어느덧 사탕수수 찌꺼기처럼 되었네"라고 했다.

寒山子詩, 更足三十年, 還如甘蔗滓.

傳聞上世士 烹餌草木滋 : 『예기 · 단궁』에서 "증자가 이르기를 "거상 중에 병이 들면 고기도 먹고 술도 마시되, 반드시 초목의 맛난 것을 곁들여야 한다"라고 하였으니, 그것은 생강과 계피를 말한 것이다"라고 했다.

檀弓, 必有草木之滋焉, 薑桂之謂也.

千秋垂綠髮 : 이하의 「잔사곡殘絲曲」에서 "귀밑털 새파란 젊은이와 금비녀의 기녀"라고 했다. 맹교의 「제원한식濟源寒食」에서 "술 취한 이들 모두 봄날 머리 검푸른데, 병든 늙은이 홀로 흰 가을 터럭일세"라고 했다.

李賀詩, 綠鬢少年金釵客. 綠髮, 見上.

每恨不同時 : 『한서 · 사마상여전』에서 "한무제가 "짐은 이 사람과 시대를 같지 하지 못한 것이 한스럽다""라고 했다.

司馬相如傳, 朕獨不得於此人同時哉.

두 번째 수其二

李侯好方術[46]	이후는 방술을 좋아하여
肘後探神奇	『주후방』에서 신기한 것 찾네.

46 [교감기] 고본, 전본, 건륭본에는 '李侯'부터 '杖藜'까지 14구가 앞의 제1수와 이어져서 1수로 보았다.

金櫻出皇墳	금앵두는 제황의 책에 나오는데
刺桑覽霜枝	서리 내린 가지에서 가시를 보네.
寒窗司火候	차가운 창에서 불의 세기를 살피는데
古鼎凍膠飴	옛 솥에는 아교와 엿이 얼어 있네.
初嘗不可口	처음에 맛보면 입에 맞지 않지만
醇酒味相宜	진한 술이 맛을 좋게 하네.
至今身七十	지금 몸은 일흔 살인데
孺子色不衰	어린아이 낯빛으로 늙지를 않았네.
田中按耘鉏	밭에서 김은 매고
孫息親抱持	손자를 몸소 안아주네.
却笑鄰舍公	이웃집 노인이
未老須杖藜	늙지도 않았는데 지팡이 짚는 것 비웃네.
假守富春公[47]	임시 수령 부춘공은
秋毫聽民詞	아주 작은 일도 백성의 말을 듣네.
夙夜臨公廳	아침부터 밤까지 관청에 나아가
歸卧酸體肢	돌아와 누우면 사지가 쑤시네.
李侯來饋藥	이후가 와서 약을 주니
期以十日知	열흘이면 차도가 있을 것이라네.

47 **[교감기]** 고본, 전본, 건륭본에는 이 구부터 제2수로 보았다. 고본과 전본은 행을 나눠 시작하였고, 건륭본은 이 구 앞에 '又'자를 따로 더하여 한 줄을 차지하였다. 영원본에는 두 수가 이어져서 시작과 끝이 분명하지 않다.

深中護靈根 깊은 안쪽에 영근을 보호하고
金鏁秘王筐 쇠 빗장으로 옥 수저를 숨겨두네.
我方困健訟 내가 바야흐로 잦은 송사에 지쳤으니
撾翁爭一錐 장인을 때린다는 자잘한 일까지 다투네.
不能鳴絃坐 거문고를 연주하며 앉아 있을 수 없으니
頗似巫馬期 자못 무마기와 비슷하네.
敢乞刀圭餘 감히 조금의 약을 바라노니
歸秋卯飮卮 돌아오는 가을에 새벽에 마시리라.
儻令憂民病 혹 백성의 병을 걱정한다면
從此得國醫 이에서 국의를 얻으리라.

【주석】

李侯好方術 : 『장자 · 잡편』에서 "천하에 도술을 닦은 사람은 많다"라고 했다.

方術, 見上注.

肘後探神奇 : 『장자 · 지북유』에서 "만물은 하나지만 아름답게 보이는 것은 신기하다고 여기고 추하게 보이는 것은 냄새나서 썩은 것이라고 한다. 그러나 냄새나서 썩은 것이 변화여 신기하게 되고 신기한 것이 다시 변하여 냄새나고 썩은 것이 된다"라고 했다. 『남사 · 도홍경전』에서 "갈홍은 의서인 『주후방』을 지었다"라고 했다. 엄무嚴武의 「기

제두이寄題杜二」에서 "배 안의 서적은 조용할 때 볕에 쬐고, 『주후급요방』은 고요한 곳에서 펼쳐보네"라고 했다.[48]

莊子, 臭腐化爲神奇. 南史陶弘景傳, 著肘後方. 杜甫詩, 腹中書籍幽時曬, 肘後醫方靜處看.

金櫻出皇墳 : 『본초강목』에서 "금앵자는 맛이 시고 껄끄러운데, 오래 복용하면 추위를 견디며 몸을 가볍게 하니 방술에서 많이 복용한다고 한다. 이것은 지금의 자려자인데 색이 노랗고 가시가 있다"라고 했다. 『본초강목』의 서에서 "세상에 전하는 것은 『신농씨본초』 3권이다"라고 했다. 『상서』의 서문에서 "복희, 신농, 황제의 책을 삼분이라 한다"라고 했다.

本草, 金櫻子味酸澁, 久服今人耐寒輕身, 方術多用云. 是今之刺黎子, 色黃, 有刺. 本草序云, 世所傳曰, 神農氏本草三卷. 尙書序云, 伏羲神農黃帝之書, 謂之三墳.

刺棗覧霜枝 寒窗司火候 古鼎凍膠飴 : 『예기 · 내칙』에서 "대추 · 밤 · 엿 · 꿀로 달게 하고"라고 했다. 『석문』에서 "이飴는 엿이다"라고 했다. 『도경본초』에서 "금앵자는 촉중 사람들이 볶아서 전으로 만든다"라고 했다.

內則, 棗栗飴蜜. 釋文, 飴, 餳也. 圖經本草云, 金櫻子, 蜀中人熬作煎.

---

48 원문에 시의 작자를 두보라고 하였으나, 엄무가 두보에게 보낸 시이다.

初嘗不可口 : 『장자』에서 "아가위 · 배 · 귤 · 유자는 모두 열매의 맛을 서로 다르더라도 사람의 입맛에 맞는다는 점에서 같다"라고 했다. 두보의 「병귤」에서 "시원찮아 입에 맞지 않으니"라고 했다.

莊子曰, 柤梨橘柚, 皆可於口. 老杜病橘詩, 紛然不適口.

醇酒味相宜 : "맛을 조화롭게 섞네"라는 말은 「석이」의 "겨자, 생강으로 시게 만들어 맛을 조화롭게 섞네"라는 구의 주에 보인다.

和味宜, 見石耳詩芥薑作辛和味宜注.

至今身七十 孺子色不衰 : 『장자 · 달생』에서 "선표는 나이가 일흔인데도 오히려 어린아이 낯빛이 있다"라고 했다.

莊子達生篇, 單豹行年七十, 而猶有嬰兒之色.

田中按耘鉏 孫息親抱持 却笑鄰舍公 未老須杖藜 : 『장자』에서 "원헌이 명아주 지팡이를 짚고 외출하였다"라고 했다.

見上.

假守富春公 : 『한서 · 남월왕전』에서 "진에서 임명한 관리를 죽이고 그 무리로써 임시 임무를 맡게 하였다"라고 했는데, 주에서 "지금 군현의 관직은 혹은 수령이 혹은 대리로 한다"라고 했다. 유우석의 「한시어견시韓侍御見示」에서 "임시 수령도 또한 높이 누우니, 묵경은 참으로

귀를 늘어뜨리네"라고 했다. 문집 안에 「상권군손승의」란 시가 있는데, 바로 그 사람을 가리킨다. 여릉은 근래 수령이 없어서 손승의가 주의 일을 대신하였다.

漢南奧王傳, 誅秦所置吏, 以其黨爲所假. 注云, 今爲郡縣之職, 或守或假. 劉禹錫詩, 假守亦高卧, 墨卿正垂耳. 集中有上權郡孫承議詩, 卽此人也. 廬陵比缺守, 孫攝州事.

秋毫聽民詞 夙夜臨公廳 歸卧酸體肢 : 매승의 「칠발」에서 "사지를 편안하게 늘어뜨렸다"라고 했다. 유종원의 「독서」에서 "기지개를 켜면서 사지를 펼쳤다"라고 했다. 백거이의 「청금」에서 "듣는 사람 슬픔이 사무치네"라고 했다.

枚乘七發云, 恣支體之安. 柳子厚讀書詩云, 欠伸展肢體. 樂天聽琴詩, 聽者酸心髓.

李侯來饋藥 : 『논어』에서 "강자가 약을 보내왔다"라고 했다.

論語, 康子饋藥.

期以十日知 : 『사기 · 편작전』에서 "장상군이 품속의 약을 꺼내 편작에게 주면서 "이것을 풀잎에 맺힌 이슬에 타서 마시면 30일이 지나 사물을 꿰뚫어 볼 수 있게 되네""라고 했다. 옛날 방서에서 "병이 차도가 있을 때까지 써야 하는데, 다시 복용하는 것은 잘 모르겠다"라고 했다.

史記扁鵲傳, 長桑君出懷中藥, 予扁鵲曰, 飮是以上池之水, 三十日當知物矣. 古方書云, 以知爲度, 未知再服.

深中護靈根 : 『황정경』에서 "옥지인 입의 청수인 타액이 영근인 혀를 적신다"라고 했다. 『태현경』에서 "마음을 깊숙한 곳에 보관하여 그 영근[道體]을 아름답게 한다"라고 했다.

黃庭經, 玉池淸水灌靈根. 太玄經云, 藏心於淵, 美厥靈根.

金鑠秘王筤 : 『황정경』에서 "옥 숟가락과 금 자물쇠를 항상 굳게 지켜라"라고 했다.

黃庭經云, 玉筤金籥常完堅

不須許斧子 幸勤采玉芝 : 『진고』에서 "영부인이 읊조리기를 "도끼를 줄 마음이 있으니 마땅히 옥지를 캐오게. 지초를 얻을 수 없다면, 너는 오지 말라. 네가 와서 지초를 얻는다면, 그 지초를 네가 먹게 하겠다"" 라고 했다. "도끼를 준다"는 것은 옥도끼를 준다는 말이다. 달리 '玉芝'가 '五芝'로 된 본도 있다. 손작孫綽의 「천태산부」에서 "다섯 영지가 빼어남을 머금으며 새벽에 피네"라고 했는데, 『문선』에 실려 있다.

眞誥, 英夫人吟云, 有心許斧子, 言當采玉芝. 芝草不必得, 汝亦不能來. 汝來當可得, 芝草與汝食. 許斧子, 許玉斧也. 一本作五芝. 天台山賦云, 五芝含秀而晨敷. 見文選.

我方困健訟 撾翁爭一錐 : 『위서 · 무제기』에서 "제오백어는 세 번 고아인 여자와 장가들었는데, 그를 장인을 구타하였다고 없는 말을 만들었다"라고 했는데, 여기서 '撾翁'이란 글자를 따왔다. '쟁추爭錐'는 『좌전 · 소공 6년』에 보이는 바, 즉 "송곳의 끝까지 모두 다투었다"라고 했는데, 주에서 "송곳의 끝은 자잘한 일을 비유한다"라고 했다.

魏武紀, 第五伯魚三娶孤女, 謂之撾婦翁. 此摘其字. 爭錐, 見左傳昭六年, 錐刀之末, 將盡爭之. 注云, 錐刀末, 喻小事.

不能鳴絃坐 頗似巫馬期 : 『한시외전』에서 "복자천이 선보를 다스릴 때 거문고를 연주하면서 당에서 내려오지 않았는데도 선보가 다스려졌다. 무마기는 달이 뜰 때 나가고 달이 떠야 들어와서 밤낮으로 쉬지 않고 몸소 직접 일을 처리하니 선보가 다스려졌다. 무마기가 자천에게 물으니, 자천이 "나는 사람에게 맡기고 그대는 자신의 힘에 맡겼네. 사람에게 맡긴 자는 편안하고 자신의 힘에 맡긴 자는 수고롭다""라고 했다. 이 내용은 또한 『설원』에도 보인다.

韓詩外傳, 子賤治單父, 彈鳴琴, 身不下堂, 而單父治. 巫馬期以星出, 以星入, 日夜不處, 以身親之, 而單父亦治. 巫馬期問於子賤, 子賤曰, 我任人, 子任力. 任人者佚, 任力者勞. 亦見說苑.

敢乞刀圭餘 : 『본초 · 서례』에서 "도규라는 것은 방촌비의 10분의 1에 해당하는 양으로 벽오동씨 만한 것을 기준으로 한다. 방촌비라는 것은

가로, 세로, 높이가 1치 되는 숟가락이다"라고 했다. 한유의 「기주원외寄周員外」에서 "도규를 달라고 빌어 몸의 병을 치료하네"라고 했다. 백거이의 「여자유동유與子由同游」에서 "백발을 서로 슬퍼하여 도규만큼 약을 나눠주네"라고 했다.

本草序例云, 刀圭者, 十分方寸匕之一, 准如梧桐子大也. 退之詩云, 乞取圭刀救病身. 白樂天詩, 相哀白髮分刀圭.

歸秋卯飮卮 : 백거이의 「묘음卯飮」에서 "새벽에 한 잔하고 또 한잠을 자다 일어나니, 세상의 어떤 일이 한가롭지 않으랴"라고 했다.

白樂天詩, 卯飮一卮眠一覺, 世間何事不悠悠.

儻令憂民病 從此得國醫 : 『국어 · 진어』에서 "최상의 의원은 나라를 고친다"라고 했다.

晉語云, 上醫醫國.

19. 여홍범에게 답하다. 2수

答余洪範. 二首

첫 번째 수其一

道在東西祖	도는 동과 서의 시조가 있으니
詩如大小山	시에 대산, 소산이 있는 것과 같네.
一家同雪月	한 집안처럼 눈 속에 달이 뜨는데
萬事廢機關	만 가지 일은 술수를 버렸네.
天上麒麟閣	하늘 위의 기린각이 있는데
山中虎豹閑	산 속의 호랑이는 한가롭네.
何時得邱壑	언제나 한 골짜기 얻을까
明鏡失朱顏	밝은 거울에 붉은 얼굴 없구나.

【주석】

道在東西祖 : 『전등록』에서 "천축의 27대조인 달마가 서쪽에서 와서 중국의 초조가 되었다"라고 했다. 찬녕의 『승사』에서 "중국을 동하하고 했다"라고 했다. 『승보전 · 현사선사전』에서 "달마가 동쪽으로 오지 않았다면, 이조는 서천으로 가지 않았을 것이다"라고 했다. 또 살펴보건대 『전등록 · 대동선사전』에서 "선사가 어떤 승려에게 묻기를 "어느 곳에서 왔는고"라 하자, "동서산에서 조사께 예배하고 옵니다"라고 하였다. 선사가 "조사는 동서안에 계시지 않는다""라고 했다. 아마도 이

고사를 사용한 듯하다. 남악 석두 화상의 『참동계』에서 "천축의 대선심이, 동서로 비밀리에 전해졌네. 사람 근기는 우열이 있어도, 도에는 남종과 북종의 차이가 없다"라고 했다.

傳燈錄, 天竺有二十七祖, 達磨西來, 爲中華初祖. 賛寧僧史, 以中國爲東夏. 僧寶傳玄沙禪師傳云, 師曰達磨不來東上, 二祖不往西天. 又按傳燈錄大同禪師傳, 師問僧, 什麽處來. 曰東西山禮祖師來. 師曰祖師不在東西山. 疑或用此意. 南岳石頭和尙參同契云, 竺土大仙心, 東西密相付. 人根有利鈍, 道無南北祖.

詩如大小山 : 살펴보건대 허신許愼이 『회남홍렬』에 주를 내면서 그 서문에서 "유안劉安이 회남왕을 이어받자 많은 방술의 선비들이 그에게 찾아왔다. 마침내 소비, 이상, 좌오, 전유, 뇌피, 모피, 오피, 진창 등 여덟 사람과 및 대산, 소선의 무리들과 함께 도덕을 함께 강론하고 인의를 모아서 이 책을 저술하였다"라고 했다.

按許子解淮南鴻烈, 其序云, 安襲封淮南王, 方術之士, 多往歸焉. 遂與蘇飛李尙左吳田由雷被毛彼五被晉昌等八人, 及諸儒大山小山之徒, 共講論道德, 總統仁義, 而著此書.

一家同雪月 : 용광 화상의 "수많은 강에 뜬 한 개의 달"이란 의미이다.

卽龍光和尙千江同一月之意.

萬事廢機關 : 백거이의 「우수迂叟」에서 "세상 기준 밖에서 살아가는 사람답게"라고 했다.

樂天詩, 應須繩墨機關外.

天上麒麟閣 : 『한서』에서 "감로 3년에 황상이 총애하던 신하를 그리워하여 기린각에 그 사람들의 초상화를 그려 두었다"라고 했다.

漢書, 甘露三年, 上思肱股之美, 圖畫其人于麒麟閣.

山中虎豹閑 何時得邱壑 : 『전한서 · 서전』에서 "반사班嗣가 말하기를 "한 골짜기에서 낚시한다면 만물이 그 뜻을 범하지 않고 한 언덕에서 깃들어 살면 천하가 그 즐거움을 바꾸지 않는다""라고 했다.

前漢叙傳, 漁釣於一壑, 則萬物不奸其志. 栖遲於一丘, 則天下不易其樂.

明鏡失朱顏 : 백거이의 「취가醉歌」에서 "허리춤에 자사의 붉은 인끈 오래 찰 수 없고, 거울 속 고운 얼굴 바라보니 이미 없어라"라고 했다.

樂天詩, 腰間紅綬掛未穩, 鏡裏朱顏看已失.

두 번째 수其二

懸罄齋厨數米炊　　아무것도 없는 부엌에 쌀 두어 줌 익히는데
貧中氣味更相思　　가난한 가운데도 풍격을 서로 그리네.

可無昨日黃花酒　　얼마 전의 황화주 익을 때가 아니라면
又是春風柳絮時　　또한 봄바람에 버들 솜 날릴 때 만나야지.

【주석】

懸罄齋厨數米炊 : 『좌전』에서 "집에 재산이 없어서 달아놓은 종과 같다"라고 했다. 백거이의 「동남행東南行」에서 "가난한 집은 경쇠를 매달아 놓은 듯"이라고 했다. "머리카락을 가려서 빗질하고, 낱알을 헤아리며 밥을 짓는다"는 말은 『장자·경상초』에 보인다.

室如懸罄, 見左傳. 樂王詩,[49] 貧室如懸罄. 簡髪而櫛, 數米而炊, 見莊子庚桑楚篇.

49 [교감기] '樂王'은 전본에는 '樂天'으로 되어 있다. 살펴보건대 영원본에는 이 조목의 주가 없다.

20. 삼월 을사일에 만세향에 와서 소금세를 징수하면서 세금을 내지 않은 집을 징수하는데, 그 집에서 늦게 밥을 먹다가 마침내 유숙하였다. 이날 바람에 세게 불어 버들국화 싹을 따서 국수에 넣어 먹었다. 2수

三月乙巳來賦鹽萬歲鄉 且蒐獮匿賦之家 晏飯此舍遂留宿 是日大自采菊苗薦湯餅. 二首

『찬이』의 별본에는 '湯餅' 아래 '紅藥盛開' 네 글자가 있으며 '二首'는 '三首'로 되어 있다. 세 번째 수는 "봄바람 한 줄기에 18일 꽃 피니, 동서의 옥 향기에 흠뻑 취하네. 이슬 잎 이내 가지 붉은 약초 보이는데, 마치 춤추고 난 뒤 땀과 눈물이 섞인 듯"이라고 했다.

纂異別本湯餅下有紅藥盛開四字, 二首作三首. 第三首云, 春風一曲花十八, 拚得百醉玉東西. 露葉烟枝見紅藥, 猶似舞餘和汗啼.

첫 번째 수其一

飛廉決雲開白日	비렴이 구름을 찢어 흰 해를 드러나게 하고
頓撼天地萬竅號	천지를 뒤흔들어 온갖 구멍이 울부짖네.
挼抄桃李欲淨盡	도리를 문질러 다 떨어뜨리려 하니
乞與遊絲百尺高	백 척 높이의 거미줄을 빌려 주고프네.

【주석】

飛廉決雲開白日 : 『이소』에서 "앞에는 망서[50]가 먼저 달리게 하고, 뒤에는 비렴이 따르게 하네"라고 했는데, 주에서 "비렴은 바람의 신이다"라고 했다.

離騷云, 前望舒使先驅兮, 後飛廉使奔屬. 注, 飛廉, 風伯也.

頓撼天地萬竅號 : 한유의 「여나광명」에서 "수레를 타고 길을 내달릴 때 마구 흔들렸다"라고 했다. 『장자 · 제물론』에서 "대지가 숨을 내쉬면 그것을 일러 바람이라고 한다. 바람이 일어나지 않으면 그만이지만 일단 일어나면 온갖 구멍이 소리를 낸다"라고 했다.

退之女挐壙銘云, 輿致走道撼頓. 莊子齊物篇云, 大塊噫氣, 其名爲風, 是唯無作, 作則萬竅怒號.

挼抄桃李欲淨盡 : 『예기 · 곡례』에서 "남과 함께 밥을 먹을 때에는 손을 적시지 말아야 한다"라고 했는데, 주에서 "택澤은 손을 문지르는 것이다"라고 했다. 유우석의 「현도관」에서 "복사는 깨끗이 지고 채소만 피었네"라고 했다.

曲禮云, 共飯不澤手. 注, 澤謂挼抄也. 劉禹錫玄都觀詩, 桃花淨盡菜色開.

乞與遊絲百尺高 : 고시에서 "백 척의 거미줄 참으로 교태로운데, 청춘

50 망서 : 달을 내모는 신이다.

을 얽어매서 상천으로 돌아가고프네"라고 했다. 유신의 「연가행」에서 "낙양의 아지랑이는 백 장으로 이어지고, 황하의 봄 얼음은 천 조각으로 갈라지네"라고 했다. 한유의 「동관협」에서 "꽃잎은 천 길 아래로 떨어지고, 거미줄은 백 길 높이에서 흔들리네"라고 했다.

古詩, 游絲百尺誠嬌妬, 欲絆青春歸上天. 庾信燕歌行, 洛陽游絲百丈連, 黃河春冰千片穿.[51] 退之同冠峽詩, 落英千尺墮, 游絲百丈飄.

두 번째 수其二

幽叢秀色可攬擷	그윽한 떨기의 아름다운 꽃을 따서
煑餅菊苗深注湯	국화 싹으로 자병을 만들고 탕에도 넣네.
飮冰食蘗浪自苦[52]	얼음물 마시고 소태를 씹으면서 부질없이 고달파하는데
摩挲滿懷春草香	봄풀 향기 베어 든 옷깃을 어루만지네.

【주석】

幽叢秀色可攬擷 : 『대업습유』에서 "황제가 "옛사람이 이르기를 "미녀는 식사하는 것을 잊게 만든다""라고 했다. 두목의 「제농수정題弄水亭」

51 [교감기] '春冰'은 원래 '春水'로 되어 있었는데, 지금 전본을 따르고 아울러 『악부시집』 32권에 의거하여 고친다. 또한 살펴보건대 영원본에는 이 조목과 위 고시 조목의 주가 없다.

52 [교감기] '苦'는 고본에는 '古'로 되어 있다.

에서 "물빛이 맑아 잡을 수 있을 듯하니, 옷으로 담고 싶네"라고 했다. 『진서·오행지』에서 "융안 연간에 백성들이 「오뇌가」를 지었는데, "싱싱한 꽃을 따서, 옷으로 덮으면 향기가 사라지지 않네""라는 말이 있다.

大業拾遺, 帝曰, 古人云, 秀色若可餐. 杜牧之云, 光潔疑可攬, 欲以襟懷貯. 晉志, 隆安中, 民作懊惱歌, 有草生可攬擷之言.

煑餅菊苗深注湯 : 최식崔寔의 「사민월령」에서 "입추에는 자병과 수수병을 먹을 수 없다"라고 했다.

崔氏四民月令曰, 立秋無食煑餅及水溲餅.

飮冰食蘗浪自苦 : 백거이의 「삼년위자사三年爲刺史」에서 "3년 동안 자사로 있으면서, 맑은 얼음물을 마시고 쓰디쓴 소태를 씹었노라"라고 했다.

白樂天詩, 三年爲刺史, 飮氷復食蘗.

摩挲滿懷春草香 : 『후한서·계자훈전』에서 "금적[53]을 어루만지다"라고 했다.

後漢薊子訓傳, 摩挲金狄.

53 금적 : 금적(金狄)은 진시황(秦始皇) 때에 함양(咸陽)의 궁중(宮中)에 주조해 놓은 동인(銅人)을 가리킨다. 계자훈은 본디 선술(仙術)이 있었고, 일찍이 회계(會稽)에서 매약(賣藥)을 하기도 했었는데, 어떤 이가 장안(長安)의 동쪽 패성(霸城)에서 그를 만났는바, 그가 한 노옹(老翁)과 함께 동인을 손으로 어루만지면서, 서로 말하기를 "이 동인을 주조하던 것을 보았는데, 지금 벌써 5백 년 가까이 되었다"고 했다는 데서 온 말이다.

21. 고군의 정적헌에 쓰다

題高君正適軒

至靜在平氣	지극히 고요함은 기운을 안정함에 있고
至神惟順心	지극히 신령함은 다만
	마음을 편히 지님에 있네.
道非貴與賤	도는 귀함과 천함이 있지 않으며
達者古猶今	통달한 자는 고금을 초월하네.
功名屬廊廟	공명은 조정 대신에 속하니
閒暇歸山林	한가하면 산림으로 돌아가리라.
畜魚觀羣嬉	연못의 물고기 떼 지어 헤엄침을 보고
籠鳥聽好音	새장의 새에 지저귀는 소리 듣네.
不如一丘壑	한 골짜기에서
隨願得飛沉	실컷 날고 헤엄침만 못하네.
開門納日月	문을 열어 해와 달을 받아들이고
呼客解纓簪	손님 불러 갓끈과 비녀를 풀어 놓네.
詩書撫塵迹	시서는 오랜 손때 어루만지며
歌舞送光陰	가무로 세월을 보내네.
妖嫺傾國笑	아리따운 경국의 미녀 웃음
絲竹感人深	녹죽의 소리는 사람을 깊이 감동시키네.
豁然開胸次	가슴을 활짝 여니

風至獨披襟　　바람이 이르러 옷을 풀어헤치네.
樊籠鎖形質　　새장은 형체를 가두니
物外有幽尋[54]　　물상 밖에서 그윽함을 찾네.

【주석】

至靜在平氣 至神惟順心 : 『주역 · 계사전』에서 "천하의 지극히 신령됨이 아니면 그 무엇이 이에 참여할 수 있겠는가"라고 했다. 도연명의 「귀거래사」 서에서 "일어난 일을 마음에 편히 받아들이며 이 작품을 「귀거래사」라고 명명한다"라고 했다.

易繫辭, 非天下之至神, 孰能與於此. 淵明歸去來辭序云, 因事順心, 命篇曰歸去來兮.

道非貴與賤 達者古猶今 : 『장자』에서 "옛날 도를 깨우친 자는 곤궁하더라도 즐거워했으며 영달하더라도 또한 즐거워했으니 그들이 정말 즐거워한 것은 곤궁과 영달과 같은 것이 아니다. 도가 나에게 얻어지면 곧 궁이니 통이니 하는 것은 한서풍우寒暑風雨와 같은 자연의 추이와 같은 정도의 일이 될 따름이다"라고 했다.

見上.

---

54 [교감기] '幽'는 영원본에는 (凵+米)로 되어 있다. 살펴보건대 (凵+米)는 '幽'와 통용되니, 이후로 다시 나오면 주를 달지 않는다.

功名屬廊廟 閒暇歸山林 : 『문선』에 실린 조식의 「증정의贈丁儀」에서 "아침 구름은 산으로 돌아가지 않고, 장맛비는 연못을 이뤘네"라고 했다. 『전한서』에서 "산림의 선비는 떠나서 돌아오지 않고, 조정의 선비는 들어가서 나오지 않는다"라고 했다.

已見廊廟等山林注.

畜魚觀羣嬉 籠鳥聽好音 : 『시경 · 개풍凱風』에서 "아름답고 온순한 꾀꼬리 보소, 꾀꼴꾀꼴 그 소리 듣기 좋아라"라고 했다. 『문선』에 실린 반악의 「추흥부」에서 "연못의 물고기와 새장안의 새는 강호와 숲을 그리워한다"라고 했다.

詩, 睍睆黃鳥, 載好其音. 文選潘岳秋興賦曰, 池魚籠鳥, 有江湖山藪之思.

不如一丘壑 隨願得飛沉 : 도잠의 「귀원전거歸園田居」에서 "젊은 시절부터 속세와 맞지 않아, 평소의 뜻은 구학에 있었다오"라고 했다.

丘壑, 見上.

開門納日月 : 『문선』에 실린 포조의 「대륙평원군代陸平原君」에서 "옥 서까래에 밝은 달빛 들어오네"라고 했다.

選詩, 璇題納明月.

呼客解纓簪 詩書撫塵迹 歌舞送光陰 妖嫺傾國笑 : 사마상여의 「상림부」

에서 "요염하도록 아름다운 여인"이라고 했다. 『사기』에서는 "妖冶嫺都"라고 했다. 『문선』에 실린 송옥의 「등도자호색부登徒子好色賦」에서 "송옥이 이르기를 "신의 마을에서 가장 어여쁜 이는 저의 집 동쪽에 사는 여자입니다. 그녀가 빙그레 한 번 웃으면 양성의 귀인들이 술렁대고 하채의 왕손들이 정신을 잃습니다""라고 했다. 『한서 · 이부인전』에서 "이연년이 노래를 부르기를 "북방에 미녀가 있는데, 절세가인으로 둘도 없네. 한 번 웃으면 온 성이 기울고, 두 번 웃으면 온 나라가 기울어지네""라고 했다. 『한서 · 사마상여전』에서 "모든 사람이 사마상여의 풍채를 보고 탄복하였다"라고 했다. 완적의 「영회」에서 "하채의 성을 기울만큼 미혹시키네"라고 했다.

上林賦, 妖冶閑都. 史記, 作妖冶嫺都. 陽城下蔡, 傾城傾國. 見上.

絲竹感人深 : 『예기 · 악기』에서 "외물이 사람을 감동시킴이 끝이 없으니, 사람이 좋아하고 싫어함에 절도가 없으면"이라고 했으며, 또한 "간사한 소리가 사람을 감동시키면 역기가 응하고 올바른 소리가 사람을 감동시키면 순기가 응한다"라고 했다.

樂記曰, 物之感人無窮, 而人之好惡無節. 又曰, 姦聲感人而逆氣應之, 正聲感人而順氣應之.

豁然開胸次 風至獨披襟 : 송옥의 「풍부」에서 "송 양왕이 난대궁에서 노닐었다. 송옥과 경차가 옆에서 보시는데 바람이 삽상하게 불어오니

왕이 옷을 풀어헤치고 맞으면서 "상쾌하구나, 이 바람이여""라고 했다.

宋玉風賦, 楚襄王遊於蘭臺之宮. 宋玉景差侍, 有風颯然而至者, 王乃披襟而當之, 曰快哉此風.

樊籠鎖形質 物外有幽尋 : 한유의 「남계시범南溪始泛」에서 "그윽한 경치 갈수록 많으니, 누가 원근을 따지랴"라고 했다. 또한 한유의 「노낭중운부기시盧郎中雲夫寄示」에서 "깊은 이치 탐색하여 자못 마음대로 지냈는데, 물외의 세월은 본래 바쁘지 않네"라고 했다.

退之詩, 幽尋事隨去, 孰能量遠近. 又云, 物外日月本不忙.

22. 이차옹에게 보내다

寄李次翁

雨斷山川明	비가 그쳐 산천이 밝고
花深鳥烏樂	꽃이 깊어 새와 까마귀 지저귀네.
枯骨不需名	메마른 뼈에 명성은 필요 없으니
古今同一壑	고금에 마찬가지라네.
惟有在世時	다만 살아 있을 때
聊厚不爲薄	에오라지 박하지 않고 두텁게 대해야 하네.
南箕與北斗	남쪽 기성과 북두성처럼
親友多離索	벗이 떨어질 때가 많구나.
斯文如舊歡	사문에 오래 사귄 것과 같은데
李侯極磊落	이후는 대단히 도량이 크네.
頗見元魯山	자못 원노산과 같으니
用心撫疲弱	마음 씀씀이는 잔약한 백성을 어루만지네.
不以民爲梯	백성을 출세길로 삼지 않으니
俯仰無所怍	천지간에 부끄러움이 없네.
胸中種妙覺	가슴에 오묘한 깨우침이 있어
歲晚期必穫	만년에 반드시 얻을 것이네.
然膏夜讀書	그러므로 밤늦도록 등불 밝혀 독서하며
見聖宜有作	성인을 보고서 마땅히 진작함이 있네.

文字寄我來　　문자를 나에게 보내주니
官郵遠飛槖　　관의 역말 통해 멀리서 치통이 날아왔네.
世縁心已死　　세상의 인연에 대한 마음 이미 사라졌는데
儻得萬金藥　　혹시 만금의 좋은 약을 얻을 수 있을까.

【주석】

雨斷山川明 : 두보의 「모춘暮春」에서 "초의 하늘엔 사시사철 비가 그치지 않고"라고 했다. 이백의 「조과칠림도早過漆林渡」에서 "고개의 나뭇가지 어지러이 하늘에 닿고, 시내는 밝아 자주 돌아보게 되네"라고 했다.

老杜詩, 楚天不斷四時雨. 太白詩, 嶺峭紛上干, 川明屢回顧.[55]

花深鳥烏樂 : 『좌전』에서 "새와 까마귀가 즐겁게 우짖고 있다"라고 했다.

見上.

枯骨不霑名 : 『열자』에서 "죽은 이후의 영예로운 명성이 어찌 마른 뼈를 윤택하게 하리오"라고 했다.

列子曰, 死後餘名, 豈足潤枯骨.

---

55 [교감기] 영원본에는 '李白詩'에 대한 조목의 주가 없다. 또한 '干'은 원래 '千'으로 되어 있었는데 『이태백전집』 14권의 「조과칠림도기만거(早過漆林渡寄萬巨)」의 원시에 의거하여 교정하였다.

古今同一壑 : 『한서 · 양운전』에서 "예와 지금이나 똑같이, 한 언덕의 담비라네"라고 했는데, 안사고顔師古는 "같은 부류임을 말한 것이다"라고 했다.

漢楊惲傳, 古與今如一丘之貉. 注云, 言其同類也.

惟有在世時 聊厚不爲簿 : 『문선』에 실린 「고시십구수」에서 "한 말 술로 서로 즐기며, 에오라지 충분하여 박하지 않네"라고 했다. 왕안석의 「송이선숙送李宣叔」에서 "음식은 맛난 해물이 많으니, 박하지 않고 두텁다네"라고 했다.

文選古詩, 斗酒相娛樂, 聊厚不爲簿. 王荊公詩, 珍足海物味, 其厚不爲簿.[56]

南箕與北斗 親友多離索 : 문집 안의 「재답명략再答明略」에서 "벗과는 기성과 북두성처럼 떨어져 있네"라고 했는데, 그 주에서 "『시경 · 소아 곡풍』에서 "남쪽에는 키 모양의 기성이 있어도, 키질 한 번도 못하네. 북쪽에는 국자 모양의 북두성이 있어도, 술과 국을 뜨지 못하네""라고 했다. 여기서는 서로 떨어져 있는 것을 말한다.

集中有詩云, 故人南箕與北斗. 已注其詳. 檀弓云, 子夏曰, 吾離羣而索居.

斯文如舊歡 李侯極磊落 頗見元魯山 用心撫疲弱 : "원덕수의 자는 자지로 노산의 수령이 되었을 때 덕정을 베풀었다. 천하에서 그 행실을 높

56 [교감기] 영원본에는 '王荊公詩'에 대한 조목의 주가 없다.

이 여겨 이름을 부르지 않고 원노산이라 불렀다"는 내용은 『당서·탁행전』에 보인다. 전집에 「증별이차옹사언」이 있는데, 그 대략의 내용은 즉 "사물을 자애와 애틋함으로 바라보고, 백성은 사랑과 장엄함으로 대한다"는 것이다. 이 시는 또한 원노산에 그를 비유하였으니, 이 사람은 응당 고을의 수령을 하였을 것이다. 장방회 가본에 사언시를 태화의 수령을 할 시기에 편차하였으니, 이 시 또한 태화 시기에 지었을 것이다.

元德秀字紫芝, 爲魯山令, 有德政. 天下高其行, 不名, 謂之元魯山. 詳見唐書卓行傳. 前集有贈別李次翁四言詩其畧云, 觀物慈哀, 莅民愛莊. 而此詩又比之元魯山, 此人當是作邑. 張方回家本, 編四言詩於太和詩中, 此詩亦在太和作.

不以民爲梯 俯仰無所怍 : 한유의 「남내조하南內朝賀」에서 "장차 너의 허물을 들어, 자신들의 사다리로 삼네"라고 했다. 『맹자』에서 "우러러 하늘에 부끄러움이 없고, 굽어보아 사람에게 부끄러움이 없다"라고 했다.

退之詩, 將擧汝愆尤, 以爲己階梯. 孟子, 仰不愧於天, 俯不怍於人.[57]

胸中種妙覺 : 『원각경』에서 "저 묘한 깨달음의 성품이 변만한 까닭에 근의 성품과 진의 성품이 무너짐도 없고 섞임도 없으며"라고 했다.

圓覺經, 由彼妙覺性徧滿, 故根性塵性無壞無雜.

57 [교감기] 영원본에는 '退之'부터 '於人'까지의 주가 없다.

歲晚期必穫 然膏夜讀書 : 한유의 「진학해」에서 “기름을 태워 낮을 이어가며”라고 했다.

進學解云, 焚膏油以繼晷.[58]

見聖宜有作 : 『서경 · 군진』에서 “무릇 사람들이 성인을 보지 못하였을 때는 능히 보지 못할 듯이 여기다가 성인을 보고 나서는 또한 성인을 따르지 못한다”라고 했다.

書君陳云, 凡人未見聖, 若不克見, 旣見聖, 亦不克由聖.

文字寄我來 官郵遠飛槖 : 탁槖은 치통을 이른다. 백거이의 작품 중에 「원미와 수창하다가 돌아오면 죽통에 시를 담아 두었다.」는 작품이 있다. 또한 그 시에서 “적료하니 다시 시통을 비울 일이 없네”라고 했다.

槖, 謂置筒也. 白樂天云, 與微之唱和, 來去常以竹筒貯詩. 又有詩云, 寂寥無復遞詩筒.

世緣心已死 儻得萬金藥 : 『한서 · 관부전』에서 “오와 초가 반란을 일으켰을 때 관부가 오군으로 내달려 들어가다가 십여 곳의 몸에 큰 상처를 입었는데, 마침 만금 가는 좋은 약이 있었기에 죽지 않을 수 있었다”라고 했다.

萬金良藥, 見灌夫傳.

58 [교감기] 영원본에는 ‘進學解’에 대한 조목의 주가 없다.

23. 4월 무신에 만세산에서 소금세를 부과하다가 우러러 외숙 사사후를 그리워하다

四月戊申賦鹽萬歲山中 仰懷外舅謝師厚

산곡은 서부인 사 씨의 묘에 명을 지었으니, 즉 "일찍이 사봉낭중으로 제점형도부로형옥공사를 맡았는데 어떤 사람이 애매모호한 말로 그를 함정에 빠트려 인하여 벼슬을 두어 해 동안 잃게 되었다. 이윽고 대신이 그 옥사의 억울함을 아뢰자 천자가 올바르게 처리하였다. 지금은 둔전낭중으로 양주의 통판이 되었으니, 이름은 경초로 그녀의 부친이다. 경초의 자는 사후이다"라고 했다. 살펴보건대 사후의 아우인 형부상서 경온이 지은 「사씨소은전기」에서 "원풍 5년 내가 장사에서 예시로 부름을 받아 양양의 길로 나섰다. 당시 백형이 양주의 통판으로 있었기에 형제가 만났는데 모두 흰머리가 되었다"라고 했다. 산곡의 이 시는 이 해에 지어진 것이 틀림없다. 그 아래 십여 수의 시도 모두 소금세를 걷는 어려움을 서술하고 있으니, 아마도 같은 시기에 지어졌을 것이다.

山谷銘胥夫人謝氏墓云, 嘗任司封郎中, 提點成都府路刑獄公事, 或以疑似中之, 坐失官數年. 已而有大臣寃其獄, 天子直之. 今爲屯田郎中, 通判襄州, 名景初者, 父也. 景初字師厚. 按師厚之弟, 刑部尙書景溫所作謝氏小隱田記云, 元豊五年, 予自長沙以禮侍召, 道出襄陽, 時伯兄通判襄州. 兄弟相見, 皆白首矣. 山谷此詩, 是年所作無疑. 其下十數詩, 皆述賦鹽之苦, 蓋同時也.[59]

只今漢龎公　　지금 한의 방공은
白髮佐州郡　　백발에 주군을 보좌하네.
窮通視寒暑　　곤궁과 통달을 기후 정도로 여기니
仕已誰喜慍　　벼슬이나 물러남이나 무엇이 기쁘고 성내랴.
長松卧澗底　　긴 소나무는 계곡 아래에 서 있는데
桴霤多裂璺　　마룻대의 낙숫물은 많이도 찢어졌네.
未須論才難　　인재 얻기가 어렵다고 논하지 말라
世人無此韻　　세상 사람들은 이런 운치가 없나니.
禪悅稱性深　　참선의 기쁨은 본성이 깊음에 걸맞고
語端入理近　　말의 단정함은 이치에 가까이 들었네.
渙若開春冰　　봄날 얼음 녹듯 의심이 풀리고
超然聽年運　　나이가 들어가며 현실에 담담하네.
臨民秉三尺　　백성 다스림에 삼척을 잡고
朱墨不可紊　　문서를 문란하지 않네.
傳聞但言歸　　다만 돌아간다고 들었으니
心許手自隱　　마음속으로 헤아려보네.
欲知南陂稻　　남쪽 들판의 벼는
得幾就收捃　　얼마나 주어서 모았으려나.
胥疏江湖濱　　강호의 물가에서 멀리 떨어지니
不邇金玉訓　　금옥의 가르침을 가까이 할 수 없네.

59　[교감기] 영원본에는 '按師厚'부터 '同時也'까지의 주가 없다.

濡需且肉食	남에 기생하면서 고기를 먹으니
觳觫恐鐘釁	종에 피를 바를까 두려워 떠네.
龍移山發洪	용이 떠나니 산은 홍수가 나고
虎乳月生暈	호랑이 젖을 먹이니 달에 달무리가 이네.
竹聲寒夏簟	대 소리는 여름 대자리를 시원하게 하니
輟寢中夜聽	잠에서 깨어 한밤중에 듣네.
寄聲向鹿門	그 소리를 녹문으로 전하니
儻賜勞苦問[60]	혹시 노고에 안부를 전해 주시렵니까.

【주석】

只今漢龐公 白髮佐州郡 : 『후한서』에서 "방공은 남군 양양 사람이다"라고 했는데, 양양의 일을 서술하면서 인하여 방공으로 사후를 비유하였다.

後漢書, 龐公者, 南郡襄陽人也. 用襄陽事, 因以龐比師厚.

窮通視寒暑 : 『장자』에서 "옛날 도를 깨우친 자는 곤궁하더라도 즐거워했으며 영달하더라도 또한 즐거워했으니 그들이 정말 즐거워한 것은 곤궁과 영달과 같은 것이 아니다. 도가 나에게 얻어지면 곧 궁이니 통이니 하는 것은 한서풍우寒暑風雨와 같은 자연의 추이와 같은 정도의

60 [교감기] '問'은 저본에는 잘못 '間'으로 되어 있었는데, 지금 여러 본에 의거하여 고친다.

일이 될 따름이다"라고 했다.

莊子讓王篇, 古之得道者, 窮亦樂, 通亦樂, 所樂非窮通也. 道得於此, 則窮通爲寒暑風雨之序矣.

仕已誰喜慍 : 『논어』에서 "영윤 자문이 세 번 벼슬에 나아가 영윤이 되었지만 기뻐하는 기색이 없었으며 세 번 그만두었지만 화나는 기색이 없었다"라고 했다.

見上.

長松卧澗底 : 『문선』에 실린 좌사左思의 「영사詠史」에서 "계곡 아래엔 울창하게 소나무가 서 있고, 산꼭대기엔 축 늘어진 묘목이 서 있는데, 직경 한 치에 불과한 저 묘목이, 백 척의 소나무 가지에 그늘을 지우누나. 귀족은 높은 지위 차지하고, 영준은 낮은 지위에 잠겨 있네"라고 했다.

文選詩, 鬱鬱澗底松, 離離山上苗. 以彼徑寸莖, 蔭此百尺條. 世冑躡高位, 英俊沉下寮.

桴雷多裂璺 : 『방언』에서 "그릇이 깨졌는데 떨어지지 않는 것을 문璺이라 한다"라고 했다.

方言, 器破而未離謂之璺.

未須論才難 : 유종원의 「곡능언외哭凌員外」에서 "인재 얻기 어려우니 그렇지 않은가"라고 했는데, 이 글자는 본래 『논어』에서 나왔다. 즉 「태백泰伯」에서 "인재를 얻기 어렵다고 하는데 그렇지 않은가"라고 했다.

柳子厚詩, 才難不其然. 字本出論語.

世人無此韻 : 『진서 · 유애전』에서 "평소 심원한 운치가 있었다"라고 했다. 도연명의 「귀원전거歸園田居」에서 "젊은 시절부터 속세와 맞지 않아, 평소의 뜻은 구학에 있었다오"라고 했다. 사혼이 시를 지어 사령운 등을 권장하면서 "강락은 크게 법도에 통하였으니 실로 명가의 여운이 있다"라고 했다.

晉庾敳傳, 雅有遠韻. 陶潛詩, 少無適俗韻, 性本愛丘山. 謝渾爲韻語, 獎勸靈運等曰, 康樂誕通度, 實有名家韻.

禪悅稱性深 : 『유마경』에서 "비록 음식을 다시 먹더라도, 참선하는 기쁨으로 맛을 삼아야 한다"라고 했다.

維摩經云, 雖復飮食, 而以禪悅爲味.

語端入理近 渙若開春冰 : 『좌전』 서에서 "의심이 얼음이 녹는 듯 풀리고"라고 했다. 한유의 「원유연구遠遊聯句」에서 "봄날 얼음 풀린 물가에서 이별 생각하니, 아득하여 거둘 수 없네"라고 했다.

左傳序云, 渙然冰釋. 韓文公詩, 離思春冰泮, 爛漫不可收.

超然聽年運 : 『노자』에서 "비록 훌륭한 궁궐이 있더라도 담담한 심경으로 안식하며"라고 했다. 『장자』에서 "나는 이제 나이를 먹어 가는데"라고 했다.

老子, 燕處超然. 莊子, 年運而往.

臨民秉三尺 : 『한서 · 두주전』에서 "객이 두주에게 이르기를 "그대는 천자를 위해 공정하게 판결해야 하는데, 삼척의 법을 따르지 않는단 말이요""라고 했는데, 주에서 "삼척의 죽간에 법률을 썼다"라고 했다. 『좌전』에서 "노나라는 주나라의 예를 유지하였다"라고 했다.

漢杜周傳, 客有謂周曰, 君爲天子決平, 不循三尺法. 注云, 以三尺竹簡, 書法律也. 左傳, 魯秉周禮.

朱墨不可紊 : 『북사』를 살펴보건대 소작蘇綽이 문서의 정식과 지출은 붉은 색으로 수입은 검은 색으로 쓰는 법을 제정하였다.

朱墨, 見上.

傳聞但言歸 心許手自隱 : 자은은 「차운사후답마저작」의 주에 보인다. 즉 '자은自隱'은 속으로 헤아린다는 것을 이른다. 『한서 · 원제기』에서 "스스로 곡조를 만들어 노래를 불렀다"라고 했는데, 응소가 "스스로 곡조를 헤아려 새로운 곡을 만들었다"라고 했다. 『문선』에 실린 자옥 최원崔瑗의 「좌우명」에서 "마음으로 헤아린 뒤에 행동하니, 비방이 어

찌 손상시키랴"라고 했는데, 주에서 "은隱은 헤아림이다"라고 했다.

自隱, 見次韻師厚答馬著作注.

欲知南陂稻 得幾就收捃 : 『후한서 · 범단전』에서 "물건을 주워서 살림의 비용으로 삼았다"라고 했는데, 주에서 다른 책을 인용하여 "보리를 주워서 5곡을 얻었다"라고 했다.

後漢范丹傳, 捃拾自資. 注引他書云, 捃拾麥, 得五斛.

胥疏江湖濱 : 『장자 · 산목』에서 "비록 주리고 목마르더라도 오히려 강이나 호수에서 멀리 떨어져 먹이를 구하는 것이 안정됩니다"라고 했다.

莊子山木篇, 猶且胥疏於江湖之上.

不遐金玉訓 : 『시경 · 백구白駒』에서 "그대의 이름만을 금옥처럼 여긴 채 나를 멀리하려는 마음을 부디 갖지 마시기를"이라고 했다.

詩云, 毋金玉爾音.

濡需且肉食 : 『장자 · 서무귀』에서 "난주에 속하는 사람과 유수에 속하는 사람이 있다. 유수에 속하는 사람들은 돼지의 몸에 기생하는 이와 같다. 길게 털이 자라난 곳을 골라서 넓은 궁전의 드넓은 정원이라 여긴다. 발굽 모서리나 사타구니 사이, 젖통 사이나 넓적다리 사이를 안락한 방이나 편안한 장소라고 여긴다. 그러나 도살꾼이 돼지를 잡은

뒤 마른풀을 깔아 불을 붙이면, 자신도 돼지의 털과 함께 타버리는 것은 알지 못한다"라고 했다.

濡需, 見上.

觳觫恐鐘釁 : 『맹자』에서 "맹자가 제선왕을 대하여 이르기를 "왕께서 당상에 앉아 계실 때 소를 끌고서 당하를 지나가는 자가 있었는데, 왕께서 "소는 어디로 가는가"라 묻자 대답하길 "장차 종에 피를 바르려 합니다"라 하니, 왕이 또다시 "놓아주어라, 나는 소가 두려움에 떠는 것을 참을 수가 없구나""라 하였다니, 그런 일이 있습니까"라고 했다.

孟子, 對齊宣王曰, 王坐於堂上, 有牽牛而過堂下者. 王曰, 牛何之. 對曰, 將以釁鐘. 王曰舍之, 吾不忍其觳觫.

龍移山發洪 虎乳月生暈 : 『회남자』에서 "호랑이 울부짖으면 계곡 바람이 이르고, 용이 날면 상서로운 구름이 모여든다"라고 했다. 달에 달무리가 생긴다는 말은 달무리가 일자 바람이 부는 것을 이른다.

淮南子, 虎嘯而谷風至, 龍擧而景雲屬. 月生暈, 謂月暈而風也.

竹聲寒夏簟 輟寢中夜聽 寄聲向鹿門 儻賜勞苦問 : 『후한서 · 방공전』에서 "마침내 처자를 거느리고 녹문산에 올라가 약초를 캐며 돌아오지 않았다"라고 했다. 노고는 『한서 · 장이전』에 보인다. 즉 "함께 고생한 것이 평생의 즐거움이었다"라고 했다. 두보의 「동일회이백」에서 "홍

이 일지 않아 떠나지 못하니, 녹문의 약속은 부질없구나"라고 했다. 이백의 「기농월계오산인寄弄月溪吳山人」에서 "일찍이 들으니 방덕공은, 집이 동호가였다네. 녹문산에 살며 생을 마쳐서, 양양의 저자에 들어오지 않았다네"라고 했다.

龐公傳云, 遂攜妻子, 登鹿門山. 因采藥不反. 勞苦, 見漢張耳傳. 杜甫冬日懷李白詩, 未因乘興去, 空有鹿門期. 李白詩, 嘗聞龐德翁, 家住洞湖水. 終身栖鹿門, 不入襄陽市.

24. 계축일에 조화도의 절간에서 유숙하다【임술년 4월 계축일부터 신유일까지 만세산과 금도갱에서 소금세를 거두면서 모두 열 편을 지었다】

癸丑宿早禾渡僧舍【壬戌四月癸丑至辛酉, 賦鹽萬歲山及金刀坑凡十篇】

城頭渡可涉	성두도는 건널 수 있으며
早禾渡可斛	조화도는 물을 뜰 수 있네.
試問安用舟	묻노니, 어떻게 배를 띄울까
春水三丈餘	세 길의 봄 물 위에다가.
是維一都會	이곳은 다만 도회지로
駔儈權征輸	거간꾼이 수레의 세금을 독차지하네.
鬱鬱多大姓	많기도 많은 대성들은
儒冠頗詩書	유관 쓰고 시서를 익히는데,
以武斷鄉曲	향곡에서 마음대로 행동하는데
舊俗小未除	오랜 습속은 조금도 사라지지 않았네.
厭囂謝近市	시끄러움에 질려서 저자를 멀리하고
斬絶得僧區	험준한 곳에 승려 지역 얻었네.
此地美水竹	이곳은 수죽이 아름다운데
林明見浴鳧	숲이 밝아 헤엄치는 오리를 볼 수 있네.
相追唼菱藻	서로 좇으며 마름과 물풀을 먹는데
天樂非世娛	하늘의 음악에 세상의 즐거움 아니로다.

憶在田園日	회상컨대, 전원에 있을 때
放浪友禽魚	마음대로 노닐며 새, 물고기와 벗했지.
今來長山邑	이제 장산읍에 와서
忍饑撫惸孤[61]	굶주림 참으며 힘든 이들 어루만지네.
出入部曲隨	통솔하는 부곡을 출입하면
咳唾吏史趨	아전들이 명령을 따르네.
形骸束簪笏	육체는 비녀와 홀로 단속하며
可意一事無	한 가지 일도 없기 바라네.
謀生理未拙	생활을 도모함이 매우 졸렬하여
仰愧擁腫樗	우러러 옹이 생긴 가죽나무에 부끄럽네.
曲肱晴簷底[62]	맑은 처마 아래에서 팔뚝을 베고
結網看蜘蛛	줄을 치는 거미를 바라보네.

【주석】

城頭渡可涉 早禾渡可斞 : 『시경 · 대동』에서 "남쪽에는 키 모양의 기성이 있어도, 키질 한 번도 못하네. 북쪽에는 국자 모양의 북두성이 있어도, 술과 국을 뜨지 못하네"라고 했는데, 주에서 "읍은 뜬다는 말이다"라고 했으며, 『석음』에서 "『광아』에서 "구斞는 뜨다는 말이다. 음은 구拘이다""라고 했다.

---

61 [교감기] '飢'는 고본에는 '飽'로 되어 있다.
62 [교감기] '底'는 전본에는 '低'로 되어 있다.

詩大東云, 維北有斗, 不可以挹酒漿. 注云, 挹, 斢也. 釋音云, 廣雅曰, 酌也, 音拘.

試問安用舟 春水三丈餘 是維一都會 : 『사기 · 화식전』에서 "한단은 또한 장수와 황하 사이의 도회지이다"라고 했는데, 도회지라는 말은 모두 여덟 번 하였다.

史記貨殖傳, 邯鄲, 亦漳河之間一都會也. 凡言一都會者八.

駔儈權征輸 : 『한서 · 화식전』에서 "중개인의 이율을 조절했다"라고 했는데, 주에서 "쾌儈는 교역을 하는 두 사람을 거간해주는 자이다. 장駔은 그 우두머리이다"라고 했다. '駔'의 음은 '子'와 '黨'의 반절법이다. 정수征輸는 수레에 세금을 부과하는 것이다. 『사기 · 평준서』에서 "각지의 수레에 세금을 부과하여 혹 수레를 빌린 비용도 내지 못하게 되었다"라고 했다.

漢貨殖傳, 節駔儈. 注, 儈者, 合二家交易者也. 駔者, 其首率也. 駔, 子黨切. 征輸, 卽賦輸也. 史記平準書, 天下賦輸或不償其僦費.

鬱鬱多大姓 儒冠頗詩書 : 『한서 · 조광한전』에서 "영천의 호걸 대성과 서로 혼인하였다"라고 했다.

漢趙廣漢傳, 穎川豪傑大姓.

以武斷鄕曲 : 『한서 · 식화지』에서 "조착이 상주하기를 "백성들이 이익을 남겨 교만해져서 간혹 힘센 이들과 합하여 향곡에서 무단으로 행세합니다""라고 했다.

食貨志, 晁錯奏言, 并兼豪黨之徒, 以武斷鄕曲.

舊俗小未除 厭囂謝近市 : 『좌전 · 소공 3년』에서 "경공이 안자에게 '그대의 집은 시장에 가까우며 터가 낮고 좁아 시끄럽고 더럽소'"라고 했다. 또한 "상인이 이익을 남기고자 하면서 시장의 시끄러운 소리를 싫어해서야 되겠소"라고 했다.

左傳昭三年, 景公謂晏子曰, 子之宅近市, 湫溢囂塵. 又云, 賈而欲贏, 而惡囂乎.

斬絶得僧區 : 유효표의 「광절교론」에서 "태행산과 맹문산이 어찌 높다고 하겠는가"라고 했다. 한유의 「정군묘지」에서 "모나거나 험준한 행동을 하지 않았다"라고 했다.

劉孝標廣絶交論, 太行孟門, 豈曰斬絶. 韓文鄭君墓誌云, 不爲崖岸斬絶之行.

此地美水竹 林明見浴鳧 : 두보의 「송신승지送辛昇之」에서 "백사장 저물녘 바람에 낮게 나는 나비, 날씨 맑아 떠들썩 목욕하는 오리"라고 했다.

杜詩, 沙煖低風蝶, 天晴喜浴鳧.

相追唼菨藻 : 『초사·구변九辯』에서 "물오리와 기러기는 기장과 마름 배불리 먹는데, 봉황은 훨훨 날아 높이 오르네"라고 했다. 사마상여의 「자허부」에서 "물풀을 쪼아 먹으며, 연과 마름을 씹고 있네"라고 했는데, '唼'은 달리 '啑'으로도 쓴다. '啑'의 음은 '色'과 '甲'의 반절법이다.

楚辭, 鳧雁皆唼粱藻兮, 鳳飄翔而高擧. 子虛賦, 唼喋菁藻, 咀嚼菱藕. 唼, 亦作啑. 啑, 色甲反.

天樂非世娛 : 『장자』에서 "황제가 동정의 들판에서 음악을 연주하는데, 그 마침이 어디인지 알 수 없으며 그 시작이 어딘지도 알 수 없다. 이를 하늘의 음악이라 이른다"라고 했다. 이백의 「궁중행락사」에서 "봄바람이 궐문을 여니, 천상의 음악이 구슬 누대에 내려오네"라고 했다.

莊子, 黃帝張樂於洞庭之野, 其卒無尾, 其始無首, 此之謂天樂. 李白宮中行樂詞, 春風開紫殿, 天樂下珠樓.

憶在田園日 放浪友禽魚 : 왕희지의 「난정계음서」에서 "육체 밖에서 마음대로 놀기도 하였다"라고 했다.

蘭亭禊飮序云, 放浪形骸之外.

今來長山邑 忍饑撫惸孤 出入部曲隨 : 『한서·광무기』에서 "각각 부곡을 통솔하였다"라고 했는데, 주에서 인용한 『속한지』에서 "대장군영은 오부가 있고, 부는 교위가 셋이다. 부 아래에 곡이 있고, 곡에는 군

후 한 사람이 있다"라고 했다.

漢光武紀云, 各領部曲. 注引續漢志曰, 大將軍營有五部, 部三校尉. 部下有曲, 曲有軍候一人.

咳唾吏史趨 : 『법서요록』에서 "왕희지 첩에서 "지난번 조금 차도가 있어서 멀리 유람하고 싶었지만 이졸이 지키고 있으니 탄식이 인다"" 라고 했다.

法書要錄, 羲之帖云, 傾因小差, 欲極遊娛, 而吏卒守之, 可歎耳.

形骸束簪笏 可意一事無 : 두보의 「금석행今夕行」에서 "함양 객사에는 달리 놀 것 없고"이라고 했다.

杜詩, 咸陽客舍一事無.

謀生理未拙 仰愧擁腫樗 : 『장자 · 소요유』에서 "혜자가 장자에게 말하기를, "나에게 큰 나무가 있는데 남들이 가죽나무라고 부른다네. 그 줄기는 울퉁불퉁 옹이가 많아 목재로 쓰기에 맞지 않고 작은 가지들도 오글오글하여 쓸모가 없으므로 길가에 있어도 장인匠人이 거들떠보지도 않는다오""라고 했다.

擁腫樗, 見上.

曲肱晴簷底 結網看蜘蛛 : 왕안석의 「성중城中」에서 "침상 옮겨 가을바람

맞으며 홀로 누워서, 거미가 줄 치는 것을 고요히 바라보네"라고 했다.

王荊公詩, 移床獨卧秋風裏, 靜看蜘蛛結網絲.

25. 관산에서 유숙하다

宿觀山

暮發白下地　　저물녘에 백하 땅을 지나
瞑投觀山宿　　캄캄할 때 관산에 투숙하였네.
橫溪赤欄橋　　적란교는 시내에 빗겨 있고
一徑入松竹　　좁은 길은 솔과 대 사이로 이어지네.
野僧如驚麏　　들판 승려는 놀란 노루와 같아
避堂具燈燭　　당을 양보하고 등불을 켜주네.
我眠興視夜　　나는 자다 일어나 밤을 보니
部曲始炊熟　　부곡에서 비로소 밥을 익히네.
筧水烟際鳴　　대통의 물은 연기 속에서 울고
萬籟入秋木　　온갖 바람 소리는 가을 나무에 들어오네.
平生瀟洒興　　평소 고상한 흥취는
本願終澗谷　　본래 계곡에서 삶을 마치는 것.
世累漸逼人　　세상 일이 점점 나를 얽어매는데
如垢不醴沐　　때가 끼어도 씻지 못한 것 같네.
已成老翁爲[63]　　이미 늙은 버린 노인으로
作吏長碌碌[64]　　형편없는 아전의 수령이 되었구나.

63 [교감기] '爲'는 고본에는 '焉'으로 되어 있다.
64 [교감기] 이 구 뒤에 영원본에는 두 조목의 주가 있으니, 즉 "두보의 「증필요(贈畢

【주석】

暮發白下地 : 『환우기』에서 "백하현 옛 성은 금릉 상원현 성의 서쪽에 있다. 본래 강승현의 백석루였는데, 제나라 무제가 낭야 백성을 이주시켜 거처하게 하였다"라고 했다.

白下, 見上.

暝投觀山宿 橫溪赤欄橋 : 온정균의 「양류지楊柳枝」에서 "적란교 아래 봇 도랑의 봄물"이라고 했다.

溫飛卿樂府云, 一渠春水赤欄橋.

一徑入松竹 野僧如驚麕 : 『문선』에 실린 휴문 심약의 「숙동원宿東園」에서 "놀란 노루 쉬지 않고 달리네"라고 했다.

文選沈休文詩, 驚麕去不息.

避堂具燈燭 : 『한서·조참전』에서 "합공의 충고를 받아들여 정당을 피하고 합공을 거처하게 하였다"라고 했다.

曹參傳, 避正堂, 舍蓋公.

曜)」에서 '얼굴은 노인처럼 늙어버렸다'라고 했다. 『문선』에 실린 위문제의 「여오질서(與吳質書)」에서 '이미 노인이 되었는데, 다만 머리만 세지 않았을 뿐이다'라고 했다[杜詩, 顔狀老翁爲. 文選魏文帝書, 已成老翁, 但未白頭耳]."

我眠興視夜 : 『시경 · 여왈계명女曰鷄鳴』에서 "그대는 일어나 밤을 보소서"라고 했다.

詩, 子興視夜.

部曲始炊熟 筧水烟際鳴 : 대나무로 물을 통하게 한 것을 '筧'이라고 하는데, 음은 '古'와 '典'의 반절법이다.

以竹通水曰筧, 古典切.

萬籟入秋木 : 『장자 · 제물론』에서 "자유가 "감히 천뢰에 대해 묻습니다"라고 하니, 자기가 "대저 천뢰라는 것은 온갖 것에 바람을 모두 다르게 불어넣으니 제 특유의 소리를 내는 것이다""라고 했다.

莊子齊物論, 敢問天籟. 子綦曰, 吹萬不同, 而使其自己也.

平生瀟洒興 本願終澗谷 : 두보의 「자경부봉선현自京赴奉先縣」에서 "강호에 은거하여, 고상하게 세월 보내려 한 생각 없진 않았지만"이라고 했다.

杜詩, 非無江海志, 蕭洒送日月.

世累漸逼人 : 『진서 · 사안전』에서 "사안이 약관일 때 왕몽을 찾아가 청언을 오랫동안 나누었다. 이윽고 그가 떠나자 왕몽의 아들 왕수가 "저 손님은 아버님과 비교하면 어떻습니까"라 하자, 왕몽이 "이 손님은 끊임없이 말하여 사람을 꼼짝 못하게 한다""라고 했다.

晉謝安傳, 亹亹爲來逼人.

如垢不醴沐 : 『예기 · 내칙』에서 “5일마다 물을 끓여서 목욕을 청하고 3일마다 머리 감기를 청하며, 그 사이에도 얼굴이 더러워지면 쌀뜨물을 데워서 세수할 것을 청한다”라고 했다. 『석문』에서 “醴의 음은 회悔이다”라고 했다.

禮內則, 五日則燂湯請浴, 三日具沐, 其間面垢, 燂潘請醴. 釋文曰, 醴音悔.

已成老翁爲 作吏長碌碌 : 『사기 · 평원군전』에서 “모수가 “공들은 보잘것없어서 다른 사람을 통해 일을 완성한다””라고 했다.

史記平原君傳, 公等碌碌, 因人成事.

26. 대몽롱에 오르다【을묘년 새벽에 일어나다】

上大蒙籠【乙卯晨起】

黃霧冥冥小石門	노란 안개가 아득하게 소석문에 깔리고
苔衣草路無人迹	이끼 낀 풀 길에는 사람 자취 없네.
苦竹參天大石門	대석문의 고죽은 하늘에 닿고
虎迒兎蹊聊倚息	호랑이 발자국 토끼 길에 에오라지 기대 쉬네.
陰風搜林山鬼嘯	서늘한 바람 숲을 흔들며 산귀신이 울며
淸風源裏有人家	맑은 바람 부는 계곡에 민가가 있으며
千丈寒藤繞崩石	천 길의 차가운 등나무 무너진 바위를 감싸네.
牛羊在山亦桑麻	소와 양은 산에 또는 뽕과 마밭에 있네.
向來陸梁嫚官府	이전부터 건성건성 관리를 우습게 여기니
試呼使前問其故	불러서 오게 하여 그 까닭을 물어보네.
衣冠漢儀民父子	의관 갖춘 한나라 위의의 백성 부자
吏曹擾之至如此	"아전들이 이처럼 흔들어 대니,
窮鄕有米無食鹽	곤궁한 마을에 쌀만 있고 먹을 소금 없더니
今日有田無米食	지금은 밭만 있고 먹을 쌀이 없네요.
但願官淸不愛錢	다만 원컨대 관리가 맑아 돈을 좋아하지 않는다면
長養兒孫聽驅使	아이와 손자 길러 명령대로 따를 것입니다"

【주석】

黃霧冥冥小石門 苔衣草路無人迹 : 『이아』에서 "담藫은 이끼이다"라고 했는데, 주에서 "물이끼이다"라고 했다. 『후한서 · 마후전』에서 "노란 안개가 사방에 덮였을 뿐 비는 내리지 않았다"라고 했다. 두보의 「십이월일일十二月二日」에서 "햇빛이 가득한 누대 앞 강에 안개가 누렇네"라고 했다.

爾雅, 藫, 石衣. 注, 水苔也. 東漢馬后傳, 黃霧四塞. 杜詩, 日滿樓前江霧黃.

苦竹參天大石門 : 두보의 「두견杜鵑」에서 "높은 나무는 위로 하늘에 닿았네"라고 했다.

杜詩, 喬木上參天.

虎迒兎蹊聊倚息 : 『이아』에서 "사슴의 발자국을 전䴥이라 하고, 토끼의 발자국을 항迒이라 한다"라고 했는데, 주에서 "적跡은 발이 밟은 자리이다. '迒'의 음은 '戶'와 '郞'의 반절법이다"라고 했다.

爾雅, 麋其跡䴥, 兎其跡迒. 注, 跡, 脚所踐處. 迒, 戶郞反.

陰風搜林山鬼嘯 : 송옥의 「풍부」에서 "바람이 숲에서 나무를 쳐댑니다"라고 했다. 굴원의 『구가』에 「산귀편」이 있다. 두보의 「이거공안산移居公安山」에서 "산의 귀신 등불을 불어 끄고, 부엌에는 사람의 말소리 밤늦도록 들리네"라고 했다. 백거이의 「송객남천送客南遷」에서 "물여우

는 사람의 그림자를 쏘고, 산귀신은 몸을 감출 줄 아네"라고 했다.

宋玉風賦, 梢殺林莽. 屈原九歌有山鬼篇. 杜詩, 山鬼吹燈滅, 厨人語夜闌. 白樂天詩, 水蟲能射影, 山鬼解藏身.

千丈寒藤繞崩石 : 두보의 「추일기부秋日夔府」에서 "구멍 난 담은 장차 가시나무로 막겠고, 무너진 돌은 등나무에 걸려 있네"라고 했다.

杜詩, 缺籬將棘拒, 倒石賴藤纒.

淸風源裏有人家 牛羊在山亦桑麻 向來陸梁嫚官府 : 양웅의 「감천부」에서 "이리저리 날고 천방지축으로 뛰네"라고 했다. 『장자』에서 "천지를 주관하고 만물을 저장함에라"라고 했다.

陸梁, 見上. 莊子, 官天地, 府萬物.

試呼使前問其故 衣冠漢儀民父子 : 『후한서 · 광무기』에서 "오늘 한나라 관리의 위의를 다시 볼 줄 생각도 못했네"라고 했다.

光武紀, 復見漢官威儀.

吏曹擾之至如此 窮鄕有米無食鹽 今日有田無米食 : '田'자는 마땅히 '鹽'이 되어야 한다.

當作今日有鹽無食米

但願官淸不愛錢 : 이백의 「증최추포」에서 "손님 보면 다만 술잔 기울일 뿐, 관리 되어 돈을 좋아하지 않네"라고 했다. "고을이 오래되어 회화나무 뿌리 튀어나오고, 관청이 맑아 말의 골격이 드높다"는 시어는 구양수의 「육일시화六一詩話」에 보이는데 작자 미상이다.

太白贈崔秋浦云, 見客但傾酒, 爲官不愛錢. 縣古槐根出, 官淸馬骨高. 見歐陽公詩話.

長養兒孫聽驅使 : 한유의 「증노동」에서 "능력이 있어도 부림을 면치 못하였네"라고 했다.

退之贈盧仝云, 有力未免遭驅使.

27. 노강에서 앞성으로 들어가다【을묘 식사 후에】

勞坑入前城【乙卯飯後】

刀坑石如刀	도강의 돌은 칼과 같고
勞坑人馬勞	노강에서 사람과 말이 고생하네.
窈窕篁竹陰	그윽한 대숲의 그늘
是常主逋逃	이는 항상 도망한 이들의 주인이 되네.
白狐跳梁去	흰여우는 펄쩍 뛰며 달아나고
豪豬森怒嘷	큰 멧돼지는 숲에서 꽥꽥 소리를 지르네.
雲黃覺日瘦	구름이 노라니 해가 지는 것을 알겠고
木落知風饕	나뭇잎이 떨어지니 바람이 거센 것을 아네.
輕軒息源口	경쾌한 수레는 골짝 입구에서 쉬고
飯羹煮溪毛	밥과 국은 시내 나물을 익히네.
山農驚長吏	산의 농부는 수령에 놀라서
出拜家騷騷	나와 절하니 집집마다 소란하네.
借問淡食民	싱겁게 먹는 백성들에게 묻는데
祖孫甘餔糟	조부와 손자가 지게미 달게 여기네.
賴官得鹽喫	관가 힘입어 소금을 얻어서 먹거늘
正苦無錢刀	참으로 돈이 없어서 괴롭네.

【주석】

刀坑石如刀 : 백거이의 「입협」에서 "큰 돌은 칼과 같고, 작은 돌은 치아 같네"라고 했다.

樂天入峽詩, 大石如刀劍, 小石如齒牙.

篣坑人馬篣 窈窕篁竹陰 : 한유의 「송구책서」에서 "강을 끼고 거친 풀과 대나무 숲 사이"라고 했는데, 본래 『한서 · 엄조전嚴助傳』에 보인다.

退之送區册序云, 夾江荒茅篁竹之間. 本出漢書.

是常主逋逃 : 『서경 · 무성』에서 "상왕商王 수受가 무도無道하여, 천하에서 죄를 짓고 도망쳐 온 자들의 주인이 되었다"라고 했다.

武城云, 爲天下逋逃主.

白狐跳梁去 : 양웅의 「감천부」의 주에서 "육량陸梁은 날뛰는 것이다"라고 했다.

甘泉賦注云, 陸梁, 跳也.

豪豬森怒嘷 雲黃覺日瘦 : 두보의 「무가별無家別」에서 "오래 걸어도 텅 빈 거리뿐, 햇빛이 침침하니 날씨도 흐릿하네"라고 했다.

杜詩, 久行見空巷, 日瘦氣慘慘.

木落知風饕 : 한유의 「제장원외문祭張員外文」에서 "눈보라 매섭고 바람이 요란하다"라고 했다. '號'는 달리 '饕'로 된 본도 있다.

退之祭文云, 雪虐風號. 號一作饕.

輕軒息源口 飯羹煮溪毛 : 『좌전』에서 "진실로 신의만 있다면 산골 물이나 못가에 난 물풀이라 할지라도 귀신에게 음식으로 올릴 수가 있다"라고 했다.

左傳, 澗溪沼沚之毛.

山農驚長吏 : 한유의 「남계시범南溪始泛」에서 "산의 농부가 깜짝 놀라 바라보며"라고 했다.

退之詩, 山農驚見之.

出拜家騷騷 : 『예기 · 단궁』에서 "너무 급히 빨리하면 촌스럽다"라고 했다.

檀弓, 騷騷爾則野.

借問淡食民 祖孫甘餔糟 : 한유의 「서언왕비」에서 "조부와 손자가 서로 바라본다"라고 했다. 『초사』에서 "어찌하여 그 술지게미를 배불리 먹고 그 막걸리나마 마시지 않고서"라고 했다.

退之徐偃王碑, 祖孫相望. 楚辭, 餔其糟而啜其醨.

賴官得鹽喫 正苦無錢刀 : 천, 포, 도는 모두 돈이다. 『한서 · 식화지』에서 "왕망이 계도와 착도를 만들었다"라고 했다. 유종원의 「종백양하種白蘘荷」에서 "돈이 재앙을 불러올까 두려운데, 굶주림에 더욱 머뭇거리네"라고 했다.

泉, 布, 刀, 皆錢也. 食貨志, 王莽造契刀錯刀. 柳子厚詩, 錢刀恐賈害, 飢至益逡巡.

28. 을묘일에 청천사에서 묵다

乙卯宿清泉寺

稅輿陟高岡	수레를 멈추고 높은 언덕에 올라
却立倚天壁	우뚝 서서 하늘같은 절벽에 기대네.
就輿亂清溪	수레 몰아 맑은 시내 어지럽히는데
轉石飛霹靂[65]	구르는 돌은 우레가 치는 듯.
十步一沮洳	열 걸음에 한 번 진펄이고
五步一枳棘	다섯 걸음에 한 번 가시나무라네.
上方未言返	상방에 돌아온다고 말하지 않으니
豁見平土宅	툭 트인 평지의 집들이 보이네.
田家雞犬歸	농가의 닭과 개는 돌아오고
佛廟檀欒碧	빼어난 절간은 푸르네.
蓮蕩落紅衣	붉은 잎 진 연은 흔들리는데
泉泓數白石	못의 물은 수백 석이네.
人如安巢鳥	사람은 둥지에서 편안한 새와 같으니
稍就一枝息	한 가지 나아가 쉬고 있네.
鐘魚各知時	종과 물고기는 각각 때를 아니
吾亦自得力	나 또한 스스로 깨우침을 얻네.

65 [교감기] '飛'는 영원본에는 '爲'로 되어 있다.

【주석】

稅輿陟高岡 : 『시경 · 권이』에서 "저 높은 언덕에 올라"라고 했다.

詩卷耳云, 陟彼高岡.

却立倚天壁 : 송옥의 「대언부」에서 "똑바른 장검을 하늘 밖에 기대어 놓고"라고 했다. 소식의 「귀조탄歸朝歎」에서 "하늘에 기댄 무수한 푸른 절벽을 열고"라고 했다.

宋玉大言賦, 長劍耿介倚天外. 東坡詩, 倚天無數開青壁.

就輿亂淸溪 轉石飛霹靂 : 이백의 「촉도난」에서 "절벽에서 구르는 돌에 온 골짝이 우레 치는 듯"이라고 했다. 한유의 「제장서문」에서 "동정호 가득 넘쳐, 하늘과 맞닿았네. 바람과 파도가 서로 공격하여, 그 사이에 벼락이 치네"라고 했다.

太白詩, 崩崖轉石萬壑雷. 韓文公祭張署文, 洞庭漫汗, 粘天無壁, 風濤相豗,[66] 中有霹靂.

十步一沮洳 : 『시경 · 위풍』에서 "저 분수의 진펄에서"라고 했다. 한유의 「증후희贈侯喜」에서 "큰 물고기가 어찌 진펄에서 살겠는가"라고 했다. 두보의 「용문진龍門鎭」에서 "낮은 늪지 때문에 잔도가 젖어 있네"

---

66 [교감기] '豗'는 원래 '虺'로 되어 있었으나, 지금전본을 따르고 아울러 한유의 「제하남장서원외문」에 의거하여 바로잡는다.

라고 했다.

魏國風, 彼汾沮洳. 韓詩, 大魚豈肯居沮洳. 杜詩, 沮洳棧道濕.

五步一枳棘 : 두목의 「아방궁부」에서 "다섯 걸음에 누대 하나, 열 걸음에 전각 하나"라고 했다.

阿房宮賦, 五步一樓, 十步一閣.

上方未言返 : 『유마경』에서 "유마힐이 자리에서 일어나지 않은 채, 모든 대중들 앞에서 보살의 모습으로 변했다. 이때 보살로 변하여 상방上方으로 올라가 중향계衆香界에 이르렀다. 부처님 발에 예배하고 세존께서 드시고 남은 음식을 얻어다가 불사佛事에 베풀고자 했다. 그곳의 모든 보살이 유마힐이 보살로 변화한 것을 일찍이 없었던 일이라 찬탄하며 곧바로 부처에게 물으니, 부처가 "하방下方에 세계가 있는데, 사비娑娑라 하고 부처님의 이름은 석가모니이다. 그곳에 한 보살이 있는데, 이름은 유마힐인데 모든 보살을 위해 설법하고 있기에 보내어 변하게 한 것이다"라 했다"라고 했다.

上方, 見上.

豁見平土宅 : 『서경』에서 "이에 언덕에서 내려와 평지에서 산다"라고 했다. 『맹자』에서 "조수鳥獸가 사람을 해치는 것이 없어진 뒤에 사람이 평지에 살게 되었다"라고 했다.

書, 是降丘宅土. 孟子, 然後人得平土而居之.

田家雞犬歸 佛廟檀欒碧 : 매승의 「토원부」에서 "긴 대나무 빼어나게 아름다운데, 연못 물을 끼고 토원을 감싸 돌았다"라고 했다. 왕유의 「심습유신죽생沈拾遺新竹生」에서 "한가로이 거처하니 날마다 맑고 고요한데, 긴 대나무 절로 빼어나네"라고 했다. 사조의 「화왕저작和王著作」에서 "잡목은 울창하게 솟아 있고, 빼어난 긴 대가 비치네"라고 했다.

枚乘兎園賦, 修竹檀欒, 夾池水, 旋兎園. 王維詩, 閑居日淸靜, 修竹自檀欒. 謝脁詩, 阡眠起雜樹, 檀欒映修竹.

蓮蕩落紅衣 : 조하의 「장안만추長安晩秋」에서 "붉은 꽃 다 지면 물가 연꽃 근심하네"라고 했다.

趙嘏詩, 紅衣落盡渚蓮愁.

泉泓數白石 人如安巢鳥 : 두보의 「세병마洗兵馬」에서 "농어회 그리워해 동쪽으로 가버린 이 없고, 남쪽으로 날아가는 새들도 편안히 둥지에 깃들이네"라고 했다. 한유의 「언성야회연구郾城夜會聯句」에서 "저녁 새도 이미 둥지에서 편안하고, 봄날 누에는 잠박에 가득하네"라고 했다.

杜詩, 東走無復憶鱸魚, 南飛覺有安巢鳥. 韓文公聯句, 暮鳥已安巢, 春蠶看滿箔.

稍就一枝息 : 『장자 · 소요유逍遙』에서 "뱁새가 깊은 숲에 보금자리 만드는 데는 나무 한 가지에 불과하다"라고 했다.

莊子, 鷦鷯巢於深林, 不過一枝.

鐘魚各知時 吾亦自得力 : 두보의 「무가별無家別」에서 "나를 낳았으나 모시지도 못하니"라고 했다.

杜詩, 生我不得力.

29. 병진일에도 계속 청천사에 머물다

丙辰仍宿清泉寺

山農居負山　　산농은 산을 등지고 사는데
呼集來苦遲　　불러 모으니 매우 더디게 오네.
旣來授政役　　이윽고 와서 세금과 부역을 받고
謠詠謂余欺[67]　　내가 속인다고 노래하네.
按省其家貲　　그 집안 살림을 살펴보니
可忍鞭扶之　　차마 채찍질할 수 있으랴.
恩言輸公家　　관청의 은혜로운 말로 달래니
疑阻久乃隨　　한참 의심하더니 이에 따르네.
滕口終自愧　　입으로 말했지만 끝내 자신이 부끄러워
吾敢乏王師　　내 감히 군대를 곤핍하게 하랴.
官寧憚淹留　　관리가 어찌 머무는 것을 꺼리랴
職在拊惸嫠　　임무는 힘든 이를 어루만짐에 있네.
所將部曲多　　거느린 부곡이 많으니
溷汝父老爲　　부노가 하듯 너희를 귀찮게 하랴.
西山失半壁　　서산에 해가 반쯤 넘어가니
且復下囊輜　　곧 행낭과 짐을 들고 내려가야 하네.

---

67 [교감기] '詠'은 전본에는 '諑'으로 되어 있다. 살펴보건대 『이소』에서 "헐뜯으며 나보고 음란하다 하네[謠諑謂余以善淫]"라고 했으니, 전본이 옳은 것 같다.

啼鴉散篇帙　　우는 까마귀에 문서를 그만두고
休吏稅巾衣　　세금 거두는 아전을 쉬게 하네.
石泉鼓坎坎　　바위 시내는 콸콸 소리 내며 흐르고
竹風吹參差　　대 바람은 퉁소를 부는구나.
書怜行熠燿[68]　　반딧불이 나니 글씨 쓰기 좋고
壁蟲催杼機　　벽의 귀뚜라미는 베틀을 재촉하네.
昏釭夜未央　　어둠 속 등잔에 밤은 다하지 않는데
高枕夢登巇　　높이 베개 베고 산에 오르는 꿈꾸네.

【주석】

山農居負山 呼集來苦遲 旣來授政役 : 『문선』에 실린 장형張衡의 「동경부」에서 "세금 부과와 부역을 맡기면서 백성들의 힘이 다할까 항상 걱정하네"라고 했다.

文選東京賦, 賦政任役, 常畏人力之盡也.

謠詠謂余欺 按省其家貲 可忍鞭抶之 : 원결의 「용릉행」에서 "모두 동원하여 그 집을 뒤져보지만, 또한 살림살이조차 없구나"라고 했다. 『좌전』에서 말하기를 "남이 아내를 앗아도 화를 내지 않더니, 한 번 너를 때렸다고 어찌 그리 슬퍼하는가"라고 했는데, 주에서 "질抶은 때림이

68 [교감기] '怜'은 전본과 건륭본에는 '冷'으로 되어 있다. 건륭본의 원교에서 "'冷'은 달리 '怜'으로 된 본도 있다"라고 했다.

다. 음은 '敕'과 '栗'의 반절법이다"라고 했다.

元結舂陵行, 悉使索其家, 而又無生資. 左傳, 一抶女庸何傷. 注, 抶, 擊也, 敕栗切.

恩言輸公家 疑阻久乃隨 滕口終自愧 : 『주역 · 함괘』의 상육에서 "혀와 입에서 감응하도다"라고 했는데, 상에서 "입으로만 떠들 뿐임을 말한다"라고 했다.

易咸之上六, 滕口說也.

吾敢乏王師 官寧憚淹留 : '관官' 자는 한유의 「농리」란 시에 보이는 말을 사용하였으니, 즉 "농 땅의 아전이 손을 늘어뜨리고 웃으며, "관을 어찌 어리석게도 묻습니까. 비유하면 서울에 거주하는 관원이면, 어찌 동오를 알겠습니까""라고 했다. 『좌전 · 희공 33년』에서 "우리 고을이 넉넉하지는 못하지만, 따르는 자들을 위해 오래 머물게 하리"라고 했다.

官字, 蓋用韓退之瀧吏詩云, 瀧吏垂手笑, 官何問之愚. 譬官居京邑, 何由知東吳. 左傳僖三十三年, 不腆弊邑, 爲從者之淹.

職在拊惸嫠 所將部曲多 溷汝父老爲 : 『한서 · 육가전』에서 "한곳에 오래 머물며 너희들을 귀찮게 하지 않겠다"라고 했다.

漢陸賈傳, 毋久溷汝爲也.

西山失半壁 : 이백의 「오서곡烏棲曲」에서 "청산은 어느덧 반쪽 해를 머금었네"라고 했다. 또한 「몽유천모음夢游天姥吟」에서 "산중턱에서 바다에 솟는 해 보고"라고 했다.

太白詩, 靑山欲銜半邊日. 又云, 半壁見海日.

且復下囊輜 : 『한서 · 왕길전』에서 "지닌 것은 행낭行囊과 옷뿐이다"라고 했다. 『좌전 · 양공 12년』에서 "초나라의 군수물자를 실은 수레가 필에 이르렀다"라고 했는데, 주에서 "중重은 군수물자이다"라고 했다. 『정의』에서 "치輜는 달리 병軿이라고 한다. 앞뒤로 실은 물건을 덮는 것이다"라고 했다.

漢王吉傳, 所載不過囊衣. 左傳襄十二年, 楚重至于泌. 注云, 輜重也. 正義曰, 輜一名軿, 前後蔽以載物.

啼鴉散篇帙 : 사령운의 「답혜련答惠連」에서 "잃어버린 책은 아는지 물어보네"라고 했다. 시의 뜻은 즉 날이 저물어 문서 작성을 그만둔다는 의미이다.

靈運詩, 散帙問所知. 詩意謂日暮罷休文書也.

休吏稅巾衣 : 『한서 · 설선전』에서 "동지와 하지에 아전에게 휴가를 내렸다"라고 했다.

漢薛宣傳, 日至休吏.

石泉鼓坎坎 : 『시경』에서 "북을 둥둥 내 울리며"라고 했다. 말하자면 시냇물 소리가 마치 북을 치는 것 같다는 것이다.

詩, 坎坎鼓我. 言泉鳴如鼓聲.

竹風吹参差 : 『초사』에서 "퉁소를 불며 누구를 그리워하는가"라고 했는데, 주에서 "참치參差는 퉁소이다"라고 했다. 보주에서 "『풍속통』에서 "순이 퉁소를 만들었는데, 그 모양이 서로 다 달랐다""라고 했다. 이 연은 비록 퉁소와 북으로 비유하였지만, 또한 유종원의 「남간시」에서 보이는 "회오리바람 한 번 쏴하고 부니, 숲 그림자 오래도록 술렁이네"라는 의미를 취하였다.

楚辭, 吹參差兮誰思. 注, 參差, 洞簫也. 補注曰, 風俗通云, 舜作簫, 其形参差. 此聯雖以簫鼓爲喻, 然亦取柳子厚南澗詩迴風一蕭瑟, 林影久參差也.

書冷行熠燿 : 『시경』에서 "반딧불이 깜빡깜빡하니"라고 했는데, 주에서 "습요熠燿는 반짝이는 것이요, 인燐은 반딧불이다"라고 했다. 시의 의미는 대개 차윤車胤의 형설의 공을 취하였다.

詩, 熠燿宵行. 注, 熠燿, 燐也. 燐, 螢火也. 詩蓋取車武子聚螢之意.

壁蟲催杼機 : 『고금주』에서 "귀뚜라미는 달리 투기投機라고 부르니, 그 소리가 급하게 베틀을 짜는 것 같기 때문이다"라고 했다.

古今注, 促織一名投機, 謂其聲如急織也.

昏釭夜未央 : 강釭은 등잔이다. 반고의 「서도부」에서 "금 등잔이 벽을 먹는다"라고 했다. 『시경 · 정료庭燎』에서 "한밤중이 되지 않았네"라고 했다.

釭, 燈也. 西都賦, 金釭銜壁. 夜未央, 見詩.

30. 정사일에 보석사에서 묵다

丁巳宿寶石寺

鐘磬秋山靜	종이 우니 가을 산은 고요하고
爐香沉水寒	침수향 화로에 태우니 싸늘하네.
晴風蕩濛雨	맑은 바람은 자욱한 비를 쓸어가나
雲物尙盤桓	구름은 아직도 머뭇거리네.
瀹茗赤銅椀	붉은 구리 사발에 차를 끓이고
筧泉蒼烟竿	푸른 이내 덮인 죽간에 물을 끌어오네.
紅榴罅玉房	붉은 석류는 옥방에서 벌어지고
么橘委金丸	작은 귤은 금 탄환을 쏟아내네.
枕簟已思燠	대자리 베고 누워 따뜻함을 생각하고
飯羹可加餐	국을 먹으며 식사를 더하네.
觀已自得力	이미 스스로 깨우침을 보지만
談玄舌本乾	현도玄道를 말하려니 혀가 굳네.
理窟乃塊然	이치의 굴은 이에 멍한데
世故浪萬端	세상일은 부질없이 많구나.
牛刀經肯綮	소 잡는 칼은 긍계를 지나고
古人貴守官	옛사람은 관직 지킴을 귀하게 여겼네.
摩挲發硎手	숫돌에 칼 가는 손을 어루만지며
考此一丘槃	이 언덕에서 이리저리 노니네.

【주석】

鐘磬秋山靜 : 유종원의 「여최책등서산與崔策登西山」에서 "학이 우니 초산은 고요하네"라고 했다.

柳子厚詩, 鶴鳴楚山靜.

爐香沉水寒 : 『능엄경』에서 "향엄동자가 부처에게 아뢰기를 "여러 비구들이 침수향 태우는 것을 보았는데, 그 향기가 은연중에 콧속으로 들어왔습니다. 제가 살펴보니 이 향기는 나무에서 온 것도 아니며 허공에서 온 것도 아니며 연기에서 온 것도 아니요 불에서 온 것도 아니어서 가도 끝닿는 데가 없고 와도 시작된 곳이 없다고 여겼습니다. 이로 말미암아 분별하는 의식이 사라지고 무루無漏[69]를 발명하게 되었습니다""라고 했다.

楞嚴經云, 見諸比丘燒沉水香.

晴風蕩濛雨 : 『시경 · 동산』에서 "부슬비 자욱이 내렸네"라고 했다.

詩東山, 零雨其濛.

雲物尙盤桓 : 도연명의 「귀거래사」에서 "외로운 소나무 어루만지며 머뭇거리네"라고 했는데, 주에서 "『이아』에서 '반환盤桓'은 나아가지 못함이다"라고 했다.

69 무루 : 마음과 몸을 괴롭히는 번뇌에서 벗어나는 것을 이른다.

歸去來辭云, 撫孤松而盤桓. 注云, 爾雅曰, 盤桓, 不進也.

瀹茗赤銅椀 筧泉蒼烟竿 紅榴罅玉房 : 좌사의 「오도부」에서 "개암과 밤은 틈이 벌어져서 싹이 나네"라고 했다. 『문선』에 실린 육기의 「조위무문」에서 "옥방에 고요히 모셨네"라고 했는데, 주에서 인용한 『한서·교사가』에서 "신선이 나오니, 옥으로 꾸민 방을 밀치네"라고 했다. 유종원의 「행로난行路難」에서 "제후의 집은 숯을 피워 옥방을 꾸미네"라고 했는데, 이 글자를 따왔다.

吳都賦云, 榛栗罅發. 文選陸士衡弔魏武文云, 陪窈窕於玉房. 注引漢書郊祀歌曰, 神之出, 排玉房. 柳子厚詩, 侯家熾炭雕玉房. 此摘其字.

幺橘委金丸 : 『서경잡기』에서 "한언이 탄알 쏘기를 좋아하여 금으로 탄환을 만들었다"라고 했다. 소순흠의 「망태호望太湖」에서 "동정의 감귤 익어 나그네에게 황금빛 귤 나눠주네"라고 했다.

西京雜記, 韓嫣好彈, 以金爲丸. 蘇舜欽詩, 洞庭柑熟客分金.

枕簟已思燠 飯羹可加餐 : 『한서·적방진전』에서 "나에게 콩밥을 먹이고 큰 토란국을 먹게 하네"라고 했다. 『악부시』에서 "먼저 식사를 잘하라고 말하고"라고 했다.

翟方進傳, 飯我豆食羹芋魁. 樂府詩, 上言加餐食.

觀已自得力 談玄舌本乾 : 『진서 · 은중감전』에서 "사흘만 『도덕경』을 읽지 않아도 혀가 굳어짐을 느낀다"라고 했다.

晉殷仲堪傳, 每云三日不讀道德經, 覺舌本間強.

理窟乃塊然 : 『진서 · 장빙전』에서 "간문제가 장빙을 불러 이야기를 나누고 나서, 탄식하기를 "장빙은 말이 느려도 이치의 굴이 된다""라고 했다. 낙빈왕의 「상위명부」에서 "가르침을 받들어 뜰에서 내달리면서 이치 굴에 정을 묶었습니다"라고 했다. 조식의 「구통친친표」에서 "매번 사계절이 올 때마다 우두커니 홀로 있었습니다"라고 했다.

晉張憑傳, 簡文帝召憑與語, 歎曰, 張憑勃窣爲理窟. 駱賓王上韋明府, 奉訓趨庭, 束情田於理窟. 曹子建求通親親表, 每四節之會, 塊然獨處.

世故浪萬端 : 두보의 「기유백화寄劉伯華」에서 "복잡한 세상일을 같이 겪고 있네"라고 했다. 『한서 · 왕망전』에서 "온갖 이유를 들어서 뇌물을 주었다"라고 했다.

杜詩, 世故莽相仍. 王莽傳云, 方故萬端.

牛刀經肯綮 : 『장자』에서 "포정庖丁이 문혜군文惠君을 위해 소를 잡는데, "근육과 뼈가 엉켜 있는 복잡한 긍계에도 아직까지 칼날이 다쳐 본 적이 없습니다""라고 했다.

莊子, 庖丁解牛, 技經肯綮之未嘗.

古人貴守官 : 『좌전』에서 "도를 지킴으로 관직을 지키는 것만 한 게 없다"라고 했다. 『맹자』에서 "도를 지킴으로 관직을 지키는 것만 한 게 없다고 한 것은 참으로 공자의 말이다"라고 했다. 유종원의 「수도론守道論」에서 ""도道를 지키는 것이 관직을 지키는 것만 못하다" 하였는데, 이것은 성인의 말이 아니다. 관직을 지키면서 도를 잃거나, 도를 지키면서 관직을 잃는 경우는 없다"라고 했다.

左傳, 守道不如守官. 孟子, 守道不如守官, 信孔子之言矣. 柳子厚論, 守道不如守官, 是非聖人之言, 未有守官而失道, 守道而失官之事者.

摩挲發硎手 考此一丘槃 : 후한의 계자훈이 구리로 주조한 사람을 어루만졌는데,[70] 그 글자를 따왔다. "날카로운 칼날은 마치 숫돌에서 새로 간 것 같다"라고 한 것도 또한 『장자』의 포정이 소를 잡는 고사이다. 『시경 · 위풍 · 고반考槃』에서 "산골 시냇가에서 한가히 소요하나니"라고 했는데, 주에서 "노니는 즐거움을 이룬 것이다"라고 했다.

後漢薊子訓摩挲銅人. 此摘其字. 刀刃若新發于硎, 亦庖丁事. 衛國風, 考槃在澗. 注云, 考成槃樂也.

70 후한의 (…중략…) 어루만졌는데 : 계자훈은 본디 선술(仙術)이 있었고, 일찍이 회계(會稽)에서 매약(賣藥)을 하기도 했었는데, 어떤 이가 장안(長安)의 동쪽 패성(霸城)에서 그를 만났는바, 그가 한 노옹(老翁)과 함께 동인을 손으로 어루만지면서, 서로 말하기를 "이 동인을 주조하던 것을 보았는데, 지금 벌써 5백 년 가까이 되었다"고 했다는 데서 온 말이다.

산곡외집시주권제십일山谷外集詩注卷第十一

1. 기미일에 태호의 사원을 지나다가 종여위의 편지와 산마로 만든 백주를 받고서 장편시를 읊어 화답시를 보내다

己未過太湖僧寺得宗汝爲書寄山蕷白酒長韻詩寄答[1]

從學晚聞道	학문을 배워 도를 들은 것이 뒤늦고
謀官無見功	벼슬에 나갔으나 공을 세우지 못하였네.
早衰觀水鑒	젊거나 늙어서 물에 나를 비춰 보았는데
內熱愧鄰邦	속에 열이 나니 이웃 고을에 부끄러워라.
北鄰有宗侯[2]	북쪽 고을 있는 종후는
治劇乃雍容	온화함으로 번잡한 고을 다스리네.
摩手撫鰥寡	손으로 홀아비, 과부 어루만지고
櫜碪礫强梁	도끼로 흉악한 놈을 처벌하네.
桃李與荆棘	복숭아, 오얏과 가시나무에게
稱物施露霜	사물에 맞게 은혜와 위엄 베푸네.
政經甚稹密[3]	정사는 대단히 치밀하였으나

1 [교감기] '長韻'은 전본과 건륭본에는 '長韻詩'로 되어 있다.

2 [교감기] '北隣'은 전본에는 '比隣'으로 되어 있다.

3 [교감기] '稹密'은 전본에는 '縝密'로 되어 있다. 살펴보건대 '稹'과 '縝'은 통용되니, 아래에 다시 나오면 교감하지 않는다.

私不蚍蜉通	사사로이 개미와도 통하지 않았네.
吏舍無請賕	아전들은 뇌물을 요구하지 않았는데
家有侯在堂	종후는 당에 편안히 있네.
府符下鹽筴	관부에서 소금 정책을 내리고
縣官勸和羹	고을의 관리는 국에 간을 하라 권하네.
作民敏風雨	백성들은 민첩한 풍우와 같게 되니
令先諸邑行	명령은 여러 고을보다 먼저 행하네.
我居萬夫上	나는 수많은 백성 위에 있으면서
闒惰世無雙	세상에 둘도 없이 게으르네.
此邑宅巖巖	이 고을의 집은 높고 높으니
里中頗秦風	마을에 자못 진의 풍조 있어라.
翁媼無恙時	노인네들 아픈 곳 없으며
出分如蜂房	분가는 마치 벌집 같구나.
一錢氣不直	한 푼어치도 안 되는 기세로
白梃及父兄	흰 몽둥이 부형에게 휘두르네.
簪筆懷三尺	붓을 비녀처럼 꽂고 법전을 품고서
揖我謂我臧	나에게 읍하며 내가 잘한다고 하누나.
向來豪傑吏	이전부터 호걸의 관리가 와서
治之以牛羊	소나 양처럼 다스렸었네.
我不忍敵民	나는 차마 백성을 사납게 대하지 못하니
教養如兒甥	자식이나 조카처럼 교화하도다.

荆雞伏鵠卵	형의 닭은 고니의 알을 품으니
久望羽翼成	오랫동안 도와 줄 이를 바랐네.
訟端洶洶來	송사가 시끄럽게 몰려드는데
諭去稍聽從	깨우쳐 돌려보내니 조금씩 따르네.
尙餘租庸調	아직도 세금이 남아 있으니
歲歲稽法程	해마다 법을 살펴보누나.
按圖索家資	지도를 살피느라 집안 도구를 덮어
四壁達牖牕	사방 벽에서 들창까지 이어졌어라.
揜目鞭扑之[4]	눈을 가리고 채찍질하며
桁楊相推振[5]	목 칼은 제쳐두었네.
身欲免官去	몸은 관직 그만두고 떠나고픈데
駑馬戀豆糠	노둔한 말이라 마구간 콩과 겨에 연연하네.
所以積廩鹽	곡식과 소금을 쌓아 둔 것은
未使户得烹	집집마다 함부로 낭비하지 않게 해서이지.
八月釃社酒	8월에 토지신에 바칠 술을 걸러
公私樂年登	공사간에 풍년을 즐기네.
遣徒與會稽[6]	아전을 보내 회계하려는데
而悉走荻篁	모두 갈대밭, 대숲으로 달아났네.

4 [교감기] '鞭扑'은 원래 '鞭朴'으로 되어 있었는데, 지금 전본에 의거하여 고친다.
5 [교감기] '推振'은 고본에는 '推棖'으로 되어 있다.
6 [교감기] '會稽'는 고본에는 '會計'로 되어 있다. 살펴보건대 지명으로 통용한다.

吾惟不足遣　내 보내기에 부족하니 생각하고

夙駕畧我疆　일찍 수레 타고 나의 경내를 돌아보리라.

邑西軑戾地[7]　고을 서쪽 다스리기 힘든 곳

是嘗嬰吾鋒　일찍이 나의 예봉을 맞았네.

齦齕其强宗　그 강한 종족들을 꺾어버리니

彼乃可使令　저들을 이에 부릴 수가 있었도다.

夙夜於遠郊　아침부터 밤까지 먼 교외에서

草露沾帷裳　풀 이슬이 나의 수레와 옷을 적시누나.

入磴履虎尾　돌산에 들어가 호랑이 꼬리를 밟고

捫蘿觸蠆芒　넝쿨 부여잡고 전갈의 독에 쏘였네.

借問夕何宿　묻노니, 밤에 어디에서 묵으리

煙邊數峯横　연기 나는 곳에 두어 봉우리 비껴 있네.

松竹不見天　송죽에 하늘을 볼 수 없는데

蟠空作秋聲　허공에 서려 가을 소리 울리누나.

谷鳥與溪瀨　골짜기 새와 시내의 여울물이

合彈琵琶箏　함께 비파와 아쟁을 타누나.

稅駕亂石間　어지러운 바위 사이에 수레를 멈추니

巖寺鳴疎鍾　바위의 절에 성긴 종소리 울리네.

山農頗來服　산 농부는 많이들 와서 복종하니

見其父孫翁　애비, 손자, 노인을 볼 수 있구나.

7　[교감기] '軑'는 영원본에는 '軏'로 되어 있다.

苦辭王賦遲	세금을 늦춰달라고 애걸하는데
戶戶無積藏	집집마다 저장해놓은 곡식이 없도다.
民病我亦病	백성이 아프매 나도 아프니
呻吟達五更	새벽까지 신음하였어라.
韻爲誦書語	흥얼거리며 책 속의 글을 외우고
行歌類楚狂	지나가며 노래하니 초의 미친 이와 같구나.
擧鞭問嘉禾	채찍 들어 가화를 묻고서
秣馬可及城	말에 꼴을 먹이니 성에 갈 것 같더라.
惜哉憂城旦	안타깝도다! 성의 죄수 걱정하느라
不得對榻床	탑상에 마주 앉지 못하였구나.
灑筆付飛鳥	붓을 적셔 날아가는 새에 부치니
北風吹報章	북풍이 답장을 날려보냈구나.
書回銀鉤壯	편지에 굳센 은갈고리 휘감기고
句與麝煤香	구절에 먹의 사향 냄새 풍기네.
浮蛆撥官醅	거품 뜬 관가의 술 걸러
傾壺嫩鵝黃	술병 기울이니 아황주 곱도다.
山氣常蓊匐[8]	산 경치는 항상 넘쳐나니
此物可屢觴	이 술을 자주 따를 수 있어라.
蘋藥割紫藤	참마 약주에 붉은 등나무 잘라 넣었는데
開籠喜手封	손으로 봉한 상자를 기쁘게 여누나.

8 [교감기] '匐'는 전본에는 '匌'으로 되어 있다.

味溫頗宜人　맛이 따뜻하니 자못 사람에게 맞아
芼以石飴薑　석이와 생강을 듬뿍 넣었네.
擧杯引藥糜　술잔 들고 약죽을 먹으며
詠詩對寒江　시를 읊고 차가운 강을 대하네.
寄聲甚勞苦　소식을 전하느라 매우 수고스러웠는데
相思秋月明　가을 밝은 달 아래 그대를 그리워하누나.
我邑萬户鄕　우리 읍은 만호의 고을인데
其民資嚚凶　그 백성 어리석고 흉악하네.
欲割以壽公　그 땅을 떼어 공에게 축수하며
使之承化光　빛난 교화를 받들게 하고픈데,
反以來壽我　도리어 나에게 축수하니
中有呑舟鯨　마음에 배와 고래를 삼킬 도량이 있도다.
銅墨俱王命　구리 인장 검은 인끈은 모두 왕의 명령이니
職思慰孤惸　직분 생각하여 고아와 홀아비를 위로하네.
何時賭一擲　언제나 도박을 한 번 던지며
燒燭呪明瓊　촛불 태우며 주사위를 빌어볼까.

【주석】

從學晩聞道 : 『장자 · 천운天運』에서 "공자는 51살이 되도록 도를 듣지 못하였다"라고 했다.

莊子曰, 孔子行年五十有一, 而不聞道.

謀官無見功 : 위백양의 『참동계』에서 “힘을 다하고 정신을 수고롭게 하였으나, 종신토록 공적이 없구나”라고 했다.

魏伯陽参同契云, 竭力勞精神, 終身無見功.

早衰觀水監 : 『서경 · 주고』에서 “사람은 물로 거울을 삼지 말고 마땅히 거울로 거울을 삼아야 한다”라고 했는데, 주에서 “물을 보면 자신의 모습이 나타난다”라고 했다. 『장자 · 덕충부德充符』에서 “사람은 흘러가는 물에는 비춰 볼 수가 없고 고요한 물에 비춰 보아야 한다”라고 했다.

酒誥云, 人無於水監, 當於民監. 注, 視水見己形. 莊子, 人莫鑒子流水, 而鑑於止水.

內熱愧鄰邦 : 『장자 · 인간세人間世』에서 “저는 음식을 먹을 때는 거친 음식을 먹고 맛있는 것은 먹지 않으며 밥을 지을 때는 시원하기를 바라는 사람이 없을 정도로 불을 사용하지 않았는데, 지금 제가 아침에 명령을 받고 저녁에 얼음물을 마셔 대니 저는 몸속에 열이 있는 것 같습니다”라고 했다.

莊子人間世篇, 今吾朝受命而夕飲冰, 我其內熱歟.

北鄰有宗侯 治劇乃雍容 摩手撫鰥寡 藁碪磔强梁 : 『공자가어』에서 “흉포한 자는 제대로 죽지 못한다”라고 했다. 『장자 · 산수山水』에서 “사나운 백성들은 사나운 채로 맡겨두고 잘 구부리고 따르는 사람은 따르는

대로 내맡겨 둔다"라고 했다. 악부시 「고절구古絶句」에서 "남편은 지금 어디에 있는가"라고 했는데, 고침藁碪은 도끼질하는 사람이다. 『한서·항적전項籍傳』에서 "몸이 형벌을 당하다"라고 했는데, 안사고의 주에서 "질은 모탕을 이른다. 옛날 사람을 베어 죽일 때 모탕 위에 눕혀놓고서 몸을 잘랐다"라 하였다. '鍖'의 음은 '竹'과 '林'의 반절법이다. 『한서·경제기景帝紀』에서 "책형磔刑을 고쳐서 '기시棄市'라고 하였다"라 했는데, 안사고의 주에서 "책은 그 시체를 늘여놓는 것이다. 기시는 저자에서 죽이는 것이다"라고 했다. '磔'의 음은 '竹'과 '客'의 반절법이다.

孔子家語, 强梁者不得其死. 莊子, 從其强梁, 隨其曲傳. 樂府詩云, 藁碪今何在. 藁碪, 鈇也. 項籍傳, 身伏斧質. 師古曰, 質謂鍖也, 古者斬人, 加於鍖上而斫之. 鍖, 竹林反. 景帝紀云, 改磔曰, 棄市. 師古, 磔謂張其尸也. 棄市, 殺之市也. 磔, 竹客反.

桃李與荊棘 : 『설원·복은復恩』에서 "조간자가 양호에게 이르기를 "복숭아와 자두를 심은 사람은 여름에 그 아래에서 쉬고 가을에 그 과실을 먹을 수 있으나, 찔레를 심은 사람은 여름에 그 아래에서 쉬지 못하고 가을에 그 가시를 얻게 되는 것이오"라 했다"라고 했다.

說苑, 簡子謂陽虎曰, 樹桃李者, 夏得休息, 秋得食焉. 東蒺藜者, 夏不得休息, 秋得其刺焉.

稱物施露霜 : 『주역·겸괘』에서 "여유 있는 곳에서 덜어서 부족한 곳

을 보충해 줌으로써, 각 존재에 걸맞도록 공평하게 베풀어 준다"라고 했다. 이 구는 즉 은혜와 위엄을 겸하여 사용하니 마치 우로의 은혜와 상설의 매서움 같다는 말이다. 『시경 · 겸가蒹葭』에서 "갈대가 푸르게 우거진 이때, 흰 이슬이 내리다가 서리로 변했네[白露爲霜]"라고 했는데, 그 글자를 따왔다.

易謙卦, 君子以稱物平施. 言恩威兼用, 如雨露霜雪也. 詩云, 蒹葭蒼蒼, 白露爲霜. 此摘其字.

政經甚縝密 : 유종원의 「최영주묘지」에서 "정치에 어긋났지만 금지시키는 자가 없었다"라 하였다.

柳子厚誌崔永州墓, 悖於政經, 莫有禁禦.

私不蚍蜉通 : 한유의 「장중승전후서張中丞傳後序」에서 "성을 지키고 있을 때 밖으로는 크고 작은 개미만 한 원군도 없었지만, 충성을 바치고 싶은 곳은 국가와 임금뿐이었다"라고 했다. 이 구절은 개미 한 마리도 사사롭게 쓰지 않았다는 말이다.

韓文, 無蚍蜉蟻子之援. 此言無一蟻之私也.

吏舍無謫賕 : 『한서 · 조참전』에서 "상국 조참의 집 후원은 관리들의 숙사와 가까웠는데, 관리들은 숙사에서 하루 종일 마시고 노래를 불러대고 떠들썩했다"라고 했다. 『한서 · 조광한전』에서 "관리가 뇌물을 받

는 것도 아주 작은 범죄까지 모두 알았다"라고 했다. 『한서 · 윤상전』에서 "장안에 교활한 무리가 점점 많아져서 여염집 악소배가 관리를 죽이는가 하면 재물을 받고 남의 원수도 갚아 주었다"라고 했다.

曹参傳, 後園近吏舍, 吏舍日飮歌呼. 趙廣漢傳, 吏受取請求, 銖兩之姦皆知之. 尹賞傳, 受賕報仇

家有侯在堂 府符下鹽筴 : 『관자』에서 "해왕국海王國은 염책鹽策을 바르게 한다. 열 식구가 있는 집에는 열 사람이 소금을 먹고, 백 식구가 있는 집에는 백 사람이 소금을 먹는다"라고 했다.

管子曰, 海王之國, 謹正鹽筴. 十口之家, 十人食鹽, 百口之家, 百人食鹽.

縣官勸和羹 : 『서경』에서 "내가 만약 간을 맞춘 국을 만들거든 네가 소금과 매실이 되어라"라고 했다.

書, 若作和羹.

作民敏風雨 令先諸邑行 我居萬夫上 闒惰世無雙 此邑宅巖巖 : 『시경 · 노송』에서 "태산이 높고 높은데, 노후가 이를 바라보네"라고 했다.

魯頌, 泰山巖巖.

里中傾秦風 翁媼無恙時 出分如蜂房 : 가의의 『신서 · 치안책治安策』에서 "진나라 사람은 집이 부유한 경우 아들이 장성하면 분가하고 집인 가

난한 경우 아들이 장성하면 데릴사위로 나간다"라고 했다.

賈誼新書, 秦人家富子壯則出分, 家貧子壯則出贅.

一錢氣不直 : 『한서·위기무안후열전魏其武安侯列傳』에서 "관부灌夫는 관현灌賢에게 꾸짖으면서 "평소에 정불식이 일전의 가치도 없다고 비방하더니, 오늘 어른이 술을 권하는데 계집애들처럼 정불식과 귓속말이나 주고받다니"라 했다"라고 했다.

漢書, 灌夫罵賢曰, 平生毁程不識不直一錢.

白梃及父兄 簪筆懷三尺 揖我謂我臧 : 산곡이 「강서도원부」의 서에서 "강서의 풍속은 백성들도 사납고 드세어 송사를 끝장내는 것을 능사로 여긴다. 그러므로 "붓을 귀 뒤에 꽂는 백성[珥筆之民]"이라 불린다. 오직 균주筠州 사람들만이 송사로 시끄럽지 않은데, 남강, 여릉, 의춘 삼군과 함께 오명을 뒤집어쓰고 있다"라고 했다. 여릉은 즉 길주이다. 『시경·제풍·선』에서 "나에게 읍하며 나보고 잘한다 하네"라고 했다. 『한서·두주전杜周傳』에서 "객이 두주에게 이르기를 "그대는 천자를 위해 공정하게 판결해야 하는데, 삼척의 법을 따르지 않는단 말이요""라고 했는데, 주에서 "삼척의 죽간에 법률을 썼다"라고 했다.

山谷江西道院賦序其畧云, 江西之俗, 其細民險而健, 以終訟爲能, 名曰珥筆之民. 惟筠爲州, 獨不嚚於訟, 然與南康廬陵宜春三郡, 並蒙惡聲. 廬陵卽吉州也. 齊國風還云, 揖我謂我臧兮. 三尺, 見上.

向來豪傑吏 治之以牛羊 我不忍敲民 教養如兒甥 荊雞伏鵠卵 久望羽翼成 : 『장자 · 경사초』에서 "월나라 닭은 고니의 알을 품을 수가 없고 노나라 닭만이 가능하다"라고 했다. 『음의』에서 "월계는 작은 닭이다. 어떤 이는 월계는 형계로, 지금의 촉계이며, 노계는 큰 닭이라고 한다"라 하였다. 『한서 · 장량전』에서 "한 고조가 태자를 바꾸려 하였으나 상산사호가 태자를 적극 돕고 보호하자, 고조가 척 부인을 불러서 "나는 태자를 바꾸고 싶으나 저 상산사호가 그를 도와 우익이 이미 이루어졌으니 바꾸기 어렵소"라 했다"라고 했다.

莊子庚桑楚篇, 越雞不能伏鵠卵, 魯雞固能矣. 音義曰, 小雞也, 或云, 荊雞, 魯雞, 大雞也, 今蜀雞. 張良傳, 上召戚夫人, 指視曰, 羽翼已成, 不可動矣.

訟端洶洶來 諭去稍聽從 尙餘租庸調 : 조용조에 대해서는 『당서』에 보인다. 두보의 「최조행催租行」에서 "더구나 듣노니 도처에서 아들딸 팔아, 아픔을 참아가며 세금을 낸다는 소리를"라고 했다.

見唐書. 杜詩, 況聞處處鬻男女, 割慈忍愛還租庸.

歲歲稽法程 : 『한서 · 가의전』에서 "법을 세우기 기강을 펼쳐 만대의 법칙이 될 수 있다"라고 했다.

漢賈誼云, 立經陳紀, 可以爲萬世法程.

按圖索家資 四壁達牖牕 捽目鞭扑之 : 『예기 · 단궁』에서 "공윤工尹인 상

양商陽이 매번 활을 쏘아 적병 사람을 죽일 때마다 예禮를 차려 자신의 눈을 가렸다"라고 했다.

檀弓, 每斃一人揜其目.

桁楊相推振 : 『장자』에서 "칼과 차꼬의 쐐기"라고 했는데, 『음의』에서 "항양은 목과 발목을 채우는 것이다"라고 했다.

莊子云, 桁楊接槢. 音義云, 械夾頸及脛者.

身欲免官去 駑馬戀豆糠 : 환범이 세상에 나아가 조상을 따랐다. 사마의가 장제蔣濟에게 말하기를 "꾀주머니가 가버렸구나"라고 하였다. 장제가 말하기를 "둔한 말은 말구유에 있는 콩을 좋아하니, 조상은 환범의 계책을 반드시 쓰지 못할 것입니다"라고 했다. 『삼국지·위지』에 보인다.

桓範出赴曹爽, 蔣濟曰, 駑馬戀棧豆, 爽必不能用也. 見魏志.

所以積稾鹽 未使户得烹 八月釃社酒 公私樂年登 遣徒與會稽 : 『사기·하본기夏本紀』에서 태사공이 "우가 제후와 강남에서 모여서[會] 공로를 심사하다가[計] 붕어하여 그곳에 장사를 지냈기 때문에 회계라고 이름 붙였다"라 했다. 회계는 모여서 심사한다는 의미이다.

史記夏紀, 太史公曰禹會諸侯江南, 計功而崩, 因葬焉, 命曰會稽. 會稽者, 會計也.

而悉走荻篁 吾惟不足遣 : 『한서 · 장량전』에서 "고조가 "나도 이 머저리 같은 녀석이 보내기에 부족하다고 생각했으니, 그대의 남편이 직접 가야겠소"라 했다"라고 했다.

張良傳, 上曰, 吾惟之, 豎子固不足遣, 廼公自行耳.

夙駕畧我疆 : 『시경 · 정지방중定之方中』에서 "날이 개어 별이 보이면 일찍 수레 타고"라고 했다.

詩, 星言夙駕.

邑西軱戾地 : '軱'는 마땅히 '軱'로 지어야 하니, 음은 '孤'이다. 『장자』에서 "근육과 뼈가 엉켜 있는 복잡한 긍계에도 아직까지 칼날이 다쳐 본 적이 없는데, 하물며 큰 뼈와 같은 것이겠습니까"라고 했는데, 주에서 "고는 휘어진 큰 뼈이다"라고 했다. 『음의』에서 "뼈가 얽어 있는 곳이다"라고 했다.

軱當作軱, 音孤. 莊子, 庖丁解牛, 技經肯綮之未嘗, 而況大軱乎. 注云, 軱, 戾大骨也. 音義云, 盤結骨.

是嘗嬰吾鋒 齦齕其強宗 : '齦'은 씹는다는 의미로, 음은 '口'와 '很'의 반절법이다. 한유의 「조성왕비」에서 "간사한 무리 깨뜨리셨네"라고 했다. 『한서 · 전담전』에서 "진나라가 천하에 뜻을 펼치게 된다면 군사를 일으켜 정권을 잡았던 자들은 당연히 죽일 것이고 그 무덤까지 파

혜칠 것입니다"라고 했는데, 주에서 "'齮'는 옆으로 씹는다는 의미이다"라고 했다. 『음의』에서 "'齕'은 씹는다는 의미로, 음은 '紇'이다"라고 했다.

齦, 齧也, 口很切. 退之曹成王碑, 齦其姦猖. 漢田儋傳云, 秦復得志於天下, 則齮齕首用事者, 墳墓矣. 注云, 齮, 側齧也. 音義, 齕, 齩也, 音紇.

彼乃可使令 夙夜於遠郊 草露沾帷裳 : 『시경 · 위풍衛風』에서 "나의 수레 휘장이 물드누나"라고 했다.

詩, 漸車帷裳

入磴履虎尾 : 『주역 · 이괘履卦』 육삼六三에서 "범의 꼬리를 밟아 범에게 물리니 흉하다[履虎尾, 咥人, 凶]"라고 하였다.

用易履卦語.

捫蘿觸蔓芒 : 두보의 「서지촌심치초당지西枝村尋置草堂地」에서 "넝쿨 부여잡고 허덕허덕 앞장서"라고 했다.

杜詩, 蘿捫澁先登.

借問夕何宿 煙邊數峯橫 松竹不見天 : 『초사 · 산귀』에서 "내 깊은 대숲에 처하니 끝내 하늘을 볼 수 없도다"라고 했다. 『한서 · 광천왕유월전廣川王劉越傳』에서 "광천왕이 노래하기를 "속은 답답하니 근심과 슬픔이 쌓

였어라. 위로 하늘을 보지 못하니 살아서 무엇하리"라 했다"라고 했다.

楚辭山鬼, 余處幽篁兮終不見天. 漢書, 廣川王歌曰, 內茀鬱, 憂哀積. 上不見天生何益.

蟠空作秋聲 谷鳥與溪瀨 合彈琵琶箏 : 『초사 · 구가九歌』에서 "돌 여울에 물 세차게 흐르고"라고 했다. 두보의 「칠월일일제종명부수루七月一日題終明府水樓」에서 "절벽에 구름 지나니 비단이 펼쳐지고, 물 건너 성긴 소나무는 생황을 연주하는 듯"이라고 했다. 장적의 「제한퇴지」에서 "이에 두 여자가 나와서, 함께 비파와 아쟁을 타누나"라고 했다.

楚辭, 石瀨兮淺淺. 杜詩, 絶壁過雲開錦繡, 疎松隔水奏笙簧. 張籍祭退之詩云, 乃出二侍女, 合彈琵琶箏.

稅駕亂石間 : 『사기 · 이사열전李斯列傳』에서 "나는 어디에서 멈춰야 할지 모르겠다"라고 했다.

李斯曰, 吾未知所稅駕矣

巖寺鳴疎鍾 山農頗來服 見其父孫翁 : 한유의 「마소감명」에서 "내가 늙지도 않았는데, 조부, 아들, 손자 삼대를 곡하는도다"라고 했다.

退之銘馬少監云, 吾未耄老, 而哭其祖子孫三世.

苦辭王賦遲 戶戶無積藏 民病我亦病 呻吟達五更 韻爲誦書語 : '誦書語'는

달리 '書生語'로 된 본도 있다.

一作書生語[9]

行歌類楚狂 : 『논어』에서 "초광 접여가 노래하며 지나가다가 공자를 만났다"라고 했다.

論語, 楚狂接輿歌而遇孔子.

擧鞭問嘉禾 秣馬可及城 : 가화는 길주 영신현을 이른다. 현에 화산이 있으므로 가화라고 부른다. 산곡의 문집 안에 「답영신종령기석이시」에서 "가화 현령은 물처럼 맑아라"라고 했는데, 종령은 즉 여위이다.

嘉禾, 謂吉州永新縣也. 縣有禾山, 故號嘉禾. 集中有答永新宗令寄石耳詩云, 嘉禾令尹淸如水, 宗令, 卽汝爲也.

惜哉憂城旦 : 『한서 · 유림전』에서 "두태후가 황노를 좋아하였다. 원고가 "이는 평민의 말이다"라고 하자, 태후가 화를 내면서 "어찌 사공성단서[10]와 같겠는가"라 했다"라고 했다. 『한서 · 혜제기』에서 "마땅히 성단용이 되어야 하니, 모두 귀신이나 백찬[11]을 견뎌야 한다"라고 했

---

9 [교감기] '書生'은 고본에는 '書空'으로 되어 있다.

10 사공성단서 : 사공(司空)은 옥관(獄官)이고 성단(城旦)은 형벌의 일종으로, 즉 율령(律令)을 기록한 형관(刑官)의 법전(法典)이란 말인데, 도가(道家)에서 볼 때 유가(儒家)의 법도가 너무 급박하다고 하여 풍자하는 뜻으로 붙인 이름이다.

11 귀신이나 백찬 : 땔나무를 해서 종묘에 바치는 형벌이 귀신이고, 앉아서 쌀을 하얗게 골라내는 것을 백찬이라 한다.

는데, 주에서 "성단은 아침에 일어나 성을 쌓는 일을 하는 자이고 용은 벼를 찧어 쌀을 만드는 자이다. 모두 4년형이다"라고 했다.

漢儒林傳, 竇太后好黃老. 轅固曰, 此家人言矣. 太后怒曰, 安得司空城旦書乎. 惠帝紀, 當爲城旦舂者, 皆耐爲鬼薪白粲. 注云, 城旦者, 旦起行治城, 舂作米, 皆四歲刑也.

不得對榻床 灑筆付飛鳥 北風吹報章 書回銀鉤壯 : 『법서원法書苑』에서 "삭정索靖의 초서는 당대 제일로, "은 갈고리 전갈 꼬리"라고 불리었다"라고 했다.

見上.

句與麝煤香 : 이건중의 「제양응식대자벽후」에서 "마른 삼나무 거꾸러진 회나무는 서리에 늙어가고, 사향의 송연먹은 풍우에 차구나"라고 했는데, 산곡은 이 시를 즐겨 썼다.

李建中題楊凝式大字壁後云, 枯杉倒檜霜天老, 松煙麝煤風雨寒. 山谷喜書此詩.

蛆撥官醅 : 이백의 「양양가襄陽歌」에서 "마치 포도주를 막 걸러낸 듯"이라 했다. 남풍 증공의 「간옹도관簡翁都官」에서 "독에 가득 거품 떠 익어 가는 봄 술을 맛보노라"라고 했다.

李太白詩, 恰似蒲萄新撥醅. 曾南豊詩, 浮蛆滿甕嘗春酒.

傾壺嫩鵝黃 : 두보의 「주전소아아舟前小鵝兒」에서 "노란 거위 새끼 술 같으니, 술 마주하며 새 아황주를 사랑하네"라고 했다.

杜詩, 鵞兒黃似酒, 對酒愛新鵝.

山氣常蓊匐 : 두보의 「삼천관수창三川觀水漲」에서 "횡류하는 물은 황토 섞여 노랗고"라고 했다.

杜詩, 蓊匐川氣黃.

此物可屢觴 蘋藥割紫藤 開籠喜手封 味溫頗宜人 : 두보의 「유객有客」에서 "상쾌하여 자못 사람에게 좋구나"라고 했다.

杜詩, 疎快頗宜人.

芼以石飴薑 舉杯引藥糜 詠詩對寒江 寄聲甚勞苦 : "계상의 정장이 나에게 안부를 전하라고 했는데, 어찌 전하지 않는가"라는 말은 『한서 · 조광한전趙廣漢傳』에 보인다. 노고는 『한서 · 장이전』에 보인다. 즉 "함께 고생한 것이 평생의 즐거움이었다"라고 했다.

寄聲, 勞苦, 並見上.

相思秋月明 我邑萬户鄉 其民資嚚凶 欲割以壽公 使之承化光 : 『주역 · 문언전文言傳』에서 "만물을 포용하여 공화功化가 빛난다"라고 했다.

易, 含萬物而化光.

反以來壽我 中有呑舟鯨 : 가의의 「조굴원부弔屈原賦」에서 "저 조그마한 도랑이야 어찌 배를 삼킬 만한 고기를 용납할 수 있으랴"라고 했다. 두보의 「태자장사인유직성욕단太子張舍人遺織成褥段」에서 "가운데에 꼬리 흔드는 고래가 있네"라고 했다.

賈誼弔屈原賦, 彼尋常之汙瀆兮, 豈能容夫呑舟之巨魚. 杜詩中有掉尾鯨

銅墨俱王命 : 『문선』에 실린 왕융王融의 「책수재문」에서 "자사刺史를 신중히 골라내고 현령縣令을 정교하게 간택했지만"이라고 했는데, 이선李善의 주에서 "규부는 자사를 이르고 동묵은 현령을 이른다"라고 했다. 『한서』에서 "현령은 진나라의 벼슬로 녹봉은 6백 석이다. 구리 인장에 검은 인끈을 찬다"라고 했다.

文選策秀才文, 深汰珪符, 妙簡銅墨. 注云, 珪符謂刺史, 銅墨謂縣令. 漢書曰, 縣令長, 皆秦官, 秩六百石, 銅印墨綬.

職思慰孤惸 : 『시경 · 실솔蟋蟀』에서 "너무 편안하지 않은가, 직분에 맡은 바를 생각하라"라고 했다.

詩, 職思其憂.

何時賭一擲 燒燭呪明瓊 : 『진서 · 유의전』에서 "유의가 동당東堂에서 노름꾼을 모아 크게 노름을 할 때, 한판에 수백만 전이 걸렸다"라고 했다. 『열자 · 설부』에서 "노름하는 자가 골패를 던졌다"라 했는데, 주에

서 "치는 다섯 개가 모두 흰색이 나오는 것이다"라고 했다. 이 권의 앞에 「삼월을사래부염만세향차수독닉부지가三月乙巳來賦鹽萬歲鄕且蒐獨匿賦之家」 두 수가 있고 또한 「사월무신부염만세산중四月戊申賦鹽萬歲山中」이 있는데, 지금 이 시를 보니 소금으로 인한 백성의 고통이 심한 것을 알 수 있다. 대개 관에서 전매하여 팔리지 않자 백성들에게 세금을 부과하였기 때문이다. 앞의 3수는 달과 날을 기록하였는데, 뒤 11수는 다만 갑자만 기록하였다. 계축일부터 신유일까지 9일 동안 온갖 힘든 일을 겪어서 비록 원망이 없지 않지만 그러나 시어는 매우 부드럽다.

晉劉毅傳, 摴蒱大擲, 一判至數百萬. 列子說符篇, 博者射明瓊. 注云, 雉五白也. 此卷先有三月乙巳來賦鹽萬歲鄕且蒐獨匿賦之家二首, 又有四月戊申賦鹽萬歲山中一首, 今觀此詩, 可見鹽之擾民甚矣. 司馬温公記文載皮公弼言, 官賣鹽無利. 實錄載皮公弼言, 官賣鹽不得不罷. 今觀此詩, 蓋官賣不售而賦之民也. 前三首有月日, 後十一首止稱甲子, 自癸丑至辛酉, 凡浹旬, 歷盡崎嶇, 雖不能無怨, 而詞甚婉.

2. 경신일에 관음원에서 묵다

庚申宿觀音院

谷底一墟落	골짜기 아래 한 촌락
地形如盎盆	지형은 동이처럼 분지라네.
榱題相照耀	서까래는 서로 밝게 빛나니
其民頗家溫	그 백성의 집은 자못 따뜻하여라.
土風甚于秦	풍습이 진나라보다 심하니
不可借釜甗	솥도 빌릴 수가 없구나.
僧屋無陶瓦	절간에는 기와도 없고
剪茅蒼竹樊	띠풀 지붕에 대 울타리 푸르구나.
借問僧安在	승려는 어디 있냐고 물으니
乞飯走諸門	음식 구걸하러 마을을 다닌다고 하네.
人鬨鳥烏語	새가 지저귀듯 사람들은 시끄러운데
簟凉風水文	물결 이는 무늬의 대자리 서늘하구나.
旁有蜂蜜廬	곁에 벌집이 있으니
頗聞衙集喧	자못 여왕벌 호위처럼 떠들썩하네.
將雨蟻爭丘	장차 비가 내리려 개미가 언덕을 다투고
鏖兵復追奔	병사를 죽이고 다시 추격하는구나.
紅英委鳳翼	봉익화는 분홍 꽃부리 늘어뜨리고
赤幘峩雞冠	계관화는 붉은 두건이 우뚝하네.

汲烹寒泉窟　　차가운 시내를 길어와 끓이고
伐竹古松根　　오랜 소나무 뿌리 근처 대를 자르네.
相戒莫浪出　　함부로 나다니지 말라고 서로 경계하니
月黑虎夔藩　　달이 어두워지면
　　호랑이가 울타리를 습격한다네.

【주석】

谷底一墟落 : 『문선』에 실린 언룡 범운范雲의 「증장서주속贈張徐州謖」에서 "수레 덮개 촌락에 빛나고"라고 했는데, 이선의 주에서 『설원』을 인용하여 "사광이 진평공에게 "오정은 응당 촌락에서 나지 않습니다"라 말하였다"라고 했다.

文選范彦龍詩, 軒蓋照墟落. 李善曰, 說苑云, 師曠謂晉平公曰, 五鼎不當生墟落.

地形如盎盆 榱題相照耀 : 『맹자』에서 "머리가 몇 자나 되는 서까래"라고 했다. 『석문』에서 "『이아』에서 "각桷은 서까래를 이른다. 제題는 머리이다"라 했다"라고 했다.

孟子, 榱題數尺. 釋文云, 爾雅曰, 桷謂之榱, 題, 頭也.

其民頗家溫 : 『한서·동중서전』에서 "집안은 따뜻하며 두터운 녹을 먹습니다"라고 했다.

董仲舒傳, 家溫而食厚祿.

土風甚于秦 不可借釜甗 : '甗'은 음이 '言'이다. 가의의 「치안책治安策」에서 "아비에게 곰방메와 호미를 빌려주고서 덕을 베풀었다고 생각하고, 어미가 쓰레받기와 빗자루를 가져가니 그 자리에서 꾸짖는다"라고 하였다. 안인 반악潘岳의 「서정부」에서 "아들이 호미를 아버지에게 빌려주고 이익을 얻게 되는 일은 진秦의 법을 오래도록 순종하여 풍속의 변화가 드러난 것이다"라고 했다.

音言. 賈誼言秦俗云, 借父耰鉏, 慮有德色. 母取箕帚, 立而誶語. 潘安仁西征賦, 子嬴鋤以借父, 訓秦法而著色.

僧屋無陶瓦 剪茅蒼竹樊 : 『한서 · 조착전』에서 "지붕의 띠풀도 가지런히 자르지 않았다"라고 했다. 『시경 · 동방미명』에서 "버들가지를 꺾어 채소밭에 울타리를 친다"라고 했는데, 주에서 "번樊은 울타리이다"라고 했다.

晁錯傳, 茅茨不剪. 詩東方未明. 折柳樊圃. 注, 樊, 藩也.

借問僧安在 乞飯走諸門 人閧鳥烏語 : 양웅의 『법언』에서 "떠들썩한 작은 시장"이라고 했다.

法言云, 一閧之市.

簟凉風水文 : 한유의 「신정新亭」에서 "물결무늬 잠자는 대자리에 있고"라고 했다.

退之詩, 水文浮枕簟.

旁有蜂蜜廬 : 『산해경』에서 "이름을 교충이라 하니 이것은 쏘는 벌레들의 우두머리이고, 여기가 바로 벌들이 모인 곳의 집이다"라고 했다.

山海經云, 是惟螫蟲, 實惟蜂蜜之廬.

頗聞衙集喧 : 『비아』에서 "벌이 여왕벌을 양쪽에서 감싸면 바닷물이 불어날 징조이다"라고 했다. 전소도의 「촌거」에서 "노란 벌이 여왕벌을 호위하고 물러나면 바다에 조수가 밀려들고, 흰개미가 한창 싸우면 산에 비가 온다"라고 했는데, 이 말은 『담원』에 보인다.

埤雅, 蜂有兩衙, 應潮. 錢昭度村居云, 黃蜂衙退海潮上, 白蟻戰酣山雨來. 見談苑.

將雨蟻爭丘 鏖兵復追奔 : 『이문집異聞集』에서 "순우분이 병이 났는데, 꿈에 두 사자를 보았다. 그 두 사자는 순우분을 데리고 집의 남쪽에 있는 오래된 홰나무 구멍 속으로 들어갔다. 앞쪽으로 수십 리를 가니 큰 성이 있었고 문루門樓에 "대괴안국大槐安國"이라고 쓰여 있었다. 괴안국의 왕은 자신이 딸 요방瑤芳을 순우분의 아내로 삼게 했으며, 순우분을 남가군수로 삼았다. 순우분은 그 고을을 이십 년 동안 다스렸는데, 단

라국檀蘿國이 침범해 왔고 왕의 명으로 인해 순우분이 가서 토벌했으나 패하고 말았다. 순우분의 아내가 병으로 죽자, 왕은 순우분에게 "잠시 고향으로 돌아가는 것이 좋겠네"라 했다. 이에 순우분이 수레에 올라 길을 갔는데, 잠시 후 하나의 구멍을 빠져나오자 고향 마을이 보였다. 그 문으로 들어가 보니 자신의 몸이 처마 아래 누워있는 것이 보였다. 이에 처음처럼 잠에서 깨어났다. 꿈속에 한순간이 마치 일생을 보낸 듯하여, 드디어 두 객을 불러, 옛 홰나무 아래 구멍을 찾아보았다. 큰 구멍을 보니 훤히 뚫려 있고 흙이 쌓여 있었는데 성곽이나 대전의 모습이었다. 개미 몇 곡斛이 그 가운데 숨어서 모여 있었다. 가운데에 작은 누대가 있었고 두 마리의 큰 개미가 거기에 거처했는데, 곧 괴안국의 도읍이었다. 또 다른 구멍 하나를 파고 들어가 곧장 남쪽 가지 위로 오르니 또한 토성의 작은 누대가 있었으니, 이것이 바로 남가군이다. 집에서 동쪽으로 1리쯤 가니, 계곡 옆에 큰 박달나무가 있었고 등나무 넝쿨이 박달나무를 칭칭 감고 있었다. 그 옆에는 개미굴이 있었으니, 이것이 단라국이 아니겠는가"라고 했다. 『한서·곽거병전霍去病傳』에서 "단병短兵[12]으로 싸워 고란皐蘭 아래서 무찔렀다"라고 했다. 『문선』에 실린 이릉의 「답소무서答蘇武書」에서 "달아나는 적을 추격하였다"라고 했다.

異聞集, 淳于棼夢, 人扶入宅南古槐穴, 中有大城, 門樓題曰, 大槐安國. 其

12 단병(短兵) : 창검(槍劍) 등 길이가 짧은 무기이다. 여기에서는 칼이나 창 따위의 길이가 짧은 병기로 적과 직접 맞부딪쳐 싸우는 것을 의미한다.

王以女瑤芳妻之, 使爲南柯郡守. 二十年, 有檀蘿國來伐, 王命生征之. 敗績, 其妻病. 死王謂生可暫歸. 生上車, 出一穴, 見本里閭巷. 入其門, 見己身卧堂廡下, 發悟如初. 夢中倏忽, 若度一世矣. 遂尋古槐下穴, 見大穴洞然, 積土壤爲城郭臺殿之狀, 有蟻數斛. 中有小臺, 二大蟻處之, 卽槐安國也. 又窮一穴, 直上南枝, 亦有土城小樓, 卽南柯郡也. 宅東一里, 澗側有大檀樹, 藤蘿擁織, 旁有蟻穴, 意其爲檀蘿國. 合短兵鏖皐蘭下, 見霍去病傳. 追奔逐北, 見文選李陵書.

紅英委鳳翼 赤幘袞雞冠 : 두보의 「최종문수계책催宗文樹雞柵」에서 "하루 내내 수탉을 욕하겠지"라고 했는데, 여기서는 계관화를 가리킨다.

老杜樹雞柵詩云, 終日憎赤幘. 今以言雞冠花.

汲烹寒泉窟 伐竹古松根 相戒莫浪出 月黑虎夔藩 : 두보의 「과벌목課伐木」의 서에서 "내가 머무는 집에 울타리가 있어 틈이 생기면 보수하였는데, 대나무를 쪄서 지탱하면 집이 조금 안전해진다. 산에 호랑이가 있는데 울타리가 있으면 들어오지 않으니, 만약 호랑이가 날카로운 발톱과 이빨을 믿는다면 반드시 어두운 밤에 쳐들어올 것이다. 기주 사람들은[13] 집의 벽에 백도를 줄지어 심고 흙손질하여 담장을 만든 다음 대

13 기주 사람들은 : 『용재수필(容齋隨筆)』에서, "노직 황정견의 「숙서주대호관음원(宿舒州大湖觀音院)」에서, '함부로 나다니지 말라고 서로 경계하니, 달이 어두우면 호랑이가 습격하네(相戒莫浪出 月黑虎夔藩)'라 하였다. '기(夔)'자의 뜻은 다가와 습격한다는 의미로 사용하였는데, 그 출처를 찾을 수 없다. 두보의 「과벌목

나무로 엮어 막으니, 호랑이가 접근하면 어려운 지경에 빠지게 된다"라고 했는데, 두보의 이 시는 기주에서 지어졌으니 이른바 기인夔人은 아마도 사람을 해친다는 뜻이 아니라 기주 사람이란 뜻이다. 두보의 「기주영회」에서 "시가지 입구는 낭서의 북쪽이네"라고 했는데, 자주에서 "시기市暨는 기주 사람의 말이다"라고 했으니, "기주 사람의 집벽"도 이와 같은 종류이다. 『문선』에 실린 왕연수王延壽의 「영광전부」에서 "규룡이 턱이 끄덕이고 몸이 꿈틀거리면서 움직이는 것 같다"라 하였는데, 황정견은 이 시에서 '기번夔藩'에서 '기夔'자의 의미를 해친다고 썼는데, 즉 「영광전부」에서 사람을 해치려고 하는 것이 기니躨跜의 뜻이라고 여겼기 때문이다. 기니는 움직인다는 뜻이다.

老杜詩伐木詩序云, 我有藩籬, 是缺是補. 有虎, 知禁, 若恃爪牙之利, 必昏黑摚突. 夔人屋壁. 山谷蓋用此語, 而杜詩作於夔州, 所謂夔人, 蓋夔州之人也. 老杜有夔州詠懷詩云, 市暨瀼西巔. 自注云, 市暨, 夔人語也. 夔人屋壁, 卽此類. 文選靈光殿賦, 頷欲動而躨跜. 夔藩, 蓋誤以夔人爲躨跜之義也. 躨跜, 動也.

(課伐木)」의 서에서 '기(夔)'자를 사용하여 말하였는데, 황노직이 그것을 따다 쓴 것이다. 그러나 두보는 이 당시 기부(夔府)에 있었으니, 시를 지으면서 '기인(夔人)'이라 한 것은 기주 사람들의 풍속을 서술한 것일 뿐이니, 본래 다가와 습격한다는 의미가 없다. 황노직이 잘못 사용한 것이다"라 하였다.

3. 신유일에 도갱구에서 쉬다

辛酉憩刀坑口

羣山黛新染	뭇 산은 눈썹먹을 새로 칠한 듯
蒙氣寒鬱鬱	몽기가 꽉 막혀 춥구나.
掃除迎將家	청소하고 객사로 맞이하니
下簟脫巾韈	대자리 내리고 두건과 버선을 벗었네.
南北舍小棠	남북으로 작은 감당나무 아래 집이 있는데
况可淸煩暍	더구나 번뇌와 더위를 씻어주누나.
鳥聲廢晝眠[14]	새 울음에 낮잠도 그만두고
聊以休吏卒	애오라지 아전들을 쉬게 하네.
竹雞苦喚人	죽계는 괴롭게 사람을 부르니
覺坐觀法窟	깨어 앉아 절간을 보누나.
無外同一家	한 집안과 다름이 없는데
惟己非萬物	오직 나만 만물과 하나가 아니로다.
淸波兩鴛鴦	맑은 물결에 두 마리 원앙
善游且能没	날쌔게 헤엄치다가 자맥질하네.
驚人相追飛	사람에게 놀라 서로 좇아 날아가는데
甚念失其匹	그 짝을 잃을까 매우 걱정이 되누나.
春鉏貌閒暇	용서는 한가하게 노닐지만

14 [교감기] '晝'는 영원본과 전본에는 '書'로 되어 있다.

羨魚情至骨　물고기 잡으려는 생각에 몰두하네.
廣道策堅良　넓은 길에 튼튼한 말을 타고
熙熙集于菀　희희낙락하며 울창한 숲에 모여들도다.
爛額始論功　많은 사람에게 비로소 공을 논하지만
儻能謀曲突　누가 능히 온돌을 굽게 하자고 의논하였던가.

【주석】

羣山黛新染 : 탁문군은 눈썹에 검은 화장을 하지 않아도 항상 먼 산과 같이 짙었다. 문공 한유의 「남산」에서 "광활한 하늘에 긴 눈썹이 떠 있는 듯, 짙푸른 색깔로 그림을 막 그려 놓은 듯하네"라고 했다.

卓文君眉色不加黛飾, 常若遠山. 韓文公南山詩, 天宇浮脩眉, 濃綠畫新就.

蒙氣寒鬱鬱 : 『한서 · 경방전』에서 경방이 봉사를 올려 "신유일 이래로 몽기蒙氣, 지구를 둘러싸고 있는 대류권의 기운가 쇠퇴하여, 태양이 밝아졌습니다. 신사일에 몽기가 다시 올라와 걸려 태양이 어두워졌습니다"라고 했다. 다시 봉사를 올려 "병술일에 비가 조금 내려 정해일에 몽기가 물러갔습니다"라고 했다.

漢京房傳, 上封事曰, 辛酉以來, 蒙氣衰去, 太陽精明. 辛巳, 蒙氣復乘卦, 太陽侵色. 復上封事曰, 乃丙戌小雨, 丁亥蒙氣去.

掃除迎將家 : 『장자 · 우언』에서 "처음 여관에 갔을 때는 눈을 부릅뜨

고 으스대서 같이 묵던 숙박객들이 모두 나와서 맞이하며 여관주인이 자리를 들고 왔다"라고 했다. 『석문』에서 "가공家公은 집주인이다"라고 했다. 달리 '舍者迎將其家'에 구두점을 찍어 읽기도 한다. 이 일은 본래 『열자』에서 나왔다. 즉 『열자』에서 "여관에 있던 모든 사람이 모두 나와 객사로 맞이하고"라고 했는데, 주에서 "장가將家는 객사이다"라고 했다. 산곡은 본래 이 말을 사용하였는데, 『장자』에서 "장기가將其家로 맞이한다"라고 하여 '其' 한 글자가 더 있는데, 이는 베껴 쓰면서 생긴 오류이다. 『석문』에서는 또 그 잘못을 따라 썼다.

莊子寓言篇, 其往也, 舍者迎將, 其家公執席. 釋文曰, 家公, 主人公也. 一讀舍者迎將其家爲句. 此事本出列子. 列子云, 舍者迎將家. 注云, 客舍家也. 山谷本用此語, 而莊子云迎將其家, 多一其字, 轉寫誤耳. 釋文又承誤也.

下簟脫巾韤 : 한유의 「송문창」에서 "기궤하게 두건과 버선을 만들어"라고 했다.

退之送文暢詩, 詭制怛巾韤.

南北舍小棠 : 『시경 · 감당甘棠』에서 "무성한 감당나무, 자르지도 말고 베지도 말라, 소백의 초막이 있던 곳이라네"라고 했는데, 「모시서」에서 "폐불蔽芾은 작은 모양이다"라고 했으며, 그 전箋에서 "작은 감당나무 아래 집을 지었다"라고 했다.

詩, 蔽芾甘棠, 勿翦勿伐, 召伯所茇. 毛云, 蔽芾, 小貌. 箋云, 舍小棠之下.

況可淸煩暍 : 『문선』에 실린 장형張衡의 「서경부西京賦」에서 "이곳은 더위를 식혀준다"라고 했다. 『사기』에서 "우가 더위에 지쳐 부채질하였다"라고 했다. '갈暍'은 더위를 먹은 것이다.

文選西京賦, 此焉淸暑. 史記, 禹扇暍, 暍, 暑病也.

鳥聲廢晝眠 聊以休吏卒 竹雞苦喚人 : 『북몽쇄언』에서 "의공醫工 양신梁新이 '죽계竹雞'[15]는 한여름에 먹는다"라고 했다. 도악의 『영릉기』에서 "죽계는 그 모습이 메추라기와 같지만 꼬리가 조금 길고 크다. 대체로 모두 비둘기에 속하는데, 방언에 각각 서로 다르게 부른다"라고 했다. '환喚'은 비를 부름을 이른다.

北夢瑣言, 醫工云, 竹雞食半夏. 陶岳零陵記云, 竹雞狀如鶉. 尾少長大, 率皆鳩也, 方言各異耳. 喚, 謂喚雨.

覺坐觀法窟 無外同一家 : 『순자』에서 "사해의 안이 마치 한집안 같다"라고 했다. 형공 왕안석의 「잡영」에서 "만물은 나와 한 몸이고, 구주는 나와 한 집 안이라네"라고 했다.

見上. 王荊公雜詠, 萬物予一體, 九州予一家.

惟已非萬物 淸波兩鴛鴦 善游且能沒 : 『장자 · 달생』에서 안연이 중니에

---

15 죽계(竹鷄) : 새 이름으로, 자고(鷓鴣) 비슷하면서 그보다 조금 작다. 대나무 숲에서 대부분 살고 있기에 '죽계'라고 불린다.

게 묻기를 "언젠가 제가 상심의 못으로 불리는 넓고 크고 깊고 물살이 센 곳을 건넌 일이 있었습니다만, 뱃사공이 배를 모는 솜씨가 마치 귀신같았습니다. 그래서 제가 "배 젓는 일은 배워서 되는 겁니까?" 하고 물었는데, 사공이 말하기를, "되지요. 헤엄을 잘 치는 사람은 배 젓는 것을 빨리 익힐 수 있습니다. 이를테면 잠수부 같은 사람은 배를 한 번 보지도 않고 바로 배를 저을 수 있지요"라고 했습니다"라고 했다.

莊子達生篇, 顔淵問仲尼曰, 吾嘗濟乎觴深之淵, 津人操舟若神. 吾問焉, 曰, 操舟可學耶. 曰, 可. 善游者數能. 若乃夫沒人, 則未嘗見舟而便操之也.

驚人相追飛 甚念失其匹 : 『문선』에 실린 유안의 「초은사」에서 "금수는 놀라면 그 무리를 잃어버린다"라고 했다.

文選劉安招隱士云, 禽獸駭兮亡其曹.

舂鉏貌閒暇 : 『이아』에서 "해오라기 달리 용서舂鋤라고 한다"라고 했다. 가의의 「복조부」에서 "자리 한구석에 앉으니, 그 모습이 매우 한가롭구나"라고 했다.

爾雅, 鷺, 舂鋤. 鵩鳥賦, 止于坐隅, 貌甚閒暇.

羡魚情至骨 : 동중서의 「현량대책賢良對策」에서 "못에 서서 물고기를 부러워하는 것은 물러나 그물을 엮는 것만 못하다"라고 했다. 『한서·두주전』에서 "외면으로는 너그러웠으나, 내심은 각박하여 골수에 이

르렀다"라고 했는데, 주에서 "각박하게 법을 적용하여 뼈에 이르렀다"라고 했다.

董仲舒云, 臨淵羨魚, 不如退而結網. 杜周傳, 內深次骨. 注云, 深刻至骨也.

廣道策堅良 : 『한서 · 식화지』에서 "튼튼하고 좋은 말을 탄다"라고 했다. 『묵자』에서 "성왕이 의복의 법을 만들고 (…중략…) 살림이 넉넉하여 견고한 말고 좋은 말을 귀하게 여길 줄 몰랐다"라고 했다.

漢食貨志, 乘堅策良. 墨子, 聖王爲衣服之法, 堅車良馬, 不知貴也.

熙熙集于菀 : 『국어』에서 "진나라 시우가 이극의 처에게 "부인께서는 나에게 한 잔 마시도록 권해 주십시오. 내가 이극에게 한가롭고 즐겁게 임금을 섬길 수 있도록 해 드리겠습니다"라 하고서는, 노래를 불렀다. "한가하고 즐거운 길을 머뭇거리며 다가서지 못함이여! 까마귀의 지혜만도 못하도다. 사람들은 울창한 숲에 모여들거늘 자기는 홀로 마른 가지에 앉아 있도다"라고 노래를 부르자, 이극이 웃으면서 말하였다. "무엇을 울창하다고 하며, 무엇을 마른 가지라고 말하느냐?" 우시가 "그 어머니는 부인이 되었고 그 아들은 임금이 될 것이니 울창하다고 말할 수 있지 않겠습니까? 그 어머니는 이미 죽었고 그 아들은 또 비방을 받고 있으니 마른 가지라고 말할 수 있지 않겠습니까?"라 대답하였다"라고 했다.

國語, 晉施優謂里克妻曰, 主孟啗我, 我教玆暇豫事君. 乃歌曰, 暇豫之事吾, 不如鳥烏,[16] 人皆集於菀, 己獨集於枯. 里克曰, 何謂菀, 何謂枯. 曰, 其母爲夫人, 其子爲君, 可不謂菀乎. 其母旣死, 其子又有謗, 可不謂枯乎. 詩, 菀彼柳斯, 鳴蜩嘒嘒. 菀, 音欝, 今叶韻, 當用此音.

爛額始論功 儻能謀曲突 : 『한서 · 곽광전』에서 "전에 곽 씨가 분수에 넘치게 제멋대로 행동하자, 무릉의 서생徐福이 말하기를 "곽 씨는 반드시 망할 것이다"라 하였다. 마침내 상소하여 말하기를 "곽 씨가 너무 성하니, 폐하께서 만일 그를 사랑하고 친애하신다면 마땅히 제때에 억제하여 망함에 이르지 않게 하여야 합니다"라 하였다. 글을 세 번 올렸는데, 그때마다 황제는 번번이 알았다고만 답하였다. 그 후에 곽 씨가 주멸을 당하고 곽 씨의 모반을 고발한 자들은 모두 봉해졌다. 어떤 사람이 서생을 위하여 글을 올려서 "신이 들으니, 어느 나그네가 주인을 방문하였는데, 그 집의 부엌에 굴뚝이 곧게 나 있고 옆에 땔나무가 쌓여 있는 것을 보고는 나그네가 주인에게 이르기를 "굴뚝을 고쳐 굽게 만들고 땔나무를 멀리 옮겨라. 그렇지 않으면 장차 화재가 있을 것이다"라 하였습니다. 주인이 그 말을 따르지 않았는데, 얼마 후에 잘못하여 불이 나자, 이웃 사람들과 마을 사람들이 함께 구원하여 다행히 불을 껐습니다. 이에 소를 잡고 술자리를 베풀어 이웃 사람들에게 사례

16 [교감기] 살펴보건대 저본에 '鳥烏' 두 글자가 거꾸로 되어 있었는데, 지금 영원본과 전본, 그리고 건륭본을 따른다. 또한 원래 '施優'로 되어 있었는데, 『국어』에 '優施'로 되어 있기에 그를 따른다.

할 적에, 불을 끄다가 이마가 데어 벗어진 자는 맨 앞줄에 앉고 나머지는 각기 공로에 따라 앉았는데, 굴뚝을 굽게 하라고 말한 그 나그네는 초대받지 못했습니다. 어떤 사람이 그 집주인에게 말하기를 "지난번에 만일 그 나그네의 말을 들었더라면 소와 술을 허비하지 않고 끝내 화재가 없었을 것이다. 지금 공을 논하여 손님을 청하면서 굴뚝을 굽게 하고 땔나무를 옮기라고 말한 사람은 은택이 없고, 불을 끄다가 머리를 태우고 이마가 데어 벗어진 자는 상객으로 삼는단 말인가"라 하니, 주인이 마침내 깨닫고 그 나그네를 초청했다고 합니다. 지금 무릉의 서복이 여러 번 글을 올려 "곽 씨가 장차 변란을 일으킬 것이니, 마땅히 막아 끊어야 한다""고 말하였습니다. 지난번에 만약 서복의 말이 행해졌더라면 국가에서는 땅을 떼어주고 작위를 내주는 비용이 없고, 신하들은 반역하여 주살 당하고 멸망하는 실패가 없었을 것입니다. 지나간 일은 이미 어쩔 수 없지만 서복이 홀로 그 공을 받지 못했으니, 폐하께서는 부디 살펴주시기 바랍니다"라고 아뢰었다"라고 했다. 이 시의 끝부분은 대개 풍자하는 의미가 들어있다.

漢霍光傳, 初霍氏奢侈, 茂陵徐生曰, 霍氏必亡. 廼上疏言, 霍氏泰盛, 宜以時抑制, 無使至亡. 書三上, 輒報聞. 其後霍氏誅滅, 而告霍氏者皆封. 人爲徐生上書曰, 臣聞客有過主人者, 見其竈直突, 旁有積薪. 客謂主人, 更爲曲突, 遠徙其薪. 不者且有火患. 主人默然不應. 俄而家果失火, 鄰里共救之, 幸而得息. 于是殺牛置酒, 謝其鄰人. 灼爛者在於上行, 餘各以功次坐, 而不錄言曲突者. 人謂主人曰, 向使聽客之言, 不費牛酒, 終亡火患. 今論功而曲突徙薪亡恩澤, 燋頭爛額爲上客耶. 主人寤而請之. 今茂陵徐福數上書, 言霍氏且有變, 宜防絶之. 使福說得行, 則國無裂土出爵之費, 臣無逆亂誅滅之敗. 往事旣已, 而福不蒙其功, 惟陛下察之. 此詩篇末, 蓋有所諷也.

4. 금도갱의 객관에서 추장갱의 10여 가구 산농을 기다렸으나 오지 않자, 인하여 그 벽에 쓰다

金刀坑迎將家待追漿坑十餘戶山農不至因題其壁

窮鄕阻地險	외진 마을은 험준한 지형으로 막혀
篁竹嘯夔魖	대숲에 기와 허가 울어대누나.
惡少擅三窟	나쁜 소년들 세 굴을 파서
不承吏追呼	관리가 불러도 따르지 않구나.
老翁燕無凶	노인은 평소에 사납지 않지만
偃蹇坐里閭	오만하게 마을에 앉아 있네.
後生集聞見[17]	후생은 모여서 보고 듣는데
官不禁權輿	관에서는 그 시초를 금하지 않네.
懷書斥長吏	문서를 품고 장리를 물리치며
持杖鏖公徒	지팡이를 잡고 병사들에게 휘두르네.
遂令五百里	마침내 오백 리로 하여금
化爲豺豕墟	승냥이, 멧돼지 굴로 만들었구나.
古來沈牛羊	옛날부터 소와 양을 물에 던져
檄水臣鱷魚	수신 악어를 경계시켰네.
猛虎剝文章	맹호가 문장을 깨트리니
矧而民髮膚	더구나 백성의 몸쯤에랴.

17 [교감기] '集'은 전본에는 '習'으로 되어 있다.

哀哉奉其身　　슬프도다! 그 몸을 받듦이
曾不如鳥烏　　일찍이 새의 지혜만도 못하도다.
破家縣令手　　민가를 해치는 건 현령의 솜씨요
南面天子除　　남면하고 다스림은 천자의 궁궐이라.
要能伐强梁　　요컨대 강포한 이를 치고 난
然後活惸孤　　연후에 홀아비와 고아를 살려야 하리.
屬爲民父母　　백성의 부모가 되어
未教忍先誅　　가르치지 않고 차마 먼저 죽이랴.
山川甚秀拔　　산천은 매우 아름다우니
人物亦詩書　　사람들도 또한 시서를 익혀야지.
十室有忠信　　열 가구에 충신 같은 사람 있으니
此鄕何獨無　　이 고을에만 어찌 없을쏘냐.

【주석】

窮鄕阻地險 篁竹嘯夔魖 : 『한서 · 엄조전嚴助傳』에서 "병사를 출동시켜 남월을 정벌하려 하자, 회남왕 안安이 소장을 올려 "월은 성곽과 마을이 있는 것이 아닙니다. 계곡 사이와 대숲 사이에 거처하면서 수전에 익숙합니다""라고 했다. 『국어』에서 "목석의 요괴를 기라고 하고 물의 요괴를 용이라 한다"라고 했다. 『문선』에 실린 장형의 「동경부」에서 "목석의 요괴 기夔 · 손재損財의 요괴 허魖 그리고 물속의 요괴 망상罔像을 죽이며"라고 했는데, 주에서 "기夔는 목석의 요괴이다"라고 했다.

『설문해자』에서 "허魖는 손재의 귀신이다"라고 했다. 양웅의 「감천부」에서 "괴수인 기夔와 허魖를 장대로 공격하고 사악한 괴수 휼광獝狂을 매질하며 나아갔습니다"라고 했다.

篁竹, 見上. 國語云, 木石之怪, 夔, 水之怪, 龍. 文選東京賦, 殘夔魖與罔象, 注云, 夔, 木石之恠. 說文曰, 魖, 秏鬼也. 甘泉賦亦云, 捎夔魖而抶獝狂.

惡少擅三窟 : 두보의 「조부鵰賦」에서 "천년 묵은 요망한 여우와 세 굴의 교활한 토끼는 오래 묵은 무덤의 가시나무를 믿고 무너진 성의 서리와 이슬을 배불리 먹는다"라고 했다. 두보의 「금수행錦樹行」에서 "간웅의 나쁜 젊은이들 모두 제후로 봉해졌네"라고 했으며, 또한 「구수자적창이驅豎子摘蒼耳」에서 "나쁜 소년배에게 이르노니, 황금을 함부로 던지지 마라"라고 했다. 이백의 「송설구피참거노送薛九被讒去魯」에서 "맹상군 교활한 토끼를 배워, 세 개 굴 뚫은 풍원을 믿었네"라고 했다.

見上. 杜詩, 姦雄惡少皆封侯. 又詩, 寄語惡年少, 黃金且休擲. 李白詩, 孟嘗習狡兔, 三窟賴馮煖.

不承吏追呼 老翁燕無凶 : 이 구는 아마도 착오가 있는 것 같다.

此句疑舛誤

偃蹇坐里閭 後生習聞見 官不禁權輿 : 『이아』에서 "권여는 시작이라는 뜻이다"라고 했다.

爾雅, 權輿, 始也.

懷書斥長吏 持杖鏖公徒 : 『한서 · 곽거병전霍去病傳』에서 "단병短兵[18]으로 싸워 고란皐蘭 아래서 무찔렀다"라고 했다. 『시경 · 노송』에서 "임금의 보졸은 삼 만"이라고 했다.

鏖見上. 魯頌, 公徒三萬.

遂令五百里 化爲豺豕墟 古來沈牛羊 檄水臣鱷魚 : 한유의 「고악어문」에서 "양 한 마리와 돼지 한 마리를 악계의 깊은 물에 던져 악어의 먹이로 주고서 악어에게 다음과 같이 경고한다"라고 했다.

韓退之告鱷魚文云, 以羊一猪一投惡溪之潭水, 以與鱷魚食, 而告之曰, 云云.

猛虎剝文章 夠而民髮膚 : 『효경』에서 "신체와 터럭과 피부는 부모에게서 받았다"라고 했다.

孝經, 身體髮膚.

哀哉奉其身 曾不如鳥烏 : 바로 앞의 시에 이 주가 보인다.

見上.

---

18 단병(短兵) : 창검(槍劍) 등 길이가 짧은 무기이다. 여기에서는 칼이나 창 따위의 길이가 짧은 병기로 적과 직접 맞부딪쳐 싸우는 것을 의미한다.

破家縣令手 南面天子除 要能伐强梁 然後活惸孤 屬爲民父母 未教忍先誅 : 『맹자』에서 "어디에 백성의 부모 되는 것이 있겠습니까"라고 했다. 또한 "가르쳐서 고치지 않은 뒤에 죽이겠는가"라고 했다.

孟子曰, 惡在其爲民父母也. 又曰, 其教之不改而後誅之乎

山川甚秀拔　人物亦詩書　十室有忠信　此鄕何獨無 : 『논어 · 공야장公冶長』에서 "십실지읍에도 나처럼 충신한 사람은 반드시 있겠지만, 나처럼 학문을 좋아하는 사람은 아마 없을 것이다.[十室之邑 必有忠信如丘者焉 不如丘之好學也]"라고 했다.

見論語.

5. 한공의 「초칠형」에 차운하다

次韻漢公招七兄

白髮霏霏雪點斑　　백발이 희끗희끗 눈이 내린 듯한데
朱櫻忽忽鳥銜殘　　붉은 앵두 또르르 새가 물어다 떨어뜨렸네.
公庭休吏進湯餅　　관청 뜰에 쉬는 관리가 탕병을 내오고
語燕無人窺井欄　　지저귀는 제비는 사람 없어 우물을 엿보네.
詩句多傳知有暇　　시구는 많이 전해져 한가한 걸 알겠으니
道人相見不應難　　도인을 만나기는 응당 어렵지 않겠구나.
老郎親屈延處士　　늙은이 몸소 굽혀 처사를 맞이하니
風味依俙如姓桓[19]　　풍취는 환충과 매우 비슷하도다.

【주석】

白髮霏霏雪點斑 朱櫻忽忽鳥銜殘 : 『전등록』에서 “위산과 앙산이 산을 유람하던 차에 새가 홍시를 물어다 앞에 떨어뜨렸다. 위산이 주어서 앙산에게 주자, 앙산이 받아서 물로 씻고서 위산에게 건네주었다”라고 했다. 왕안석의 「시보각示寶覺」에서 “새가 시든 홍시를 옛날에 물어다 주었지”라고 했다.

傳燈錄 潙山與仰山游行次, 鳥銜一紅柿落前, 祐將與仰山,[20] 仰山接得, 以

19 [교감기] '依俙'는 영원본에는 '依稀'로 되어 있다. 살펴보건대, 이 둘은 서로 같은 뜻으로 통용하니, 아래에 다시 나오면 교정하지 않는다.

水洗了,[21] 却與祐, 云云. 介甫詩云, 鳥殘紅柿昔曾分.

公庭休吏進湯餠 : 『한서 · 설선전』에서 "동지와 하지가 되면 관리를 쉬게 하였다"라고 했다. 진나라 속석束晳의 「병부餠賦」에서 "한겨울 맹렬한 추위에 새벽에 몰려드네. 콧물이 코 안에서 얼고 입 밖으로 입김이 어렸네. 허기를 채우고 덜덜 떨림을 해결하는데 국수가 최고라네"라고 했다.

漢薛宣傳, 日至休吏. 湯餠見上戲贈彦深詩注.

語燕無人窺井欄 詩句多傳知有暇 道人相見不應難 老郎親屈延處士 風味依俙如姓桓 : 원주에서 "환충이 처사 유린지와 정찬에게 두터운 예로 대하였다"라고 했다. 살펴보건대 『진서 · 환충전』에서 "남양의 처사 유린지를 명하여 장리로 삼았는데, 린지가 굽히지 않으니 몸소 찾아가 예를 두터이 하여 맞이하였다. 또한 장사의 처사 정찬을 불러 별가로 삼았는데, 예를 갖추어 대단히 공손하게 대하였다. 정찬이 그가 어진 이를 좋아함에 감격하여 이에 일어나 명에 응하였다"라고 했다.

元注云, 桓沖禮處士劉驎之鄭粲甚厚. 按晉桓沖傳云, 命處士南陽劉驎之爲長吏, 驎之不屈. 親往迎之, 禮之甚厚. 又辟處士長沙鄭粲爲別駕, 備禮盡恭.

---

20 [교감기] '將與'는 원래 '後與'로 잘못되어 있었는데, 지금 영원본과 전본을 따르고 아울러 『전등록』에 의거하여 고쳤다.

21 [교감기] '洗了'는 원래 '洗之'로 잘못되어 있었는데, 지금 영원본과 전본을 따른다.

粲感其好賢, 乃起應命.

6. 안복 이 수령의 적헌을 읊어 보내다【안복현은 길주에 속한다】

寄題安福李令適軒【安福縣隸吉州】

琳宮接叢霄	옥궁은 높은 하늘에 닿고
渌水連翠微	맑은 강은 푸른 산으로 이어졌어라.
幽花露林薄	그윽한 꽃은 숲에서 이슬 맞고
好鳥娛淸輝	어여쁜 새는 맑은 빛을 즐기네.
道人勤洒掃	도인이 부지런히 청소하니
令尹每忘歸	영윤은 매번 돌아갈 줄 모르누나.
孝慈民父母	효성과 자애는 백성의 부모라
虎去蝗退飛	호랑이 떠나고 명충도 물러나 날아갔도다.
來思僚友同	동료와 함께 와서
歌舞醉紅衣	붉은 옷 기생의 가무에 취하였네.
定知與民樂	어찌 아니리, 백성과 함께 즐기나니
吏瘦吾民肥	관리는 수척해도 우리 백성은 살졌구나.

【주석】

琳宮接叢霄 : 이 헌은 도관에 있다. 그러므로 "도인이 부지런히 청소하네"라고 했다.

此軒當在道觀故云道人勤洒掃.

淥水連翠微 : 『이아』에서 “산의 꼭대기 못가 험준한 곳을 취미라고 한다”라고 했다.

爾雅, 山未及上翠微.

幽花露林薄 : 『감천부』에서 “향초들은 수풀에 늘어서 있었으며”라고 했다. 한유의 「만추언성야晩秋郾城夜」에서 “숲을 찾아 군사를 매복하고”라고 했다.

甘泉賦, 列新雉於林薄. 韓文公詩, 潛軍索林薄.

好鳥娛清輝 : 사령운의 「석벽정사환호중石壁精舍還湖中」에서 “맑은 빛은 사람을 기쁘게 하니, 유객은 담담하여 돌아갈 줄 모르누나”라고 했다.

謝靈運詩, 淸輝能娛人, 遊子淡忘歸.

道人勤洒掃 令尹每忘歸 孝慈民父母 虎去蝗退飛 : 『후한서 · 유곤전劉昆傳』에서 “황제가 “전에 강릉江陵에 있을 때는 바람을 돌려 불이 꺼졌는데, 뒤에 홍농弘農 태수가 되어서는 호랑이가 하수를 건너 북쪽으로 도망쳤으니, 어떻게 이런 일이 있게 되었는가”라 물었다. 이에 유곤이 대답하기를 “우연일 뿐입니다”라 했다”라고 했다. 『후한서 · 탁무전』에서 “당시 천하에 황재蝗災가 심하였는데, 오직 밀현으로는 들어오지 않았다”라고 했다. 『후한서 · 노공전』에서 “군국에 명충螟蟲이 농사를 해쳤는데, 개 이빨처럼 경계를 엇갈려 구분하였지만 중모에는 들어오지 않

았다"라고 했다. 『좌전』에서 "익조 여섯 마리가 바람에 떠밀려 뒤로 날아갔다"라고 했다.

後漢劉昆傳, 守弘農, 虎北渡河. 卓茂傳, 時天下大蝗, 獨不入密縣界. 魯恭傳, 郡國螟傷稼, 犬牙緣界, 不入中牟. 左傳, 六鷁退飛.

來思僚友同 : 『시경 · 소아』에서 "너의 양이 오니"라고 했으며, 또한 "너의 목동이 오니"라고 했다.

小雅, 爾羊來思, 爾牧來思.

歌舞醉紅衣 定知與民樂 : 『맹자』에서 "백성과 함께 즐기도다"라고 했다.

孟子云與民同樂

吏瘦吾民肥 : 『당서 · 한휴전』에서 "나는 비록 수척하지만, 천하는 풍족하도다"라고 했다.

唐韓休傳, 帝曰, 吾雖瘠, 天下肥矣.

7. 안복 이령의 선춘각을 읊어 보내다

寄題安福李令先春閣

宮殿繞風煙	궁전에 바람과 연기 감돌고
江山壯城郭	강산에 성곽이 웅장하여라.
令君蓺桃李	수령이 도리를 심고
面春築飛閣	봄날에 날듯한 전각을 지었네.
春至最先知	봄이 오면 가장 먼저 알아
雨露偏花藥[22]	우로는 꽃과 약초에 두루 내리네.
是日勸農桑	이날 농잠을 권면하니
冰銷土膏作	얼음이 녹아 흙의 윤기가 일어나네.
弦歌出縣齋	거문고 노랫소리 현재에서 들리는데
裴回問民瘼	거닐면서 백성들의 고통을 물어보네.
雞犬聲相聞	닭과 개 울음 사방에서 들리는데
嬰此簿領縛	나는 장부에 얽매어 있구나.
安得携手嬉	어찌하면 손을 맞잡고 기뻐하며
烹茶煨鴨脚	차를 끓이고 은행을 구울까.

【주석】

宮殿繞風煙 : 이 구의 궁전宮殿은 앞 시의 임궁琳宮과 같은 의미이다.

22 [교감기] '徧'은 건륭본에는 '偏'으로 되어 있다.

此句與前篇琳宮同意

江山壯城郭 令君蓺桃李 : 이백의 「최추포유소부崔秋浦柳少府」에서 "그대 와서 도리를 심으니, 이곳에 문득 향기가 풍기누나"라고 했다.

太白詩, 因君樹桃李, 此地忽芳菲.

面春築飛閣 春至最先知 雨露徧花藥 : 도연명의 「시운時運」에서 "새벽부터 밤늦도록 이렇게, 오두막에서 조용히 지낸다오. 꽃과 약초는 줄을 이루고, 숲과 대나무는 무성하도다"라고 했다. 명원 포조鮑照의 「채상采桑」에서 "어미 제비는 풀벌레 쫓고, 집짓는 벌은 꽃가지 물어오네"라고 했다.

淵明詩, 言息其廬, 花藥分列. 鮑明遠詩, 乳燕逐草蟲, 巢蜂拾花蕚.

是日勸農桑 冰銷土膏作 : 『국어 · 주어』에서 "땅에 결이 일어난다"라고 했으며, 또한 "흙의 윤기가 유동하였다"라고 했다. 장형의 「동경부」에서 "농상農祥의 별[房星]이 정월 입춘에 남방에 나타나게 되면 땅이 윤택해지고 토맥土脈이 일어나 농사짓는 때가 됩니다"라고 했다.

周語云, 土乃脉發. 又曰, 土膏其動. 張平子東京賦, 農祥晨正,[23] 土膏脉起.

---

23 [교감기] '農'자는 원래 빠졌었는데, 지금 전본을 따르고 아울러 『문선』 권3 「동경부」에 의거하여 보충하였다. 살펴보건대 『문선주』에서 위소(韋昭)의 말을 인용하여 "농상은 방성이다. 신정은 입춘날 새벽에 남방에 나타난다"라고 했다. 한편 영원본에는 이 조목의 주가 없다.

弦歌出縣齋 : 『논어』에서 "공자가 무성에 가서 거문고를 타면서 노래하는 소리를 들었다"라고 했다. 한유는 「현재독서」라는 시를 지었다.

子之武城聞絃歌之聲見論語. 退之有縣齋讀書詩

褰回問民瘼 : 『후한서 · 순리전』에서 "널리 백성의 고통을 바로잡았다"라고 했다.

後漢循吏傳序, 廣求民瘼.

雞犬聲相聞 : 『장자 · 거협』에서 "이웃 마을이 서로 바라보이고 닭과 개소리가 서로 들린다"라고 했다. 『노자』에서도 또한 그러한 말이 있다.

莊子胠篋篇, 鄰邑相望, 雞犬之聲相聞. 老子亦云.

嬰此簿領縛 : 『문선』에 실린 유정劉楨의 「잡시雜詩」에서 "장부 속에 파묻혀 있으니"라고 했는데, 이선의 주에서 "부령簿領은 문서 장부에 기록하는 것이다"라고 했다.

簿領見上.

安得携手嬉 烹茶煨鴨脚 : 구양수의 「화매성유압각자」에서 "붉은 주머니에 쌓여 공물로 들어가니, 은행은 중원에서 귀하다네"라고 했다. 또한 「매성유기은행梅聖兪奇銀杏」에서 "은행이 비록 백 개지만, 얻으면 참으로 귀하다네"라고 했다.

歐陽公和梅聖俞鴨脚子詩, 絳囊因入貢, 銀杏貴中州. 又詩, 鴨脚雖百箇, 得之誠可珍.[24]

24 [교감기] '又詩' 이하는 영원본에는 이 조목의 주가 없다. 살펴보건대 이 주는 구양수의 「매성유기은행(梅聖俞寄銀杏)」에서 나왔다.

8. 안복 이령의 애죽당을 읊어 보내다

寄題安福李令愛竹堂

淵明喜種菊	도연명은 국화 심기를 좋아하고
子猷喜種竹	왕자유는 대 심기를 좋아했네.
託物雖自殊	사물에 의탁한 건 비록 다르지만
心期俱不俗	마음 기약은 모두 속되지 않았어라.
千載得李侯	천 년 만에 이후가 나왔으니
異世等風流	세상은 다르지만 풍류는 같도다.
爲官恐是陶彭澤	벼슬한 건 아마도 도 팽택과 같고
愛竹最知王子猷	대를 사랑하여 왕자유를 잘 아누나.
寒窻對酒聽雨雪[25]	차가운 창에서 술을 마주하고 눈 내리는 소리 듣고
夏簟烹茶卧風月	여름 대자리에 차를 끓이면서 풍월에 누워 있네.
小僧知令不凡材	작은 중도 현령이 뛰어난 인물인 줄 아는데
自掃竹根培老節	스스로 대나무 뿌리 쓸며 늙은 절개 돋우노라.
富貴於我如浮雲	부귀는 나에게 뜬구름과 같나니
安可一日無此君	어찌 하루라도 차군이 없을쏘냐.

25 [교감기] '對酒'는 저본에는 '對滴'으로 잘못되어 있는데, 지금 영원본, 고본, 전본, 그리고 건륭본에 의거하여 바로잡는다.

人言愛竹有何好	사람들 묻기를 대를 사랑함이 무엇이 좋느냐 하니
此中難爲俗人道	이런 것은 속인에게 말해주기 어렵도다.
我於此物更不疎	나도 이 사물 더욱 멀리하지 않는데
一官窘束何由到	낮은 관리에 매었으니 언제나 찾아가 볼까.

【주석】

淵明喜種菊 : 도잠의 시집에 보인다.

見陶潛詩集

子猷喜種竹 : 진나라 왕휘지의 자는 자유이다. 빈집에 거처하면서 대를 심으라 명하고서 "어찌 하루라도 차군이 없을 수 있겠느냐"라고 했다.

晉王徽之字子猷, 寄居空宅, 便令種竹, 曰何可一日無此君耶.

託物雖自殊 心期俱不俗 : 『문선』에 실린 언승彦昇 임방任昉의 「증광동려산계구견후贈郭桐廬出溪口見候」에서 "길을 가다 속으로 기약한 것을 만났다네"라고 했다.

見上.

千載得李侯 異世等風流 : 『진서』의 "두예는 『좌전』을 좋아하는 벽癖이 있고 황보시는 『서경』에 지나치게 빠졌다"는 의미를 사용하였으니, 즉

지나치게 탐미한 것을 이른다. 『전한서 · 조충국등전』 찬에서 "지금의 가요에 강개한 풍류가 아직도 남아 있다"라고 했다. 혜강의 「금부」에서 또한 "체제와 풍류를 서로 따르지 않음이 없다"라고 했다. 심약이 지은 『송서 · 사령운전』의 논에서 "아랫사람들이 따라 배우기를 마치 바람이 흩어지듯 물이 흐르는 듯하였다"라고 했다. 풍류의 뜻은 본래 이와 같았으니, 강좌의 여러 사람만 다만 그렇게 쓴 것이 아니다. 『남사 · 사회전』에서 "당시 사혼의 풍류는 강좌에서 제일이었다"라고 했다. 『남사 · 장융전』에서 "장융이 장서를 곡하기를 "우리 형의 풍류가 이제 다했구려""라고 했다. 이로 미뤄보면 당시에 숭상하던 것을 유속이 부채질한 것을 볼 수 있으니, 그러므로 풍류벽이라 하였다. 이백의 「답두수재」에서 "나는 언백彦伯 원굉袁宏 맞이한 사상謝尙 아니지만, 시대 달라도 각 시대마다 풍류 있다네"라고 했다.

風流, 見答張沙河詩注. 李白答杜秀才詩, 吾非謝尙邀彦伯, 異代風流各一時.

爲官恐是陶彭澤 愛竹最知王子猷 寒窻對酒聽提雪 夏簟烹茶卧風月 小僧知令不凡材 : 두보의 「응시」에서 "황금 눈동자 옥빛 발톱이 범상치 않구나"라고 했다.

老杜鷹詩, 金眸玉爪不凡材.

自掃竹根培老節 富貴於我如浮雲 : 『논어 · 술이述而』에서 "나물밥에 물을 마시고 팔 베고 눕더라도 즐거움이 또한 그 속에 있나니, 떳떳하지

못한 부귀는 나에게 뜬구름과 같다"라고 했다.

見論語.

安可一日無此君 : 바로 앞에 보인다.

見上.

人言愛竹有何好 此中難爲俗人道 : 『진서 · 맹가전孟嘉傳』에서 "환온桓溫이 "술이 무엇이 좋기에 그대는 좋아하는가"라 물었다. 이에 맹가는 "공께서는 아직 술 속의 흥취興趣를 얻지 못했습니다"라 했다"라고 했다. 사마천의 「보임안서」에서 "이것은 아는 자와 말할 수 있는 것이지 속인과는 말하기 어렵다"라고 했다.

晉孟嘉傳, 桓溫問嘉, 酒有何好, 而卿嗜之. 嘉曰, 公未得此中趣耳. 司馬遷報任安書, 此可爲知者道, 難爲俗人言也.

我於此物更不疎 一官窘束何由到 : 가의의 「복조부鵩鳥賦」에서 "어리석은 선비는 세속에 얽매여서 갇힌 것 같지만"이라고 했다. 『문선』에 실린 좌사左思의 「오도부吳都賦」에서 "잡혀서 묶여 있다"라고 했다. 한유의 「산석山石」에서 "인생은 이처럼 자기가 즐거우면 그만인걸, 어찌 꼭 구속되어 남에게 끌려 다니리오"라고 했다.

賈誼賦, 窘若囚拘. 文選吳都賦, 羃籠窘束. 退之詩, 人生如此自可樂, 豈必局束爲人鞿.

9. 안복 이령의 조화정을 읊다

題安福李令朝華亭

丹楹刻桷上崢嶸	붉은 기둥 조각한 서까래 우뚝 솟고
表裏江山路眼平	안팎의 강산에 길은 평평하네.
曉日成霞張錦綺	떠오르는 해는 노을 이뤄 비단을 펼치고
青林多露綴珠纓	푸른 숲엔 이슬 많아 구슬갓끈 엮누나.
人如旋磨觀羣蟻	사람은 뭇 개미가 도는 맷돌 같네.
田似圍棊據一抨[26]	밭은 판 위에 올려진 바둑 같네.
對案昏昏迷簿領	책상을 대하니 앞이 캄캄 장부에 헤매고
暫來登覽見高明[27]	잠시 와서 올라보니 높고 툭 뜨인 경치 바라보노라.

【주석】

丹楹刻桷上崢嶸 : 『춘추 · 장공 23년』에서 "가을에 환궁의 기둥에 붉은 칠을 했다"라고 했으며, 『춘추 · 장공 24년』에서 "3월에 환궁의 서까래에 조각을 하였다"라고 했다.

春秋莊二十三年, 秋, 丹桓宮楹. 二十四年, 三月, 刻桓宮桷.

26 [교감기] '抨'은 영원본과 전본에 모두 '枰'으로 되어 있다. 대개 『문선』의 이선(李善) 주를 따랐다.

27 [교감기] '見'은 영원본에는 '是'로 되어 있다.

表裏江山路眼平 : '路'는 달리 '略'으로 된 본도 있다. 『좌전 · 희공 28년』에서 "싸워서 이기지 못한다 하더라도 밖과 안으로 산과 강물이 막고 있으니 반드시 해 될 것은 없다"라고 했다. 백거이의 「팔월십오일야완월八月十五日夜玩月」에서 "숭산의 안팎으로 천 겹의 눈이 쌓였네"라고 했다.

一作略. 表裏山河, 必無害也. 見左傳僖二十八年. 樂天詩, 嵩山表裏千重雪.

曉日成霞張錦綺 : 사조의 「만등삼산晩登三山」에서 "지는 노을은 흩어져 비단을 이루고, 맑은 강은 비단처럼 깨끗하네"라고 했다.

謝朓詩, 餘霞散成綺.

青林多露綴珠纓 : 사령운의 「종근죽간월령계행從斤竹澗越嶺溪行」에서 "꽃 위의 이슬은 아직도 빛나고"라고 했다. 『법화경 · 보문품』에서 "무진의 보살이 부처에게 아뢰기를 "제가 지금 관세음보살님께 공양하겠나이다"라 하고는 곧바로 온갖 보배구슬과 영락으로 된 목걸이를 끌러 바쳤다"라고 했다. 『문선』에 실린 석숭石崇의 「왕소군사」에서 "울어 흘러내리는 눈물은 구슬갓끈을 적시네"라고 했다.

謝靈運詩云, 花上露猶泫. 法華經普門品云, 無盡意白佛言, 我今當供養觀世音菩薩. 卽解頸衆寶珠纓珞以與之. 文選王昭君詞云, 泣淚濕珠纓.

人如旋磨觀羣蟻 : 『진서 · 천문지』에서 주비가周髀家가 이르기를 "하늘

이 옆으로 도는데, 마치 맷돌을 돌려서 왼쪽으로 도는 것과 같다. 그러므로 해와 달이 실제로 동쪽으로 운행할 때 하늘이 그것을 이끌어서 서쪽에서 지는 것이다. 비유하자면 개미가 맷돌 위를 다닐 때 맷돌이 왼쪽으로 돌고 있는데 개미가 오른쪽으로 가면, 맷돌은 빨리 돌고 개미는 느리기 때문에 어쩔 수 없이 맷돌을 따라 왼쪽으로 도는 것으로 보인다"라고 했다. 산곡은 이를 차용하여 세상일에 매몰되어 사물이 이끄는 데로 따라가는 것이 마치 개미가 맷돌을 도는 것과 같다.

見上.

田似圍棊據一枰 : 『문선』에 실린 위소韋昭의 「박혁론」에서 "그러나 생각은 바둑판 위를 벗어나지 못하고"라고 했는데, 이선은 본래 목木 부수로 음은 '平'이라고 했다. 오신본에는 '一抨'으로 되어 있으니, 음은 '報'와 '萌'의 반절법이다.

文選博奕論, 一枰之上. 李善本從木, 音平. 五臣本作一抨, 補萌切.

10. 쾌각에 오르다

登快閣

쾌각은 태화에 있다. 산곡의 「송여지상부태화승」에서 "내가 태화를 떠나 가보려고 했는데, 여군이 태화의 벼슬을 막 얻었구나"라고 했으며, 또한 "쾌각의 6월에 강풍이 시원하네"라고 했다.

快閣在太和. 山谷送呂知常赴太和丞云, 我去太和欲期矣, 呂君初得太和官. 又云, 快閣六月江風寒.

癡兒了却公家事	어리석은 아이는 관청이 부역을 면할 수 있는데
快閣東西倚晚晴	쾌각의 동서는 저물녘 햇살에 기대 있네.
落木千山天遠大	천 산의 지는 나뭇잎에 하늘은 멀리서 드넓고
澄江一道月分明	한 줄기 맑은 강에 달이 환하구나.
朱絃已爲佳人絶	붉은 현은 이미 가인을 위해 끊었고
靑眼聊因美酒橫	청안으로 애오라지 미주 때문에 취하였네.
萬里歸船弄長笛	만 리 돌아가는 배에서 긴 피리 희롱하니
此心吾與白鷗盟	이 마음 내 흰 갈매기와 맹세하노라.

【주석】

癡兒了却公家事 : 『진서 · 부함전傅咸傳』에서 "낳은 자식이 어리석으면

관청의 부역을 면할 수 있다고 하는데, 관청의 부역은 쉽게 면하기 어렵다. 부역을 면하려면 정말로 어리석어야 하니, 그러면 분명히 면하게 된다"라고 했다.

生子癡, 了官事, 官事未易了也, 了事正作癡, 復爲快耳. 見晉傳成傳.

快閣東西倚晩晴 : 당나라 이섭의 「감흥」에서 "수나라 궁궐을 지었으니, 높다라니 구름과 안개에 기대었네"라고 했다.

唐李涉感興, 隋氏造宮闕, 峩峩倚雲煙.

落木千山天遠大 澄江一道月分明 : 두보의 「천하」에서 "평소 맑았다 흐렸다 변하더니, 가을 되자 더욱 맑아 뚜렷하구나"라고 했다. 이백의 「추야숙향산사秋夜宿香山寺」에서 "물빛도 썰렁한데 저녁 물살 급하고, 나뭇잎 지는 속에 가을 산 텅 비었네"라고 했다. 유종원의 「유남정游南亭」에서 "나뭇잎 지니 차가운 산 고요하고, 강이 텅 비니 가을 달 밝아라"라고 했다.

老杜天河詩, 常時任顯晦, 秋至輒分明. 李白詩, 水寒夕波急, 木落秋山空. 柳子厚詩, 木落寒山靜, 江空秋月明.

朱絃已爲佳人絶 : 종자기와 백아의 고사를 사용하였는데, 누구를 가리키는지 알 수 없다.

用鍾期伯牙事, 不知謂誰.

靑眼聊因美酒橫 萬里歸船弄長笛 此心吾與白鷗盟 : 문장 하송夏竦의 「압구정鴨鷗亭」에서 "절로 모래밭 갈매기 있어 이 마음을 믿노라"라고 했다.

夏文莊詩, 自有沙鷗信此心.

11. 이재보 선배의 「쾌각」에 화답하다. 5수

和李才甫先輩快閣. 五首

첫 번째 수其一

山寒江冷丹楓落	산은 춥고 강은 차가우며 단풍은 지는데
爭渡行人簇晩沙	행인들 다투어 건너 저물녘 모래밭에 빽빽하구나.
菰葉蘋花飛白鳥	물풀 잎과 마름꽃에 흰 새가 날아가니
一張紅錦夕陽斜	석양 비껴 한 폭 붉은 비단이로구나.

【주석】

山寒江冷丹楓落 : 『신당서 · 문예전』에서 "최신명의 "단풍 지니 오강이 차갑네"라는 시구가 있다"라고 했다.

唐文藝傳, 崔信明詩云, 楓落吳江冷.

爭渡行人簇晩沙 : 유신의 「동주환同州還」에서 "하교 다퉈 건너느라 소란스럽네"라고 했다. 맹호연의 「야귀녹문산夜歸鹿門山」에서 "어량과 나루터에 다퉈 건너느라 소란스럽네"라고 했다.

庾信詩, 河橋爭渡喧. 孟浩然詩, 漁梁渡頭爭渡喧.

菰葉蘋花飛白鳥 一張紅錦夕陽斜 : 두목杜牧의 「제위가정자」에서 "시든

꽃은 평평한 연못으로 지고, 물굽이에 회오리 일어 비단을 만드네"라고 했다.

杜牧之題韋家亭子云, 蔫紅半落平池晚, 曲渚飄成錦一張.

두 번째 수其二

赤欄終日倚西風	붉은 난간에서 종일토록 서풍에 기대어 있으니
山色挼藍小雨中	산색은 가랑비 속에 연한 쪽빛이어라.
將老鬢毛秋着木[28]	장차 늙어가는 수염은 가을날 나뭇잎 같은데
相思親舊水連空	물이 허공에 이은 곳의 벗을 그리노라.

【주석】

赤欄終日倚西風 山色挼藍小雨中 : 『설랑재일기』에서 인용한 왕안석의 소사小詞에서 "연한 쪽빛의 물은 화초를 감싸 돌고, 적막한 작은 귤밭은 천 산이 감쌌구나. 사람이 이르지 않으니, 사립문에 절로 맑은 바람이 쓰는구나"라고 했다. 당나라 시인의 시에 다만 "물은 쪽빛"이라고 했으니, "연한 쪽빛[挼藍]"이란 글자는 형고에게서 시작되었다.

雪浪齋日記, 荊公小詞云, 揉藍一水縈花草, 寂寞小橋千嶂抱. 人不到, 柴

28 [교감기] '始'는 원래 '茹'로 잘못되어 있었는데, 영원본과 전본에 의거하여 바로잡았다.

門自有淸風掃. 唐人詩但言水如藍. 挼藍字, 當始於荊公.[29]

세 번째 수其三

長江淡淡呑天去	장강은 너울너울 하늘을 삼키고 흘러가고
甲子隨波日日流	세월은 물결 따라 나날이 흘러가누나.
萬事轉頭同墮甑	만사는 머리 돌리면 솥을 떨어뜨린 것과 같나니
一身隨世作虛舟	한 몸 세상 따라 빈 배가 되어야지.

【주석】

長江淡淡呑天去 : 두목杜牧의 시에서 "큰 강은 오를 삼키고 흘러가니, 명주 한 필이 지축에 가로놓여 있네"라고 했다.

杜牧之詩, 大江呑吳去, 一練橫坤軸.

甲子隨波日日流 : 두보의 「춘귀春歸」에서 "떠난 뒤로 세월만 흐르고, 돌아오니 문득 꽃피는 봄이로세"라고 했다.

杜詩, 別來頻甲子, 歸到忽春華.

29 [교감기] '着木'은 원래 '着水'로 잘못되어 있었는데, 지금 영원본과 고본, 전본, 그리고 건륭본을 따른다.

萬事轉頭同墮甑 : 『후한서 · 곽태전郭泰傳』에서 "후에 맹민이 솥을 지고 가다가 땅에 떨어져 산산조각 났는데, 쳐다보지도 않고 떠났다"라고 했다.

郭林宗傳, 後孟敏荷甑墮地, 不顧而去.

一身隨世作虛舟 : 『장자』에서 "배를 나란히 하고 황하를 건널 때 빈 배가 와서 자기 배에 부딪히면 비록 속이 좁은 사람이라고 해도 화를 내지 않는다"라고 했다.

莊子, 虛船觸舟, 見上.

네 번째 수其四

雲橫章貢雨翻盆	구름은 장수, 공수에 비껴 비가 동이를 뒤엎고
寺下江深水到門[30]	절 아래 강은 깊어 물이 문에 들이치네.
落日荷鋤人著本	석양에 호미 들고 농부는 농사에 열심인데
西風滿地葉歸根	서풍이 땅에 가득한 낙엽을 뿌리로 몰아가네.

【주석】

雲橫章貢雨翻盆 : '章貢'은 두 강이다. 두보의 「백제白帝」에서 "백제성

30 [교감기] '江深'은 영원본에는 '深江'으로 되어 있으며, 전본에는 '水'가 '雨'로 되어 있다.

아래는 비가 동이를 뒤집네"라고 했다.

杜詩, 白帝城下雨翻盆.

寺下江深雨到門 落日荷鋤人著本 : 『한서 · 식화지』에서 "백성을 다스리는 도는 땅에 두는 것을 기본으로 삼아야 한다"라고 했는데, 주에서 "땅을 편안하게 여기는 것이다"라고 했다. '著'의 음은 '直'과 '略'의 반절법이다. 가의가 황제에게 유세하기를 "백성들을 몰아 농사로 돌아가게 해서 모두 本業에 귀착시켜 천하 사람들로 하여금 각각 자기 힘으로 농사지어 먹고 살게 해야 합니다"라고 했다.

漢食貨志, 理民之道, 地著爲本. 注, 謂安土也, 音直略反. 賈誼說上曰, 今驅民而歸之農, 皆著其本而食其力.[31]

西風滿地葉歸根 : 포조鮑照의 「완월성서문玩月城西門」에서 "떨어진 잎은 일찍 바람을 마다하네"라고 했는데, 주에서 인용한 『익씨풍각』에서 "나뭇잎이 떨어지면 뿌리로 돌아가고, 물을 흘러 동으로 향한다"라고 했다.

鮑明遠詩, 別葉早辭風. 注引翼氏風角云, 木落歸本, 水流向東.

31 [교감기] 영원본에는 가의에 대한 조목의 주가 없다.

다섯 번째 수其五

西南嘉氣浮馬祖[32]	서남의 아름다운 기운 마조산에 떠 있고
東北祥風繞靜居	동북의 상서로운 바람 고요한 거처를 감싸네.
山邑豐年人少訟	산 고을 풍년이라 사람들 송사 적어
身來訪道得齋魚	몸소 도 있는 이 찾아와 목어를 얻노라.

【주석】

西南佳氣浮馬祖 : 마조는 산이다.

馬祖, 山也.

東北祥風繞靜居 : 정거사는 즉 청원산에 있다. 엄무嚴武의 「제용일사題龍日寺」에서 "은혜는 상서로운 봉황 따라 날아오고"라고 했다.

靜居寺, 卽青原山. 王褒頌, 恩從祥鳳翱.[33]

32 [교감기] '西南'은 영원본에는 '西風'으로 되어 있다. '嘉'는 전본과 건륭본에는 '佳'로 되어 있다. 살펴보건대 두 글자는 통용하니, 아래에서 다시 교정하지 않는다.

33 [교감기] 영원본에는 왕포 이하 조목의 주가 없다. 여기서 왕포의 송(頌)이라고 하였으나, 이는 엄무의 시 작품이다.

12. 8월 14일 밤에 도갱구에서 달을 마주하고 왕자난과 왕자문, 그리고 진적용陳適用에게 보내다

八月十四日夜刀坑口對月奉寄王子難子聞適用

원주에서 "관아에서 몇 달을 편안히 노닐지 못하였다고 들었다"라고 했다. ○ 자난의 이름은 요신이다.

元注云, 聞郡中數月未嘗有燕遊. ○ 子難, 名堯臣.[34]

去年對月廬陵郡	지난해 여릉군에서 달을 바라보았는데
醉留歌舞蹋金沙	금모래 밟으며 취해 가무 즐겼지.
今年今夕千峯下	올해 오늘 밤 천 봉우리 아래에서
新磨古鑒動菱花	옛 거울 새로 가니 능화가 보이누나.
寒藤老木被光景	차가운 등나무와 고목에 달빛 비추는데
深山大澤皆龍蛇	깊은 산 큰 못에 모두 용과 뱀이 사네.
西風爲我奏萬籟	서풍은 나를 위해 만뢰를 연주하고
落葉起舞驚棲鴉	낙엽은 일어나 춤추니 깃든 까마귀 놀라네.
遙憐城中二三友	성안의 두세 벗을 멀리서 그리워하나니
風流慣醉玉釵斜[35]	풍류 즐겨 항상 취해 옥비녀 삐뚤어졌으리.

34 [교감기] '堯臣'은 건륭본에는 '言臣'으로 되어 있는데, 어디에서 근거했는지 명확하지 않다.

35 [교감기] '玉'은 '五'로 잘못되어 있었는데, 지금 영원본과 고본, 전본과 건륭본을 따라 고친다.

今夕傳杯定何處　　오늘밤 술잔 돌리는 곳 참으로 어디인가
應無二十四琵琶　　응당 스물네 명 비파 타는 기생이 없겠는가.

【주석】

去年對月廬陵郡 : 길주를 여릉군이라 부르며 여릉현을 다스린다.

吉州曰廬陵郡, 治廬陵縣.

醉留歌舞踏金沙 : 두보의 「배왕사군회일범강陪王使君晦日泛江」에서 "좁은 길에 금모래 보드라운데, 사람 없는 푸른 풀은 향기롭네"라고 했다.

老杜陪王使君晦日泛江詩云, 有徑金沙秋, 無人碧草芳.

今年今夕千峯下 新磨古鑒動菱花 : 위 무제는 능화경을 지니고 있었으며, 『조비연외전』에 "능화경 화장대를 일곱 번 꺼냈다"라는 구절이 있다. 유신의 「왕소군王昭君」에서 "거울은 능화의 그림자 잃고, 비녀는 반달 뜨는 들보를 떠나누나"라고 했다.

魏武帝有菱花鏡, 趙飛燕外傳有七出菱花鏡一奩. 庾信詩, 鏡失菱花影, 釵除却月梁.

寒藤老木被光景 深山大澤皆龍蛇 : 『좌전 · 양공 21년』에서 숙향의 어머니가 "깊은 산과 큰 못에는 실로 용과 뱀이 난다. 저는 아름다우니, 내 그가 용과 뱀을 내어 너에게 화를 끼칠까 두렵다"라고 했다. 두보의

「송공소부送孔巢父」에서 "머나먼 깊은 산 커다란 호수에 용이 사는데, 추운 봄날 어둑한 들판에 경치는 저무네"라고 했다. 멀리 떠나왔다는 의미이다.

左傳襄二十一年, 深山大澤, 實生龍蛇. 杜詩, 深山大澤龍蛇遠, 春寒野陰風景暮.

西風爲我奏萬籟 落葉起舞驚棲鴉 遙憐城中二三友 風流慣醉玉釵斜 : 한유의 「주중유사이상공酒中留上李相公」에서 "금비녀 기생 반쯤 취하니 좌중에 봄기운이 도네"라고 했다.

退之詩, 金釵半醉座添春

今夕傳杯定何處 : 두보의 「구일九日」에서 "예전 중양일에는, 잔을 계속 돌리고 손에서 놓은 적이 없었는데"라고 했다.

老杜詩, 舊日重陽日, 傳杯不放杯.

應無二十四琵琶 : 이는 길주 관기의 비파를 연주하는 명수를 말한 것이니, 또한 「차운주덕부」 시의 주에도 보인다.

此言吉州官妓琵琶之數, 亦見次韻周德夫詩注

13. 조피에서

彫陂

彫陂之水淸且泚	조피의 물은 맑고도 맑은데
屈爲印文三百里	삼백 리에 새 발자국 찍혀 있네.
呼船載過七十餘	배를 불러 70여 차례 건너고
褰裳亂流初不記	거센 물에 옷을 걷은 건 애초 기억하지 않았네.
竹輿嶇嶇山徑凉	대나무 가마 흔들흔들 산 길에 시원하고
僕姑呼婦聲相倚	비둘기 짝을 불러 서로 지저귀누나.
篁中猶道泥滑滑	대밭에 난 길은 진창으로 미끄러우니
僕夫慘慘耕夫喜	마부는 애처롭고 농부는 기뻐하네.
窮山爲吏如漫郎	깊은 산골 관리 되어 만랑 같은데
安能爲人作嚆矢	어찌 능히 사람들의 효시가 될까.
老僧迎謁喜我來	노승은 마중 나와 내가 오는 것을 기뻐하는데
吾以王事篤行李	나는 공무로 갈 길이 바쁘다네.
知民虛實應縣官	백성의 허실을 아는 것은 현관에게 달렸는데
我寧信目不信耳	나는 차라리 눈을 믿고 귀를 믿지 않겠네.
僧言生長八十餘	노승은 이곳에서 태어나 자란 지 팔십이 넘었다고 말하는데
縣令未嘗身到此	현령은 일찍이 이곳에 직접 오지 못하였구나.

【주석】

彫陂之水淸且泚 : 두보의 「기적명부박제寄狄明府博濟」에서 "교룡이 출몰하여, 맑은 강물에서 나오네"라고 했다.

老杜云, 蛟之橫, 出淸泚.

屈爲印文三百里 : 맹교의 「성남연구」에서 "모래밭에 전서는 둘러서 평평하게 찍혔네"라고 했는데, 사전沙篆은 모래밭에 새겨진 새의 발자국이 전서처럼 찍혀 있다는 말이다.

韓文公城南聯句, 沙篆印回平. 沙篆, 鳥跡之在沙者, 印如篆文.

呼船載過七十餘 褰裳亂流初不記 : 『시경 · 정풍鄭風』에서 "그대가 사랑하여 나를 그리워할진댄 내 치마를 걷고 진수를 건너가려니와"라고 했다. 배를 타고 70여 차례 건넜으며, 맨발로 건넌 것은 다 기록할 수 없을 정도이다.

鄭國風. 子惠思我, 褰裳涉溱. 乘舟七十餘渡, 徒涉者不可復記.[36]

竹輿嶇嶔山徑凉 僕姑呼婦聲相倚 : 구양수의 「화성유춘우和聖俞春雨」에서 "병들었어도 흐리고 갬이 마치 발고勃姑 같음 알겠어라"라고 했고

36 [교감기] 전본에 '乘舟'의 앞에 '元注云'이란 표시가 있다. 지금 문장의 뜻을 보니 산곡의 자주(自注)로 보인다. 또한 전본에는 '七十'이 '上十'으로 되어 있다.

또한 「명구鳴鳩」에서 "하늘 비 그치자 비둘기 울고, 아낙네 돌아오자 지저귀며 기뻐하네"라고 했다. '발고勃姑'와 '복고僕姑'는 모두 비둘기이다. 원장元章 미불米芾의 『화사畫史』에서도 또한 '발구勃鳩'라고 했다.

見上.

篁中猶道泥滑滑 : 니활활은 촉 지방에서 계두골을 부르는 말이다. 매순유의 「오금시」에서 "니활활이 고죽의 언덕에 있네"라고 했다.

泥滑滑, 蜀中號雞頭鶻. 梅舜俞五禽詩, 泥滑滑, 苦竹岡.

僕夫慘慘耕夫喜 窮山爲吏如漫郎 : 차산 원결의 「자석自釋」에서 "처음에 자칭 의우자라고 하였다. 이윽고 낭수가에 집을 얻게 되자 자칭 낭사라고 하였다. 관원이 되었을 때 사람들이 "낭자浪者는 또한 하릴없이 벼슬하는가"라 하였다. 이에 만랑이라 불리게 되었다. 번수가에 집을 얻게 되자 하릴없다는 말은 드디어 현실이 되었다"라고 했다. 『당서·원결전』에 보인다.

漫郎, 唐元結自謂也, 見本傳.

安能爲人作嚆矢 : 『장자·재유』에서 "어찌 증삼曾參이나 사추史鰌가 걸이나 도척의 효시가 아니라고 확신할 수 있겠는가"라고 했다.

莊子在宥篇, 焉知曾史之不爲桀跖之嚆矢也. 言曾参史鰌.

老僧迎謁喜我來 吾以王事篤行李 : 포조鮑照의 「대문유차마객행代門有車馬客行」에서 "편지로 마음을 전할 수 있으니, 원컨대 그대 나그네에게 잘 대해주시길"이라고 했다.

鮑明遠詩, 手迹可傳心, 願爾篤行李.

知民虛實應縣官 我寧信目不信耳 : 『한서 · 곽광전』에서 "현관은 우리 집안의 장군이 아니었다면 이렇게 황제의 지위에 오르지 못했을 것입니다"라고 했는데, 여순이 "현관은 천자를 이른다"라고 했다. 『한서 · 동평왕우전』에서 "현관은 나이가 적다"라고 했는데, 장안이 "성제를 곧바로 가리킬 수 없어서 현관이라 불렀다"라고 했다. 『고사전』에서 공자가 "내가 안회를 믿은 것이 비단 현재만이 아니다. 믿는 것은 눈인데, 눈도 오히려 믿을 수가 없다"라고 했다.

霍光傳, 縣官非我家將軍, 不得至是. 如淳曰, 縣官謂天子. 東平王宇傳, 縣官年少. 張晏曰, 不敢指斥成帝, 謂之縣官. 高士傳, 孔子曰, 吾之信顏回, 非獨今日, 所信者目, 目猶不可信.

14. 기복이 빈랑을 부치고 또한 답시를 보내와 나에게 같은 종류의 빈랑을 권하니 그 시에 차운하여 보내다

幾復寄檳榔且答詩勸予同種次韻寄之[37]

황기복의 이름은 개로, 예장 서산 사람이다. 산곡이 그의 묘지墓誌를 지었다. 희녕 9년에 동학구출신으로 장락위와 광주교수, 초주추관과 사회현령이 되었으니, 영남에서 10년 동안 벼슬하였다. 원우 3년에 서울에서 죽었다. 산곡과는 어려서부터 교유하였다.

黃幾復名介, 豫章西山人, 山谷誌其墓. 熙寧九年同學究出身, 爲長樂尉, 廣州教授, 楚州推官, 知四會縣. 仕于嶺南者十年. 元祐三年沒于京師. 與山谷少年交遊.

少來不食蟻丘漿	젊어서 의구의 음료를 마시지 않았는데
老去得意漆園方[38]	늙어서 칠원의 방도에 만족스러워라.
鑑中已失兒顏面[39]	거울 속에 이미 어렸을 때 얼굴 잃었으니
忍能乞與兵作郎[40]	어찌 능히 빌려온다고 병사가 어린이 되랴.

37 [교감기] 전본과 건륭본에는 '次韻' 앞에 '復'자가 있다.
38 [교감기] '漆園'은 원래 '添園'으로 잘못되어 있었는데, 지금 영원본과 전본, 그리고 건륭본을 따라 교정하였다.
39 [교감기] '顏'은 영원본과 고본, 전본과 건륭본에는 '時'로 되어 있다.
40 [교감기] '兵'은 영원본에는 '賓'으로 되어 있다.

【주석】

少來不食蟻丘漿 : 『장자 · 측양』에서 “공자가 초나라에 여행하여 의구라는 언덕에 있는 다점에 숙소를 정해 묵었다”라고 했다. 이하는 내용이 많아 기록하지 않는다. 『백씨육첩』에서 “의구의 다점은 음료를 파는 집이다”라고 했다.

莊子則陽篇, 孔子之楚, 舍於蟻丘之漿. 詞多不錄. 白氏六帖, 謂蟻丘之漿, 賣漿之家也.

老去得意漆園方 : 『사기』에서 “장자는 몽 땅 사람이다. 일찍이 몽의 칠원의 관리가 되었다”라고 했다.

見上.

鑑中已失兒時面 忍能乞與兵作郎 : 『전등록』에서 “도둑을 아들로 삼다”라고 했는데, 여기서 그 글자를 따왔으나 다만 그 뜻이 의미하는 바를 알 수 없다.

傳燈錄云, 認奴作郎. 此摘其字, 獨未知其意所指也.

15. 황기복이 바닷길로 고맙게도 금물 30냥을 보내주면서 “이것은 덕이 있는 선비가 마땅히 복용하여 장차 음사를 물리치고 진화를 지켜야 하니 바라건대 평범한 약물로 건강을 기르지 말라”라고 하니, 장난스럽게 답하였다

黃幾復自海上寄惠金液三十兩 且曰此有德之士宜享 將以排蕩陰邪守衛眞火幸不以凡物畜之戲 答[41]

皺面黃鬚已一翁	주름진 얼굴 누런 수염 이미 늙은이지만
樽前猶發少年紅	술동이 앞에서 오히려 소년의 홍조를 발산하누나.
金丹乞與煩眞友	금단을 빌리느라 참된 벗을 번거롭게 하는데
只恐無名帝籍中	다만 천제의 문적에 이름이 없을까 두려워라.

【주석】

皺面黃鬚已一翁 : 『능엄경』에서 파사닉왕波斯匿王이 “나이가 들어 늙어가게 되자 머리는 세어지고 얼굴은 주름졌습니다”라고 했다. 위문제魏文帝가 오질吳質에게 준 편지에서 “뜻과 의지는 언제나 다시 옛날과 같을까. 이미 노인이 되었는데, 다만 머리가 새지 않았을 뿐이다”라고 했다.

迫於衰耄, 髮白面皺, 見楞嚴經. 已成老翁, 見上.

---

41 [교감기] ‘此’는 영원본과 고본, 전본과 건륭본에는 ‘唯’로 되어 있다.

樽前猶發少年紅 : 송나라 우주虞儔의 「주중동지舟中冬至」에서 "늙은 얼굴 술기운 빌려 붉어졌네"라고 했다.[42] 왕안석의 「화조인和祖仁」에서 "늙은 얼굴 부질없이 술자리에서 붉어지네"라고 했다.

樂天詩, 衰顔借酒紅. 王荊公詩, 衰顔漫到酒邊紅.

金丹乞與煩眞友 只恐無名帝籍中 : 『예기 · 월령』에서 "황제가 직접 경작하는 농지의 수확을 신창에 저장하도록 한다"라고 했는데, 여기에서 이 말을 빌려 과거 명부에 이름을 올린 것을 말하였다. 백거이의 「심왕도사尋王道士」에서 "장수하려면 장부에 이름을 올려야 할까 두려우니, 선대에서 시험 삼아 이름을 살펴보시게"라고 했다. '帝籍'을 『찬이』에서 본래 '黨籍'이라 하였고 촉본에서는 '常籍'이라 하였으며 구본에서는 '掌籍'이라 하였으나 모두 잘못이다.

禮記月令, 藏帝籍之收於神倉. 今借使, 以言掛名仙籍也. 樂天詩, 但恐長生須有籍, 仙臺試爲檢名看. 纂異本作黨籍, 蜀本作常籍, 舊本作掌籍, 皆誤.

---

42 백거이의 시라고 되어 있으나, 이는 우주(虞儔)의 「주중동지(舟中冬至)」에 보이는 시구이다.

16. 기복에게 말하여 빈랑을 요구하다

道復覓檳榔[43]

蠻煙雨裏紅千樹	만 땅의 이내와 빗속에 천 나무 붉어지는데
逐水排痰肘後方	『주후방』에 따라 종기 물을 빼 가래를 뱉어내네.
莫笑忍飢窮縣令[44]	굶주림 참고 현령으로 늙어간다고 비웃지 말라
煩君一斛寄檳榔	한 곡의 빈랑을 보내달라고 그대를 번거롭게 하노라.

【주석】

蠻煙雨裏紅千樹 逐水排痰肘後方 : 『남사 · 도홍경전』에서 "갈홍은 의서인 『주후방』을 지었다"라고 했다. 엄무嚴武의 「기제두이寄題杜二」에서 "배 안의 서적은 조용할 때 볕에 쬐고, 『주후급요방』은 고요한 곳에서 펼쳐보네"라고 했다.

肘後見上.

43 [교감기] 전본에는 시의 제목 아래 교주(校注)가 있으니, 즉 "살펴보건대 이 제목은 아마도 잘못인 것 같다. 시어를 음미해보면 사람을 향해 빈랑을 구하는 것 같다[案此題疑誤, 味詩語, 似是向人覓檳榔者]"라 하였다. 또한 앞의 작품 중에 「기부기빈랑차답시(幾復寄檳榔且答詩)」가 있는데, 답시는 아마도 이 작품인 듯하다.

44 [교감기] '莫笑'는 영원본에는 '莫道'로 되어 있다.

莫笑忍飢窮縣令 : 육구몽의 「기국부」의 서에서 "나는 몇 해 전부터 굶주림을 참고 경전을 읽었는데, 어찌 도고에 술과 고기가 있는 것을 몰랐겠는가"라고 했다.

陸龜蒙杞菊賦序云, 我幾年來忍飢誦經, 豈不知屠沽兒有酒肉耶.

煩君一斛寄檳榔 : 유목지가 단도윤이 되어 처의 형제를 불렀다. 술에 취하자 요리사를 불러 금쟁반에 빈랑 한 곡을 담아 내오게 하였다.

劉穆之爲丹徒尹, 召妻兄弟, 及醉, 令厨人以金柈貯檳榔一斛進之.

17. 기복이 내가 준 세 물건에 대해 답한 시에 차운하다. 3수
韻幾復答予所贈三物. 三首

석등 걸이石燈檠

誰憐湖海士	누가 호해의 선비를 가련타 여기랴
白髮夜牕檠	백발로 창가 등불에 밤이 깊어가네.
風雨雞不已	비바람에 닭 울음 그치지 않는데
詩書眼尙明	시서에 눈은 아직 밝구나.
禪枝安宿鳥	절간 가지에 깃든 새가 편안하고
僧粥吼華鯨	승려의 죽은 화려한 고래를 쳐서 부르네.
但滿五車讀	다만 다섯 수레 가득 책을 읽어
行看一座傾	온 좌중의 이목을 끌어 보누나.

【주석】

誰憐湖海士 : 호해의 선비는 산곡 자신을 이른다. 『위지 · 서막전徐邈傳』에서 "진등陳登의 자는 원룡元龍이다. 유표劉表가 유비와 천하의 인물을 논하였는데, 허사許汜가 "원룡은 강호의 선비이니 오만한 호기를 버리지 못하였습니다"라 했다"라고 했다.

見上.

白髮夜牕檠 : 한유의 「단경가」에서 "태학의 유생들 동쪽 노나라 나그

네로, 스무 살에 집 떠나 과거보러 왔다네. 밤에 작은 글자 써서 언어를 엮나니, 두 눈은 침침하고 머리에 흰 눈이 내렸네"라고 했다.

退之短檠歌, 太學書生東魯客, 二十辭家來射策. 夜書細字綴語言, 兩眼眵昏頭雪白.

風雨雞不已 : 『시경 · 정풍鄭風』에서 "비바람 몰아쳐 어둑한 때, 닭 울음소리 그치지 않는도다"라고 했다.

詩, 風雨如晦, 雞鳴不已.

詩書眼尙明 禪枝安宿鳥 : 두보의 「유수각사遊修覺寺」에서 "절의 나뭇가지에 뭇 새 잠드니, 떠도는 나는 저물녘 돌아갈 근심에 젖네"라고 했다. 맹호연의 「동사東寺」에서 "절의 나뭇가지에 벌벌 떠는 비둘기 깃드네"라고 했다.

禪枝見和外舅夙興詩注.

僧粥孔華鯨 : 반고의 「동도부」에서 "고래 목어를 두드리고 화종을 울리네"라고 했으니, 이는 목어로 죽을 먹으라고 부른다는 뜻이다.

東都賦, 發鯨魚, 鏗華鍾.[45] 以言木魚呼粥也.

---

45 [교감기] '鏗'은 원래 '鋑'으로 되어 있는데, 지금 영원본과 전본을 따르고 아울러 『문선 · 동도부』에 의거하여 바로잡는다.

但滿五車讀 : 『장자』에서 "혜시의 저술은 다방면에 걸쳐 다섯 수레나 된다"라고 했다.

五車, 見上.

行看一座傾 : 『한서 · 사마상여전』에서 "좌중의 모든 사람이 경도되었다"라고 했다.

一座盡傾, 見司馬相如傳.

돌 박산향로石博山

絶域薔薇露	절역의 장미로 술
他山菡萏爐	저 산의 연꽃 향로.
薰衣作家想	옷에 스며드니 집안 생각 일으키고
伏枕夢閨姝	베개에 누우니 규문의 미녀 꿈꾸네.
遊子官蟻穴	나그네 개미구멍에서 벼슬하고
謫仙居瓠壺[46]	적선은 호리병에서 거처하누나.
當時有憂樂	당시 근심과 즐거움 있었는데
回首亦成無	머리 돌려보니 또한 아무것도 없네.

46 [교감기] '瓠'는 영원본과 전본에는 '匏'로 되어 있다.

【주석】

絶域薔薇露 : 영남에 장미로라는 술이 있다. 양억楊億의 『양문공담원』에서 "금릉의 궁중 사람이 장미를 으깨 그 물로 생비단을 물들였다. 어느 날 밤에 걷는 것을 잊어버려 짙은 이슬에 젖었는데, 색이 배나 선명한 푸른색을 띠었다"라고 했다. 여기서는 향기를 말한다.

嶺南有薔薇露. 楊文公談苑, 金陵宮中人, 挼薔薇水染生帛, 一夕忘收, 爲濃露所漬, 色倍鮮翠. 今言其香也.

他山菡萏爐 : 『시경 · 학명鶴鳴』에서 "다른 산의 돌로, 옥을 갈 수 있다"라고 했다. 『서경잡기』에서 "정완이 9층의 박산향로를 만들어 기괴한 짐승들을 새겨넣었다"라고 했는데, 여기서는 연꽃을 새긴 것이다. 『이아』에서 "하荷는 부거芙蕖, 연 자체를 이르고 꽃은 함담이라 부른다"라고 했다.

詩, 他山之石, 可以攻玉. 西京雜記, 丁緩作九層博山香爐, 鏤爲奇禽怪獸. 今刻蓮花也. 爾雅, 荷, 芙蕖, 其華菡萏.

薰衣作家想 伏枕夢閨姝 遊子官蟻穴 : 즉 『이문집異聞集』에 남가태수南柯太守 순우분淳于棼의 일이 실려 있는데, 다음과 같다. "순우분이 병이 났는데, 꿈에 두 사자를 보았다. 그 두 사자는 순우분을 데리고 집의 남쪽에 있는 오래된 홰나무 구멍속으로 들어갔다. 앞쪽으로 수십 리를 가니 큰 성이 있었고 문루門樓에 "대괴안국大槐安國"이라고 쓰여 있었다.

괴안국의 왕은 자신이 딸 요방瑤芳을 순우분의 아내로 삼게 했으며, 순우분을 남가 군수로 삼았다. 순우분은 그 고을을 이십 년 동안 다스렸는데, 단라국檀蘿國이 침범해 왔고 왕의 명으로 인해 순우분이 가서 토벌했으나 패하고 말았다. 순우분의 아내가 병으로 죽자, 왕은 순우분에게 "잠시 고향으로 돌아가는 것이 좋겠소"라 했다. 이에 순우분이 수레에 올라 길을 갔는데, 잠시 후 하나의 구멍을 빠져나오자 고향 마을이 보였다. 그 문으로 들어가 보니 자신의 몸이 처마 아래 누워있는 것이 보였다. 이에 처음처럼 잠에서 깨어났다. 꿈속에 한순간이 마치 일생을 보낸 듯하여, 드디어 두 객을 불러, 옛 홰나무 아래 구멍을 찾아보았다. 큰 구멍을 보니 훤히 뚫려 있고 흙이 쌓여 있었는데 성곽이나 대전의 모습이었다. 개미 몇 곡斛이 그 가운데 숨어서 모여 있었다. 가운데에 작은 누대가 있었고 두 마리의 큰 개미가 거기에 거처했는데, 곧 괴안국의 도읍이었다. 또 다른 구멍 하나를 파고 들어가 곧장 남쪽 가지 위로 오르니 또한 토성의 작은 누대가 있었으니, 이것이 바로 남가군이다. 집에서 동쪽으로 1리쯤 가니, 계곡 옆에 큰 박달나무가 있었고 등나무 넝쿨이 박달나무를 칭칭 감고 있었다. 그 옆에는 개미굴이 있었으니, 이것이 단라국이 아니겠는가"

見上.

謫仙居瓠壺 : 『후한서 · 비장방전費長房傳』에서 "비장방이 시장을 관리하는 벼슬아치가 되었는데, 시장에는 약을 파는 노인이 있었고 그 노

인은 호리병 하나를 걸어두고 시장이 파하면 호리병 안으로 뛰어 들어갔다. 시장 사람들은 이것을 보지 못했는데, 오직 비장방이 이것을 보았다. 그래서 그 노인을 찾아가 거듭 절을 하였고 그 늙은이와 함께 호리병속으로 들어갔다. 호리병 속에서는 오직 옥당玉堂의 엄숙하고 화려함만을 보았고 맛 좋은 술과 감미로운 안주가 그 가운데 가득 넘쳤다. 노인이 뒷날 "나는 신선神仙인데 과실 때문에 문책을 당했다. 그런데 지금 그 문책이 끝났으니 마땅히 떠나갈 것이다. 그대는 나와 함께 가겠는가"라 했다"라고 했다.

用費長房傳壺公事

當時有憂樂 回首亦成無 : 달리 "향기로운 옷의 미녀 한 번 웃으니, 고단한 객의 마음 위로하는 듯. 나그네 개미구멍 꿈꾸고, 적선은 호리병에 거처하누나. 거미줄에 걸려 흩날리니, 맑은 흥이 없을쏘냐"라 된 본도 있다.

一作, 稍薰衣一笑, 似慰客心孤. 遊子夢蟻穴, 謫仙居瓠壺. 霏霏麗絲網, 淸興可能無.

석각石刻

九原誰復起	구원에서 누가 다시 일어날까
糟魄未傳心	책 찌꺼기는 마음을 전하지 못하네.

不取丁儀米	정의처럼 쌀을 바치지 않으니
疑成校尉金	아마도 모금교위가 되었나보다.
名從高位借	명성은 높은 자리에서 빌리니
德有下僚沈	덕스런 이는 하료에 잠겨 있네.
筆削多瑕點	필삭에 잘못이 많으니
猶希畏友箴	오히려 외우의 충고 바라네.

【주석】

九原誰復起 : 『예기 · 단궁』에서 "죽은 이들이 만일 다시 일어난다면 나는 누구를 따라 돌아갈까"라고 했다.

檀弓, 死者如可作也, 吾誰與歸.

糟魄未傳心 : 『장자 · 천도天道』에서 "제환공이 어전에서 책을 읽고 있는데, 윤편이라는 목수가 어전 뜰에서 수레바퀴를 깎고 있다가, 말하기를 "소신이 하는 일을 두고 하시는 말씀입니다, 나무를 깎아 바퀴에 맞출 때 너무 쉽게 들어가면 견고하지 못하고, 너무 끼게 하면 잘 들어가지 않습니다. 너무 헐겁지도 않고 너무 끼지도 않게 하는 것은, 손으로 터득하여 마음으로 수긍할 뿐이지, 입으로 말할 수 없지요. 그 사이에 비결이 있는 것입니다. 옛날 사람들은 그들이 전할 수 없다는 것과 이미 죽었으니, 그대가 읽는 것들은 옛사람의 찌꺼기일 뿐입니다"라 했다"라고 했다.

見上.

不取丁儀米 : 『진서 · 진수전』에서 "정의와 정이가 위나라에 명성을 떨치고 있었다. 진수가 정의와 정이의 아들에게 "천 석의 쌀을 구해서 보내준다면 마땅히 당신 아버님들을 위해 아름다운 전기를 지어드리겠습니다"라 하였는데, 정씨가 보내주지 않자 끝내 『삼국지』에 전기를 써넣지 않았다"라고 했다.

晉陳壽傳, 丁儀丁廙有盛名於魏, 壽謂其子曰, 可覓千斛米見與, 當爲尊公作佳傳. 丁不與, 竟不立傳.

疑成校尉金 : 조조는 특별히 발구중낭장 모금교위를 두었는데, 이 내용은 『문선』에 실린 진림의 「위원소격예주爲袁紹檄豫州」에 보인다.

曹操特置發丘中郎將, 摸金校尉, 見文選陳琳檄.

名從高位借 德有下僚沈 : 『문선』에 실린 좌사의 「영사詠史」에서 "영준이 낮은 관리에 머물고 있네"라고 했다.

選詩, 英俊沈下僚

筆削多瑕點 : 『사기 · 공자세가』에서 "공자가 『춘추春秋』를 지을 때 쓸 만하면 쓰고 산삭刪削할 만하면 산삭하였다"라고 했다. 한유의 「자양산북환自陽山北還」에서 "허물만 지적하니 곤욕스럽네"라고 했다.

孔子世家, 筆則筆, 削則削. 退之詩, 指摘困瑕玷.

猶希畏友箴 : 달리 "붓은 높은 관리 따라 굽어지니, 육지에 덕스런 사람이 가라앉네. 속세 구하려면 법이 이와 같아야 하는데, 졸렬한 이는 고금의 법도를 폐지하누나"라고 한 본도 있다.

一本云, 筆從高位曲, 陸有德人沈. 救俗規如此, 慵疎廢古今.

18. 술을 보내 필 대부에게 주다

酒與畢大夫

淺色官醅昨夜篘[47] 연한 색의 관가 술을 어젯밤 걸렀는데
一樽聊付卯時投 한 술동이 애오라지 보내니 묘시에 드시오.
甕邊吏部應歡喜 독 옆의 이부랑은 응당 기뻐할 것이니
殊勝平原老督郵 평원의 늙은 독우보다는 자못 나을 것이라네.

【주석】

淺色官醅昨夜篘 一樽聊付卯時投 : 백거이의 「부서지府西池」에서 "한낮의 차는 졸음을 물리치고, 아침술은 근심을 해소하네"라고 했다.

卯酒, 見上.

甕邊吏部應歡喜 殊勝平原老督郵 : 진나라 필탁은 자가 세무로 이부랑이었다. 이웃 낭관의 집에 빚은 술이 익었다. 필탁은 밤에 그 술독에 가서 훔쳐 마셨다가 술을 담당하는 자에게 잡혀 묶였다. 다음날 보니 바로 필탁 이부랑이었다. 『세설신어』에서 "환공에게는 술을 잘 감별하는 주부가 있었는데, 좋은 술을 청주 종사라 불렀고 나쁜 술은 평원 독우라 불렀다. 청주에 제군이 있었으니 즉 마시면 배꼽[臍]까지 내려간

47 [교감기] '篘'는 원래 '芻'로 되어 있었는데, 지금 영원본과 전본, 그리고 건륭본을 따른다.

다는 의미이며, 평원에는 격현이 있는데 즉 마시면 흉격에서 멈춘다는 의미이다"라고 했다.

晉畢卓字茂世, 爲吏部郞. 比舍郞釀熟, 卓夜至其甕間, 盜飮之, 爲掌酒者所縛. 明旦視之, 乃畢吏部也. 世說, 桓公有主簿善別酒, 好者謂靑州從事, 惡者謂平原督郵. 靑州有齊郡, 言至齊也, 平原有鬲縣, 言至鬲上住也.[48]

48 [교감기] '鬲'은 원래 '革'으로 되어 있었는데, 지금 전본에 의거하여 고친다.

19. 태수 필이 조산대부로 벼슬에서 물러난 것을 기뻐하다
太守畢朝散致政

膏火煎熬無妄災	기름불이 지글거리며 들볶나니 무망의 재앙이라
就陰息迹信明哉	그늘에 나아가 자취를 쉬니 참으로 현명하도다.
功名富貴兩蝸角	공명과 부귀는 달팽이 뿔의 다툼이라
險阻艱難一酒杯	어렵고 험난함은 한 잔 술로 풀어버렸네.
百體觀來身是幻	사지를 살펴보면 몸은 바로 환幻이니
萬夫爭處首先回	많은 사람 다투는 곳은 머리 먼저 돌리누나.
胷中元有不病者	가슴에 원래 병들지 않은 것이 있나니
記得陶潛歸去來	도잠의 「귀거래」를 기억하도다.

【주석】

膏火煎熬無妄災 : 『문선』에 실린 완적의 「영회詠懷」에서 "기름불이 스스로 끓어 들볶나니, 많은 재물은 재앙의 근원이네"라고 했는데, 주에서 인용한 『장자 · 인간세人間世』에서 "산의 나무는 유용하기 때문에 벌목을 자초하고, 유지油脂는 불을 밝힐 수 있어서 자기 몸을 태우게 만든다"라고 했다. 『주역 · 무망괘无妄卦』 육삼六三에서 "애매하게 당하는 재앙이다"라고 했다. 두보의 「술고述古」에서 "기름 부으니 뜨거운 불이

솟구쳐, 지글거리며 스스로를 태우네"라고 했다.

文選阮嗣宗詩, 膏火自煎熬, 多財爲患害. 注引莊子, 山水自寇也, 膏火自煎也. 易無妄六三, 无妄之災. 杜詩, 置膏烈火上, 哀哀自煎熬.

就陰息迹信明哉 : 『장자 · 어부漁父』에서 "어떤 사람이 자신의 그림자를 두려워하고 자신의 발자국을 싫어하여 이것을 떨쳐내려고 달음질쳤는데, 발을 들어 올리는 횟수가 많아질수록 발자국도 더욱 많아졌고 달리는 것이 빠를수록 그림자가 몸에서 떨어지지 않았다. 이 사람은 그늘에 처하면 그림자가 사라지는 것을 몰랐으니, 어리석음이 또한 심한 것이다"라고 했다. 『서경 · 익직益稷』에서 "임금이 밝으면 신하들이 훌륭하여 모든 일이 편안해진다"라고 했다.

就陰, 出莊子, 已見上. 書, 元首明哉.

功名富貴兩蝸角 : 『장자 · 측양』에서 "달팽이 왼편 뿔에 나라가 있으니 촉觸씨요, 달팽이 오른편 뿔에 나라가 있으니 만蠻씨이다. 이따금 서로 땅을 다투어 싸워 시체가 몇 만이요, 쫓기고 쫓아 열닷새 만에 돌아왔다"라고 했다.

莊子則陽篇, 有國於蝸之左角者曰觸氏, 有國於蝸之右角者曰蠻氏. 時相與爭地而戰, 伏尸數萬, 逐北旬有五日而後反.

險阻艱難一酒杯 : 『좌전 · 희공 28년』에서 "진 문공은 어렵고 험난한

일을 실컷 겪었다"라고 했다.

左傳, 險阻艱難, 備嘗之矣.

百體觀來身是幻 : 『유마경』에서 "몸을 관찰해보건대 몸은 병을 떠나지 않는다"라고 했다.

維摩經云, 又復觀身, 身不離病.

萬夫爭處首先回 胷中元有不病者 : 『전등록·덕사선감선사전』에서 "스님이 병을 앓았는데, 그로 인해 어떤 중이 "병들지 아니한 자가 있습니까, 없습니까"라 하니, 스님이 "있다"라고 대답하였다. 다시 "어떤 것이 병들지 아니한 자입니까"라 묻자, 스님이 "아야, 아야"라 신음하였다"라고 했다.

傳燈錄德山宣鑒禪師傳, 師因疾, 僧問, 還有不病者無. 師曰, 有. 如何是不病者. 師曰, 阿耶阿耶.

記得陶潛歸去來 : 산곡이 필 태수의 묘지명을 지으면서 "길주 태수가 원풍 5년 겨울에 치소治所에서 타계하였다. 그 명에서 "공이 병들어 창가에 누워, 소장을 올려 은퇴를 청하였다"라 했다"라고 했다.

山谷誌畢守之墓云, 吉州太守以元豐五年冬, 没於理所. 其銘云, 公疾卧牖, 上章請老.

20. 위도보魏道輔가 쌍령에서 보낸 삼첩시에 차운하다

次韻道輔雙嶺見寄三疊

「화답위도보」 등 모두 네 수가 있는데, 지금 살펴보니 세 수에서 서덕점에 대해 언급하였다. 영락지화는 원풍 5년 9월에 있었는데, 지금 5년에 이 시를 배치하였으니 시의 내용과 부합한다.

和答魏道輔等凡四詩, 今考三詩皆言徐德占, 而永樂之禍, 乃元豐五年九月, 今置之五年, 庶與詩合.

明如九井璜	밝기는 구정의 옥황 같고
美如三危露	아름답기는 삼위산의 이슬 같도다.
正觀魏公孫	정관 연간 위공의 자손으로
今來功名誤	지금 공명으로 잘못되었어라.
兒時漢南柳	어릴 때 한남의 버들이
搖落傷歲暮	시들어 지니 세모에 마음 아파했네.
時不與我謀	세월이 나를 위하여 도모하지 않으니
義和促天步	희화는 하늘 걸음을 재촉하누나.
生涯魚吹沫[49]	생애는 물고기가 뇹는 것처럼 곤궁했으나
文彩豹藏霧	문채는 표범이 안개에 감춘 듯하였네.

49 [교감기] 전본에는 '生涯' 이하를 별행으로 처리하여 '今君'까지 제 2수의 시로 처리하였다.

人言壺公老[50]	사람들이 호리병속의 노인이라 하는데
渠但未得趣	그는 다만 흥취를 깨닫지 못하였구나.
飮酒入壺中	술을 마시러 호리병속으로 들어가니
茫然失巾屨	멍하니 두건과 신발을 잃어버렸네.
時不與我謀	때가 나를 위해 도모하지 않는데
今君向何處	지금 그대는 어디를 향하는가.
蓮塘倒箭韔[51]	연꽃 못에 화살통이 뒤집어지고
桂影凉霜兎	계수나무 그림자 서리 맞은 토끼 서늘하네.
平生知音地	평생의 지음이 있는 곳
地下無尺素	지하에 척소도 없구나.
十夜九作夢	열흘 밤에 아흐레는 꿈을 꾸는데
虜乘驚沙度	오랑캐가 거센 모래바람을 타고 건너오네.
時不與我謀	때가 나를 위해 도모하지 않으니
征西枕戈去	서쪽 정벌하러 창을 베고 가누나.

【주석】

明如九井璜 : 『상서중후尙書中候』에서 "여망이 반계의 물에 가서 그 물가에서 낚시하면서 옥황[52]을 얻었다"라고 했다.

---

50 [교감기] 영원본에는 '公'이 '中'으로 되어 있다.

51 [교감기] 전본에는 '蓮塘' 이하를 별행으로 처리하여 끝까지를 제 3수의 시로 처리하였다. 살펴보건대 각본은 모두 처음부터 끝까지 연속하여 한 수로 처리하였는데, 오직 전본은 나눠서 3수로 구분하였으니, 근거한 바를 알 수 없다.

見上.

美如三危露 : 『여씨춘추 · 본미편本味篇』에서 "이윤伊尹이 탕湯에게 "물 가운데 맛이 좋은 것으로는 삼위산三危山의 이슬과 곤륜의 샘물이 있습니다"라고 했다. 『시경 · 대아大雅 · 면綿』에서 "주원周原 땅이 기름지니 씀바귀도 엿처럼 달도다"라고 했다. 한악韓偓의 『향렴집香奩集』 자서에서 "삼위의 상서로운 이슬을 마시니 그 맛이 칠정을 움직인다"라고 했다.

三危露, 見上.

正觀魏公孫 : 위징魏徵이다.

魏徵也.[53]

今來功名誤 : 두보의 「유회태주정사호有懷台州鄭司戶」에서 "이전부터 도깨비 막으려 귀양 보낸 것은, 대부분 재주와 명성으로 잘못되어서라네"라고 했다.

杜詩, 從來禦魑魅, 多被才名誤.

---

52 옥황(玉璜) : 패옥(佩玉)의 일종이다.

53 [교감기] 전본에는 '正觀'이 '貞觀'으로 되어 있는데, 후자가 옳다. '魏證'도 '魏徵'으로 되어 있는데 후자가 옳다. 살펴보건대 송나라 인종의 이름은 '禎'으로 이름을 혐의할까 피하여 '貞'과 '徵'자도 기휘하였으니, 이에 마침내 동음자를 취하여 대신하였다.

兒時漢南柳 搖落傷歲暮 時不與我謀 : 『논어』에서 "해와 달이 쉬지 않고 흘러가서 세월이 나를 기다려 주지 않는구나"라고 했다. 한유의 「복지부」에서 "세월이 나와 더불어 도모하지 않음이 슬프니, 지금 10년이 되었는데 처음과 같네"라고 했다.

論語, 日月逝矣, 歲不我與. 韓文公復志賦, 哀白日之不與吾謀兮. 至今十年其猶初.

羲和促天步 : 『이소경』에서 "나는 희화羲和에게 수레를 멈추라고 명하여 엄자산崦嵫山을 바라보며 다가가지 않게 한다"라고 했는데, 주에서 "희화는 해를 몬다"라고 했다. 『시경 · 소아 · 백화白華』에서 "시운이 어렵고 어렵거늘, 이분은 대책을 세우지 않네"라고 했다. 육기陸機의 「의고시십이수擬古詩十二首」에서 "밝게 빛나는 은하수는, 선명하게 하늘을 빛내며 다닌다"라고 했다.

離騷經云, 吾令羲和弭節兮, 望崦嵫而勿迫. 注云, 羲和, 日御也. 詩云, 天步艱難. 陸士衡詩, 昭昭清漢輝, 粲粲光天步.

生涯魚吹沫 : 『장자 · 대종사大宗師』에서, "물이 바짝 마르면, 물고기들이 서로 입김을 불어 축축하게 해주고, 서로 거품으로 적셔주었으나, 강호에서 서로 잊고 지내느니만 못하였다"라고 했다.

莊子大宗師篇, 泉涸, 魚相與處於陸, 相呴以濕, 相濡以沫, 不如相忘於江湖.

文彩豹藏霧 : 『열녀전』에서 도답자의 아내가 말하기를 "남산南山에 붉은 표범이 있는데, 안개비 내리는 열흘 동안 사냥하러 내려오지 않는 것은 그 털을 윤택하게 하여 표범의 무늬를 만들기 위함이다. 그러므로 몸을 숨겨 해를 멀리한 것이다"라고 했다. 『문선』에 실린 사조의 「지선성출신림포之宣城出新林浦」에서 "비록 검은 표범 같은 자질은 없지만, 끝내 남산 안개 속에 숨으리라"라고 했다.

南山霧豹, 見上. 文選謝脁詩, 雖無玄豹姿, 終隱南山霧.

人言壺公老 渠但未得趣 : 『진서 · 맹가전孟嘉傳』에서 "환온桓溫이 "술이 무엇이 좋기에 그대는 좋아하는가"라 물었다. 이에 맹가는 "공께서는 아직 술 속의 흥취興趣를 얻지 못했습니다"라 했다"라고 했다.

晉孟嘉傳, 公未得酒中趣耳.

飮酒入壺中 茫然失巾屨 : 『후한서 · 비장방전費長房傳』에서 "시장에 늙은이가 있어 약을 팔았는데, 호리병 하나를 가게 앞에 걸어두었었다. 늙은이가 이에 비장방과 함께 호리병속으로 들어갔다. 오직 옥당玉堂의 엄숙하고 화려함을 보았고 맛 좋은 술과 감미로운 안주가 그 가운데 가득 넘쳐나니 함께 다 마시고서 나왔다"라고 했다. 두보의 「제리존사송수장자가題李尊師松樹障子歌」에서 "소나무 아래 같은 두건과 신발의 어른들, 나란히 앉으니 마치 상산의 노인 같네"라고 했다.

後漢費長房傳, 市有老翁賣藥, 掛一壺, 市罷, 輒跳入壺中. 惟長房覩之, 因往奉酒脯, 翁與俱入壺中. 惟見玉堂嚴麗, 旨酒甘肴, 共飮畢而出. 老杜詩, 松下丈人巾屨同, 偶坐似是商山翁.

時不與我謀 今君向何處 蓮塘倒箭韥 : 『외집』 권9 「대서代書」에서 "연방이 화살통처럼 뒤집어졌네"라고 했다.

集中有代書一篇, 亦云, 蓮房倒韥韥.

桂影凉霜兎 平生知音地 地下無尺素 : '凉' 달리 '落'으로 된 본도 있다. 『문선』의 고시에서 "아이 불러 잉어를 삶으라고 하니, 뱃속에서 흰 편지가 나왔네"라고 했다.

一作落. 樂府詩云, 中有尺素書.

十夜九作夢 虜乘驚沙度 : 이화의 「조고전장문」에서 "놀란 듯이 불어닥치는 모래는 얼굴에 들이친다"라고 했으며, 또한 "황하의 얼음을 밤에 건넜다"라고 했다.

李華弔古戰場文, 驚沙入面. 又云, 河冰夜渡.

時不與我謀 征西枕戈去 : "평생 지음이 있던 곳"부터 여기까지는 모두 서덕점에 대해 읊었다. 월왕 구천이 나갈 때는 쓸개를 맛보고 밤에는 창을 베고 잤다. 『진서 · 유곤전』에서 "내가 창을 머리에 베고 아침을 기다리면서 항상 오랑캐 섬멸할 날만을 기다렸다"라고 했다.

自平生知音地至此, 皆言徐德占也. 越王勾踐出則嘗膽, 夜則枕戈. 晉劉琨傳, 吾枕戈待旦, 志梟逆虜.

21. 장우직과 위도보의 증답시에 차운하다

次韻章禹直魏道輔贈答之詩

살펴보건대 산곡의 「여장우직수간」에서 "어제 덕소, 천예와 함께 고을 청사의 뜰에서 만나 이야기를 나눴는데, 자못 생각이 공과 같았다"라고 했으며, 또한 「여도보수창시」에서 "이미 도보를 전송하였는데, 도보가 어제 쌍령에서 묵었다는 소식을 듣고서 잠시 뒤에 써서 보냈다"라고 했으니, 태화에서 지은 것을 알 수 있다.

按山谷與章禹直手簡云, 昨與德素天倪, 會語縣庭, 殊思與公同之. 又云, 與道輔唱酬詩, 已送道輔, 聞道輔昨已宿雙嶺, 少間錄呈. 可見在太和作.

我老倦多故	우리 노인들 일이 많아 피곤한데
心期馬少游	마음의 벗 마소유로구나.
願爲春眠蠶	원컨대 봄잠 자는 누에가 되어
吐絲自綢繆	실을 토해 스스로를 동이었으면.
翩翩魏公子	훌륭한 위공자여
閱世無全牛	세상에 온전한 소가 없구나.
吹嘘鼓萬物	만물을 불어 고동시키며
領袖傾九流	구류를 익힌 영수로다.
昨來懷白璧	이전에 백옥을 품고서
往撼西諸侯	서쪽 제후에게 가서 마음을 흔들었도다.

中丞文武將　　중승의 문무의 장수로
良非衛霍侔　　위청, 곽거병도 짝할 수 없었어라.
誓開河源地　　하원을 땅을 개척하리라 맹서하고
畫作禹貢州　　우공의 고을을 그림으로 그렸네.
壯士捐軀死　　장사가 몸을 던져 죽으니
鯨鯢尙呑舟　　고래가 아직도 배를 삼키는구나.
客心無一寸　　나그네 마음 한 치도 남지 않았으니
草食隨百憂　　풀뿌리 먹으며 온갖 근심 따르네.
故人道舊語　　벗들과 옛날을 이야기 하며
末路非前籌　　말년에 앞날을 계산하지 않았어라.
重來滕王閣　　거듭 등왕각에 오니
楓葉江上秋[54]　　단풍 물 든 강가의 가을이라네.
章子飽經術　　장자는 경술에 넉넉하며
賦詩如曹劉　　시를 짓는 것은 조식, 유정과 같구나.
太學得虛名　　태학에서 허명을 얻었지만
權勢殊未尤　　권세가들은 자못 허물하지 않았네.
禍機發無妄[55]　　재앙의 기틀은 무망에서 일어나
對吏抵搶頭[56]　　옥리 대하여 머리를 땅에 조아리네.

---

54 [교감기] '江上'은 영원본에는 '上江'으로 되어 있다.
55 [교감기] '無'는 영원본에는 '尤'로 되어 있다.
56 [교감기] '抵'는 고본에는 '祗'로 되어 있다.

遇逢椎鼓赦　　북을 울려 사면 내린 때를 만나니
帝澤萬邦休　　황제의 은택 만방에 아름다워라.
章江三年拘　　장강에서 삼년을 얽매어 있다가
解裝買莫愁[57]　　여장 풀고 막수를 샀네.
麗姬泣又悔　　여희는 울며 한탄했지만
生故難豫謀　　삶은 짐짓 미리 예측하기 어려워라.
邂逅識面晩　　해후에 안 것이 늦었지만
困窮理相收　　곤궁함에 이치상 서로 도와주누나.
夜語倒樽酒　　밤에 이야기 나누며 술동이 비우니
參旌偃風旒　　삼정이 수술이 바람에 누웠구나.
兩公但取醉　　두 공은 다만 술에 취했으니
古今共高丘　　고금에 높은 언덕을 함께 하누나.

【주석】

我老倦多故 心期馬少游 : 도연명陶淵明의 「수정시상酬丁柴桑」에서 "진실로 마음속으로 서로 맞음 흔쾌하여, 지금 나를 따라 노닌다네"라고 했다. 『문선』에 실린 언승彦昇 임방任防의 「증광동려산계구견후贈郭桐廬出溪口見候」에서 "길을 가다 마음 터놓은 벗을 만났네"라고 했다. 『후한서·마원전』에서 "나의 아우 소유는 항상 내가 강개하면서 큰 뜻을 품을 것을 불쌍하게 여기며 "선비가 한 세상에 태어나 입고 먹을 것을 취할

57 [교감기] '買'는 고본에는 '賣'로 되어 있다.

수 있으면 충분하니, 하택거를 타고 조랑말을 몰며 고을의 하급관리가 되고 선영을 지키면서 향리의 사람들이 좋은 사람이라고 말해 준다면 그만이다"라 하였다"라고 했다.

淵明詩, 實欣心期, 方從我遊. 文選任彦昇詩, 中道遇心期. 後漢馬援傳, 援謂官屬曰, 吾弟少游, 常哀吾慷慨多大志曰, 士生一世, 但取衣食才足, 乘下澤車, 御款段馬, 爲郡掾吏, 守墳墓, 鄕里稱善人, 斯可矣.

願爲春眠蠶 吐絲自綢繆 : 『시경 · 주무綢繆』에서 "칭칭 감아 섶을 묶을 적에, 삼성이 하늘에 떠있도다"라고 했다. 백거이의 「강주부충주江州赴忠州」에서 "촛불의 나방 누가 구할 것인가, 누에고치는 스스로를 동이는구나"라고 했다.

詩, 綢繆束薪. 白樂天詩, 燭蛾誰救護, 蠶繭自纏縛.

翩翩魏公子 : 『사기』에서 "평원군은 혼탁한 세상에 풍모와 문채가 훌륭한 아름다운 공자이다"라고 했다

史記, 平原君翩翩, 濁世之佳公子也.

閱世無全牛 : 『장자』에서 "포정이 문혜군을 위해서 소를 잡았다. 문혜군이 "기술이 어떻게 이런 지경까지 이를 수 있는가"라 묻자, 포정이 "처음 제가 소를 해체할 때에는 보이는 게 모두 소이더니 3년이 지난 후에는 소의 온 모습이 보이지 않게 되었습니다"라 했다"라고 했다.

見上.

吹噓鼓萬物 : 『주역 · 설괘전』에서 "만물을 동함은 우레보다 빠른 것이 없고, 만물을 흔드는 것은 바람보다 빠른 것이 없다"라고 했다.

說卦云, 動萬物者, 莫疾乎雷, 撓萬物者, 莫疾乎風.

領袖傾九流 : 『진서 · 배수전』에서 "당시 사람들이 그를 위하여 "후진의 영수로 배수가 있다"라 말하였다"라고 했다. 『후한 · 반고전』에서 "서적을 두루 꿰뚫어 구류九流와 백가百家의 말에 대해 궁극하지 않음이 없었다"라고 했는데, 주에서 "구류는 도가, 유가, 묵가, 명가, 법가, 음양가, 농가, 잡가, 종횡가 등이다"라고 했다.

晉裴秀傳, 時人爲之語曰, 後進領袖有裴秀. 後漢班固傳, 博貫載籍, 九流百家之言, 無不窮究. 注云, 九流, 謂道儒墨名法陰陽農雜縱橫.

昨來懷白璧 往撼西諸侯 : 『사기』에서 "인상여가 구슬을 가지고 진에 들어갔다가 그 종자로 하여금 허름한 옷을 입힌 다음에 그 구슬을 품고 도망하여 돌아가게 하였다"라고 했다. 한유의 「왕적묘지」에서 "얼마 뒤에 금오위 이장군이 나이가 젊고 선비들을 좋아하니, 언어로써 그의 마음을 움직일 수 있다는 말을 듣고서, 이에 이장군의 문 앞에 가서 "천하의 비범한 사내 왕적이 장군을 뵙고 일을 아뢰기를 원합니다"라고 고하였다"라고 했다.

史記, 藺相如奉璧入秦, 使其從者衣褐, 懷其璧亡歸. 退之王適墓誌云, 聞金吾李將軍年少喜士, 可撼, 乃蹐門告曰, 天下奇男子王適, 願見將軍白事.

中丞文武將 : 서덕점은 포의로 있다가 중서호바습학공사가 되었다가, 임금의 부름을 받고서 태자중윤, 관각교감, 권감찰어사리행에 제수되었다가 후에 중승이 되었다. 이후 영락에서 패배하였다. 원풍元豐 5년에 서희徐禧가 직용도각直龍圖閣과 절도서사節制西師로 심괄沈括 등과 영락성永樂城을 쌓았는데, 하夏 땅 사람들이 공격해 와서 성이 함락 당했다. 이때에 서희와 내시內侍 이순거李舜擧 및 전운사轉運使 이직李稷이 모두 죽었다.

徐德占自布衣爲中書戶房習學公事, 召對除太子中允, 館閣校勘, 權監察御史裏行, 後中丞. 致有永樂之敗, 已見上注.

良非衛霍侔 : 위청衛靑과 곽거병郭去病을 이른다.

靑, 去病

誓開河源地 盡作禹貢州 壯士捐軀死 : 『문선』에 실린 조식曹植의 「잡시雜詩」에서 "몸을 던져 멀리 종군한다네"라고 했다.

文選曹子建詩, 捐軀遠從戎.

鯨鯢尙吞舟 : 『장자 · 경상초庚桑楚』에서 "배를 삼키는 큰 물고기도 출

렁이는 파도에 물을 잃어버리면 개미도 괴롭힐 수 있다"라고 했다. 『좌전 · 선공 12년』에서 "옛날에 밝은 임금은 불경不敬스러운 자들을 정벌하고 그 우두머리들을 죽여 큰 무덤을 만든 뒤 큰 주륙을 행했다고 하였다"라고 했다.

莊子, 呑舟之魚, 蕩而失水, 則蟻能苦之. 左傳宣十二年, 取其鯨鯢而封之.

客心無一寸 : 유신庾信의 「수부愁賦」에서 "한 치의 마음이지만, 만곡의 근심을 담는구나"라고 했다. 두보의 「동지冬至」에서 "이때 애끓는 마음 한 치 남음 없거니"라고 했다.

庾信詩, 且將一寸心, 能容萬斛愁. 老杜, 心折此時無一寸.

草食隨百憂 : "나무뿌리를 먹고 풀로 옷을 만들어 입는다"라는 말은 『전등록』에 보인다.

木食草衣, 見傳燈錄.

故人道舊語 : 『한서 · 고제기』에서 "제모와 벗들과 날마다 술을 마시고 즐겼으며 옛이야기를 하면서 웃고 즐겼다"라고 했다.

漢高帝紀, 諸母故人日樂飮極歡, 道舊故爲笑樂.

末路非前籌 : 『한서 · 추양전』에서 "만년의 마지막에 이르러"라고 했다. 『한서 · 장량전』에서 "청컨대 앞의 산가지를 빌려 계책을 세워보겠

습니다"라고 했다.

鄒陽傳, 至其晩節末路. 張良傳, 請借前箸籌之.

重來滕王閣 : 등왕각은 홍주에 있다. 서덕점은 홍주 사람이다. 홍주는 지금의 융흥부이다.

閣在洪州. 德占, 洪州人, 今爲隆興府.

楓葉江上秋 章子飽經術 賦詩如曹劉 : 자건 조식과 공간 유정이다.

曹植子建, 劉楨公幹.

太學得虛名 : 『문선 · 고시』에서 "남쪽의 기성 북쪽에 북두성이 있고, 견우성도 멍에를 매지 못하네. 참으로 반석 같이 견고한 건 없으니, 헛된 명성이 무슨 도움 되겠는가"라고 했다.

文選古詩, 南箕北有斗, 牽牛不負軛. 良無盤石固, 虛名復何益.

權勢殊未尤 禍機發無妄 : 『주역 · 무망괘无妄卦』 육삼六三에서 "애매하게 당하는 재앙이다"라고 했다. 『문선』에 실린 명원 포조의 「고열행苦熱行」에서 "산 몸뚱이로 죽음의 땅 밟고, 왕성한 의지로 재앙 그물에 오르네"라고 했는데, 이선李善이 주注에서 인용한 『장자』에서 "활 틀에 건 화살과 같이 튕겨 나가는 것 같다"[58]라고 했다. 사마표司馬彪가 "재앙과

58 활 (…중략…) 같다 : 기발약기괄(其發若機栝)은 그 움직임이 마치 쇠뇌의 오늬처

패망이 오는 것이 활 틀에 건 화살이 튕겨 가는 것과 같다"라고 했다. 반고의 『전한서 · 서전敍傳』에서 "재앙이 마치 활 틀에 건 화살이 튕겨 나가는 것 같다"라고 했다.

易, 無妄之災. 禍機, 見上.

對吏抵搶頭 : 사마천의 「보임소경서報任少卿書」에서 "옥리를 보면 머리를 땅에 대고 비비며 하소연한다"라고 했다.

司馬遷書, 見獄吏則頭搶地.

遇逢椎鼓赦　帝澤萬邦休 : 한유의 「팔월십오야증장공조八月十五夜贈張工曹」에서 "어제 고을 앞에 큰 북을 울리더니, 황태자 황제 자리 올라 기와 고요를 등용하였네. 사면서가 하루에 만 리를 달려, 살인죄부터 모두 죽음을 면제받았네"라고 했다.

退之詩, 昨日州前椎大鼓, 嗣皇帝聖登夔皐. 赦書一日行萬里, 罪從大辟皆除死.

章江三年拘 解裝買莫愁 : 『문선』에 실린 안연년顔延年의 「자백마부赭白馬賦」에서 "이에 천자가 수레를 멈추고 생각을 돌려, 따르던 무리들을 쉬게 하고 사냥 장비를 풀어놓았네"라고 했다. 한유의 「시상示爽」에서

럼 빠르다는 말이다. '기괄(機栝)'은 쇠뇌의 오늬(화살의 머리를 활시위에 끼도록 에어 낸 부분)로 여기서는 모질게 튀어나가는 모습을 나타낸다.

"여장 풀고 술과 안주 준비하였네"라고 했다. 『악부樂府』에 실린 양무제梁武帝의 「하중지수가河中之水歌」에서 "하수河水는 동쪽으로 흐르는데, 낙양洛陽 소녀의 이름 막수莫愁였네"라고 했다. 『당서·악지』에서 "막수악은 석성악에서 나왔다. 석성에 여자가 살았는데 이름이 막수로 노래를 잘 불렀다"라고 했다.

文選馬賦, 輟駕回慮, 息徒解裝. 退之詩, 解裝具盤筵. 古樂府云, 河中之水向東流, 洛陽女兒名莫愁. 唐書樂志曰, 莫愁樂者, 出於石城樂. 石城有女子名莫愁, 善歌謠.

麗姬泣又悔 : 『장자·제물론齊物論』에서 "여희麗姬는 애 땅 봉인의 딸인데, 진晉나라에서 그를 데려갈 적에는 그녀가 눈물로 옷깃을 적시었으나, 급기야 진왕의 처소로 들어가 왕과 침상을 같이하고 좋은 고기를 먹은 뒤로는 전일에 울었던 것을 후회했다"라고 했다.

見上.

生故難豫謀 邂逅識面晚 困窮理相收 夜語倒樽酒 參旌偃風旒 : 『문선』에 실린 하안何晏의 「경복전부」에서 "일日·월月·성星으로 장식한 정기旌旗와 아홉 가닥의 늘어진 수술들이 바람 따라 휘날리면"이라고 했는데, 주에서 "삼은 세 가지로 깃대에 해와 달과 별을 그린 것이다"라고 했다. 여기서는 밤에 이야기 나누며 별을 본다는 것이다.

文選景福殿賦, 參旗九旒, 從風飄揚. 注云, 參, 三也. 旗上畫日月星, 今言夜語見星耳.

兩公但取醉 古今共高丘 : 이백의 「송은숙送殷淑」에서 "헤어지기 아쉬워 술에 취해, 뱃전 두드리며 또 큰 소리로 노래하네"라고 했다. 『한서·양운전』에서 "고금 사람이 마치 한 언덕의 오소리와 같은 것이다"라 했는데, 안사고顔師古의 주에서 "고금古今·귀천貴賤을 막론하고 모든 사람이 한 무리로서 차별이 없음을 의미한다"라고 했다.

取醉, 見上. 漢楊惲傳, 古與今如一丘之貉. 注云, 言同類也.

22. 도보가 나그네 회포를 읊어 보낸 시에 차운하다

次韻道輔旅懷見寄

歲華其將晩	세월이 장차 저물어가는데
霜葉不可風	서리 맞은 잎은 바람에 견딜 수 없네.
生理魚乞水	생활은 물고기처럼 물을 빌리는데
歸心鳥飛空	돌아가는 마음 새처럼 창공을 나누나.
風塵化衣黑	풍진은 옷을 검게 만드는데
旅宿夢裙紅	여관에서 홍군을 꿈꾸누나.
人言家無壁	사람들은 집에 벽도 없다고 말하는데
自倚筆有鋒	스스로 날카로운 붓에 의지하네.
轉蓬且半歲	굴러다니는 쑥대처럼 반년을 지내다가
交臂各衰翁	둘 다 손을 공손히 모은 늙은이로
扁舟去日遠	일엽편주로 떠날 날로 멀리 갈지니
明月與君同	내일 그대와 함께 하리라.
露晞百年駃	이슬 같은 인생 빠르기도 하는데
麟獲萬事窮	기린 잡히자 만사가 끝났구나.
裝懷酒澹淡	공무에 마음 얽매어 술을 멀리하고
塞意霧空濛	막힌 마음 안개처럼 흐릿하도다.
諸公尙無恙	제공은 아직도 병이 없는데
不見陳元龍	진원룡을 보지 못하였는가.

【주석】

歲華其將晩 霜葉不可風 : 『맹자』에서 “왕이 “감기에 걸려서 바람을 쐴 수 없다”라 하였다”라고 했는데, 이 말을 빌렸다. 『한서 · 한안국전』에서 “서리를 맞은 초목은 바람이 지나가게 할 수 없다”라고 했다.

孟子, 王曰有寒疾, 不可以風. 此借使. 漢韓安國傳, 草木經霜者, 不可以風過.

生理魚乞水 : 『장자』에서 “장주가 돌아보았더니 수레바퀴 자국 물 고인 곳에 붕어가 한 마리 있었습니다. 그래서 장주가 붕어에게 어디와 왔느냐고 물자, 붕어가 대답하길 “나는 동해의 파신波臣[59]이다”라 했다” 라고 했다.

轍中鮒魚, 見上.

歸心鳥飛空 風塵化衣黑 : 사형 육기陸機의 「위고언선증부爲顧彦先贈婦」에서 “서울에 풍진이 많아, 흰옷이 검게 변하였네”라고 했다. 사조의 「수왕진안酬王晉安」에서 “누가 서울에 오래 머무를 수 있으리, 검은 먼지가 흰 옷을 더럽히는데”라고 했다. 둘 다 『문선』에 보인다.

陸士衡詩, 京洛多風塵, 素衣化爲緇. 謝朓詩, 誰能久京洛, 緇塵染素衣. 皆見文選.

旅宿夢裙紅 : 한유의 「송이정자귀送李正字歸」에서 “외로이 노닒에 정회

59 파신(波臣) : 파도에서 튕겨져 나온 신하라는 뜻이다.

강개한데, 여관에서 꿈은 아득하도다"라고 했다. 또한 한유의 「취증장비서醉贈張秘書」에서 "글을 지으며 술 마실 줄 몰라, 다만 기생에 취할 줄만 아누나"라고 했다.

退之詩, 孤遊懷耿介, 旅宿夢婉娩. 又云, 不解文字飮, 唯能醉紅裙.

人言家無壁 : 사마상여의 집은 다만 네 벽만 휑하니 서 있었다.

司馬相如家徒四壁立.

自倚筆有鋒 : 한유의 「한식일출유寒食日出游」에서 "시를 지으면서 아직도 굳세 붓에 의지하네"라고 했는데, 이는 명원 포조의 「의고시擬古詩」에서 "훌륭한 변설로 변사를 곤궁케하고, 다섯 수레의 책 읽어 문사의 필봉을 꺾었네"라고 한 구절을 차용하였다.

退之詩, 題詩尙倚筆鋒勁. 蓋用鮑明遠詩, 兩說窮舌端, 五車摧筆鋒.

轉蓬且半歲 : 조식의 「잡시雜詩」에서 "굴러다니는 쑥대 뿌리에서 떨어져 나와, 긴 바람 따라 떠도네"라고 했다. 『보리객담』에서 "옛사람들이 전봉을 많이 사용하였는데, 어떤 물건인줄 알지 못하였다. 외조 임공이 요동에 사신을 갔다가 쑥대의 꽃과 가지와 잎이 서로 연결되어 함께 뭉쳐 땅에 있다가 바람이 불면 곧 굴러갔다. 물으니, 전봉이라고 하였다"라고 했다.

曹子建詩, 轉蓬離本根, 飄飄隨長風. 步里客談云, 古人多用轉蓬, 不知何物. 外祖林公使遼, 見蓬花枝葉相屬, 團欒在地, 遇風卽轉. 問之, 云轉蓬也.

交臂各衰翁 : 『장자』에서 "내가 평생토록 너와 팔을 끼고 지낸다 해도 결국은 서로를 잃게 될 것이다"라고 했다. 장경 사마상여의 「파촉격문」에서 "선우單于가 두려워하며 손을 모으고 일을 받들었다"라고 했는데, 주에서 "팔뚝을 교차한다는 것은 손을 공손히 모은 것이다"라고 했다.

莊子, 吾終身與汝交一臂而失之. 司馬長卿巴蜀檄文, 單于怖駭, 交臂受事. 注, 交臂, 拱手也.

扁舟去日遠 明月與君同 : 『문선』에 실린 사장謝莊의 「월부月賦」에서 ""미인이 멀리 떠나 소식이 끊겼지만, 천리 먼 곳에 밝은 달을 함께 보네"라고 노래하였다"라고 했다.

千里共明月, 見上.

露晞百年駛 : 『시경』에서 "흠뻑 내린 이슬은, 태양이 아니면 말리지 못하리라"라고 했는데, 주에서 "인생이 아침이슬과 같음을 말하였다"라고 했다. '駛'는 음이 '史'로 빠르다는 의미이다. 『원각경』에서 "구름을 빨리 흐르고 달은 운행한다"라고 했다.

詩, 湛湛露斯, 匪陽不晞. 言人生如朝露也. 駛, 音史, 疾也. 園覺經, 雲駛月運.

麟獲萬事窮 : 『춘추』는 기린이 잡히자 절필하였다.

春秋絶筆於獲麟.

裝懷酒澹淡 : '澹淡'는 것은 '맑다[菼琰]'라는 뜻으로, 후 두 글자는 원주이다. 사마상여의 「상림부」에서 "바람 따라 이리저리 떠돌고, 물결과 함께 요동치며"라고 했는데, 안사고이 주에서 "'澹'의 음은 '大'와 '覽'의 반절법이고, '淡'의 음은 '琰'이다"라고 했다. 공덕장孔德璋의 「북산이문」에서 "공문서와 송사에 바쁘게 되어 그의 마음이 얽매이게 되니"라고 했다.

菼琰. 二字, 元注也. 上林賦云, 隨風澹淡, 與波搖蕩. 師古曰, 澹, 大覽反, 淡, 音琰. 北山移文云, 牒訴倥偬裝其懷.

塞意霧空濛 諸公尙無恙 : 가의의 『신서新書』에서 "예닐곱의 귀인이 모두 병이 없다"라고 했다.

賈誼書, 六七貴人皆無恙.

不見陳元龍 : 이 말은 또한 서덕점을 가리킨다. 살펴보건대 『위지』에서 "진등의 자는 원룡이다. 허사가 "원룡은 강호의 선비이니 오만한 호기를 버리지 못하였습니다"라 했다"라고 했다.

此語亦指徐德占. 按魏志, 陳登字元龍. 許汜曰, 陳元龍湖海之士, 豪氣不除.

23. 위도보의 「기회」에 화답하다. 10수

和答魏道輔寄懷. 十首

위태의 자는 도보로 양양 사람이다. 증자선 부인의 아우이다. 『동헌록』을 지었으며, 한남처사라 자호하였다.

魏泰字道輔, 襄陽人. 曾子宣婦弟, 有東軒錄, 自號漢南處士.

첫 번째 수其一

堂堂陽元公	당당하다! 양원공이여
人物妙晉東	인물이 진나라 동쪽에서 으뜸이도다.
魏侯多能事	위후는 능한 일 많으니
髣髴見家風	가풍에서 비슷함을 보노라.
長魚無波濤	큰 물고기가 파도가 없으니
坐與鰕蜆同	이로 인해 새우, 조개와 같구나.
諸山搖落盡	여러 산에 잎이 진 뒤에
旅食歲時窮	한 해가 저물 때 떠돌며 걸식한다오.

【주석】

堂堂陽元公 人物妙晉東 : 춘추시대 진나라 위서의 자는 양원이다. 이백의 「별종생고오」에서 “능히 우리 택상을 이룰 것이니, 위양원에 빠

지지 않을 것이라"라고 했다.

晉魏舒字陽元. 太白詩, 能成吾宅相, 不減魏陽元.

魏侯多能事 髣髴見家風 長魚無波濤 坐與蝦蜆同 : 『후한서 · 외효전』에서 "물고기는 연못을 벗어날 수 없으니, 신룡도 기세를 잃으면 지렁이와 같다"라고 했다.

後漢隗囂傳, 魚不可脫於淵. 神龍失勢, 與蚯蚓同.

諸山摇落盡 旅食歲時窮 : 위문제의 「여오질서」에서 "남관南館에서 떠돌며 먹고 마셨다"라고 했다. 두보의 「봉증위좌승장奉贈韋左丞丈」에서 "봄날 장안에서 걸식하네요"라고 했다.

魏文帝與吳質書, 旅食南館耳. 杜詩, 旅食京華春.

두 번째 수其二

平生弄翰墨	평생 붓과 먹을 희롱하니
客事半九州	나그네로 구주의 반을 떠돌았네.
天末逢故人	하늘가에서 벗을 만나니
園蔬當肴羞	채마밭의 채소는 좋은 안주로다.
酒闌豪氣在	술이 거나하자 호기가 일어
尙欲椎肥牛	아직도 몽둥이로 소를 잡으려 하네.

虞卿不窮愁　　우경은 곤궁을 근심하지 않았으니
後世無春秋　　후세에 『춘추』가 남지 않으랴.

【주석】

平生弄翰墨 客事半九州 天末逢故人 : 두보의 「천말회이백」에서 "서늘한 바람 하늘 끝에서 이니, 그대 마음은 어떠한가"라고 했다.

老杜天末懷李白云, 凉風起天末, 君子意如何.

園蔬當肴羞 : 유종원의 「유조양암游朝陽巖」에서 "들판에 주워 좋은 안주 대신하네"라고 했다.

柳子厚詩, 掇野代嘉肴.

酒闌豪氣在 尙欲椎肥牛 : 『한서 · 고조기』의 '주란'의 주에서 "술을 마시는 자들이 반은 파하고 반은 있는 것을 '란闌'이라 한다"라고 했다. 『위지 · 계포전』에서 "허사가 '원룡은 강호의 선비이니 오만한 호기를 버리지 못하였습니다'라 했다"라고 했다. 조식의 「공후인」에서 "주방에서 풍성한 음식을 장만하는데, 양을 삶고 살진 소를 잡는다"라고 했다. 이백의 「맹호행猛虎行」에서 "장부가 서로 만나는 것도 즐거운 일이니, 소를 잡고 북을 쳐서 뭇 손님을 모으네"라고 했다. 『동강시화』에서 "위도보는 왕개보 형제와 매우 친하였다. 시원에서 인하여 위로 청하다가 재주를 믿고 멋대로 굴며 구주문과 다퉈 구주문이 거의 죽게 되

었다. 이로 인해 다시는 과거 응시를 허락받지 못하였다"라고 했다.

漢高祖紀, 酒闌注云, 飮酒者半罷半在謂之闌. 魏志李布傳, 許汜曰, 陳元龍湖海之士, 豪氣不除. 曹子建箜篌引, 中廚辦豐膳, 烹羊宰肥牛. 李白詩, 丈夫相見且爲樂, 椎牛撾鼓會衆賓. 桐江詩話云, 魏道輔與王介甫兄弟最相厚, 試院中, 因上請, 恃才豪縱, 毆主文幾死, 坐是不許取應.

虞卿不窮愁 後世無春秋 : 『사기 · 우경전虞卿傳』에서 "만호후 경상의 인끈을 중하게 여기지 않고 위제와 사잇길로 조나라로 떠나 위나라 대량에서 곤궁하게 살았다. 뜻을 이루지 못하다가 책으로 드러내니 세상에서 『우씨춘추』라고 전한다. 태사공이 "우경은 곤핍과 근심이 아니라면 또한 책을 지어서 후세에 자신을 드러낼 수 없었을 것이다"라 했다"라고 했다.

詳見前用舊韻寄孔毅父詩注.

세 번째 수其三

雷行萬物春	우레가 가니 만물이 봄이오
天震而地撼	하늘에 천둥 치니 땅이 흔들리도다.
閉塞成冬冰	천지가 막혀 겨울 얼음이 얼었나니
楚越自肝膽	쓸개나 담은 초나 월처럼 멀다네.
貂狐諒柔溫	담비 옷은 참으로 부드럽고 따뜻한데

藜藿自羹糝　　명아주와 콩잎은 국과 현미라네.
相思牛羊下　　서로 그리움에 소와 양이 내려오니
城鼓寒紞紞　　성의 북은 추위에 둥둥 울리네.

【주석】

雷行萬物春 : 『주역 · 무망』에서 "하늘 아래 우레가 가서 만물이 이에 무망하니, 선왕이 이를 보고서 성대하게 시절에 맞추어 만물을 발육한다"라고 했다.

易无妄, 天下雷行, 物與无妄.

天震而地擻 閉塞成冬冰 : 『예기 · 월령』에서 "시월이 되면 천기는 위로 올라가고, 지기는 아래로 내려가서 천지가 서로 통하지 않아 꽉 막혀서 겨울을 이룬다"라고 했다.

月令, 孟冬之月, 天地不通, 閉塞而成冬.

楚越自肝膽 : 『장자 · 덕충부』에서 "서로 다른 것을 따지면 다 같이 배 속에 있는 간肝과 담膽도 초월처럼 멀다 할 것이다"라고 했다. 이백의 「증별고오贈別高五」에서 "간과 담은 초나 월이 아니며, 산과 강도 또한 한 이불이로다"라고 했다.

莊子德充符篇, 自其異者視之, 則肝膽楚越也. 李白詩, 肝膽不楚越, 山河亦衾裯.

貂狐諒柔溫 : 양웅의 『법언法言』에서 "온 세상이 다 춥더라도 담비 옷은 또한 따뜻하지 않겠는가"라고 했다. 온유향은 미인의 품속을 말하니, 『조비연외전』에 보인다. 한 성제漢成帝 때에 황후 조비연趙飛燕이 일찍이 그의 자매姉妹인 합덕合德을 성제에게 들이자, 성제가 합덕을 한 번 보고는 대단히 기뻐하여 '온유향'이라 했다고 한다.

貂狐, 見上. 溫柔鄉, 見趙飛燕外傳.

藜藿自羹糝 : 『장자』에서 "공자가 진과 채 사이에서 곤궁을 당하여 쌀 한 톨 없는 명아주 국을 먹었다"라고 했다. 『육가지요』에서 "묵씨는 현미, 기장밥에 명아주 국을 먹었다"라고 했다.

藜羹不糝, 見上. 六家指要云, 墨氏糲粱之食, 藜藿之羹.

相思牛羊下 : 『시경 · 군자우역君子于役』에서 "닭은 홰에 깃들며, 날이 저물어, 양과 소가 내려오나니"라고 했다.

詩, 牛羊下來.

城鼓寒紞紞 : 『진서 · 등유전』에서 "오나라 사람들이 "둥둥 울리는 5경更의 북소리여, 닭 울음소리에 하늘이 밝아 오네"라고 노래 불렀다"라고 했다.

晉鄧攸傳, 吳人歌曰, 紞如打下鼓, 雞鳴天欲曙.

네 번째 수其四

劒埋豐城獄	검은 풍성의 옥에 묻혔는데
氣與牛斗平[60]	검기는 우두에 비추네.
皇明燭九幽	황제의 광휘로 구유를 밝히고
湔祓用神兵	더러움 씻으러 신병을 부렸네.
誰言黃沙磧	누가 말하는가, 누런 모래 서덜에
矢盡鼓不鳴	화살 다 떨어지고 북이 울리지 않는다고.
至今門下士	지금 문하의 선비들이
落涕爲荆卿	형경을 위해 눈물을 흘리누나.

【주석】

劒埋豐城獄 氣與牛斗平 : 『진서·장화전』에서 "두성과 우성 사이에 항상 붉은 기운이 있었다. 장화가 예장의 뇌환을 맞이하여 물으니, 뇌환이 "보검의 정기가 위로 하늘에 비친 것이니 예장의 풍성에 있습니다"라 하였다. 곧바로 뇌환을 풍성 현령으로 삼았다. 뇌환이 현에 도착하여 옥의 터를 파서 4길 정도 땅속으로 파들어갔을 때 두 검이 나왔다. 둘 다 글씨가 쓰여 있었는데, 하나는 용천이요 다른 하나는 태아였다. 하나는 장화에게 보내고 하나는 자신이 찼다. 장화가 죽임을 당하자 검의 소재를 알 수가 없었다. 뇌환이 죽자 자화가 칼을 차고 가다가 연평진을 경유하게 되었는데, 칼이 문득 허리춤에서 뛰어 강물로 떨어졌

60 [교감기] 고본에는 '牛斗'로 되어 있다.

다. 사람을 시켜 물속으로 잠수하여 찾게 하니, 다만 두 마리 용을 보았는데 각각 길이가 두어 길이나 되었다"라고 했다.

見上.

皇明燭九幽 : 『문선』에 실린 좌사의 「동도부」에서 "황제의 광휘를 발산하시어 어두운 곳을 비추었네"라고 했다. 『산해경』에서 "적수의 북쪽에 신이 있으니, 그가 눈을 감으면 어두워지고 바라보면 밝아졌다. 이가 구음을 비추니, 이것을 촉룡이라 이른다"라고 했다. 『황정경』에서 "죽어서 가는 곳인 구유의 해와 달은 텅 비어 아무것도 없다"라고 했다.

文選東都賦云, 散皇明以燭幽. 山海經曰, 赤水之北有神, 其瞑乃晦, 其視乃明, 是燭九陰, 是謂燭龍. 黃庭經, 九幽日月洞虛無.

湔祓用神兵 : 『한서 · 주아부전』에서 "군사에 관한 일이란 신비스럽고 비밀스러운 것인데"라고 했다. 장협張協의 「칠명」의 주에서 "검은 능히 천하를 위협하므로 신병이라 이른다"라고 했다. 『남사 · 심경지전』에서 "문제가 북침할 때 심경지가 열흘 동안 통솔하여 안팎이 정돈되니, 당시에 모두 신병이라 불렀다"라고 했다. 두보의 「송영주이판관送靈州李判官」에서 "조만간 중흥의 군주에게 하례할 것이니, 막강한 군대가 삭방에서 일어날 것이라"라고 했다.

神兵見豊城詩注.

誰言黃沙磧 : 장적의 「관산월」에서 "오랑캐가 밤에 황룡적을 넘었네"라고 했다. 왕지환王之渙의 「양주사涼州詞」에서 "누런 먼지가 흰 구름 사이로 곧바로 올라가네"라고 했다.

張籍關山月云, 胡兒夜度黃龍磧. 唐人出塞曲云, 黃沙直上白雲間.[61]

矢盡鼓不鳴 : 『한서 · 이릉전』에서 "하루에 50만 개의 화살이 다 떨어졌다. 한밤중에 북을 쳐서 군사를 깨우려 하였는데, 북이 울리지 않았다"라고 했다.

李陵傳, 一日五十萬矢皆盡, 夜半時, 擊鼓起士, 鼓不鳴.

至今門下士 落涕爲荊卿 : 『사기 · 형가전』에서 "형가는 위나라 사람이다. 위나라 사람들이 그를 경경이라 불렀다. 형가가 연나라 태자 단을 위해 진나라에 사신으로 가서 왼손으로 진왕의 소매를 잡고 오른손으로 비수를 잡고서 찌르려고 하였다. 진황이 그를 떨치고 일어나니 좌우에서 달려들어 형가를 죽였다"라고 했다. 이 구는 서덕점을 위하여 지었다. 서덕점은 산곡의 사촌 누이에게 장가들었다. 『반자진시화』에서 "도보는 젊어서 서충민 및 산곡노인과 매우 친하게 지냈다"라고 했다.

荊軻傳, 荊軻, 衛人也. 衛人謂之慶卿. 軻爲燕太子丹使秦, 左手把秦王之

---

61 [교감기] 전본에는 장적부터 백운간까지 두 조목의 주가 없으며, 별도로 주를 내어 "두보의 「송인종군(送人從軍)」에서 "지금 그대 모래 서덜을 지나네"라고 하였다. 반고의 「북정송」에서 "닭과 사슴에 재갈을 물리고, 황적을 건넌다"라고 했다[杜詩, 今君渡沙磧. 班固北征頌, 銜鷄鹿, 超黃磧]"라 하였다.

袖, 而右手持匕首揕之. 秦王自引而起, 左右前殺軻. 此語爲徐德占作,[62] 德占娶山谷從妹. 潘子眞詩話云, 道輔少與徐忠愍及山谷老人友善.

다섯 번째 수其五

別時燕辭屋	이별할 때 평소처럼 집에서 인사하니
草黃秋半分	가을 반이 지나 풀은 시들었네.
今來冬日至	이번 동지에 왔는데
稍添刺繡文	점점 자수의 문양이 늘어나네.
百年幾會合	백년에 몇 번 만났던가
美酒不屢醺	좋은 술에 자주 취하지 못하였어라.
犀牛可乞角	무소에게 뿔을 빌릴 수 있지만
窮士難薦論	빈궁한 선비는 추천을 논하기 어렵구나.

【주석】

別時燕辭屋　草黃秋半分　今來冬日至　稍添刺繡文 : 『형초세시기』에서 “진, 위 때 궁중에서 붉은 선으로 해 그림자를 측정하였는데, 동지 이

62 [교감기] 영원본 권7 이 아래에 이어지는 주에서 “영락의 화는 『실록』을 살펴보건대 원풍 5년 9월에 있었다. 당시 산곡은 태화에 있었으니, 전편 「불견정서서상서」와 동시에 지었다[永樂之禍, 按實錄乃元豊五年九月, 時山谷在太和, 與前篇不見征西徐尙書同時作]”라 하였다. 지금 살펴보건대 ‘군불견정서서상서(君不見征西徐尙書)’구는 본서 『산곡외집시주』 권14 「차운곽명숙장가(次韻郭明叔長歌)」에서 나왔는데, 원풍 6년 계해년에 지은 것으로 편입되어 있다.

후로는 해 그림자가 날마다 일선분씩 길어진다"라고 했다. 『사기·화식전』에서 "가난에서 벗어나 부자가 되는 것에는 비단에 수를 놓은 것이 저잣거리에서 장사하는 것만 못하다"라고 했다.

冬至日添一線. 史記貨殖傳, 刺繡文不如倚市門.

百年幾會合 美酒不屢醺 犀牛可乞角 窮士難薦論 : 『문선』에 실린 좌사의 「촉도부」에서 "코끼리의 상아를 뽑아내고, 무소의 단단한 뿔 꺾는다"라고 했는데, '戾'의 음은 '立'과 '結'의 반절법이다. 『당서·서원여전』에서 "물소의 뿔을 뽑고, 코끼리의 상아를 뽑아낸다"라고 했다. 산곡의 첩에 있는 「희답보승」에서 "창룡의 뿔을 쉽게 뽑아내지만, 보승의 선엔 참여하기 어렵네"라고 했는데, 어의가 이와 같다.

文選蜀都賦, 拔象齒, 戾犀角. 戾, 立結反. 扳犀之角, 擢象之齒. 見唐舒元輿傳. 山谷帖有戲答寶勝云, 易扳蒼龍角, 難参寶勝禪. 語意與此同.

여섯 번째 수其六

排江鬼瞰室	강의 귀신을 도발하여 집을 엿보는데
貫朽粟紅陳	수많은 엽전 꾸러미에 곡식은 넘쳐 썩어나네.
君行誰爲容	그대 행차 누가 받아줄 것인가
款門定生嗔	문을 두드리니 정히 주인은 화를 내누나.
諒無綈袍故	진실로 솜옷 주는 벗이 없나니

盡是白頭新	모두 생소한 노인이로다.
天涯阿介老	하늘가의 아개 노인
有鼻可揮斥	콧날을 도끼로 휘두르는 재주 지녔네.

【주석】

排江鬼瞰室 : 양웅의 「해조」에서 "부귀의 극에 이른 귀인의 집은 귀신이 그 교만한 뜻을 싫어해서 해치려고 틈을 엿본다"라고 했다.

揚雄解嘲, 高明之家, 鬼瞰其室.

貫朽粟紅陳 : 『한서 · 식화지食貨志』에서 "장안의 돈은 대단히 많이 쌓여 엽전을 꿰는 줄은 썩었으며 헤아리지 못할 정도였으며, 태창의 곡식이 차고 넘쳐서 붉게 썩어서 먹지 못하였다"라고 했다.

漢食貨志, 京師之錢, 累百鉅萬, 貫朽而不可校. 太倉之粟, 陳陳相因, 紅腐而不可食.

君行誰爲容 : 『한서 · 추양전』에서 "뿌리와 가지가 구불구불 휘어진 나무도 만승 천자의 그릇이 될 수 있는데, 그 이유는 좌우에서 모시는 신하가 먼저 그 나무를 아름답게 꾸며 주기 때문이다"라고 했다.

鄒陽傳, 蟠木根柢, 輪囷離奇, 而爲萬乘器者, 以左右先爲之容也.

款門定生嗔 : 『한서 · 선제기』에서 "변방을 두드려 와서 복종하였다"

라고 했는데, 주에서 "변방의 관문을 두드린다"라고 했다. 한유의 「유청룡사증최대보궐遊靑龍寺贈崔大補闕」에서 "누가 술 있으면서 일이 없는가, 뉘 집에 두드릴 만한 대나무 문이 많은가"라고 했다. 또한 「박탁행剝啄行」에서 "쾅쾅 탕탕 대문을 두드리는 소리, 객이 문에 이르렀네. 내가 나가 맞지 않으니, 객이 돌아가며 화를 내더라"라고 했는데, 여기서는 주인이 화를 내는 것을 말한다.

漢宣帝紀, 款塞來享. 注云, 叩塞門也. 韓文公詩, 誰家多竹門可款. 又詩, 剝剝啄啄, 有客至門. 我出不應, 客去而嗔. 今言主人嗔也.

諒無綈袍故 : 『사기 · 범수전』에서 "범수가 수가를 살려주면서 "두꺼운 솜옷을 주면서 옛 정을 그리며 벗을 대하는 마음이 있었기 때문이네"라고 하였다"라고 했다.

史記范睢傳, 綈袍戀戀, 有故人之意.

盡是白頭新 : 『한서 · 추양전』에서 "머리가 희도록 나이를 먹었어도 새로 만난 사이 같이 어색하고 우연히 잠시 알게 되었어도 오래된 친구 같다"라고 했다.

鄒陽傳, 白頭如新, 傾蓋如故.

天涯阿介老 有鼻可揮斥 : 아개노는 아마도 황개를 가리키는 것 같다. 그의 자는 기복으로 원풍 말기에 단주 사회 현령이 되었다. 산곡이 그

의 묘지를 지었다. 전집의 「화사공정추회」에서 "사회현의 황개 수령은, 옛 도를 배워 드러난 업적이 많네. 흰머리로 붉은 잎을 대하니, 이 늙어감을 어찌할까. 비록 콧날의 백토를 깎는 재주를 지녔지만, 도끼날만 있고 자루가 없구나"라고 했다. 마지막 구절은 콧날의 백토를 벨 도끼를 휘두른다는 것과 어의가 같다. 아개라고 이른 것은 진나라 사람이 왕평자를 아평이라 이른 것과 같다. 『장자』에서 "장자가 장례식에 참석하려고 혜자의 묘 앞을 지나가다가 따르는 제자를 돌아보고 말했다. "영 땅 사람 중에 자기 코끝에다 백토를 파리 날개만큼 얇게 바르고 장석匠石에게 그것을 깎아내게 하자 장석이 도끼를 바람소리가 날 정도로 휘둘러 백토를 깎았는데 백토는 다 깎여 졌지만 코는 다치지 않았고 영 땅 사람도 똑바로 서서 모습을 잃어버리지 않았다. 송나라 원군이 그 이야기를 듣고 장석을 불러 "어디 시험 삼아 내게도 해 보여 주게" 하니까 장석은 "제가 이전에는 그렇게 할 수 있었지만 지금은 그 기술의 근원이 되는 상대가 죽은 지 오래되었습니다" 하더니만 지금 나도 혜시가 죽은 뒤로 장석처럼 상대가 없어져서 더불어 이야기할 사람이 없어졌다""라고 했다.

阿介老, 疑是黃介, 字幾復, 元豊末爲端州四會縣令. 山谷志其墓. 前集和謝公定秋懐云, 四會有黃令, 學者著勳多. 白頭對紅葉, 奈此搖落何. 雖懐斵鼻巧, 有斧且無柯. 與斵鼻可揮斤語意同. 阿介云者, 如晉人以王平子爲阿平也. 斵鼻, 見上.

일곱 번째 수其七

赤豹負文章	붉은 표범은 무늬를 자부하니
歲晚智剞屈刂	세모에 책을 아누나.
渴飮南山霧	목마르면 남산의 안개를 마시고
饑食西山蕨	배고프면 서산의 고사리를 먹네.
封狐託脂澤	큰 여우가 미녀로 변하여
眉頰頗秀發	눈썹과 빰이 자못 아름다워라.
時時一樽酒	때때로 한 동이 술을 즐기며
婆娑弄風月	여유롭게 풍월을 희롱하누나.

【주석】

赤豹負文章 : 『초사 · 산귀山鬼』에서 "붉은 표범을 타고 얼룩 너구리를 쫓으며"라고 했다.

楚辭, 乘赤豹兮從文貍.

歲晚智剞劂 : 장기莊忌의 「애시명哀時命」[63]에서 "기궐을 잡고도 쓰지 않고, 규구를 잡고도 쓸 곳이 없어라"라고 했는데, 주에서 "기궐은 새기는 칼이다"라고 했다. '屈刂'는 또한 '劂'로 쓰기도 한다. 『회남자』에서 "기궐로 새긴다"라고 했으며, 한유의 「송문창사북유送文暢師北遊」에서 "선생은 궁항에 막혀, 서적을 보지 못하였네"라고 했는데, 윗글자의 음

63 출전이 『초사』라고 하였으나, 이는 한(漢)나라 장기의 작품이다.

은 '居'와 '蟻'의 반절법이고, 아래 글자의 음은 '厥'이다.

楚辭, 握剞劂而不用兮, 操規矩而無所施. 注, 剞劂, 刻鏤刀也. 屈刂亦作劂. 淮南子, 鏤之以剞屈刂. 退之詩, 先生閟窮巷, 未得窺剞劂. 上居蟻切, 下音厥.

渴飲南山霧 : 『열녀전』에서 도답자의 아내가 말하기를 "남산南山에 붉은 표범이 있는데, 안개비 내리는 열흘 동안 사냥하러 내려오지 않는 것은 그 털을 윤택하게 하여 표범의 무늬를 만들기 위함이다. 그러므로 몸을 숨겨 해를 멀리한 것이다"라고 했다.

見上.

饑食西山蕨 : 『진서晉書 · 장한전』에서 "고영顧榮이 장한의 손을 잡고 비감한 표정으로 "나도 또한 그대와 함께 남산의 고사리를 캐고 고향의 물을 마시고 싶소"라 말하였다"라고 했다.

張翰傳, 與子采南山蕨. 見春菜詩注.

封狐託脂澤 : 『장자 · 산목山木』에서 "풍성한 털을 가진 여우와 아름다운 무늬의 가죽을 가진 표범이 산림 깊숙한 곳에 살며 암혈 속에 몸을 숨기고 있는 것은 고요함을 잘 지키는 것이고, 밤에 나돌아다니고 낮에는 꼼짝 않고 가만히 있는 것은 경계하는 것이고, 비록 배고프고 목마르고 곤궁하더라도 오히려 커다란 하천이나 넓은 호수 가에서 멀리 떨어져 먹을 것을 찾는 것은 안정을 지키는 태도입니다. 그런데도 그

물이나 덫에 걸려 죽는 걱정을 면치 못하니 어찌 이들에게 무슨 죄가 있어서 그런 것이겠습니까. 다만 그들의 가죽이 재앙을 초래하는 것입니다"라고 했다. 『이소』에서 "후예后羿는 제멋대로 놀며 사냥에 빠져서 큰 여우 같은 짐승을 즐겨 쏘더니"라고 했는데, 주에서 "봉封은 크다"라고 했다. 곽 씨의 『관중기』에서 "천 년 묵은 여우는 음란한 부인이 되고 백년 묵은 여우는 미녀가 된다"라고 했다. 백거이의 「고총호」에서 "여우가 여자의 요사함을 빌린 해는 오히려 작아서, 하루 동안 사람의 안목을 미혹시키네. 여자가 여우의 아첨을 빌린 해는 깊으니, 날로 달로 사람의 마음을 함닉시키네"라고 했다.

豊狐文豹, 見莊子等書. 離騷經, 又好射夫封狐. 注云, 封, 大也. 郭氏關中記曰, 千歲之狐爲淫婦, 百歲之狐, 爲美女. 白樂天古塚狐云, 狐假女妖害猶淺, 一朝一夕迷人眼. 女爲狐媚害卽深, 日長月長溺人心.[64]

眉頰頰秀發 : 당나라 사공도의 「산거기」에서 "중조는 우향에서 백 리 떨어져 있는데, 또한 사람의 빼어난 기운이 반드시 눈썹 사이에 드러나는 것과 같다"라고 했다.

唐司空圖山居記云, 中條距虞鄕百里, 亦猶人之秀發, 必見於眉宇之間.

時時一樽酒 : 심약沈約의 「별범안성別范安成」에서 "한 동이 술 사양하지

64 [교감기] '溺'은 원래 '弱'으로 되어 있었는데, 지금 영원본과 전본, 그리고 건륭본을 따르고 아울러 『백씨장경집』 권4에 의거하여 바로잡는다.

마시게, 내일이면 다시 쥐기 어렵나니"라고 했다. 북송 도필陶弼[65]의 「진주辰州」에서 "언제나 한 동이의 술을, 거듭 사공의 난간에 올려볼까"라고 했다.

沈休文詩, 勿言一樽酒, 明月難重持. 老杜, 何時一樽酒.

婆娑弄風月 : 한유의 「봉수노급사奉酬盧急事」에서 "나는 지금 임무가 한가하여 여유롭네"라고 했다.

退之詩, 我今官閑得婆娑.

여덟 번째 수其八

猛虎倚山號	맹호는 산에 기대 울부짖는데
强梁不敢前	사나워 감히 다가가지 못하네.
失身檻穽間	몸을 함정에 빠트리더니
搖尾乞人憐	꼬리를 흔들며 사람들에게 어여쁨 구하네.
男子要身在	남자는 모름지기 몸을 지켜야 하니
萬金自保全	황금처럼 스스로 온전히 지켜야 하도다.
雲黃雉兎伏	구름 노래 꿩과 토끼 숨지만
霜鶻莫空拳	서릿발 같은 송골매 빈주먹이 아니구나.

65 저자가 두보라고 하였으나, 이는 오류이다.

【주석】

猛虎倚山號 强梁不敢前 失身檻穽間 搖尾乞人憐 : 사마천의 「보임소경서報任少卿書」에서 "사나운 호랑이가 깊은 산속에 있을 때는 온갖 짐승들이 두려워 떨지만, 함정 속에 빠지게 되면 꼬리를 흔들며 먹을 것을 구합니다. 위엄으로 인한 움츠러듦이 점점 심해졌기 때문입니다"라고 했다.

司馬遷書, 猛虎處深山, 百獸震恐. 及其在穽檻之中, 搖尾而求食, 積威約之漸也.

男子要身在 : 한유의 「부독서성남符讀書城南」에서 "학문은 몸에 간직하여, 몸에만 있으면 사용하고 남음이 있다"라고 했다. 『사기 · 위표팽월찬』에서 "지략이 남들보다 뛰어나지만 다만 몸을 잃을까 걱정이다. 아주 작은 권세만 잡더라도 구름이 피어 용이 변할 것이다"라고 했다.

退之詩, 學問藏之身, 身在則有餘. 史記魏豹等贊曰, 智畧絶人, 獨患無身耳. 得攝尺寸之柄, 雲蒸龍變.

萬金自保全 : 두보의 「애왕손哀王孫」에서 "왕손은 천금 같은 몸을 잘 보존하소서"라고 했다.

老杜, 王孫善保千金軀.

雲黃雉兎伏 霜鶻莫空拳 : 두보의 「기악주가사마륙장파주엄팔사군량

각로寄嶽州賈司馬六丈巴州嚴八使君兩閣老」에서 "서릿발 같은 송골매는 빈주먹이 아니라네"라고 했다.

杜詩, 霜鶻不空拳.

아홉 번째 수其九

生涯共七十	두 생애 합치면 일흔인데
去日良已半	인생 벌써 반이나 지났구나.
短長相觖望	짧고 긴 것에 서로 아쉬움지만
面盡酒可斷	수를 대하면 물리칠 수 있네.
大道體甚寬	대도에 마음이 드넓지만
窘束非達觀	얽매이면 달관은 아니라네.
莫問夜如何	밤이 얼마나 되었는지 묻지 마라
醉從雞號旦	취하다가 닭 울음에 아침이 오리니.

【주석】

生涯共七十 去日良已半 : 산곡은 을유년에 태어났으니, 경신년에 태화의 현령을 할 때 36세였다.

山谷生於乙酉, 至庚申作邑太和, 時年三十六.

短長相觖望 : 『초사 · 복거』에서 "한 자도 짧을 수가 있고 한 치도 길

수가 있습니다"라고 했다. 『한서 · 노관전』에서 "여러 신하가 섭섭해하였다"라고 했다. '觖'의 음은 '決'이다.

楚辭卜居, 尺有所短, 寸有所長. 漢盧綰傳, 羣臣觖望. 觖, 音決.

面盡酒可斷 大道體甚寬 : '面'은 달리 '向'으로 된 본도 있다. 노자의 『도덕경』에서 "대도는 아주 평탄한데 백성들은 지름길을 좋아한다"라고 했다.

一作向 大道甚夷, 見上,

窘束非達觀 : 『한서 · 가의전』에 실린 「복조부」에서 "달인의 넓은 식견으로는 해서 안 되는 일은 없습니다"라 했으며, 또한 "어리석은 선비는 세속에 얽매여서 갇힌 것 같다"라 했다.

賈誼傳, 鵩鳥賦曰, 達人大觀, 物亡不可. 又曰, 愚士繫俗, 窘若囚拘.

莫問夜如何 : 『시경 · 정료庭燎』에서 "밤이 얼마나 되었는고"라고 했다.

詩, 夜如何其.

열 번째 수其十

明駝思千里	명타는 천 리 내달릴 걸 생각하고
駑馬怯負荷	노둔한 말은 짐을 겁내누나.

小人蠹詩書	소인은 시서를 갉아먹고
安樂北窗臥	북창에 안락하게 누었어라.
瓢空且乞飯	표주박 비어 빌어서 먹고
兒寒教補破	아이는 추워 바느질 가르치네.
機巧生五兵	기교는 오병에서 나오니
百拙可用過	졸렬함으로 그러저럭 세월 보내노라.

【주석】

明駝思千里 : 『양비외전』에서 "양귀비가 명타를 보내 서룡뇌[66]를 안록산에게 보냈다. 명타는 눈 아래 있는 털이 밤이면 빛이 나서 하루에 오백 리를 간다"라고 했다. 『유양잡조』에 인용된 『고악부·목란편』에서 "원컨대 천 리를 달리는 명타를 내달리소서"라고 했다. 명타鳴駞로 잘못 지은 경우가 많았다. 명타는 누워도 배가 땅에 닿지 않으며 다리를 굽히면 빛이 나오니, 천 리를 간다.

楊妃外傳, 貴妃私發明駝, 以瑞龍腦遺安祿山. 明駝者, 眼下有毛, 夜明, 日行五百里. 酉陽雜俎云, 古樂府木蘭篇, 願馳明駝千里足. 多誤作鳴駞. 駞卧腹不帖地, 屈足漏明, 則行千里.[67]

---

66 서룡뇌 : 교지에서 나는 향(香)을 말한다.

67 **[교감기]** '漏明'은 저본에는 원래 '通明'으로 되어 있었는데, 지금 영원본과 전본, 그리고 건륭본을 따르고 아울러 『유양잡조·모편(毛篇)』에 의거하여 교정하였다.

駑馬怯負荷 : 『지도론』에서 "지금 대법大法을 지고 있기 때문에 용상에 견준 것이다"라고 했다.

智度論云, 今以負荷大法者, 比之龍象.

小人蠹詩書 : 한유의 「잡시雜詩」에서 "옛 역사책은 좌우에 늘어졌고, 시서는 앞뒤로 쌓여 있네. 어찌 책을 갉아 먹는 벌레와 다르랴, 문자 사이에서 죽고 사누나"라고 했다.

韓詩, 古史散左右, 詩書置後前. 豈殊蠹書蟲, 生死文字間.

安樂北窗臥 : 『국어』에서 "인생이 안락하니 어찌 그 밖의 것을 알랴"라고 했다.

國語, 人生安樂, 孰知其他.

瓢空且乞飯 : 도연명은 「걸식」 시를 지었다.

淵明有乞食詩

兒寒教補破 : 산곡은 「납오가」를 썼으니, 그 대략에서 "찢어진 옷을 꿰매 추위를 막아 일생을 보내노니, 사람들이 기가 막히게 꿰맸다는 말을 어찌 따지랴"라고 했다.

山谷寫衲襖歌, 其畧云, 補破遮寒過一生, 豈問人言妙不妙.

機巧生五兵 : 『주례 · 하관夏官 · 사병司兵』에서 "사병司兵은 오병과 오순을 맡는다"라고 했는데, 주에서 "오병은 과戈, 수殳, 극戟, 추모酋矛, 이모夷矛 등이다"라고 했다. 두보의 「증이백贈李白」에서 "그간 잔꾀와 교활함에 넌더리났네"라고 했다.

五兵, 見上. 杜詩, 所歷厭機巧.

百拙可用過 : 『전등록 · 선주박엄명철선사전』에서 "약산이 "절름거리면서 온갖 추하고 졸렬한 꼴로 그럭저럭 세월을 보낸다"고 대답하였다"라고 했다.

傳燈錄宣州柏嚴明哲禪師傳, 藥山云, 跛跛挈挈, 百醜千拙, 且恁麽過時.

24. 창고 뒤 주정청은 옛날 임부가 폄적되었을 때 지은 것이다. 11월 기묘일에 내가 가을 세금을 바치러 왔는데, 담장 너머 부용꽃이 만발하였다

倉後酒正廳 昔日林夫謫官所作 十一月己卯 余納秋租隔牆芙蓉盛開

원풍 5년 11월 기묘일은 바로 초이틀이다.

元豐五年十一月己卯乃初二日

攀檻朱雲頭未白	난간 잡은 주운은 머리가 아직 희지 않았는데
不知流落向何州	잘 모르겠네, 떠돌면서 어느 고을로 향할 줄을.
空餘前日學書地	부질없이 전날 글씨 배우던 곳에
小閣紅蕖取意秋	작은 누각 붉은 연꽃에 가을 깊어가누나.

【주석】

攀檻朱雲頭未白 : 『한서 · 주운전』에서 "주운朱雲이 임금에게 "상방 참마검尙方斬馬劒을 하사하면서 간사한 사람 하나를 베겠습니다"라 하니, 임금이 그 사람이 누구인가 하고 물었다. "장우張禹입니다"라고 대답하자, 임금이 노해서 어사를 시켜 운을 끌어내리니, 운이 전殿 난간을 꽉 붙들고 있었으므로 난간이 부러졌다"라고 했다.

朱雲請尙方斬馬劒, 斬張禹. 上大怒, 御史將雲下. 雲攀殿檻, 檻折. 見本傳.

不知流落向何州　空餘前日學書地　小閣紅葉取意秋 : 원주에서 "임부는 예서 쓰기를 좋아하였다"라고 했다.

元注云, 林夫喜作隷字.

25. 길노가 가을 세금을 걷기에 곧바로 장구를 짓다

吉老受秋租輒成長句

길노는 태화 승이다. 뒤의 작품에서 "겨를 흩뿌려 눈이 어두우니 승이 참으로 괴롭구나"라고 하였다.

吉老. 太和丞也. 後篇云, 播糠眯眼丞良苦.

黃花事了綠叢霜	푸른 떨기에 서리 내려 국화 다 지고
蟋蟀催寒夜夜床	실솔이 추위 재촉하여 밤마다 침상에 드네.
愛日捃收如盜至	시간 아껴 마치 도적처럼 벼이삭 줍는데
失時鞭扑奈民瘡	시기 놓치면 매질하니 백성들의 아픔은 어찌하리.
田夫田婦肩赬擔	농가의 사내와 아낙은 짐에 어깨가 붉고
江北江南稼滌場	강의 북쪽과 남쪽에서 타작마당 청소하네.
少忍飛糠眯君眼[68]	그대 눈의 날리는 겨를 조금 참아보시오
要令私廩上公倉	개인 곡식을 공창에 바치도록.

68 [교감기] '眯'는 영원본에는 '瞇'로 되어 있다. 살펴보건대 『장자』에서 '播糠眯目'이라고 했으니, '瞇'는 아마도 옳지 않은 것 같다. 그러나 영원본에서는 주와 뒤쪽의 「招吉老子範觀梅花」 첫구의 '播糠眯眼丞良苦'에서 모두 '瞇'로 되어 있으니 따로 근거한 바가 있는 것 같다.

【주석】

黃花事了綠叢霜 : "국화는 이미 없네"라는 말은 한유 「감춘感春」의 "노랗고 노란 무꽃 필 때, 도리는 이미 지고 없네"라는 말을 모방하였다.

黃花事了, 蓋倣退之桃李事已退也.

蟋蟀催寒夜夜床 : 『시경 · 빈풍』에서 "시월에는 귀뚜라미가 내 침상 아래에 들어온다"라고 했다. 완적의 「영회詠懷」에서 "초가을 냉기가 감도는데, 귀뚜라미는 침대 휘장에서 울고 있다"라고 했다.

詩, 十月蟋蟀, 入我床下. 阮嗣宗詩, 開秋兆凉氣, 蟋蟀鳴床幃.

愛日捃收如盜至 : 『한서 · 식화지』에서 "힘써 농사짓고 자주 김을 매어 도적이 오는 것처럼 수확한다"라고 했다.

漢食貨志, 力耕數耘, 收穫如寇盜之至.

失時鞭扑奈民瘡 田夫田婦肩頳擔 : 한유韓愈와 맹교孟郊의 「성남연구城南聯句」에서 "익은 것 베어 날라 어깨 붉어졌네"라고 했다.

退之聯句, 刈熟擔肩頳.

江北江南稼滌場 : 『시경 · 빈풍』에서 "10월에는 볏단을 들여 마당질을 한다"라고 했으며, 또한 "10월에는 채마밭을 깨끗이 닦는다"라고 했는데, 『모시』에서 "척滌은 청소하는 것이다. 타작하여 다 들이는 것

이다”라고 했다.

豳風云, 十月納禾稼. 又云, 十月滌場. 毛云, 滌, 掃也. 場功畢入也.

少忍飛糠眯君眼 要令私廩上公倉 : 『장자 · 천운』에서 “겨를 뿌려 눈에 들어가면 천지사방이 그 때문에 위치를 구별하기 어렵다”라고 했다.

莊子天運篇, 播糠眯目, 則天地四方易位矣.

26. 길노의 시에 차운하여 화답하다

次韻和吉老

今日僕姑晴自語　　오늘 복고가 날이 맑아 지저귀니
愁陰前日雪鋪床　　가을 그늘 짙더니 전날 눈이 침상에 내렸네.
三冬一雨禾頭濕　　삼동에 한 번 비 내려 벼이삭이 젖고
百斛幾痕牛領瘡　　백곡에 소의 목의 상처 남아 있구나.
民欲與翁歸作臘　　백성은 노인과 돌아가 납제 지내려 하니
公方無事可開場　　공은 바야흐로 일이 없어 타작마당 여누나.
相勸凍坐眞成惡　　꼼짝 없이 앉는 건 참으로 몸에 나쁘니
愧我偷閑飽太倉　　한가롭게 지내며 태창 곡식 먹는 나는
부끄럽구나.

【주석】

今日僕姑晴自語 : 구양수의 「화성유춘우和聖俞春雨」에서 "병들었어도 흐리고 갬이 마치 발고勃姑 같음 알겠어라"라고 했고 또한 「명구鳴鳩」에서 "하늘 비 그치자 비둘기 울고, 아낙네 돌아오자 지저귀며 기뻐하네"라고 했다. '발고勃姑'와 '복고僕姑'는 모두 비둘기이다.

僕姑, 見上.

愁陰前日雪鋪床 三冬一雨禾頭濕 : 장작張鷟이 지은 『조야첨재朝野僉載』에

서 "가을 갑자일에 비가 오면 벼에서 싹이 나와 추수에 지장이 있을 것이요"라고 했다.

朝野僉載云, 秋雨甲子, 禾頭生耳.

百斛幾痕牛領瘡 : 백거이의 「관우」에서 "관우가 관거를 멍에 지고, 산수가의 선박은 모래를 싣누나. 싣고서 오문의 관도 서쪽으로 향하는데, 푸른 홰나무 아래 제방에 모래를 깔아놓네. 말발굽 모래를 밟아 비록 깨끗하지만, 소가 수레 끌며 피를 쏟으려 하네. 다만 사람 구하고 나라 다스려 음양을 고르게 할 수 있지만, 관우의 목은 뚫려도 상관없는가"라고 했다.

白樂天官牛詩云, 官牛駕官車, 滻水岸邊般載沙. 載向五門官道西, 綠槐陰下鋪沙堤. 馬蹄踏沙雖淨潔, 牛領牽車欲流血. 但能濟人治國調陰陽, 官牛領穿亦無方.

民欲與翁歸作臘 : 『한서 · 엄연년전』에서 "연년의 모친은 동해에서 와서 연년을 따라 납제臘祭를 지내려고 하였다"라 하였으며, 또한 "모친은 섣달에 수렵하여 잡은 짐승으로 제사를 지내면 정월이 되는 정랍을 마치고서 드디어 떠났다"라고 했는데, 안사고의 주에서 "건추의 달에 납제를 지내는데 인하여 모여 술을 마시니, 지금의 납절과 같다"라고 했다.

漢嚴延年傳, 延年母從東海來, 欲從延年臘. 又云, 母畢正臘, 遂去. 師古曰,建丑之月爲臘祭, 因會飮, 若今蜡節也.

公方無事可開場 相勸凍坐眞成惡 愧我偷閑飽太倉 : 『사기 · 평준서』에서 “태창의 곡식이 차고 넘쳐서”라고 했다.

太倉, 見上.

27. 길노 자범을 초대하여 매화를 보다

招吉老子範觀梅花

자범의 성은 이요, 이름은 적으로, 원주 사람이다. 원풍 2년에 특별히 아뢰어 은혜를 베풀어서 태화의 현위가 되었다.

子範姓李, 名覿, 袁州人. 元豊二年, 特奏推恩爲太和尉

播糠眯眼丞良苦	겨를 흩뿌려 눈이 어두우니 승이 참으로 괴로우며
鳴鼓連村尉始歸	북을 쳐서 옆 마을로 전하여 현위가 비로소 돌아왔네.
及取江梅來一醉	강가 매화 보러 와서 한 번 취하니
明朝花作玉塵飛	내일 아침 꽃은 옥가루로 날릴 것이라.

【주석】

播糠眯眼丞良苦 鳴鼓連村尉始歸 : 후위의 이숭이 연주 자사로 옮겼는데, 연주 지역은 이전부터 도적이 많았다. 이숭은 명하여 촌락마다 누대 하나를 세우라고 하고 누대에는 북을 매달았다. 도적이 발각되면 북을 마구 쳐서 그 소리가 백 리에 들이게 하면, 사람들을 동원하여 험한 지형에서 지키고 막았다. 이로부터 도적들이 들어와도 아무것도 가져가지 못하게 되었으니, 여러 고을에서 그것을 본받았다.

後魏李崇徙兗州刺史, 兗土舊多劫盜. 崇命村置一樓, 樓皆懸鼓. 盜發之處, 亂擊之, 聲布百里, 皆發人守險. 由是盜發無不獲, 諸州皆效之.

及取江梅來一醉 明朝花作玉塵飛 : 백거이의 「유옥칭사游玉稱寺」에서 "새차가 맷돌에서 옥가루처럼 떨어지네"라고 했다. 『장자 · 천운』에서 "겨를 뿌려 눈에 들어가면 천지사방이 그 때문에 위치를 구별하기 어렵다"라고 했다. 하손의 「설」에서 "만약 미풍을 따라 일어난다면 누가 옥진이 아니라고 하겠는가"라고 했다. 이 말은 매화의 날리는 꽃을 이른다.

玉塵, 眯目, 見上. 何遜雪詩, 若逐微風起, 誰言非玉塵. 此言梅片飛也.

28. 자범이 순제향포를 맞이하여 군도를 쫓아내니 도둑이 거의 사라졌다. 이에 장구를 지어 여행의 노고를 위로하였다

範徼巡諸鄕捕 逐羣盜幾盡 輒作長句 勞苦行李

白髮尉曹能挽弓	백발의 현위는 활을 강하게 당기는데
著鞭跨馬欲生風	말을 쳐서 채찍을 치니 바람이 이는구나.
乃兄本是文章伯	그의 형은 본래 문장의 으뜸이며
此老眞成矍鑠翁	이 노인은 참으로 씩씩한 어른이 되었네.
枹鼓諸村宵警報	여러 고을에 북을 울려 밤에 경보를 내니
牛羊幾處暮牢空	소와 양이 어느 곳 우리에서 없어지겠는가.
得公萬戶開門卧	공 때문에 만 가구가 문을 열고 자니
看取三年治最功[69]	삼년에 다스리는 공이 제일임을 보노라.

【주석】

白髮尉曹能挽弓 : 두보의 「전출새」에서 "활은 강하게 당겨야 하고, 화살은 긴 것을 매겨야 하네.

老杜前出塞云, 挽弓當挽强, 用箭當用長.

著鞭跨馬欲生風 乃兄本是文章伯 : 두보의 「희증문향진소부단가戱贈閿鄕秦少府短歌」에서 "말할 때마다 나의 문장 뛰어나다 인정해줬지"라고 했

69 [교감기] 고본에는 '最治'로 되어 있다.

다. 자범의 형 이관의 자는 몽부로 일찍이 청강의 현위를 하였다. 일찍이 태수 대신에 구양공의 모친 제문을 지으면서 "옛날 맹가가 아성이 된 것은 모친의 교육 때문이다. 지금 맹가 같은 아들이 있으니 비록 죽는다고 하여도 어찌 한이 있겠는가"라 했다. 이에 문충공 구양수가 무릎을 쳤다. 그러므로 '문장백'이란 구를 구사하였다.

杜詩, 每語見許文章伯. 子範之兄, 李觀字夢符, 爲淸江尉. 嘗爲太守作祭歐陽公母夫人文曰, 昔孟軻亞聖, 母之教也. 今有子如軻, 雖死何憾. 文忠擊節, 故有文章伯之句.

此老眞成矍鑠翁 : 『후한서 · 마원전馬援傳』에서 "씩씩하구나,[70] 이 노인이여"라고 했다.

馬援傳, 矍鑠哉, 是翁也.

枹鼓諸村宵警報 : 『한서 · 장창전』에서 "북을 두드리는 소리 드물어지니 저자에 훔치는 도둑이 없게 되었다"라고 했다.

漢張敞傳云, 枹鼓稀鳴, 市無偸盜.

---

70 씩씩하구나 : '확삭(矍鑠)'은 나이가 들었어도 여전히 젊은이처럼 원기 왕성하고 씩씩한 것을 말한다. 후한(後漢)의 명장(名將) 마원(馬援)이 62세의 나이로 전쟁에 다시 나가려고 하자, 광무제(光武帝)가 그의 연로함을 염려하여 윤허하지 않았다. 이에 마원이 갑옷을 입고 말에 올라타서는 몸을 가볍게 놀려 아직 자신이 건재하다는 것을 과시하려 하니, 광무제가 "씩씩하구나, 이 노인이여[矍鑠哉, 是翁也]"라고 한 바 있다.

牛羊幾處暮牢空 得公萬戶開門臥 : 『한서 · 급암전』에서 "회양의 관리와 백성들이 서로 화합하지 않기 때문에 나는 그저 그대의 중망重望을 빌리는 것이니, 그대는 누워서도 다스릴 수 있을 것이다"라고 했다. 『당서 · 위징전』에서 "밖에 문을 닫지 않았으며, 여행객들이 식량을 가지고 다니지 않았다"라고 했다.

漢汲黯傳, 上曰, 吾徒得君重. 唐魏徵傳, 外戶不閉, 行旅不齎糧.

看取三年治最功 : 위나라 양집이 병주 자사가 되었는데, 정치가 천하에 으뜸이었다.

魏梁集爲并州刺史, 政治爲天下稱最.

29. 서은보가 여간의 수령으로 가는 것을 전송하다

送徐隱父宰餘干[71]

여간은 지금의 요주이다. 산곡의 친필 고본에서는 "첫 수 첫 구를 "땅이 사방 백 리인 옛날의 제후, 찡그리건 웃건 기분 좋건 나쁘건 백성들이 다 보노라"라고 했다. 첫 수의 '寒霜'은 '冰霜'으로 고쳤다가 다시 '冷霜'으로 고쳤다. '皆廉'은 '爭廉'으로 고쳤다. 제5구는 "술동이 앞의 도리에 벗을 가까이하네"라고 했는데, 그 주에서 "이것을 고쳤다"라고 했다. 두 번째 수의 '瑞世'는 '下瑞'로 고쳤으며, '同生'은 '同兄'으로 고쳤다"라고 했다.

餘干, 今饒州. 山谷眞蹟藁本, 地方百里古諸侯, 嚬笑陰晴民具瞻. 寒霜改冰霜又改冷霜皆廉改争廉第五句樽前桃李親朋友注云改此次篇瑞世改下瑞同生改同兄.

첫 번째 수其一

地方百里身南面[72]	땅이 사방 백 리에 남면하고 있으니
翻手冷霜覆手炎[73]	손을 펴면 차가운 서리요 뒤집으면 뜨겁다네.

71 [교감기] 전본, 건륭본은 제목 아래에 '二首' 두 글자가 있다. 영원본의 총목에는 이 시의 제목 아래 또한 '二首'가 있는데, 정문(正文)에는 표시하지 않았다.

72 [교감기] 영원본에는 '身南面'이 '諸侯國'으로 되어 있다.

73 [교감기] '冷'이 영원본과 전본에는 '冰'으로 되어 있다.

贅壻得牛庭少訟	데릴사위가 소를 얻어 뜰에 소송 적고
長官齋馬吏爭廉	장관의 재마에 아전이 다퉈 청렴하누나.
邑中丞掾陰桃李	고을에 승과 연은 도리 그늘에 있으니
案上文書略米鹽	책상 위의 문서는 쌀과 소금도 살피네.
治狀要須聞豈弟	다스림은 모름지기 화락하여야 하니
此行端爲霽威嚴	이번 행차는 분명코 위엄을 그쳐야 하네.

【주석】

地方百里身南面 : 『논어』에서 "옹은 가히 남면할 수 있다"라고 했다. 『맹자』에서 "땅이 사방 백 리이면서도 천하의 왕을 할 수 있다"라고 했다.

論語, 雍也可使南面. 孟子地方百里而可以王.

翻手冷霜覆手炎 : 한나라 육가가 위타에게 "월나라가 왕을 죽이고 한나라를 항복시키는 것은 손을 뒤집는 것과 같다"라고 했다. 두보의 「빈교행貧交行」에서 "손을 펴면 구름이요 뒤집으면 비인가"라고 했다.

漢陸賈謂尉佗曰, 越殺王降漢, 如反覆手耳. 老杜詩, 翻手作雲覆手雨.

贅壻得牛庭少訟 : 『한서 · 가의전』에서 "진나라에서는 집안이 가난한 경우 아들이 장성하면 데릴사위로 나간다"라고 했다. 『구당서 · 장윤제전』에서 "장윤제가 대업 연간에 무양령이 되었다. 이웃 고을 원무현元武縣에 암소를 가지고 처가에 가서 살던 사람이 있었는데, 8~9년 사이

에 그 암소가 10여 마리의 송아지를 낳았다. 그 후 소를 가지고 가 살던 사위가 따로 나와 살게 되자 처가에서는 소를 주지 않았다. 그리하여 그 고을에서 여러 번 송사하였으나 판결을 하지 못하니, 그 사람이 지경을 넘어가서 장윤제에게 호소하러 왔다. 장윤제는 말하기를, "너의 고을에도 수령이 있는데 어찌하여 여기까지 왔느냐?"라 하니, 그 사람이 눈물을 흘리며 가려하지 않고 그 까닭을 갖추어 말하는 것이었다. 장윤제가 좌우 사람들을 시켜 호소해 온 소 주인을 결박하고 베적삼으로 머리를 씌우게 한 다음 그 처가집 마을로 데리고 가서, "소 도둑놈을 잡았는데, 이 마을의 소들이 어디서 온 것인가를 모두 알아봐야 하겠다"라 하니, 그 처가에서 웬일인지를 모르고 혹시나 연루될까 두려워서 자기 집 소들을 가리키면서, "이것은 사위네 집 소다"라 하였다. 장윤제가 사람을 시켜 소 주인의 머리에 씌운 것을 벗기게 하면서 말하기를, "이 사람이 곧 네 사위다. 소를 돌려주어야 한다"라 하였다. 처가는 머리를 조아리며 사죄하였다"라고 했다.

賈誼傳, 家貧子壯則出贅. 舊唐書張允濟傳, 大業中爲武陽令. 元武縣鄰接, 人有以牸牛依其婦家者, 八九年, 牛孳生十餘頭. 及將異居, 婦家不與, 累政不能決. 其人詣武陽, 質於允濟. 允濟令左右縛牛主, 以衫蒙其頭, 將至村中云, 捕盜牛賊. 召村中牛悉集, 問所從來. 妻家不知其故, 指其所訴牛曰, 此女壻家牛也, 非我所知. 允濟發蒙曰, 此卽女壻. 以牛歸之. 妻家叩頭伏罪.

長官齋馬吏爭廉 : 『구당서 · 풍원숙전』에서 "측천무후 시기에 준의와

시평의 시평의 현령을 역임하였는데, 일찍이 처자를 관에 데리고 가지 않았다. 타고 다니던 말을 오후에는 꼴을 주지 않고서 "그 말을 현재縣齋의 말로 삼게 하라"라고 했다. 자신은 노복과 함께 하루에 한 끼씩만 먹었다"라고 했다. 승려 도거의 시에서 "어찌 풍원숙의 재마가 없겠는가"라고 했다.

舊唐書馮元淑傳, 則天時, 歷浚儀始平二縣令,[74] 未嘗以妻子之官. 所乘馬, 午後不與芻云, 令其作齋馬. 身及奴僕, 日一食而已. 僧道擧詩, 豈無齋馬馮元淑.

邑中丞掾陰桃李 : 이백의 「증청장명부贈淸漳明府」에서 "온 고을에 도리를 심게 하여, 그늘지고 또한 향기 풍기네"라고 했다.

李白詩, 擧邑樹桃李, 垂陰亦流芳.

案上文書略米鹽 : 『한서 · 함선전咸宣傳』에서 "쌀과 소금을 관리하는 사소한 일부터 모든 일을 자신이 직접 하였다"라고 했다.

米鹽, 見上.

治狀要須聞豈弟 : 『시경』에서 "화락한 군자여! 백성의 부모로다"라고 했다.

詩, 豈弟君子, 民之父母.

---

74 [교감기] '始平'은 원래 '治平'으로 되어 있었는데, 지금 영원본과 전본을 따르고 아울러 『구당서』 권185 「양리(良吏) · 풍원숙전」에 의거하여 교정하였다.

此行端爲霽威嚴 : 『한서 · 위상전』에서 "위엄을 멈췄다"라고 했다.

漢魏相傳, 爲霽威嚴.

두 번째 수其二

天上麒麟來下瑞	천상의 기린이 와서 상서로움을 내리고
江南橘柚間生賢	강남의 귤은 한아롭게 어진 이를 내누나.
玉臺書在猶騷雅	『옥대신영』은 『이소』, 『시경』과 같은데
孺子亭荒只草煙	서유자의 정자는 황폐하여 풀, 이내에 묵었어라.
半世功名初墨綬	반 평생 공명에 비로소 검은 인끈을 차고
同兄文字直青錢[75]	형과 같은 문장은 청전에 해당하도다.
割雞不合庖丁手	닭을 잡는데 포정의 솜씨 어울리지 않으니
家傳風流更著鞭	대대로 집에 전하는 풍류에 다시 채찍을 잡는구나.

【주석】

天上麒麟來下瑞 : 『남사 · 서릉전』에서 이릉의 나이 두어 살 때 승려 보지가 그 이마를 어루만지며 "이 아이는 천상의 석기린이다"라고 했

75 [교감기] 영원본과 고본에는 '直'이 '敵'으로 되어 있다. 또한 영원본 권11의 이 구 아래에 있는 교주에서 "동형(同兄)은 아마도 잘못된 것으로 보인다"라고 했다.

다. 두목의 「증이수재贈李秀才」에서 "천상의 기린이 때가 되어 한 번 내려왔구나"라고 했다. 한유의 「동생행」에서 "상서를 내고 내리기를 때도 없이 하였네"라고 했다.

南史徐陵傳, 陵年數歲, 釋寶誌摩其頂曰, 天上石麒麟也. 杜牧之詩, 天上麒麟時一下. 韓詩董生行, 生祥下瑞無時期.

江南橘柚閒生賢 : 『서경·우공禹貢』에서 "회수淮水와 바다에 양주가 있는데, 진상하는 귤과 유자는 바치라는 명령을 내리면 바친다"라고 했다. 『초사』에서 "후황이 아름다운 귤나무를 이 땅에 맞게 하심이여, 명을 받아 옮겨가지 않고 남국에 태어났도다"라고 했는데, 왕일의 주에서 "귤은 강남에서 자라도록 명을 받아서 다른 곳으로 옮길 수 없다. 북쪽 땅에 심으면 변하여 탱자가 된다"라고 했다.

禹貢, 淮海惟揚州, 厥包橘柚錫貢. 楚辭, 后皇嘉樹, 橘來服兮. 受命不遷, 生南國兮. 王逸注, 橘柚受命於江南, 不可移徙, 種於北地, 則變而爲枳.

玉臺書在猶騷雅 : 『옥대신영』은 서릉이 편찬하였다.

玉臺新詠, 徐陵所編也.

孺子亭荒只草煙 : 『후한서·서치열전徐稺列傳』에서 "진번陳蕃이 태수가 되었는데, 빈객들을 만나지 않았었다. 다만 서치가 오면 특별히 걸상 하나를 설치했다"라고 했다. 두보의 「배배사군陪裴使君」에서 "예는 서유

자보다 더 했었고, 시는 사선성과 맞닿았지"라고 했다.

見上.

半世功名初墨綬 : 『후한서·백관공경표상百官公卿表上』에서 "천 석부터 육백 석까지는 검은 인끈을 찬다"라고 했다.

後漢志, 千石六百石墨綬

同兄文字直靑錢 : 『당서·장천전』에서 "장천의 조부 장적의 자는 문성이다. 원외랑員外郞 원반천員半千이 장작을 칭찬하여 말하기를 "장작의 문사는 마치 청동전 같아서 만 번을 뽑아도 만 번을 다 적중한다"라고 하니 당시에 그를 청전학사靑錢學士라 불렀다"라고 했다.

唐張薦傳, 祖鷟字文成, 員半千稱鷟文詞, 猶靑銅錢, 萬選萬中. 時號靑錢學士.

割雞不合庖丁手 : 『논어』에서 "닭을 잡는데 어찌 소 칼을 쓰리오"라고 했다.

論語, 割雞焉用牛刀.

家傳風流更著鞭 : 『진서·조적전』에서 유곤劉琨은 "항상 조적祖逖이 나보다 먼저 채찍을 잡고 공을 세울까 두렵다"라고 했다. '가전家傳'은 대대로 내려오는 집안의 지체를 말한다. 시에서는 모두 서 씨 성을 가진

인물의 고사를 사용하였다.

晉祖逖傳, 先我著鞭. 家傳, 言其家世也. 詩中皆用徐姓事.

산곡외집시주권제십이 山谷外集詩注卷第十二

1. 군용이 자운사에 우거하면서 소혜전을 기다렸으나 오지 않자 읊은 시에 차운하다

次韻君庸寓慈雲寺待韶惠錢不至

主簿看梅落雪中	주부는 떨어지는 눈 속에서 매화를 보며
閨人應賦首飛蓬	규방 미녀는 머리에 날리는 쑥대를 읊조리네.
問安兒女音書少	아녀자들 안부 묻은 편지도 적은데
破笑壺觴夢寐同	환하게 웃으며 술잔 당기니 몽매간에 같구나.
馬祖峯前靑未了	마조봉 앞에 푸른 기운 끝이 없으며
鬱孤臺下水如空	울고대 아래 시냇물은 하늘처럼 푸르구나.
江山信美思歸去	강산은 참으로 아름답지만 고향 돌아갈 생각 깊으니
聽我勞歌亦欲東	나의 슬픈 노래 들으면 또한 동으로 돌아가고프리라.

【주석】

主簿看梅落雪中 閨人應賦首飛蓬 : 『시경 · 백혜』에서 "그대가 동으로 간 뒤, 머리칼은 쑥대처럼 날리네"라고 했다.

詩伯兮, 自伯之東, 首如飛蓬.

問安兒女音書少 : 『예기』에서 "문왕이 세자일 때 안부를 묻고 음식을 살폈다"라고 했다.

禮記, 文王世子問安視饍.[1]

破笑壺觴夢寐同 : 도연명의 「귀거래사」에서 "술잔을 당겨 스스로 따라 마셨다"라고 했다. 『문선』에 실린 월석 유곤劉琨의 「답노심병서答盧諶幷書」에서 "눈물을 닦고 웃으며 종신토록 쌓인 참담한 심정을 풀어내고 짧은 순간의 기쁨을 구하기도 하네"라고 했다.

歸去來辭, 引壺觴以自酌. 文選劉越石詩序云, 破涕爲笑, 排終身之積憤, 求數刻之暫歡.

馬祖峯前靑未了 鬱孤臺下水如空 : 마조봉은 태화에 있고, 울고대는 건주에 있다. 「화리재보등쾌각발공주기여홍범和李才甫登快閣發贛州寄余洪範」에 보인다. 두보의 「망악望嶽」에서 "제와 노 지역이 그 푸른 숲을 다 담지 못하네"라고 했다.

1 [교감기] 영원본에는 이 조목의 주가 없다. 전본 주의 문장은 이와 다르니 "『예기·문왕세자』에서 "숙직을 맡은 내시에게 오늘 안부가 어떠한가라고 물었다"라 하였다. 맹교의 시에서 "편지를 보내 다만 안부를 물었다[歸書但問安]"라 하였다"라고 되어 있다. 살펴보건대 원주는 정확하지 않으며, 전본의 고친 주가 옳은 것 같다.

馬祖峯, 在太和. 鬱孤臺, 在虔州, 見和李才甫登快閣發贛州寄余洪範詩. 杜詩, 齊魯靑未了.

江山信美思歸去 : 『문선』에 실린 왕찬王粲의 「등루부」에서 "비록 진실로 아름다우나 내 고토가 아니니, 어찌 족히 조금이라도 머무를 수 있으랴"라고 했다.

文選登樓賦, 雖信美非吾土兮, 曾何足以少留.

聽我勞歌亦欲東 : 『문선』에 실린 숙원 사혼謝混의 「유서지遊西池」에서 "저 귀뚜라미 소리에 한 해가 저물었음을 새삼 깨달으니, 참으로 이것은 근심하는 자의 노래로다"라고 했는데, 주에서 인용한 한나라의 시에 "붕우의 도가 어그러져 수고로운 자가 그 일을 노래하네"라고 했다. 『한서』에서 고조가 "나 또한 동쪽으로 가고자 할 뿐이다. 어찌 우울하게 이곳에 오래 머물겠는가"라고 했다.

文選謝叔源詩, 悟彼蟋蟀唱, 信此勞者歌. 注引韓詩曰, 朋友之道缺, 勞者歌其事. 漢書, 高祖曰, 吾亦欲東耳.

2. 차운하여 도존 주부에게 받들어 답하다

次韻奉答存道主簿

主簿朝衣如敗荷	주부의 조의는 문드러진 연꽃 같지만
高懷千尺上松蘿	높은 정회는 천 길 위의 송라 같아라.
旅人爭席方歸去	여관의 길손들 앞자리 다투다가 돌아가고
秋水黏天不自多	가을 물이 하늘에 닿아도 스스로 많다고 여기지 않네.
學到會時忘粲可	학문은 깨우쳐 승찬, 혜가를 잊게 만들고
詩留別後見羊何	시는 이별한 뒤에 양선, 하장유인줄 알겠네.
向來四海習鑿齒	이후로 사해를 습착치처럼 진동시키리니
今日期君不啻過	오늘 그대에게 기약한 것보다 훨씬 뛰어나리.

【주석】

主簿朝衣如敗荷 高懷千尺上松蘿 : 『시경 · 소아 · 기변』에서 "겨우살이와 여라가 송백 위에 뻗어 있네"라고 했는데, 『모시』에서 "겨우살이는 기생하는 것이요, 여라는 토사와 송라이다"라고 했다.

小雅頍弁, 蔦與女蘿, 施于松柏. 毛云, 蔦, 寄生也, 女蘿, 兎絲松蘿也.

旅人爭席方歸去 : 『장자 · 우언』에서 "이전 그가 올 때는 같은 여관에서 묵는 사람들이 그를 보면 자리를 피하였고 불을 때던 사람들도 아

궁이를 피해 갔네. 노자의 가르침을 받고 돌아갈 때에는 사람들이 그와 자리를 다투며 어울리게 되었다"라고 했다.

莊子寓言篇, 其往也, 舍者避席, 其反也, 舍者與之爭席矣.

秋水黏天不自多 : 『장자 · 추수秋水』에서 북해약北海若이 "천하의 물은 바다보다 넓은 것이 없다. 나는 이것을 가지고 스스로 많다고 일찍이 여기지 않았다"라고 했다. 한유의 「제하남장원외문祭河南張員外文」에서 "동정호 가득 넘쳐, 하늘과 맞닿았네"라고 했다.

莊子秋水篇, 吾未嘗以此自多. 退之祭文, 洞庭汗漫, 粘天無壁.

學到會時忘粲可 : 승찬과 혜가는 『전등록』에 전이 있다. 두보의 「야청허십일송시夜聽許十一誦詩」에서 "나도 찬과 혜가를 스승 삼았으나, 아직도 도를 깨우치지 못하였네"라고 했다. 어떤 이는 왕찬과 가붕이라 하니, 두 사람은 시에 능하다.

僧粲惠可, 傳燈錄皆有傳. 杜詩, 余亦師粲可, 身猶縛禪寂. 或謂王粲可朋, 二人能詩.

詩留別後見羊何 : 양선과 하장유는 사령운, 순옹과 함께 네 벗이 된다. 『문선』에 실린 사령운의 작품에 「등임해교초발강중작여종제혜련견양하공화지登臨海嶠初發彊中作與從弟惠連見羊何共和之」라는 작품이 있다. 이백의 「증남평태수贈南平太守」에서 "이별한 뒤에 창해의 작품이 멀리 전

해지니, 양선, 하장유와 함께 지은 것을 알 수 있네"라고 했다.

羊璿何長瑜, 與謝靈運荀雍爲四友. 文選謝靈運詩序云, 登臨海嶠初發疆中作與惠連見羊何共和之. 李白詩, 別後遙傳滄海作, 可見羊何共和之.

向來四海習鑿齒 今日期君不啻過 : 『진서』에서 "습착치는 양양襄陽 사람으로 환온桓溫의 주부가 되었다. 환온이 "한갓 30년을 책을 읽는 것은 한 번 주부를 익히는 것만 못하다"라고 하였다. 상문의 승려 도안道安이 습착치와 처음 만났을 때 도안이 "천하에 내 이름을 모르는 이가 없는 승려 도안이오"라 하자, "사해를 진동시킨 습착치올시다"라고 했다"라고 했다. 여기서는 주부의 일로 변환하여 고사를 사용하였다. 두보의 「봉기고상시奉寄高常侍」에서 "조식과 유정보다 한참이나 문장이 뛰어나네"라고 했다.

四海習鑿齒, 彌天釋道安, 見晋書習鑿齒傳. 此用主簿事. 杜詩, 方駕曹劉不啻過.

3. 시중에게 포단을 달라고 하다

從時中乞蒲團

『찬이기纂異記』에서 "촉본에는 「사시중송포단」로 되어 있는데, 그 시에서 "포단을 짜서 나에게 주니 추위 막기 좋아, 참으로 음풍에 날리는 눈은 쌓여지네. 화로에 대를 태우며 가부좌하니 안온한데, 어떻게 달리는 말안장을 움켜잡겠는가"라 했다"라고 하였으니, 금본과 시어가 많이 같지 않다. 시의 의미를 자세히 살펴보면 포단 보낸 것에 대해 고마움을 표시한 것이다. 금본의 제목을 「종시중걸포단從時中乞蒲團」이라 하였는데, 아마도 잘못인 듯하다.

纂異, 蜀本作謝時中送蒲團, 云, 織蒲投我最宜寒, 正欲陰風雪作團. 方竹火爐趺足穩, 何如矍鑠據征鞍. 與今本句多不同. 詳詩意是謝送蒲團, 今本題作從時中乞蒲團, 疑有誤.

撲屋陰風雪作團	사방 가옥 음풍에 날리는 눈은 쌓여지고
織蒲投我最宜寒	포단을 짜서 나에게 주니
	추위 막기 참으로 좋아라.
君當自致靑雲上	그대 마땅히 청운 위로 오를 것이니
快取金狨覆馬鞍	금빛 원숭이 털로 말안장을 덮게 될 것이라.

【주석】

撲屋陰風雪作團　纖蒲投我最宜寒　君當自致靑雲上 : 『사기·범수전范雎傳』에서 수가須賈가 말하기를 "그대범숙가 스스로 청운 위에 오를 것을 생각지도 못하였습니다"라고 했다. 사령운의 「억구원憶舊園」에서 "청운 위에 몸을 맡기고서"라고 했다.

見上.

快取金狨覆馬鞍 : 송나라에 시종신은 모두 융안에 걸터앉는다.

國朝侍從皆跨狨鞍.

4. 동조옥연을 맡게 된 시중을 전송하다

奉送時中攝東曹獄掾

시중은 아마도 태화에서 같이 근무하던 관리로 성에 들어가 일을 담당한 것 같다. 그러므로 시에서 "부중이 나의 어진 동료를 앗아가네"라고 하였다. 또한 "창애에서 안장을 어루만지며" "어제 돌아와"라는 시어를 보면, 그는 자범을 대신하여 현위가 된 것 같다.

時中蓋太和同官, 入城攝事. 故有府中奪我同官良之句. 又云, 蒼崖按轡, 昨日歸, 恕是代子範爲尉

公退蒲團坐後亭	공무에서 물러나 후정의 단포에 앉았노라니
短日松風吟萬籟	짧은 해 솔바람에 만뢰가 울어대네.
黃葵紫菊委榛叢	노란 해바라기, 자색 국화가 덤불에 자라고
雪梅靚粧欲無對	눈 속의 매화는 단장하여 짝이 없구나.
遣騎相呼近酒樽[2]	심부름꾼 보내 날 부르며 술을 찾는데
言君曉鼓前征旆	그대 새벽 북 울자 깃발을 앞세우고 나서네.
蒼崖按轡虎豹號	창애에 말고삐 당기니 호표가 포효하고
野水呼船風雨晦	들판 물가에서 배를 부르니 풍우가 어둑하여라.
昨日歸來有行色	엊그제 돌아올 때 행색이 있었는데

2 [교감기] '酒'는 고본에는 '淸'으로 되어 있다.

未曾從容解冠帶[3]	일찍이 조용히 관대를 벗지 않았네.
府中奪我同官良	부중에서 나의 어진 동료 빼앗아가니
簡書趣行將數輩	간서가 장차 여러 무리 행차를 재촉하리.
王事君今困馬鞍	왕사로 그대 지금 말안장에서 곤욕인데
田園我亦思牛背	전원은 나도 또한 소 등을 그리워한다네.
安得歸舟載月明	어찌하면 돌아가는 배에 밝은 달을 싣고서
鷗鷺白鷗爲友生	가마우지, 갈매기와 벗이 될까.
一身不是百年物	한 몸은 백년의 물건이 아니니
五湖無邊萬里行	오호는 만 리나 가야하니 끝이 없네.
欲招簑笠同雲水	사립 쓴 이 불러 운수와 하고픈데
念君未可及吾盟	그대 나의 맹약에 참여할 수 없누나.
富於春秋貌突兀	나이는 젊고 체격을 우뚝하니
睥睨滿世收功名	세상을 가득 오시하면서 공명을 이루라.
參軍雖卑獄司命	참군은 비록 낮으나 옥을 맡았으니
多由陰德至公卿	음덕을 많이 쌓으면 공경에 이르리.
鎖頭折額秦相國[4]	턱이 못생기고 코뼈가 주저앉은 진나라의 상국
不滿三尺齊晏嬰[5]	세 자도 되지 못했던 제나라의 안영.

3 [교감기] '曾'은 건륭본에는 '嘗'으로 되어 있다.
4 [교감기] '鎖頭折額'이 고본에는 '顀顔蹙齃'로 되어 있다.
5 [교감기] '三'은 영원본에는 '六'으로 되어 있다.

丈夫身在形骸外　　장부의 몸은 형해 밖에 있으니
俗眼那能致重輕　　속안이 어찌 능히 경중을 알리오.

【주석】

公退蒲團坐後亭 : 『시경 · 고양羔羊』에서 "조정에서 퇴근하여 밥을 먹네"라고 했다. 백거이의 「추기미지秋寄微之」에서 "맑은 아침에는 바야흐로 문서가 쌓였으니, 황혼에 비로소 공무에서 물러나네"라고 했다. 『전등록 · 용아선사전龍牙禪師傳』에서 "용아선사가 취미翠微에 있을 때에 취미에게 "무엇이 조사의 뜻입니까"라고 물었다. 취미가 "나에게 선판禪板[6]을 가져다 다오"라고 했다. 이에 용아선사가 선판을 가져다주니, 취미가 그 선판을 받아 용아선사를 때렸다. 또한 임제臨濟에게 "무엇이 조사의 뜻입니까"라고 물었다. 임제는 "나에게 부들방석을 갖다 주시게"라고 했다. 용아선사가 방석을 가져다주니, 임제가 부들방석을 받고서 그것으로 용아선사를 때렸다"라고 했다.

詩羔羊, 自公退食. 白樂天詩, 淸旦方堆案, 黃昏始退公. 傳燈錄, 龍牙禪師傳, 師在翠微時, 問如何是祖師意. 翠微曰, 與我過禪板來. 又問臨濟, 如何是祖師意, 臨濟曰, 與我過蒲團來.

短日松風吟萬籟 : 『장자 · 제물론齊物論』에서 남곽자기南郭子綦가 안석에

6　선판(禪板) : 좌선할 때, 피로를 덜기 위하여 손을 얹거나 몸을 기대는 데 쓰는 판자를 말한다.

기대어 앉아 있고 안성자유顔成子游가 그 앞에 서서 시종을 들고 있었다. 남곽자기가 "그대가 인뢰人籟[7]는 들었지만 아직 지뢰地籟[8]는 못 들었을 것이고, 그대가 지뢰地籟는 들었지만 아직 천뢰天籟[9]는 못 들었을 것이다"라고 했다. 이백의 「증승애공贈僧崖公」에서 "한바탕 바람이 뭇 사물을 울리고 가니, 만뢰가 각각 스스로 울도다"라고 했다.

莊子齊物篇, 汝聞地籟, 而未聞天籟. 李白詩, 一風鼓羣有, 萬籟各自鳴.

黃葵紫菊委榛叢 雪梅靚粧欲無對 : 사마상여의 「상림부」에서 "화장하여 아름답게 꾸미고"라고 했다. 안연년의 「곡수시」의 서에서 "화장하여 들판을 빛내고 화려한 옷은 시내에 비추네"라고 했다. 『세설신어』에서 습착지習鑿齒가 "악광樂廣을 진대[晉世]에서는 맞설 자가 없다"라고 했다.

上林賦, 靚粧刻飾. 顔延年曲水詩序, 靚粧藻野, 袨服縟川. 世說, 習鑿齒曰, 樂令無對於晉世.

遣騎相呼近酒樽 : 두보의 「초당草堂」에서 "높은 벼슬아치도 내가 옴을 반겨, 말 탄 심부름꾼 보내 필요한 것 물어보네"라고 했다.

遣騎見上.

---

7 인뢰(人籟) : 사람이 울리는 소리로 악기의 소리이다.
8 지뢰(地籟) : 대지가 일으키는 소리로 바람 소리이다.
9 천뢰(天籟) : 인뢰(人籟)와 지뢰(地籟)의 근본이 되는 대자연의 소리이다.

言君曉鼓前征旆 蒼崖按轡虎豹號 : 『한서 · 주아부전』에서 "천자가 이에 말고삐를 쥐고 천천히 갔다"라고 했다.

周亞夫傳, 天子迺按轡徐行

野水呼船風雨晦 : 『시경 · 풍우風雨』에서 "비바람에 칠흑처럼 어둡지만, 닭 울음소리 그치지 않네"라고 했다.

詩, 風雨如晦.

昨日歸來有行色 : 『장자 · 도척』에서 "거마에 여행한 흔적이 있습니다"라고 했다.

莊子盜跖篇, 車馬有行色.

未曾從容解冠帶 府中奪我同官良 : 두보의 「송장손시어부무위판관」에서 "나의 어진 동료를 차출하니, 바람처럼 내달려 성루를 굳게 지키네"라고 했다.

老杜, 送長孫侍御赴武威判官云, 奪我同官良, 飄飄按城堡.

簡書趣行將數輩 : 『시경 · 출거出車』에서 "어찌 돌아오고 싶지 않았겠나만, 이 간서簡書[10]가 두려웠지"라고 했다.

詩, 豈不懷歸, 畏此簡書.

---

10 간서(簡書) : 경계하거나 책명을 내리거나 부를 때에 쓰는 문서를 말한다.

王事君今困馬鞍 田園我亦思牛背 : 『진서』에서 왕연王衍이 왕도王導을 데리고 함께 수레를 타고 떠나면서 "내 눈빛이 소 등 위에 있구나"라고 했다. 또한 『당서 · 육우전』에서 "또한 그에게 소를 키우게 하자 육우는 몰래 대나무로 소 등에 획을 그으며 글자를 썼다"라고 했다.

牛背見上. 又唐陸羽傳, 又使牧牛, 羽潛以竹畫牛背爲字.

安得歸舟載月明 : "배에 가득 부질없이 밝은 달빛 싣고 돌아오네"라는 것은 선자화상의 게송이다.

滿船空載月明歸, 船子和尙偈也.

鸕鶿白鷗爲友生 : 『시경 · 벌목』에서 "아무리 형제간이 있다 해도, 친구간 정만은 못하네"라고 했다.

詩, 雖有兄弟, 不如友生.

一身不是百年物 五湖無邊萬里行 欲招簑笠同雲水 念君未可及吾盟 : 『춘추』에서 "공과 및 주의부는 멸 땅에서 맹약을 맺었다"라고 했다. 『맹자』에서 "우리 동맹을 맺는 사람들은 맹약한 이후로는 서로 우호적으로 지내도록 하자"라고 했다.

春秋, 公及邾儀父盟於蔑. 孟子, 凡我同盟之人, 旣盟之後, 言歸于好.

富於春秋貌突兀 : 『전한서』에서 "황제께서는 앞으로 살날이 많습니

다"라고 하였으며, 또한 "앞으로 춘추가 많습니다"라고 했다. 두보의 「대운사찬공방大雲寺贊公房」에서 "밤 깊어 불전은 우뚝 솟아 보이고"라고 했다.

西漢書, 帝富春秋. 又云, 富於春秋. 杜詩, 夜深殿突兀.

睥睨滿世收功名 : '비예'는 흘겨봄이다. 『좌전』에서 "화재가 발생하였을 때 자산이 사람들에게 무기를 나누어 주어 성가퀴로 올라가게 하였다"라고 했는데, 주에서 "성가퀴는 성 위에서 흘겨보는 곳이다"라고 했다. 공명을 좋아하는 자는 한 세상을 오시하니, 성 위에 담을 낮게 하고서 또한 이곳에서 내려다보니 인하여 그렇게 이름을 지었다.

睥睨, 視也. 左傳, 子産授兵登陴, 注, 陴, 城上睥睨也. 好功名者, 睨視一世, 城上短垣, 亦於此睨視, 因以爲名.

參軍雖卑獄司命 多由陰德至公卿 : 『한서 · 정국전于定國傳』에서 우공于公이 "내가 옥사를 하는데 음덕陰德이 많다"라고 했다.

于定國傳, 我治獄多陰德

頷頤折頞秦相國 : 양웅이 「해조」에서 "채택은 산동의 필부로 턱이 못생겼고 코뼈는 내려앉았다"라고 했는데, 주에서 "'頷'은 굽은 것이다"라고 했다. 『진서 · 직관지』에서 "승상과 상국은 모두 진나라의 벼슬이다"라고 했다.

楊雄解嘲云, 蔡澤山東之匹夫, 顉頤折頞. 注, 顉, 曲也. 晉職官志, 丞相相國, 並秦官也.

不滿三尺齊晏嬰 : 『사기 · 안영전』에서 "안자는 키가 6척이 되지 않았지만 제나라의 재상이 되었으며 이름이 제후 사이에 드러났다"라고 했다.

史記晏嬰傳, 晏子長不滿六尺, 身相齊國, 名顯諸侯.

丈夫身在形骸外 : 『장자』에서 신도가申屠嘉는 형벌로 다리가 잘린 자인데, 정자산鄭子產과 함께 백혼무인伯昏無人에게 배웠다. 신도가가 "지금 자네와 나는 정신적으로 사귀고 있는데, 내게서 외형적인 것을 찾다니 어찌 잘못된 것이 아니겠는가"라고 했다.

莊子德充符篇, 索我於形骸之外.

5. 무형이 종이를 보내주면서 지은 장구에 받들어 화답하다

奉答茂衡惠紙長句

『연보』에서 "나무형은 태화 사람이다"라고 했다.

年譜, 羅茂衡, 太和人.

陽山老籐截玉肪	산의 남쪽 옥처럼 흰 오랜 등나무 자르고
烏田翠竹避寒光[11]	오전의 푸른 대나무 싸늘한 빛을 피하네.
羅侯包贈室生白	나후가 흰 빛 나는 종이를 싸서 보내주니
明於機上之流黃	베틀 위의 유황 무명보다 밝구나.
愧無征南蠆尾手	정남의 전갈 꼬리 같은 붓솜씨 없어 부끄럽지만
爲寫黃門急就章	황문령의 『급취장』을 베껴 보노라.
羅侯相見無雜語	나후는 만나도 잡스런 말이 없고
苦問潙山有無句	위산에서 좋은 시구 없느냐고 자꾸 물어보네.
春草肥牛脫鼻繩	봄풀에 살찐 소가 코뚜레를 벗겨 달아나고
菰蒲野鴨還飛去	물풀의 들오리는 날아가 버렸네.
故將藤面乞伽陀	짐짓 등나무 종이로 시문을 요청하는데
願草驚蛇起風雨	원컨대 놀란 뱀이 풍우 속에서 일어났으면.
長詩說紙落秋河[12]	종이에 쓴 장편의 시

11 [교감기] '烏田'은 고본의 원교에는 "달리 오손(烏孫)으로 된 본도 있다"라고 했다.

	가을 은하수에 떨어지는데
要知溪工下手處	시냇가 장인이 솜씨 발휘한 것 잘 알겠어라.
却將冰幅展似君	얼음 같은 종이 폭에 그대처럼 써 보는데
震旦花開第一祖	진단의 제일조처럼 꽃이 피어나려는가.

【주석】

陽山老藤截玉肪 : 산의 남쪽을 양陽이라 한다. 『문선』에 실린 위문제의 「논옥결서」에서 "하얀 것은 비계 덩이를 잘라놓은 것 같고"라고 했다. 당나라 서원여의 「조섬등문」에서 "섬계 주변에 오래된 등나무가 많은데, 섬계에는 종이 만드는 공인이 많아서 칼과 도끼로 시도 때도 없이 베어낸다"라고 했다. 『통속문』에서 "비지가 허리에 있는 것을 방肪이라 한다"라고 했다. 왕일의 「정부론」에서 어떤 이가 옥부에 대해 묻자 "돼지기름처럼 하얗다"라고 했다.

山之南曰, 陽. 文選魏文帝論玉玦書云, 白如截肪. 唐舒元輿弔剡藤文, 剡溪上多古藤, 溪中多紙工, 斬伐無時. 通俗文曰, 脂在腰間曰肪. 王逸正部論曰, 或問玉符, 曰白如豬肪.

烏田翠竹避寒光 : 소이간의 『지보』에서 "지금 장강과 절강 사이에 고운 대를 종이로 만들어 밀서를 만드는데 손에 닿으면 곧바로 찢어진다"라고 했다. 오전은 지명이다.

12 [교감기] '說'은 전본에는 '脫'로 되어 있다.

蘇易簡紙譜, 今江浙間有以嫩竹爲紙者, 作密書, 隨手裂. 烏田, 地名.

羅侯包贈室生白 : 『장자』에서 "저 뚫린 벽을 보면 빈방 안에 흰빛이 있고, 거기에는 길한 징조가 깃들어 있다"라고 했다.

莊子, 虛室生白

明於機上之流黃 : 『악부시 · 장안유협사행』에서 "큰 며느리는 기라향 옷을 짓고, 둘째 며느리는 유황단 비단 짜고"라고 했다. 또한 『문선』에 실린 강엄 「별부」의 주에서 "간색은 다섯 가지가 있으니, 감색, 홍색, 표색, 자색, 유황색이다"라고 했으며, 또한 주에서 "유황은 명주의 이름이다"라고 했다. 장재의 「의사수擬四愁」에서 "가인이 나에게 통안의 베를 주니, 무엇으로 보답하리오 유황 무명이니라"라고 했다.

樂府詩長安有狹邪行, 大婦織綺羅, 中婦織流黃. 又文選別賦注, 間色有五, 紺紅縹紫流黃. 又注, 流黃, 素名. 張載詩, 佳人贈我筒中布, 何以報之流黃素.

愧無征南蠆尾手 : 『법서요록』에 실린 송나라 양흔의 『채고래능서인명』에서 "돈황의 삭정은 장지 누이의 손자로 진나라 정남사마였으니, 또한 초서를 잘 썼다"라고 했으며, 또한 그 책에 실린 왕승건의 『논서』에서 "삭정은 자신의 글씨는 은갈고리와 전갈의 꼬리를 갖추었다고 하였다"라고 했다. 『진서』에서는 삭정이 정남사마를 했다는 기록이 없다. 왕희지는 일찍이 정남장군을 지냈다.

法書要錄載宋羊欣采古來能書人名云, 燉煌索靖, 張芝姊之孫, 晉征南司馬, 亦善草書. 又截王僧虔論書云, 索氏自謂其書具銀鈎蠆尾. 晉書不言曾爲征南司馬. 又王羲之嘗爲征南將軍.

爲寫黃門急就章 : 『급취장』은 한나라 황문령 사유가 지었다.

急就章, 漢黃門令史游撰.

羅侯相見無雜語 : 도연명의 「귀전원거歸田園居」에서 "만나면 쓸데없는 말 않고 뽕나무와 삼이 자라는 것만 말하네"라고 했다.

陶詩, 相見無雜言, 但道桑麻長.

苦問潙山有無句 春草肥牛脫鼻繩 : 복주福州의 대안선사大安禪師가 "내가 위산潙山에서 30년 동안 지내면서 다만 한 마리 물소를 보았을 뿐이다. 그 놈이 풀밭으로 들면 곧 코뚜레를 잡아서 끌어냈고, 남의 밭에 침범하면 즉시 채찍으로 길들였는데, 이것이 오래되자 물소가 사람의 말을 잘 들어서 지금은 맨땅의 흰소로 변했다. 항상 눈앞에 있으면서 종일토록 훤하게 드러나 있어서 쫓아도 가지 않는다"라고 했다.

潙山, 露地白牛, 石鞏禪師牧牛入草, 便拽鼻孔來. 並見頁銅犀注.

菰蒲野鴨還飛去 : 『전등록』에서 백정이 마조와 함께 산을 유람하던 차에 들오리가 날아가는 것을 보았다. 마조가 묻기를 "이것은 무엇인

가”라 하니, 백장이 “들오리입니다”라 대답하였다. “어디로 날아가는가” 물으니 “날아갔습니다”라 대답하였다. 마조가 마침내 백장의 코를 잡아 비트니, 백장이 고통스러워 소리를 질렀다. 마조가 “날아갔다고 또다시 말해 보거라”라 하니, 백장이 이에 크게 깨우쳤다. 산곡이 일찍이 초서로 게송 한 편을 지었으니, “들오리여, 어디에 있는가, 마조가 보고서 말을 걸었네. 텅 빈 산과 물에 비친 맑은 달을 말하였는데, 이전처럼 날아간 것을 이해하지 못하였네. 날아갔다고 하는데, 도리어 꽉 붙들어라”라고 했다.

傳燈錄, 百丈與馬祖遊山, 見野鴨子, 祖問曰是甚麽, 丈曰野鴨子. 又曰甚麽處去, 丈曰飛過去. 祖遂引手搯百丈鼻, 丈作痛聲, 祖曰又道飛過去, 丈於是大悟. 山谷嘗草書一偈云, 野鴨子, 知何許, 馬祖見來相共語. 話盡山空水月淸, 依前不會還飛去. 還飛去, 卻把住.

故將藤面乞伽陀 : 범어 ‘가타’는 읊조린다는 의미이다. 『능엄경』에서 “비밀스런 게송의 미묘한 장구”라고 했다.

梵語伽陀, 此言諷誦. 楞嚴經, 祕密伽陀, 微妙章句.

顚草驚蛇起風雨 : 『법서요록』에 실린 왕희지 「초서세」의 서문에서 “빠르기가 마치 놀란 뱀이 길이 아닌 곳을 내달리는 것 같고, 푸른 시내가 감싸 돌며 흐르는 것처럼 더디다”라고 했다. 회소의 초서는 나는 새가 숲에서 나오는 것 같으며 놀란 뱀이 풀숲으로 들어가는 것 같다.

書法要錄, 王羲之自叙草書勢云, 疾若驚蛇之失道, 遲若綠水之徘徊. 懷素草書如飛鳥出林, 驚蛇入草.

長詩說紙落秋河 要知溪工下手處 : 이 시 첫 번째 구의 주에 보인다.

溪多紙工, 見上.

却將冰幅展似君 震旦花開第一祖 : 범어 진단은 한나라 제일조를 말하니, 가섭을 이른다. 28대를 전하여 달마에 이르렀다. 달마는 천축국의 사람으로 존자에게 고하기를 "제가 이미 불법을 깨쳤으니 마땅히 어느 나라로 가서 불사를 해야 합니까"라 하니, 존자가 "내가 죽기를 기다린 뒤에 진단국으로 가라"라고 하였다. 후에 숭산의 소림사에 우거하면서 법을 혜가에게 전하였는데, 고하기를 "옛날 여래께서 정법안으로 가섭대사에게 주셨는데, 여러 대에 걸쳐 불법이 전해 내려와 나에게까지 이르렀다. 내가 지금 너에게 주노니 나의 게송을 들어라"라 하였는데, 그 게송은 다음과 같다. "내가 본래 이 땅에 온 것은, 불법을 전하여 미혹을 깨치기 위함이라. 한 꽃에 다섯 잎이 열렸으니, 열매는 자연히 맺으리라" 『증도가』에서 "제일 가섭이 첫 번째로 도를 전하니, 이십팔대 서천의 기록이라. 불법이 동쪽으로 이 땅에 들어오니, 보리달마가 첫 조사가 되었네"라고 했다.

梵語震旦, 此云漢地第一祖, 謂迦葉也. 二十八傳而至達磨. 達磨, 天竺國人, 告尊者曰, 我旣得法, 當往何國而作佛事. 尊者曰, 待吾滅後, 當往震旦.

後寓止嵩山少林寺, 以法傳慧可, 告之曰, 昔如來以正法眼付迦葉大士, 展轉囑付, 累而至於我. 我今付汝, 聽吾偈曰, 吾本來玆土, 傳法救迷情. 一花開五葉, 結果自然成. 證道歌曰, 第一迦葉首傳燈 二十八代西天記. 入此土, 菩提達磨爲初祖.

6. 잡다한 말을 읊어 나무형에게 주다

雜言贈羅茂衡

嗟來茂衡	아아, 무형이여
學道如登	도를 배워 높은 경지 올랐어라.
欲與天地爲友	천지와 벗이 되고자 하고
欲與日月並行	일월과 나란히 행하고자 하네.
萬物崢嶸	만물은 우뚝하니
本由心生	본래 마음에서 나온 것이라.
去子之取舍與愛憎	그대의 취사와 애증을 버리게
惟人自縛非天黥	다만 사람들이 스스로 속박한 것이지
	하늘의 벌이 아니라.
墮子筋骨	그대의 근골을 버리면
堂堂法窟	법굴이 당당하리라.
九丘四溟	사해의 많은 서적이
同一眼精	눈에 갖춰졌어라.
不改五官之用	오관의 작용을 고치지 않아도
而透聲色	성색을 꿰뚫을 것이며,
常爲萬物之宰	항상 만물의 주재자가 되어
而無死生	삶과 죽음도 없으리라.
念子坐幽室	생각건대, 그대 고요한 방에 앉아

爐香思靑冥	향 사르며 푸른 하늘 생각하리.
是謂蟄蟲欲作	이를 일러 겨울잠 자는 벌레가 일어나려 하면
吾驚之以雷霆	내가 우레로 놀라게 하는 것이라 하누나.

【주석】

嗟來茂衡 : 『장자 · 대종사大宗師』에서 자상호가 죽으니 노래하며 "아, 상호여, 아, 상호여"라고 했다.

莊子, 嗟來桑户乎.

學道如登 : 『맹자 · 진심』 상에서 공손추가 "도는 높고 아름다우나 하늘에 오르는 것 같아서 미칠 수 없을 듯합니다"라고 했다. 『국어』의 세속의 말에 "선을 따르는 것은 높은 곳에 오르는 것과 같고, 악을 따르는 것은 산이 무너져 내리는 것과 같다"라고 했다. 『순화첩』에 있는 「하씨서」에서 "도는 매우 어려우니, 속정은 선을 보고 선을 따르는 것이 높은 산을 오르는 것과 같다"라고 했다.

孟子盡心上, 公孫丑曰, 道則高矣美矣, 宜若登天, 然似不可及也. 國語云, 諺曰從善如登, 從惡如崩. 淳化帖有何氏書云, 道大難, 俗情見善, 從善如登.

欲與天地爲友 欲與日月並行 萬物崢嶸 本由心生 去子之取舍與愛憎 : 『장자 · 우언寓言』에서 "군자는 덕이 성대한지라 용모가 마치 어리석은 이와 같다. 그대의 교만한 기색과 많은 욕심, 태만한 기색과 지나친 뜻을

없애라"라고 했다.

莊子, 去子之態色與淫志.

惟人自縛非天黥 : 『전등록 · 승찬전』에서 사미승이 선사에게 예를 올리면서 "해탈의 법문을 주십시오"라 하자, 선사가 "누가 너를 속박하느냐"라고 했으며, 또한 "율사는 법으로 자신을 얽어맨다"라고 했다. 『장자 · 덕충부』에서 "하늘이 형벌을 내렸으니 어찌 벗어날 수 있으리"라고 했으며, 또한 「대종사」에서 "조물자가 내 이마에 가해진 묵형墨刑의 흔적을 없애 주고 나의 베어진 코를 보완해 주어 완전한 인간의 몸으로 선생의 뒤를 따르게 해 주지 않을 줄 어떻게 알겠는가"라고 했다.

傳燈錄僧璨傳, 有沙彌禮師曰, 乞與解脫法門. 師曰, 誰縛汝. 又曰律師持律自縛. 莊子, 天刑之, 安可解. 又大宗師曰, 庸知造物之不息, 我黥而補我劓.

墮子筋骨 : 『장자 · 재유在宥』에서 "그대의 몸을 잊어버리고 그대의 총명을 버리고"라고 했으며, 또한 「천지天地」에서 "너의 신기를 잊어버리고 너의 형체를 제쳐두고"라고 했다.

莊子, 墮爾形體, 吐爾聰明. 又云, 忘汝神氣, 墮汝形骸.

堂堂法窟 九丘四溟 : 『상서』의 서에서 "구주의 기록을 구구라고 하는데, 구는 모으는 것이다"라고 했다. 『좌전』에서 "초나라 좌사 의상은 삼분오전과 팔색구구의 책을 읽었다"라고 했다. 『문선』에 실린 경양

장협張協의 「잡시雜詩」에서 "운근은 팔극에 임하고, 우족은 사명에 뿌리네"라고 했는데, 이선은 주에서 "사명은 사해이다"라고 했다.

書序曰, 九州之志, 謂之九丘. 丘, 聚也. 左傳曰, 楚左史倚相能讀三墳五典八索九丘. 四溟見上.

同一眼精 不改五官之用 而透聲色 : 『순자·천론』에서 "이목구비는 능히 각각 접하는 것이 있으되 서로 겸하지는 못하니, 이것을 천관이라 한다. 마음은 가슴속 공허한 곳에 있으면서 오관을 다스리니 이것을 천군이라 한다"라고 했다.

荀子天論篇, 耳目口鼻形能各有接而不相能也. 夫是之謂天官. 心居中虛, 以治五官, 夫是之謂天君.

常爲萬物之宰 而無死生 念子坐幽室 爐香思靑冥 是謂蟄蟲欲作 吾驚之以雷霆 : 『장자·천운』에서 "동면하고 있던 벌레가 비로소 일어나면, 나는 또 우레의 울림으로 이들을 놀라게 했다"라고 했다.

莊子天運篇, 蟄蟲始作, 吾驚之以雷霆.

7. 조원충에게 보내다. 10수

寄晁元忠. 十首

첫 번째 수其一

國工裁白璧	나라의 장인이 백옥을 다듬고
巧冶鑄干將	뛰어난 대장장이 간장을 주조하네.
成爲萬乘器	만승의 그릇이 되니
貫日吐寒光[13]	해를 꿰뚫고 차가운 빛 토해내누나.
其誰湔拂汝	그 누가 그대를 이끌어주랴
歲月海生桑	그 세월에 바다가 뽕밭으로 변하리.
蛛網連城玉	연성의 옥에 거미줄 쳤고
苔生百鍊剛	백번 단련한 쇠에 이끼가 돋았구나.

【주석】

國工裁白璧 : 『주례 · 고공기』에서 "규에 맞게 하고 구矩에 맞게 하는 것을 국가의 장인이라 부른다"라고 했다.

考工記, 輪人曰可規可萬, 謂之國工.

巧冶鑄干將 : 왕포王褒의 「성주득현신송聖主得賢臣頌」에서 "뛰어난 대장장이의 경우는 명검인 간장을 만들기 위해"라고 했다. 『오월춘추』에서

13 [교감기] '貫日'은 영원본에는 '白日'로 되어 있다.

"간장이란 자는 오나라 사람으로 검을 잘 만든다. 두 검을 만들었는데, 하나는 간장이고 하나는 막야이다"라고 했는데, 막야는 간장의 처이다.

聖主得賢臣頌云, 巧冶鑄干將之璞. 吳越春秋云, 干將者, 吳人也, 能爲劍. 作二枚, 一曰干將, 二曰莫耶. 莫耶, 干將之妻也.

成爲萬乘器 貫日吐寒光 : 『한서 · 추양전』에서 "옛날에 형가는 연나라 태자 단의 의리를 존모하였는데, 흰 무지개가 해를 뚫자 태자는 성공하지 못할까 두려워하였습니다"라고 했으며, 또한 "뿌리와 가지가 구불구불 휘어진 나무도 만승천자의 그릇이 될 수 있다"라고 했다.

漢鄒陽傳云, 荊軻慕燕丹之義, 白虹貫日. 又云, 蟠木根柢而爲萬乘器.

其誰湔拂汝 : 『문선』에 실린 유준劉峻의 「광절교론廣絶交論」에서 "이끌어주어 그로 하여금 길게 세상에 재능을 떨치게 하였다"라고 했는데, 이선의 주에서 "전불翦拂은 이끌어주다는 의미의 전불湔祓과 같다"라고 했다.

文選絶交論, 翦拂使其長鳴. 注云, 與湔祓同.

歲月海生桑 : 『신선전』에서 왕원의 자는 방평이다. 채경의 집을 찾아갔는데, 마고도 왔다. 마고가 스스로 말하기를 "그대를 맞이한 이후로 동해가 세 번 뽕밭이 된 것을 보았다"라고 했다.

神仙傳云, 王遠字方平, 過蔡經家, 麻姑亦至. 麻姑自說, 接待以來, 見東海三爲桑田.

蛛網連城玉 : 『사기 · 인상여전』에서 "조나라가 화씨벽을 얻었는데, 진나라가 15성으로 화씨벽과 바꾸려고 하였다"라고 했다.

史記藺相如傳, 趙得和氏璧, 秦願以十五城請易璧.

苔生百鍊剛 : 『문선』에 실린 월석 유곤劉琨의 「중증로심重贈盧諶」에서 "어찌 생각했으랴 백 번 단련된 강철, 손에 휘감기도록 유약하게 변할 줄을"이라고 했다.

文選劉越石詩, 何意百鍊剛, 化爲繞指柔.

두 번째 수其二

子雲賦逐貧	자운은 「축빈부」를 지었고
退之文送窮	퇴지는 「송궁문」을 썼네.
二作雖類俳	두 작품은 비록 광대와 같지만
頗見壯士胸	자못 장사의 흉금을 볼 수 있어라.
晁子問行津[14]	조자가 나루를 묻는데
欲濟無山窮[15]	건너려 해도 산궁이 없구나.

14 [교감기] 영원본과 고본에는 '行問津'으로 되어 있다.
15 [교감기] '窮'은 고본에는 '竆'으로 되어 있다.

著書蓬蒿底　　　　쑥대집 밑에서 책을 저술하니
端有古人風　　　　분명코 고인의 풍모가 있도다.

【주석】

子雲賦逐貧 : 양웅은 「축빈부」를 지었다.

揚雄逐貧賦, 見上.

退之文送窮 : 한유의 이 작품은 대개 「축빈부」에 비견하여 지었으나 필력은 훨씬 뛰어나다.

退之此文, 蓋擬逐貧而筆力遠過之.

二作雖類俳 : 『한서 · 매승전』에서 “그 서자인 매고는 말하고 웃는 것이 광대와 같았다”라고 했으며, 또한 “매고가 사부에서 스스로 말하기를 부는 사마상여만 못하다고 하였다”라고 했으며, 또한 “부를 짓는 것은 바로 광대와 같은데 나는 광대로 대우받았으니, 광대와 같은 것을 스스로 후회하였다”라고 했다.

漢枚乘傳, 其孽子皐, 詼笑類俳倡. 又云, 皐賦詞中自言, 爲賦不如相如. 又言, 爲賦廼俳, 見視如倡, 自悔類倡也.

頗見壯士胸 晁子問行津 : 『논어』에서 “자로로 하여금 나루터를 묻게 하였다”라고 했다.

論語, 使子路問津焉

欲濟無山窮 : 『좌전 · 선공 12년』에서 "초나라 자작이 소나라를 포위하였다. 선무사還無社가 신숙전을 부르니 숙전이 묻기를 "맥국麥麯이 있느냐?" "없다' "그러면 산국궁山鞠窮은 있느냐?" "없다" "두 가지가 다 없으면 하어복질河魚腹疾, 배앓이을 어떻게 할 것이냐?" "물이 없는 우물에 가서 보고 건지면 된다"라고 했다"라고 했는데, 주에서 "맥국과 국궁은 습기를 막는 것이다. 선무사로 하여금 진흙 물속으로 도망가게 하려는 것이다"라고 했다. '鞠'은 음이 '穹'이다. 사마상여의 「자허부」에서 "궁궁이와 창포"라고 했다.

左傳宣十二年云, 楚子圍蕭. 還無社號申叔展. 叔展曰, 有麥麵乎. 曰無. 有山鞠窮乎. 曰無. 河魚腹疾, 奈何. 注云, 麥麴鞠窮, 所以禦濕, 欲使無社逃泥水中. 鞠音穹. 子虛賦曰, 穹窮菖蒲.

著書蓬蒿底 端有古人風 : 『위지 · 모개전毛玠傳』에서 태조가 흰 병풍과 흰 안석安席을 모개에게 주면서 "그대에겐 옛사람의 풍모가 있기에 옛사람들이 쓰던 것을 주노라"라고 했다. 『문선』에 실린 좌사左思의 「영사詠史」에서 "돌이켜 생각해보면 장중위張仲蔚는, 쑥대가 온 뜰을 뒤덮었다지"라고 했다.

古人風, 見上. 文選雜擬詩, 顧念張仲蔚, 蓬蒿滿中園. 注引三輔決錄云, 張仲蔚隐身不仕, 明天官博物, 所居蓬蒿没人.

세 번째 수其三

沙擁大江水　　모래로 큰 강의 물을 막고
泥封函谷關　　진흙으로 함곡관을 봉쇄하네.
古來世上雄　　예부터 세상의 영웅은
宰木風雨寒　　무덤의 나무 되어 풍우에 차가워라.
魯儒守一經　　노나라 선비는 경서를 지키며
亦有澗谷槃　　또한 시냇가에서 노니는구나.
何事窮愁極　　무슨 일로 극심하게 근심하는가
江南庾子山　　강남의 유자산이로다.

【주석】

沙擁大江水 : 『한서 · 회음후열전』에서 "용저와 한신이 유수를 사이에 두고 진을 쳤다. 한신이 밤에 명령을 내려 만여 개의 주머니를 만들고서 모래를 담아 상류의 물을 막았다. 그리고서 병사를 이끌고 반쯤 건너가 용저를 공격하였다. 거짓으로 이기지 못하는 척하면서 도주하였다. 용저가 추격하여 물을 건너는데 한신이 막았던 주머니를 터뜨리니 강물이 거세게 쏟아져 내려왔다. 용저의 군대는 태반이 건너지 못하였는데, 곧바로 습격하여 용저를 죽였다"라고 했다.

韓信傳, 龍且與信夾濰水陳. 信乃夜令人爲萬餘囊, 盛沙以壅水上流, 引兵半度擊龍且, 陽不勝, 還走. 龍且追度水, 信使決壅囊, 水大至, 龍且軍太半不得度, 卽急擊, 殺龍且.

泥封函谷關 : 『후한서 · 외효전』에서 외효이 장수 왕원이 외효에게 유세하기를 "저 왕원이 청하건대, 한 덩어리의 진흙으로 삼는다면 대왕을 위하여 함곡관을 봉쇄할 것이니, 이것은 만 대에 한 번 오는 기회입니다"라고 했다.

隗囂傳, 囂將王元說囂曰, 元請以一丸泥, 爲大王封函谷關, 此萬世一時也.

古來世上雄 : 이백의 「동무음東武吟」에서 "재주는 아직도 의지할 만하여, 세상의 영웅에 부끄럽지 않도다"라고 했다.

李白詩, 才力猶可倚, 不慚世上雄.

宰木風雨寒 : 『춘추공양전』에서 진백秦伯이 정나라를 습격하려 하자, 백리자와 건숙자가 간諫했다. 진백이 노하여 "그대들과 나이가 같은 자들은 모두 죽어 묘 위의 나무가 이미 한 아름이나 되었다"라고 했다.

公羊春秋, 秦伯謂蹇叔曰, 若爾之年者, 宰上之木拱矣.

魯儒守一經 亦有澗谷槃 : 『한서 · 위현전』에서 "황금이 가득한 상자를 자식에게 물려주기보다는 경서 한 권을 제대로 가르치는 것이 훨씬 낫다"라고 했다. 위현은 추노의 대유라고 일컬어졌다. 『시경』에서 "산골 시냇가에서 한가히 소요하나니"라고 했다.

漢韋賢傳, 遺子黃金滿籯, 不如一經. 賢號稱鄒魯大儒. 詩, 考槃在澗.

何事窮愁極 江南庾子山 : 『사기』에서 “우경은 만약 고통과 시름의 나날을 보내지 않았더라면 후세에 길이 전해질 저서[16]를 남기지 못했을 것이다”라고 했다. 유신의 자는 자산으로, 「애강남부」를 지었다. 『후주서』에 그 작품이 모두 실려 있다.

史記虞卿傳云, 虞卿非窮愁, 亦不能著書以自見于後世云. 庾信字子山, 作哀江南賦, 後周書具載其詞.

네 번째 수其四

河淸無人待	황하 맑아짐은 기대하는 사람 없고
蘭芳無人采	난초 향기를 캐는 사람 없네.
山空露團團	산은 비고 이슬은 흠뻑 내렸으며
葛蔓石磊磊	칡넝쿨은 우거지고 바위는 첩첩이네.
世有傾國媒	세상에 경국의 중매인이 있다면
一笑珠百琲	한 번 웃어 주면 구슬 백 배의 값어치가 되리.
往時禰處士	지난날 예형 처사는
顚倒孔北海	공북해에게 전도되었다네.

16 저서 : 우경은 『우씨춘추(虞氏春秋)』를 저술하였다.

【주석】

河淸無人待 : 『좌전』에서 주나라 시에 있으니, "황하가 맑아지기를 기다린다면, 사람의 수명이 얼마나 되어야 하나"라고 했는데, 주에서 "이 시는 잃어버린 시다"라고 했다.

左傳, 周詩有之, 俟河之淸, 人壽幾何. 注, 逸詩也.

蘭芳無人采 : 한유의 「의란조猗蘭操」에서 "난초는 하늘거리며, 그 향기를 내뿜네. 캐지 않아도 옷에 배니, 난초에 어찌 해가 될까"라고 했다.

退之琴操云, 蘭之猗猗, 揚揚其香. 不採而佩, 於蘭何傷.

山空露團團 : 『시경』에서 "찬 이슬이 흠뻑 내림이여"라고 했는데, '團'은 '溥'으로 되어 있다.

詩, 零露團兮. 團作溥.

葛蔓石磊磊 : 『초사·산귀山鬼』에서 "산골짜기 사이에서 삼수를 뽑음이여, 돌은 포개 쌓여졌고 칡넝쿨은 우거졌네"라고 했다.

楚辭, 石磊磊兮葛蔓蔓.

世有傾國媒 一笑珠百琲 : 서한의 이연년이 노래를 부르기를 "북방에 미녀가 있는데, 절세가인으로 둘도 없네. 한 번 웃으면 온 성이 기울고, 두 번 웃으면 온 나라가 기울어지네"라고 했다. 한유의 「현재유회縣齋有

懷」에서 “누가 그대 위해 경국의 중매인이 되리, 스스로 연성의 값이라 여기네”라고 했다. 좌사의 「오도부」에서 “황금이 가득하고 구슬들이 여기저기 흔하게 널려 있네”라고 했는데, 주에서 “금 24냥이 일이 되고, 구슬 10관이 일배가 된다”라고 했다.

西漢李延年歌, 北方有佳人, 絶世而獨立. 一顧傾人城, 再顧傾人國. 韓詩, 誰爲傾國媒, 自許連城價. 吳都賦, 金溢珠琲. 注, 金二十四兩爲溢, 珠十貫爲一琲.

往時禰處士 顚倒孔北海 : 『후한서 · 예형열전禰衡列傳』에서 “예형은 오직 노국魯國의 공융 · 홍농弘農 · 양수楊脩와 친하게 지냈는데 항상 그들을 칭찬하기를, “큰아이는 공문거이고, 작은아이는 양덕조이다. 그 나머지 용렬한 것들은 말할 것도 없다”라 하였다. 공융도 그 재주를 매우 사랑하였다. 예형은 약관의 나이였고 공융은 나이가 마흔이었는데, 드디어 벗이 되었다”라고 했다. 두보의 「기이백寄李白」에서 “처사인 예형처럼 준수하고, 제자인 원헌처럼 가난하네”라고 했다.

見後漢禰衡傳. 杜詩, 處士禰衡俊, 諸生原憲貧.

다섯 번째 수其五

楚宮細腰死	초나라 궁궐의 가는 허리 미인은 죽고
長安眉半額	장안의 눈썹은 이마 반이나 되네.

比來翰墨場	근래 한묵의 마당에서
爛熳多此色[17]	이렇게 화려한 모습이 많도다.
文章本心術	문장은 본래 마음씀씀이이거늘
萬古無轍迹	만고에 자취가 없구나.
吾嘗期斯人	내가 일찍이 이 사람에게 기대했으니
隱若一敵國	은연중에 한 개 나라에 필적하네.

【주석】

楚宮細腰死 長安眉半額 : 『후한서·마원열전』에서 자료 마원이 장락궁에 소장을 올려 "전하는 말에 "오왕이 검객을 좋아하여, 백성들 가운데 상처 있는 사람이 많았네. 초왕이 가는 허리를 좋아하여, 궁중에는 굶어 죽는 사람이 많았네"라고 하였으며, 장안의 말에 "도성 안에서 높은 상투를 좋아하면 사방의 외방에서는 한 자 높이로 상투를 틀고, 도성 안에서 긴 눈썹을 좋아하면 사방의 외방에서는 이마의 절반이나 되게 눈썹을 그리며, 도성에서 성안에서 폭이 넓은 소매를 좋아하면 사방에서는 비단 한 필을 통째로 써서 소매를 만든다"라고 합니다. 이 말은 농담 같지만 사실에 절실합니다"라고 했다.

馬援傳, 子廖上疏長樂宮云, 傳曰吳王好劍客, 百姓多創瘢. 楚王好細腰, 宮中多餓死. 長安語曰, 城中好高髻, 四方高一尺. 城中好廣眉, 四方且半額.

---

17 [교감기] '熳'은 전본에는 '漫'으로 되어 있다. 살펴보건대, 두 글자는 통용하니, 이후로는 교정하지 않는다.

城中好大袖, 四方全匹帛. 斯言如戲, 有切事實.

比來翰墨場 : 『문선』에 실린 선원 사첨謝瞻의 「장자방시張子房詩」에서 "찬연히 빛나는 한묵의 마당"이라고 했다.

文選謝宣遠詩, 粲粲翰墨場.

爛熳多此色 : 양웅의 『법언』에서 어떤 이가 "여자에게는 색이 있는데, 책에도 색이 있습니까"라 물었다. 이에 대답하기를 "있다. 여자에 대해서는 화려하게 단장함이 요조숙녀를 어지럽히는 것을 미워하며, 책에 대해서는 음란한 말이 법도를 더럽히는 것을 미워한다"라고 했다.

揚子法言云, 女有色, 書亦有色乎. 曰有.

文章本心術 萬古無轍迹 : 『노자 · 선행장』에서 "선행은 자취를 남기지 않는다"라고 했다.

老子善行章, 善行無轍迹.

吾嘗期斯人 隱若一敵國 : 『한서 · 극맹전』에서 대장군 주아부가 극맹을 얻고서 "마치 한 나라를 물리친 것과 같다"라고 했다. 『후한서 · 오한전』에서 황제가 탄식하면서 "오공이 조금이라도 사기를 진작시키니 은연중에 나라 하나에 필적하는구나"라고 했다.

漢劇孟傳, 大將軍得之若一敵國云. 後漢吳漢傳, 帝歎曰, 吳公差强人意,隱若一敵國矣.

여섯 번째 수其六

北書來無期	북쪽의 편지가 올 기약 없으니
鴈不到梅嶺	기러기가 대유령에 오지 않누나.
欲之雙鯉魚[18]	두 마리 잉어 보내려고 하는데
楓葉江路永	단풍잎에 강 길을 아득하여라.
平生中心願	평소 마음의 바람이었는데
褊短不獲騁	땅이 좁아 내달릴 수 없었네.
富貴安可爲	부귀를 어찌 추구하리오
吾亦有岑鼎	나도 또한 잠정을 지니고 있다네.

【주석】

北書來無期 鴈不到梅嶺 : 두보의 「곡이역哭李嶧」에서 "해가 짧아지는데 매령을 넘고"라고 했으니, 대개 대유령의 매화를 일컫는다. 형산에 회안봉이 있으니, 유종원의 「과형산」에서 "참으로 봉우리 앞에서 기러기 돌아갈 때"라고 했다.

杜詩, 短日行梅嶺. 蓋謂大庾嶺上梅也. 衡山有回鴈峯, 柳子厚過衡山詩云,

18 [교감기] 주에서 "之자는 잘못이다"라고 하였다. 고본에는 '遺'로 되어 있으니, 뜻이 더 낫다. 그러나 근거한 바가 분명하지 않다.

正是峯前回鴈時.

欲之雙鯉魚 : '之'자는 잘못이다. 『문선 · 고시』에서 "손이 멀리서 와서 나에게 두 마리 잉어를 주네. 아이 불러 잉어를 삶게 하니, 뱃속에 한 자의 흰 편지가 있네. 무릎을 꿇고 흰 편지를 읽으니, 편지의 내용이 어떠한가. 먼저 식사를 잘하라고 말하고, 다음으로 오래 그리워했다 하네"라고 했다.

之字誤. 遺我雙鯉魚, 見上.

楓葉江路永 平生中心願 褊短不獲騁 富貴安可爲 吾亦有岑鼎 : 『한비자』에서 제나라가 노나라를 정벌하고 참정을 요구하니, 노나라는 가짜를 가지고 갔다. 제나라 군주가 말하기를 "이것은 가짜다"라고 하니, 노나라 군주가 말하기를 "이것은 진짜다"라고 하였다. 제나라 군주가 말하기를 "악정자춘을 오라고 하라. 내 그 사람의 얘기를 듣겠다"라고 하였다. 노나라 군주가 악정자춘에게 진짜라고 말해주기를 청하였는데, 악정자춘이 말하기를 "어째서 진짜를 가지고 가지 않았습니까?"라고 하니, 군주가 말하기를 "내가 참정을 사랑해서이다"라고 하였다. 악정자춘이 대답하기를 "그렇다면 신 역시 신하의 신의를 사랑하겠습니다"라고 했다. 또한 살펴보건대 『신서』에서 "제나라가 노나라를 공격하고서 잠정을 요구하였다. 노나라는 가짜 잠정을 가지고 갔는데, 제나라는 믿지 않고 돌려보냈다. 사람을 보내 노군에게 고하기를 "유하

혜가 진짜라고 한다면, 청컨대 받아들이겠습니다"라고 하였다. 노군이 유하혜에게 청하니, 대답하기를 "임금께서 가짜 잠정을 보내려고 하는 것은 나라의 침략을 면키 위함입니다. 신 또한 여기에 신의信義라는 나라가 있으니, 신의 나라를 파괴하여 임금의 나라를 면하려 하는 것은 신이 하기 어려운 바입니다"라 하니, 노군이 이에 진짜 잠정을 보냈다. 유하혜는 신의를 지켰다고 할 수 있으니, 신의란 사람에게 매우 중요한 것이다"라고 했다. 이 구는 부귀 때문에 자신의 소신을 바꾸지 않아야 함을 말하고 있다.

韓非子云, 齊伐魯, 索讒鼎, 魯以其鴈往. 齊人曰鴈也. 魯人曰眞也. 齊人曰使樂正子春來, 吾將聽子. 魯君請樂正子春, 子春曰胡不以其眞往. 君曰吾愛之. 答曰臣亦愛臣之信. 又按新序云, 齊攻魯, 求岑鼎. 魯載鼎往, 齊不信而反之. 使人告魯君, 柳下惠以爲是, 則請受之. 魯君請於柳下惠, 對曰君之欲以爲岑鼎也, 以免國也. 臣亦有國於此, 破臣之國, 以免君之國, 此臣所難也. 魯君乃以眞岑鼎往, 柳下惠可謂守信矣. 信之於人, 重矣. 言不可以富貴而易其素守也.

일곱 번째 수其七

濟岱有佳人	제수와 대산 사이에 가인이 있으니
肌膚若冰雪	피부는 빙설 같구나.
我願從之遊	내가 그를 따라 노닐고프니

補我黥與刖	나의 허물을 보충해 주리라.
了不解人嗔	화를 내는 사람을 이해할 수 없으니
眞成一癡絶	참으로 매우 어리석은 사람이로다.
櫟社定頹然	사당의 상수리나무 참으로 쓸모없는데
聊用神吾拙	애오라지 졸렬한 나를 신이하게 해야지.

【주석】

濟岱有佳人 : 이연년이 노래를 부르기를 "북방에 미녀가 있는데, 절세가인으로 둘도 없네. 한 번 웃으면 온 성이 기울고, 두 번 웃으면 온 나라가 기울어지네"라고 했다.

北方有佳人, 見上.

肌膚若冰雪 : 『장자』에서 "묘고야藐姑射산에 신인神人이 살고 있는데, 살결이 얼음 눈과 같고, 처녀처럼 아름다웠다"라고 했다.

莊子逍遙篇, 藐姑射之山有神人焉, 肌膚若冰雪, 婥約若處子.

我願從之遊 補我黥與刖 : 『장자 · 대종사』에서 "조물자가 내 이마에 가해진 묵형墨刑의 흔적을 없애 주고 나의 베어진 코를 보완해 주어 완전한 인간의 몸으로 선생의 뒤를 따르게 해 주지 않을 줄 어떻게 알겠는가"라고 했다.

莊子, 見上.

了不解人嗔 眞成一癡絶 : 『진서 · 고개지전』에서 "세속에 전하는 말에 고개지는 삼절이 있으니, 재주가 뛰어나고 그림이 뛰어나고 대단히 어리석다"라고 했다.

晉顧愷之, 俗傳愷之有三絶, 才絶畫絶癡絶.

櫟社定頹然 聊用神吾拙 : 『장자』에서 "장석匠石이 제齊나라로 가는 길에 곡원曲轅에 이르러 사당의 나무로 서 있는 역목櫟木을 보았다. 그 크기는 그늘이 소 수천 마리를 가릴 수 있었는데, 장석은 돌아보지도 않고 가 버렸다"라고 했다.

見上.

여덟 번째 수其八

山公懷涇渭	산도 공은 경수와 위수를 구별하니
濬沖遭鑒賞	준충의 감식을 만났어라.
代豈無若人	대에 어찌 그와 같은 사람 없으리
吹噓靑雲上	청운 위로 추천해 줄.
念君如濟水	생각건대 그대 제수와 같아
抱淸伏泉壤	맑음을 품고도 땅속에 엎드려 있누나.
行潦酌尊彝	길바닥의 물을 종묘 제기에 담나니
吾猶恃源往	내 오히려 근원 있어 흘러감을 믿노라.

【주석】

山公懷涇渭 濬沖遭鑒賞 : 『진서 · 산도전』에서 "산도가 인물을 살펴서 선발할 적에는 각각 인물에 대해 제목을 만들어 아뢰니, 당시에 산공계사라고 일컬었다"라고 했다. 『진서 · 왕융전』에서 "왕윤은 사람을 알아보는 재주가 있었는데, 일찍이 산도를 보고는 혼금박옥이라고 하니, 사람들이 모두 그가 보물 같은 인재라는 것에 흠복하였지만 산도를 무엇으로 불러야 할 줄 몰랐다. 그의 아들 왕돈은 명성이 높았는데, 왕융이 그를 미워하였다. 후에 과연 반역을 일으켰으니, 그의 감식안과 선견지명이 이와 같았다"라고 했다. 준충은 왕융의 자이다.

晉山濤傳, 濤所奏甄拔人物, 各爲題目, 時稱山公啓事. 王戎傳, 戎有人倫鑒識, 常目山濤如渾金璞玉, 人皆欽其寶, 莫知名其器. 弟敦有高名, 戎惡之, 後果逆亂. 其鑒賞先見如此. 濬沖, 戎字也.

代豈無若人 吹噓靑雲上 : 한유의 「천사薦士」에서 "푸른 하늘에 바람 불듯이 추천하여준다면, 굳센 화살로 노의 명주 쏘리이다"라고 했다. 이백의 「증장호贈張鎬」에서 "공은 천지를 덮고, 이름은 청운 위로 날아오르네"라고 했다.

韓詩, 靑冥送吹噓, 强箭射魯縞. 李白詩, 功略蓋天地, 名飛靑雲上.

念君如濟水 抱淸伏泉壤 : 『문선』에 실린 현휘 사조의 「시출상서성始出尙書省」에서 "탁한 황하가 맑은 제수를 더럽혔다"라고 했는데, 주에서

인용한 『전국책』에서 장의가 진왕에게 유세하여 “제나라의 맑은 제수와 탁한 황하가 막아주는 곳이 되기에 충분합니다”라고 했다. 『상서』의 주에서 “제수가 황하로 들어가 나란히 10여 리를 흘러 남쪽으로 가다가 황하를 가로 질러 또 나란히 두어 리를 가다가 넘쳐서 형택이 된다”라고 했다.

文選謝朓詩, 濁河穢淸濟. 注引戰國策, 張儀說秦王曰, 淸濟濁河, 足以爲阻. 尙書注曰, 濟水入河, 並流十數里而南, 截河, 又並流數里, 溢爲滎澤.

行潦酌尊彝 吾猶恃源往 : 『시경 · 대아 · 형작』에서 “저 길가에 고인 빗물을 멀리 떠다가”라고 했다. 『서경』에서 “일월성신 산룡화충을 모으고, 종묘의 그릇”이라고 했는데, 주에서 “종묘에서 쓰는 그릇이다”라고 했다. 『장자 · 서무귀』에서 “바람이 하수 위를 지나가면 하수가 줄어들고 해가 하수 위를 지나가면 하수가 줄어들지만 도리어 바람과 해로 하여금 함께 하수를 지켜달라고 요구한다. 하수는 애초부터 자신의 것을 빼앗는다고 여기지 않으니 하수는 근원에 의지해서 흘러가는 존재이기 때문이다”라고 했다.

大雅, 泂酌彼行潦. 書, 作會宗彝.[19] 注云, 宗廟彝尊. 莊子徐無鬼篇, 請只風與日, 相與守河, 而河以爲未始其攖也, 恃源而往者也.

---

19 ‘作會’와 ‘宗彝’는 같은 구절에 있는 것이 아니라, 作會에 구두점을 찍어서 위로 연결해야 한다.

아홉 번째 수其九

蛾眉在蒿萊	누에 눈썹 미인이 초야에 있나니
金玉千里音	금옥 같은 소리 천 리나 떨어져 있네.
遙思甑生塵	멀리서 생각하나니 솥에서 먼지가 일 테지만
汗漫觀古今	아득한 고금의 역사를 보리라.
沉冥驚人句	침잠하여 사람 놀랄 만한 구절을 짓고
摹寫詠時禽	제철 맞아 지저귀는 새를 묘사하여 읊조리리.
無爲愁肝腎	간장을 수고롭게 하지 마시라
君子要刳心	군자는 천하를 위해 마음을 써야 하나니.

【주석】

蛾眉在蒿萊 : 『시경・위풍』에서 "매미 이마에 누에의 눈썹"이라고 했으니, 미인으로 군자를 비유하였다.

衛國風, 螓首蛾眉. 以美人比君子也.

金玉千里音 : 『시경・백구白駒』에서 "당신의 음성을 아름답게 하여, 나를 멀리하는 마음 갖지 마소서"라고 했다.

詩, 無金玉爾音.

遙思甑生塵 : 『후한서』에서 "범단의 자는 사운으로 내무의 수령이 되었는데, 거처하는 곳은 초라하였다. 때로 식량이 끊겨 곤궁하게 거처

하였지만 태연자약하였다. 마을에서 노래하기를 "시루 속에 먼지 쌓인 범사운이요, 솥 안에 반대좀이 사는 범내무로다""라고 했다.

後漢范丹傳, 丹字史雲, 閭里歌之曰, 甑中生塵范史雲, 釜中生魚范萊蕪.

汗漫觀古今 沉冥驚人句 : 양웅의 『법언』에서 "촉의 장莊, 엄군평은 침착하고 차분하다"라고 했다 두보의 「강상치수여해세江上値水如海勢」에서 "말이 사람 놀라게 하지 않으면 죽어도 그치지 않았네"라고 했다.

楊子法言, 蜀莊沉冥. 老杜詩, 語不驚人死不休.

摹寫詠時禽 : 사형 육기陸機의 「비재행」에서 "눈은 기후에 따른 초목을 보며 감상에 젖고, 귀는 시절에 따라 노래하는 새소리를 들으며 슬퍼하네"라고 했다.

陸士衡悲哉行, 目感隨氣草, 耳悲詠時禽.

無爲愁肝腎 君子要刳心 : 원진의 「노두묘지」에서 "이백은 구속을 벗어나서 물상을 모사하였다"라고 했다. 한유의 「증최립지」에서 "그대에게 권하노니 재주 숨기며 수양하여 조정의 부름을 기다리고, 문장의 조탁하여 간장을 수고롭게 하지 말게"라고 했다. 『장자』에서 "무릇 도는 만물을 덮어주고 실어주는 것이다. 얼마나 넓고 큰가, 군자가 마음을 도려내지 않아서는 안 된다"라고 했다.

元稹作老杜墓誌云, 擺去拘束, 摹寫物象. 退之贈崔立之云, 勸君韜養待徵招, 不用雕琢愁肝腎. 莊子天地篇, 君子不可以不刳心焉.

열 번째 수其十

臨川往長懷　　시냇가에 깊은 그리움을 흘려보내노니
神交可心晤　　정신의 사귐이라 속마음을 이야기할 수 있네.
文章不經世　　문장은 세상을 경영할 수 없으며
風期南山霧　　바람은 남산의 안개를 기약하누나.
化蟲哦四時　　변태한 곤충은 사시에 우나니
悲喜各有故　　희비는 각각 그 까닭이 있어라.
吾獨無間然　　나는 홀로 그대 비난할 게 없나니
子規勸歸去　　자규는 돌아가라고 권하는구나.

【주석】

臨川往長懷 神交可心晤 : 『논어』에서 공자가 시냇가에 있으면서 "흘러가는 것은 이와 같으니, 밤낮을 쉬지 않는다"라고 하였는데, 이 단에 대한 해설이 분분하다. 그 가운데 경우 조열지晁說之의 『논어강의』에서 인용한 강희의 말에 "사람이 산에 서서 굽어보거나 우러러 보며 지나가지 않는다면, 시냇가에서 일어나는 감회가 어찌 개연하지 않으리오"라고 했으니, 산곡의 뜻도 아마 이에 가까울 것이다.

論語, 子在川上曰, 逝者如斯夫, 不舍晝夜. 此段說者不一, 獨景迂講義云,江熙曰, 人非山立, 俛仰而過, 臨川興懷, 能不慨然. 山谷意恐或近此.

文章不經世 : 『문선』에 실린 휴련 응거應璩의 「백일시」에서 "문장으론 나라를 못 다스리니, 책 상자엔 작은 글도 담겨 있지 않소"라고 했다.

文選應休璉百一詩云, 文章不經國, 筐篋無尺書.

風期南山霧 : 유향劉向의 『열녀전烈女傳』에서 "도답자가 도 지역을 다스린 지 3년이 되었는데, 명성은 들리지 않고 집안의 재산만 세 배로 늘었다. 그의 아내가 간하기를 "남산에 검은 표범이 사는데, 안개가 끼거나 비가 내리면 7일 동안 먹이를 먹으러 내려오지 않으니, 그것은 그 털을 윤택하게 하여 표범의 무늬를 만들기 위함입니다. 개와 돼지는 음식을 고르지 않고 먹어서 그 몸을 살찌우지만 앉아서 죽음을 기다릴 뿐입니다""라고 했다.

見上.

化蟲哦四時 : 한유와 맹교의 「성남연구城南聯句」에서 맹교가 "벌레 껍데기는 줄기에서 메말라 매달려 있네"라고 했다.

退之詩, 化蟲枯挶莖.

悲喜各有故 吾獨無間然 : 『논어』에서 "우임금은 내가 비난할 것이 없다"라고 했다.

論語, 禹, 吾無間然矣.

子規勸歸去 : 자규의 울음소리는 마치 "돌아가는 것만 못하다"라고 하는 것 같다. 또한 「차운조원충십시」가 있는데, 이 시와 마찬가지로 원풍 연간에 지었다.

子規鳴, 若云不如歸去. 又有次韻晁元忠十詩, 與此同是元豐間作.

8. 조원충의 「서귀」에 차운하다. 10수

次韻晁元忠西歸. 十首

첫 번째 수其一

我田失耕耘	나의 밭은 경작을 놓쳤으니
歲暮拾枯萁[20]	해가 저물 때 메마른 콩대만 줍누나.
枯萁不可食[21]	메마른 콩대는 먹을 수 없나니
日晏抱長飢	해가 한참 떠오도록 오래 주린 배 감싸네.
猛虎依山林	사나운 호랑이 산속에 웅크리고 있으니
眼有百步威	눈에 백보의 위엄이 있구나.
一從粱鶩食	양앙처럼 녹봉 찔끔 주고 마나니
風月何時歸	풍월 즐기러 언제나 돌아갈까.

【주석】

我田失耕耘 歲暮拾枯萁 枯萁不可食 日晏抱長飢:『한서·양운전』에서 양운이 시를 지어 "저 남산에 밭이 있나니, 묵어서 다스리지 못하네. 한 마지기 콩을 심었더니, 떨어져서 빈 줄기만 남았네. 인생은 행락이나 할 뿐이거늘, 어느 때에 부귀하기를 기다리랴"라고 했다. 도연명의 「음주飮酒」에서 "끼니 자주 거르고 오래 살지 못했고, 늙도록 굶주림에

20 [교감기] '拾枯萁'는 고본의 원교에서는 "달리 '抹蕨薇'로 된 본도 있다"라고 했다.
21 [교감기] 枯萁'는 고본의 원교에서는 "달리 '蕨薇'로 된 본도 있다"라고 했다.

시달렸다네"라고 했다.

漢楊惲傳, 其詩曰田彼南山, 蕪穢不治, 種一頃豆, 落而爲萁. 淵明詩, 屢空不獲年, 長飢至於老.

猛虎依山林 眼有百步威 : 사마천의 「답임안서」에서 "맹호가 산림에 있으면 온갖 짐승들이 두려워 벌벌 떤다"라고 했다. 한유의 「맹호행」에서 "한낮에는 골짜기에서 자지만, 눈에는 백 걸음 떨치는 위엄이 있네"라고 했다.

司馬遷答任安書, 猛虎處於山林, 百獸震恐. 退之猛虎行, 正晝當谷眠, 眼有百步威.

一從梁鴦食 風月何時歸 : 『열자』에서 주선왕의 짐승을 관리하는 목정으로 양앙이라는 자가 있었는데, 새와 짐승을 잘 길러 비록 호랑이나 이리라도 유순하게 길들이지 않은 것이 없었다. 양앙이 말하기를 "호랑이를 기르는 법에 대해 말씀드리겠습니다. 그놈의 성질을 따라주면 기뻐하고 거스르면 화를 내는 것은 동물의 본성입니다. 대저 호랑이를 기르는 사람은 감히 살아 있는 것을 주어서는 안 되니, 그것은 살아 있는 것을 죽일 때 화를 내기 때문입니다. (…중략…) 호랑이와 사람은 다른 종류이지만 자신을 기르는 자에게 순종하는 것입니다"라고 했다.

列子云, 周宣王之牧正有役人梁鴦, 能養禽獸, 雖虎狼無不柔馴者. 梁鴦曰養虎之法, 順之則喜, 逆之則怒. 夫食虎者不敢以生物與之, 爲其殺之之怒也.

虎與人異, 而媚養己者.

두 번째 수其二

聖莫如東家	동쪽 집의 공자만한 성인이 없는데
長年困行路	노년에 행로에서 곤욕을 당하누나.
公養爲淹留	명목으로 대우받아 머무르고 있지만
豈不以食故	어찌 먹고 사는 것 때문이 아니랴.
林薄鳥遷巢	숲이 무성하니 새가 둥지를 옮기고
水寒魚不聚	물이 차가우니 물고기가 모이지 않누나.
孤士似無家	외로운 선비는 집이 없는 것 같으니
轉蓬何由住	떠도는 쑥대 어찌하면 멈출까.

【주석】

聖莫如東家 長年困行路 公養爲淹留 豈不以食故 : 『위서魏書 · 병원전』에서 병원이 멀리 유학을 떠나고자 하여 손숭에게 가서 그 사실을 말하자, 손숭이 "그대 향리의 정군즉 정현(鄭玄)을 그대는 아는가?"라고 하니, 병원이 안다고 하였다. 손숭이 "정군은 고금의 서적을 다 열람하여 박문 강지하는 데다 심원한 이치를 궁구하여 참으로 학자의 모범이 될 만하거늘, 그대가 정군을 놔두고 천 리 멀리 외지로 가는 것은 이른바 정군을 동쪽 집의 공구로 여기기 때문이다. 이에 병원이 "선생은 제가

정현을 "동쪽 집의 공구"로 여겼다고 말씀하시는데, 선생께서는 저를 "서쪽 집의 어리석은 사람"으로 여기고 있습니다"라고 했다. 『맹자·만장』 하에서 "공자는 도가 행해질 수 있는지를 보고 벼슬한 경우도 있고 예우를 해 주는지를 보고 벼슬한 경우도 있고 임금이 현인을 봉양함에 따라 벼슬한 경우도 있다"라고 했다.

邴原別傳曰, 原遊學, 詣孫崧. 崧曰君捨鄭君, 所謂以鄭君爲東家丘也. 原曰君謂僕以鄭爲東家丘, 必以僕爲西家愚夫耶. 孟子萬章下云, 孔子有見行可之仕, 有際可之仕, 有公養之仕.

林薄鳥遷巢 水寒魚不聚 : 두보의 「견흥遣興」에서 "숲이 무성해야 새가 돌아가고, 물이 깊어야 물고기가 모이네"라고 했다.

老杜詩, 林茂鳥有歸, 水深魚知聚.

孤士似無家 : 『좌전』에서 "마음속에 잘못이 없다면 어찌 집이 없는 것을 걱정하랴"라고 했다.

左傳, 心苟無瑕, 何恤乎無家.

轉蓬何由住 : 『설원』에서 노나라 소공이 나라를 버리고 제나라로 달아나서 제후를 마주하여 말하기를 "이는 안으로는 좋은 말을 듣지 못하고 밖으로는 보좌하는 사람이 없게 된 것이니, 마치 가을 쑥이 뿌리는 망가지고 枝葉만 아름다운 것과 같습니다. 갈바람이 한 번 불어오

면 뿌리가 장차 뽑히고 말 것입니다"라고 했다. 자건 조식曹植의 「잡시雜詩」에서 "굴러다니는 쑥대 뿌리에서 떨어져 나와, 긴 바람 따라 떠도네"라고 했다. 두보의 「객정客亭」에서 "나부끼는 쑥대처럼 이리저리 떠도는구나"라고 했다.

說苑, 魯昭公棄國而走齊, 對齊侯曰, 是猶秋蓬, 惡其本根, 而美其枝葉. 秋風一起, 根且拔矣. 曹子建云, 轉蓬離本根, 飄飄隨長風. 老杜云, 飄零任轉蓬.

세 번째 수其三

前有熊羆咆	앞에는 곰이 포효하고
後有虎豹號	뒤에는 호표가 울부짖누나.
已出澗谷底	이미 낮은 골짜기를 나와서
更陟山阪高	다시 높은 산등성이 오르누나.
五日一併食	5일에 한 번 식사하고
十年一緼袍	10년에 핫바지 한 벌이로다.
未知歸宿處	귀숙할 곳을 알지 못하니
豈憚鞍馬勞	어찌 말 안장에서 수고로움을 꺼리랴.

【주석】

前有熊羆咆 後有虎豹號 : 『문선』에 실린 유안의 「초은사」에서 "호랑이와 범이 싸우고 곰이 포효하네"라고 했다. 두보의 「과벌목課伐木」에

서 "곰이 포효하니 괜스레 두렵고, 어린 호랑이는 사람 고기를 기다리네"라고 했다.

文選劉安招隱士云, 虎豹鬬兮熊羆咆. 杜詩, 空荒咆熊羆, 乳獸待人肉.

已出澗谷底 更陟山阪高 五日一併食 : 『예기禮記 · 유행』에서 "선비는 옷은 번갈아 입고 나오고 이틀에 하루치의 음식을 먹는다"라고 했다.

儒行云, 儒有易衣而出, 幷日而食.

十年一縕袍 : 『논어 · 자한子罕』에서 공자가 자로子路를 칭찬하면서 "해진 솜옷을 입고서 여우나 담비 가죽으로 만든 갖옷을 입은 자와 같이 서 있으면서도 부끄러워하지 않는 자는 아마 자로일 것이다"라고 했다. 『장자 · 양왕讓王』에서 "증자가 위나라에 살 때, 옷은 다 떨어져 겉이 없고, 얼굴은 부어 종기가 터졌으며, 손발은 트고 갈라졌다. 사흘이나 밥을 짓지 못하고 십 년이나 옷을 만들어 입지 못하였다"라고 했다. 이런 전고들과 함께 아울러 『예기 · 단궁』에서 "안자는 30년 동안 호구 한 벌만 입었다"는 고사를 사용하였다.

論語, 衣敝縕袍. 莊子載曾子居衛, 縕袍無表, 顔色腫噲, 手足胼胝, 三日不擧火, 十年不製衣. 兼用檀弓所云晏子一狐裘三十年之意.

未知歸宿處 豈憚鞍馬勞 : 한유의 「병중증장적」에서 장적의 문사를 말하기를 "이로부터 귀숙할 곳을 알았으니, 동쪽으로 흐르는 물이 세차

게 흘러가누나"라고 했다.

退之病中贈張籍詩, 言籍之詞云, 從此識歸處, 東流水淙淙.

네 번째 수其四

麗姬封人子　　여희는 봉인의 자식으로
弄影愛朝日　　제 그림자와 놀며 아침 해를 사랑했었지.
晉國始得之　　진나라가 처음 얻으니
泣涕甘首疾[22]　　눈물 흘리며 매우 고민스러워했네.
憂危與安樂　　근심, 위태로움과 안락을
一生誰能必　　일생 동안 누가 기필할 수 있으랴.
同床食芻豢　　같은 침상에서 좋은 음식 먹으며
迺悔沾襟失　　이에 옷깃 적시던 때를 후회하누나.

【주석】

麗姬封人子 弄影愛朝日 : 『문선』에 실린 포조鮑照의 「무학부」에서 "서리 빛 흰 깃털로 제 그림자와 함께 놀고"라고 했다.

文選舞鶴賦, 疊霜毛而弄影.

晉國始得之 泣涕甘首疾 : 『시경 · 백혜伯兮』에서 "간절하게 백伯을 그리

22 [교감기] '涕泣'은 전본에는 '泣涕'로 되어 있다.

워하는지라 두통頭痛을 마음에 달게 여기노라"라고 했다.

詩伯兮, 甘心首疾.

憂危與安樂 一生誰能必 同床食芻豢 迺悔沾襟失 : 『장자』에서 "여희는 애 땅 봉인의 딸이었다. 처음 진나라로 끌려갔을 때는 옷깃이 흠뻑 젖도록 울었다. 이윽고 궁중으로 들어가 화려한 침대에서 왕을 모시면서 맛있는 음식을 먹게 된 뒤로는 처음 울었던 것을 후회하였다"라고 했다.

莊子曰, 麗之姬, 艾封人之子也. 晉國之始得之也, 涕泣沾襟. 及其至於王所, 與王同匡牀, 食芻豢, 而後悔其泣也.

다섯 번째 수其五

怨句識之推	원망하는 시구에서 개지추인줄 알고
商歌知甯戚	상조의 노래에서 영척인줄 아누나.
我占晁氏賢	나는 조 씨의 어짊을 아는데
乃在賦行役	이에 부역을 받고 있구나.
同遊羿彀中	예에게 활쏘기를 함께 배웠는데
儻免非爾力	혹 성덕을 입지 못했구나
滔滔今如此	지금 세상이 이처럼 휩쓸려가니
去邦將安適	이곳을 떠난들 장차 어디로 갈 것인가.

【주석】

怨句識之推 : 『사기 · 진세가』에서 문공이 자신을 따라 망명한 자들에게 상을 주었는데, 개자추는 녹봉을 말하지 않았으며 녹봉 또한 주어지지 않자, 숨어서 다시 나타나지 않았다. 자주의 시동이 궁궐 문에 글을 달아놓았으니, "용이 하늘로 오르고자 하니 다섯 마리 뱀이 그를 도왔다. 용이 이미 구름 속으로 올라가니, 네 마리 뱀은 각기 제 집으로 돌아가는데 한 마리만이 원망하여 끝까지 그가 머문 곳을 볼 수가 없구나"라고 했다. 문공이 보고서 "이것은 개자추를 두고 한 말이다"라고 했다.

史記晉世家, 文公賞從亡者. 介子推不言祿, 祿亦不及. 隱不復見. 子推從者懸書宮門曰, 龍欲上天, 五蛇爲輔. 龍己升雲, 四蛇各入其宇, 一蛇獨怨, 終不見處所. 文公見之曰, 此介子推也.

商歌知甯戚 : 「금조」에서 영척이 수레에서 소에게 먹이를 주다가 소뿔을 두드리고 상조로 노래를 불렀다. "남산은 빛나고 흰 돌은 깨끗하네. 태어나서 선양하던 요순시대를 만나지 못했네. 짧은 베 홑옷으로 겨우 정강이만 가리는데, 길고 긴 밤 언제 가고 아침이 오려나" 이에 제환공이 듣고 그를 재상으로 등용하였다.

琴操曰, 甯戚飯牛車下, 叩牛角而商歌曰, 南山粲, 白雲爛. 生不逢堯與舜禪. 短布單衣裁至骭, 長夜冥冥何時旦. 齊桓公聞之, 擧以爲相.

我占晁氏賢 乃在賦行役 : 『시경 · 위풍魏風』에서 "아버님은 내 아들이 부역에 나가서 밤낮으로 쉬지 못할 것이라 말씀하시겠지"라고 했다.

詩, 父曰嗟予子行役.

同遊羿彀中 : 『장자 · 덕충부德充符』에서, "후예后羿의 활 사정거리 안에서 노닌다면, 그 한 가운데는 화살이 명중하는 곳이네"라고 했다.

莊子德充符篇云, 遊于羿之彀中.

儻免非爾力 : 『맹자 · 만장』에서 "지혜는 기교에 비유할 수 있고, 성덕은 힘에 비유할 수 있다. 백보 밖에서 활을 쏠 때 목표 지점까지 도달하는 것은 그대의 힘 덕분이라고 하겠지만, 적중시키는 것은 그대의 힘이 아닌 것과 같다"라고 했다.

孟子, 其中非爾力也

滔滔今如此 去邦將安適 : 『논어 · 미자微子』에서 걸닉이 "큰물에 휩쓸려 흘러가는 꼴이 천하가 모두 한 모양이니, 누구와 함께 이 세상을 바꿀 수 있겠는가"라고 했다. 이 구절은 『논어 · 공야장公冶長』에서 "최자崔子가 제나라 임금을 시해弑害하자, 진문자는 가지고 있던 말 10승乘을 버리고 그곳을 떠나 다른 나라로 갔으나, 거기서도 역시 "우리나라 대부 최자와 같다"라고 하고 떠났으며, 또 다른 나라에 가서도 역시 "우리나라 대부 최자와 같다"라고 하고는 떠났다"는 고사를 겸하여 사용

하였다. 한유의 「고풍」에서 “한 고을의 강물은 내달려서 피할 수 있지만, 천하가 다 휩쓸려가니 어디로 돌아가려나”라고 했다.

論語, 桀溺曰滔滔者天下皆是也. 兼用陳文子違之, 至他邦之意. 退之古風云, 一邑之水, 可走而違. 天下湯湯, 曷其而歸.

여섯 번째 수其六

熱避惡木陰	뜨거운 날에도 악목의 그늘은 피하고
渴辭盜泉水	목이 말라도 도천의 물은 사절하네.
曾回勝母車	증자는 승모에서 수레를 돌리고
卞落抱玉淚[23]	변화는 옥을 안고 눈물을 흘렸어라.
鼂氏猛虎行	조 씨의 「맹호행」은
皦皦壯士意	장사의 뜻이 분명하누나.
人生高唐觀	사람이 고당관에서
有情何能已	그 정이 어찌 그치리오.

【주석】

熱避惡木陰 渴辭盜泉水 : 『시자』에서 “공자가 도천을 지나면서 목이 말랐지만 물을 마시지 않았으니 그 이름을 싫어했기 때문이다”라고 했다. 『관자』에서 “공자가 도천에서 갈증을 참았고, 증삼이 승모에서 수

23 [교감기] ‘卞’은 영원본과 고본, 그리고 전본에는 ‘不’로 되어 있다.

레를 돌렸다"라고 했다. 『문선』에 실린 육기陸機의 「맹호행猛虎行」에서 "목이 말라도 도천의 물을 마시지 않고 날씨가 더워도 악목의 그늘에 쉬지 않는다. 악목인들 어찌 가지가 없으랴만 지사는 고심이 많도다"라고 했다.

尸子, 孔子過於盜泉, 渴而不飮, 惡其名也. 管子, 孔子忍渴於盜泉, 曾參回車於勝母.[24] 文選陸士衡詩, 渴不飮盜泉水, 熱不息惡木陰. 惡木豈無枝, 志士多苦心.

曾回勝母車 : 추양의 「옥중상서자명獄中上書自明」에서 "동네 이름이 승모라는 곳에서는 증자가 들어가지 않았고, 고을 이름이 조가라는 곳에서는 묵자가 수레를 돌렸다고 합니다"라고 했다.

鄒陽書, 里名勝母, 曾子不入. 邑號朝歌, 墨子回車.

卞落抱玉淚 : 추양의 「옥중상서자명獄中上書自明」에서 "옥인이 보물을 바치니, 초나라 사람이 그를 벌주었습니다"라고 했는데, 주에서 "변화가 교외에서 박옥을 품고서 통곡하였다"라고 했다. 이백의 「고풍古風」에서 "옥을 안고 초나라로 들어가니"라고 했다.

鄒陽書, 玉人獻寶, 楚人誅之. 注曰, 卞和抱其璞哭於郊. 太白詩, 抱玉入楚國.

---

24 [교감기] 전본에는 '管子'가 '說苑'으로 되어 있고, 영원본에는 조목의 주가 없다. 살펴보건대 『후한서·종리의전(鍾離意傳)』에서 "臣聞孔子忍渴於盜泉, 曾參回車於勝母"라고 되어 있는데, 주에서 인용한 『說苑』의 문자가 아래 구의 주에서 인용한 추양의 편지와 대략 같다. 아마도 사용의 주는 이것에 근거한 듯하다.

晁氏猛虎行 : 옛날에 작자 미상의 「맹호행」이란 작품에서 “굶주려도 맹호를 따라 먹지 않고”라고 했다. 두보의 「송고팔분문학送顧八分文學」에서 “열사는 구차히 얻는 것 싫어하고 준걸은 스스로 청운靑雲에 오르길 생각한다. 그대에게 맹호행을 증별로 주고 교외로 나가니 콧등이 시큰하여라”라고 했다.

古有猛虎行, 飢不從猛虎食. 老杜, 烈士惡苟得, 俊傑思自致. 贈子猛虎行, 出郊載酸鼻.

皦皦壯士意 人生高唐觀 : 고당관은 『문선』에 실린 송옥의 「고당부高堂賦」에 보인다.

高唐之觀, 見文選宋玉賦.

有情何能已 : 『문선』에 실린 안연년의 「추호시秋胡詩」에서 “그리운 마음 그 누가 멈출 수 있으랴”라고 했다. 원주에서 인용한 조단중晁端中의 「서귀西歸」에서 “어찌하면 용산의 조수를 얻어 마하수에 배를 띄울까. 물이 누대 앞으로 흘러오는데, 그 안에 미인의 눈물 있어라”라고 했다.

文選顔延年詩, 有懷誰能已. 元注云, 晁詩云, 安得龍山潮, 駕回馬河水. 水從樓前來, 中有美人淚.

일곱 번째 수其七

腰垂九井璜	허리에 구정의 옥을 드리우고
耳著明月璫	귀에는 명월 같은 귀걸이 찼네.
蘭蓀結襟帶	난초를 허리에 차고
芰荷製衣裳	마름과 연으로 옷과 치마를 만들었어라.
其人雖甚遠	그 사람 비록 매우 멀리 있지만
其室大道傍	그 집은 큰길 옆에 있누나.
當身不著意	떠나는 그대에게 내 마음 드러내지 않는다면
千載永相望	영원히 길이 서로 그리워만 하리.

【주석】

腰垂九井璜 : 『상서 · 중후』에서 "여상이 반계에서 낚시하다가 옥황을 얻었다"라고 했다. 이것은 『문선』의 주에서 보인다. 산곡의 「금명」에서 "낚시하다가 구정의 옥을 얻었다"라고 했다. 이 구는 『산해경』의 내용을 겸하고 있다. 『산해경』에서 "해내 곤륜성은 서북쪽에 있는데, 천제의 지상 수도로 높이가 구인이며 아홉 우물이 있고 옥으로 난간을 만들었다"라고 했다.

尙書中候曰, 呂尙釣於磻溪, 得玉璜云云. 見文選注. 山谷琴銘云, 釣魚而得九井之璜. 盖兼用山海經事, 經云, 海內崑崙墟, 在西北, 帝之下都, 高九仞, 有九井, 以玉爲檻.

耳著明月璫 : 『문선』에 실린 조식曹植의 「낙신부」에서 “강남의 밝은 귀고리를 주네”라고 했는데, 주에서 “귀에 거는 구슬을 당이라고 한다”라고 했다.

文選洛神賦, 贈江南之明璫. 注云, 耳珠曰璫.

蘭蓀結襟帶 : 휴문 심약沈約의 「화사선성」에서 “옛 현자들은 때맞춰 내리는 비 같고, 지금의 태수는 난초의 향이 풍긴다”라고 했다.

沈休文和謝宣城詩, 昔賢侔時雨, 今守馥蘭蓀.

芰荷製衣裳 : 『이소경』에서 “마름과 연으로 옷을 지어 저고리를 만들며, 부용을 모아 치마를 만드네”라고 했다.

離騷經, 製芰荷以爲衣兮, 集芙蓉以爲裳.

其人雖甚遠 其室大道傍 : 『시경 · 정풍 · 동문지선』에서 “그의 집은 가까우나, 그 사람은 매우 멀기만 하네”라고 했다. 속담에 이르길 “길가에 집을 지으면 삼년가도 못 짓는다”라고 했다.

鄭國風東門之墠, 其室則邇, 其人甚遠. 古語, 築室道傍, 三年不成.

當身不著意 千載永相望 : 이백의 「소년행少年行」에서 “친인척이 서울 안에 연대어 있다 해도, 당대에 자신이 벼슬함만 못하다오”라고 했다. ‘당當’자는 해당한다는 의미의 거성으로 읽어야 한다.

太白詩, 遮莫姻親連帝城, 不如當身自簪纓. 當字作去聲讀.

여덟 번째 수其八

風雨去家行	풍우 속에 집을 떠나가니
手龜面黧黑	손을 트고 얼굴은 검구나.
屠龍非世資	용을 잡는 기술을 세상에서 쓰지 않으니
學問求自得	학문은 스스로 만족함을 구할 뿐.
我思脊令詩	나는 「척령」 시를 생각하노니
同飛復同息	함께 날다가 다시 함께 쉴지라.
兄弟無相遠	형제가 서로 멀리 떨어지지 않으니
急難要羽翼	어려움 도울 때 우익이 필요하리라.

【주석】

風雨去家行 手龜面黧黑 : 『장자』에서 "송나라 사람 가운데 손을 트지 않게 하는 약을 잘 만드는 자가 있었다"라고 했다. 『한비자』에서 "진문공이 자신의 나라로 돌아와 황하에 이르자 지금까지 사용하던 대나무로 나무로 만든 그릇을 버리고 또 자리나 깔개 따위도 버리게 하고서, 손발이 부르트고 안색이 검게 탄 자들은 뒷줄에 세웠다"라고 했다. 『열자』에서 "나이가 많고 힘이 약하며 얼굴이 검게 되었다"라고 했다. 두보의 「증왕시어설贈侍御契」에서 "돌아와 마주 보는 사람은 검은 얼굴

에 탄식하고"라고 했다.

莊子, 宋人有善不龜手之藥者. 韓非子, 晉文公反國及河, 令籩豆捐之, 席蓐捐之, 手足胼胝, 面目黧黑者後之. 列子, 年老力弱, 面目黧黑. 杜詩, 會面嗟黧黑.

屠龍非世資 : 『장자』에서 "주평만朱泙漫은 지리익支離益에게서 용을 죽이는 기술을 배웠는데, 천금의 가산을 탕진해서 3년 만에 기술을 완성했지만 그 뛰어난 솜씨를 쓸 곳이 없었다"라고 했다.

屠龍, 見上.

學問求自得 : 『맹자』에서 "군자가 깊이 나아가기를 도로써 함은 자득하고자 해서이니"라고 했다.

孟子, 君子深造之以道, 欲其自得之也.

我思脊令詩 同飛復同息 兄弟無相遠 急難要羽翼 : 『시경·상체』에서 "할미새가 언덕에 있으니, 형제가 어려움을 구하도다"라고 했다. 『시경·각궁』에서 "형제들과 인척들을 서로 멀리하지 말지어다"라고 했다. 당 현종이 황제를 사양하면서 형제는 하늘이 만들어준 우익이라고 했다.

小雅常棣云, 脊令在原, 兄弟急難. 角弓云, 兄弟昏姻, 無胥遠矣. 唐明皇賜讓皇帝, 兄弟天生之羽翼.

아홉 번째 수其九

人言貧在家	사람들 말하기를, 가난해도 집에 있는 게
殊勝富作客	부유해도 객으로 떠도는 것보다
	자못 낫다고 하네.
雞棲牛羊下	닭은 깃들고 소와 양은 내려오며
君子亦安息	군자도 또한 편히 쉬누나.
千里求明師	천리에 현명한 스승 구하러
羸糧從事役[25]	식량 싸서 먼 길 떠나는구나.
學問非物外[26]	학문은 사물 밖에 있지 않으니
室虛生純白	방이 텅 비면 순백의 빛이 나오누나.

【주석】

人言貧在家 殊勝富作客 : 백거이의 「객중수세客中守歲」에서 "비로소 알겠어라, 객이 된 괴로움에, 가난한 집에 있는 것이 미치지 못한다는 것을"라고 했다. 당나라 용욱의 「장안추석長安秋夕」에서 "멀리 온 객이 돌아가려니, 집에 있으면 가난함도 또한 좋아라"라고 했다. 또한 "사람들이 말하기를 가난해도 또한 좋으니, 자못 부유한 객보다 나아라"[27]라고 했다.

25 [교감기] '羸'은 원래 '營'으로 되어 있었는데, 지금 전본을 따른다.
26 [교감기] '物外'는 건륭본에는 '外物'로 되어 있다.
27 사람들이 (…중략…) 나아라 : 이 시는 누구의 무슨 시인지 확인할 수 없다.

樂天詩, 始知爲客苦, 不及在家貧. 唐戎昱詩, 遠客歸去來, 在家貧亦好. 又, 在家貧亦好, 殊勝富作客.

雞棲牛羊下 : 『시경 · 국풍』에서 "닭은 홰에 깃들고 해가 저무니 양과 소가 내려오누나"라고 했다.

見上.

君子亦安息 千里求明師 贏糧從事役 : 『장자 · 거협』에서 "마침내 백성들로 하여금 목을 길게 빼고 발뒤꿈치를 들고서 "어디 어디에 현자가 있다"고 해서 식량을 짊어지고 달려가게 함에 이르렀다"라고 했다. 『장자 · 경상초』에서 "남영부가 양식을 짊어지고 일곱 날 일곱 밤을 걸어 노자가 있는 곳에 이르렀다"라고 했다. 한유의 「남계시범」에서 "그 누가 왕의 일 아니라고 하겠는가"라고 했다.

莊子胠篋篇, 延頸擧踵曰, 某所有賢者, 贏糧而趣之. 庚桑楚篇, 南榮趎贏糧, 七日七夜, 至老子之所. 退之南蹊始泛云, 誰謂非事役.

學問非物外 室虛生純白 : 『장자』에서 "방을 비우면 빛이 그 틈새로 들어와 환해진다"라고 했다. 두보의 「곡위대부哭韋大夫」에서 "홍은 텅 빈 흰 방에서 쇠잔해지고, 자취는 효렴의 배에서 끊기네"라고 했다. 『전집 · 증유전여』에서 "팔방으로 도를 구하러 떠나는데, 아득하여 갈래 길이 많아 곤란하구나. 돌아가서 빈 방에 앉아 있으면, 석양이 그대의

서쪽에 있으리"라고 했는데, 이 구절의 뜻과 같다. 대개 도는 가까운 곳에 있는데 멀리서 구한다는 의미이다.

虛室生白, 見上. 杜詩, 興殘虛白室. 前集贈柳展如詩, 八方去求道, 渺渺困多蹊. 歸來坐虛室, 夕陽在吾西. 與此同意, 盖謂道在邇而求諸遠也.

열 번째 수其十

開田望食麥	밭을 갈아 보리 먹기를 바라지만
春隴無秀色	봄 밭둑엔 보리가 패지 않누나.
深耕不償勤	깊이 갈아도 부지런함에 보상받지 못하고
牛耳徒濕濕	소 귀만 부질없이 축축히 젖었어라.
豊凶誰主張	풍흉은 누가 주관하는가
坐令愁煎廹	그로 인해 근심으로 마음 졸이는구나.
河淸會有時	황하가 맑을 때가 있으려나
得酒灑胸臆	술을 얻어 가슴을 시원하게 풀어보네.

【주석】

開田望食麥 春隴無秀色 : 왕승달의 「답안연년答顔延年」에서 "보리밭에 이삭이 패고, 버들 정원에는 좋은 음악 흐르네"라고 했다.

王僧達詩, 麥隴多秀色, 楊園流好音.

深耕不償勤 牛耳徒濕濕 : 『시경 · 소아』에서 “너의 소가 오니, 그 귀가 촉촉하도다”라고 했다.

小雅, 爾牛來思, 其耳濕濕.

豊凶誰主張 坐令愁煎迫 河淸會有時 : 『포박자』에서 “얼마 안 되는 아교阿膠로는 흐린 황하를 맑게 할 수가 없다”라고 했다. 『좌전』에서 “주周나라의 시에 “황하가 맑아지길 기다리나, 사람의 수명이 얼마나 되기에”라 했다”라고 했다.

河淸, 見上.

得酒灑胸臆 : 『문집』 가운데 「답조원충서」에서 “족하의 얼굴을 알지 못하지만, 여러 형제로 인해 족하의 시를 얻었습니다. 흥에 의탁한 것이 심원하여 세상의 칼끝을 범하지 않았고, 선과 원망을 길이 품어 『이소』와 매우 흡사하다. 그러므로 뒤미처 무능한 시를 보내면서 그 뜻을 읊었습니다”라고 했으며, 또한 “남쪽으로 와서 관리의 일에 구속되었으니, 비록 강산이 아름다워도 마음에 관심을 두지 못할 것입니다”라고 했으며, 또한 “10수로 그 성의에 우러러 보답한다”라고 했으며, 또한 “지난해 추관에 불리하다는 소식을 들었습니다”라고 했으니, 시에서의 의미를 알 수 있다. “남쪽으로 와서 관리의 일에 구속되었다”는 말에서 태화에서 지은 것을 알 수 있다. “뒤미처 시를 보내 뜻을 읊었다”는 것은 바로 이 시를 가리킨다. “10수로 그 성의에 우러러 보답한

다"는 것은 바로 앞 10수를 가리킨다.

集中有答晁元忠書云, 未識足下之面, 因諸昆弟得足下之詩. 興託深遠, 不犯世故之鋒, 永懷善怨, 鬱然類騷. 故追韻寫意於無能之詞. 又云, 南來拘窘吏事, 雖江山映發, 心不在焉. 又云, 十詩仰報盛意. 又云, 承去歲不利秋官. 可見詩中之意矣. 其言南來拘窘吏事, 可見在太和作, 追韻寫意, 卽此詩, 十詩仰報盛意, 乃前十詩.

9. 죽순을 먹다

食筍十韻

『전집』에 있는 「상자첨서」에서 "듣건대 동파에서 연회를 하였다고 하니 마음에 육경에 흠뻑 취하겠습니다"라고 했으며, 또한 "근래 일 때문에 산중에 있으면서 죽순을 먹다가, 짧은 시를 지어 올리니, 한 번 웃어보시기 바랍니다. 인근 고을의 사대부들이 때로 아름다운 시구를 짓기는 하는데, 요컨대 저의 마음에 흡족하지는 않으니 공이 나를 두텁게 대해주는 것만 못합니다. 원컨대 붓을 적셔 시를 보내주시기 바랍니다. 종이를 펼쳐 빠르게 읽어 내려가면, 두보가 말한 "만고의 평범한 말 모습 다 씻어 없앴네"라는 것에 같게 될 것입니다"라고 했다. 살펴보건대 『동파집』에 화답하는 작품은 장차 황주로 갈 때 지었다. 산곡이 태화에 이른 것은 대개 원풍 4년 봄 경신년이었으며, 7년 갑자년 봄에 덕평진으로 옮겨서 감독하였다. 동파 또한 7년 봄에 여주로 옮겼다. 이 시는 분명 6년에 지은 것이다.

前集上子瞻書云, 聞燕坐東坡, 心醉六經. 又云, 比以職事在山中食筍, 得小詩輒上寄, 一笑. 旁州士大夫和詩, 時有佳句. 要自不滿人意, 莫如公待我厚, 願爲落筆. 思得申紙疾讀, 如老杜所謂一洗萬古凡馬空者. 據東坡集和篇, 乃將去黃州時作. 山谷至太和, 盖元豊四年春庚申歲, 七年甲子歲春移監德平鎭. 東坡亦以七年春移汝州. 此詩當是六年作.

洛下斑竹筍	낙하의 얼룩무늬 죽순
花時壓鮭菜	꽃 필 때 규채를 압도하네.
一束酬千金	한 묶음은 천금의 값이 되니
掉頭不肯賣	고개 저으며 기꺼이 팔지 않누나.
我來白下聚	내가 백하 마을로 와 보니
此族富庖宰	이 지역 주민은 요리사들이 부유하네.
繭栗戴地翻	견율이 나서 땅을 뒤집는데
觳觫觸牆壞	두려움에 떨며 담장을 부딪혀 무너뜨리네.
角戢 角戢入中廚	온순히 부엌으로 들어오니
如償食竹債	마치 죽순을 먹는 빚을 보답 받으려는 듯.
甘菹和菌耳	감저를 버섯에 섞어서
辛膳胹薑芥	매운 음식인 겨자와 생강을 삶네.
烹鵝雜股掌	삶은 거위의 넓적다리와 발바닥을 섞어
炮鼈亂帬介	구운 자라의 다리와 치마가 어지럽네.
小兒哇不美	어린아이는 맛이 없다고 토하고
鼠壤有餘嘬	쥐구멍에는 남은 찌꺼기 있구나.
可貴生於少	어리게 자란 것이 귀하니
古來食共噫	예부터 먹고서 함께 트림하누나.
尙想高將軍	아직도 생각하기는, 고장군이
五溪無人采	오계에 캐는 사람이 없다고 한 것을.

【주석】

洛下斑竹筍 花時壓鮭菜 : 『남사南史 · 유고지전庾杲之傳』에서 임방任昉이 희롱하기를 "누가 유랑을 가난하다고 하는가. 항상 27종의 규채를 먹는걸"[28]이라고 했다. 두보의 「왕경휴주王竟攜酒」에서 "생선 요리 없어 스스로 부끄러운데, 말안장 푸는 걸로 공연히 번거롭게 하였네"라고 했다. '鮭'의 음은 '戶'와 '佳'의 반절법이다. 『절운』에서 "규鮭는 생선의 이름으로 『오지』에 보인다.

庾郞貧食鮭, 已見上注. 杜詩云, 自愧無鮭菜, 空煩卸馬鞍. 鮭, 户佳切. 切韻曰, 魚名, 出吳志.

一束酬千金 掉頭不肯賣 : 두보의 「송공소부사병귀유강동送孔巢父謝病歸游江東」에서 "소보는 고개 저으며 머물려 하지 않고"라고 했다.

杜詩, 巢父掉頭不肯住.

我來白下聚 此族富庖宰 : 한유의 「투계연구」에서 "요리사에게 고기 얻어먹는 것 부끄럽게 여기네"라고 했다.

---

28 임방이 (…중략…) 먹는걸 : 규채는 생선과 채소 반찬을 범칭한 말이다. 남제(南齊) 때의 문신 유고지(庾杲之)가 본디 청빈하여 먹는 것이라고는 오직 '부추김치[韮菹]', '삶은 부추[瀹韮]', '생부추[生韮]' 등 잡채(雜菜)뿐이므로, 임방(任昉)이 그를 희롱하여 위에서처럼 말하였다. 27종이란 곧 구(韮)의 음이 구(九)와 같으므로, 세 종류의 부추 나물을 3×9=27로 환산하여 말한 것인데, 유고지는 실상 세 종류의 부추만을 먹었을 뿐 규채는 없었지만, 임방이 장난삼아 그에게 많은 종류의 규채를 먹는다고 하였다.

退之鬬雞聯句, 義肉恥庖宰.

繭栗戴地翻 觳觫觸牆壞 : 한유의 「영순」에서 “뿔을 보지만 우양은 없고”라고 했으며, 또한 “잘 여물어 땅을 뒤집어 놓은 듯”이라고 했다. 『예기 · 왕제』에서 “천지에 제사를 지내는 소는 그 뿔이 견율[29] 같아야 하고”라고 하였다. 『맹자』에서 “나는 소가 벌벌 떠는 것을 차마 보지 못하겠다”라고 했다.

退之詠筍云, 見角牛羊沒. 又云, 穰穰疑翻地, 天地之牛角.[30] 繭栗, 見禮記. 觳觫, 見孟子.

角戢 角戢 入中廚 : 『시경 · 무양無羊』에서 “너의 양이 오니 그 뿔이 온순하네”라고 했다.

詩, 爾羊來思, 其角戢戢.

如償食竹債 : 『능엄경』에서 “그 몸이 축생이 되어서 묵은 빚을 갚게 될 것이다”라고 했다. 시의 뜻은 우양이 대를 먹고는 죽어서 죽순이 되어 빚을 갚는 것처럼 사람들에게 먹힌다는 말이다. 또한 『전등록』의 “죽어서 버섯이 되어 사람들로 하여금 먹게 한다”는 고사를 사용하였다. 살펴보건대 「제15조나제바전」에서 존자가 용수의 법을 받은 뒤에

29 견율 : 송아지의 작은 뿔이 고치나 밤과 같음을 형용한 말이다.
30 『예기 · 왕제』에 ‘天地之牛角’이란 구는 보이지 않는다.

비라국에 갔다. 그곳에는 범마정덕이라는 장자가 살고 있었는데 하루는 후원의 나무에 큰 버섯이 돋았다. 맛이 매우 좋았으나 장자와 둘째 아들인 라후라다만이 따다 먹을 수 있었다. 따고 나면 다시 자라고 다 하면 다시 돋아나고 하였으나 다른 친족들은 아무도 보지 못하였다. 이때 존자가 그의 전생 인연을 알고서 그의 집으로 갔다. 장자가 그 까닭을 물으니 존자가 대답했다. "그대들은 전생에 어떤 비구를 공양하였다. 그러나 그 비구는 도의 눈이 아직 밝지 않은데도 헛되이 남의 시주를 받았다. 이 때문에 나무의 버섯이 되어서 갚는 것인데, 오직 그대와 둘째 아들만이 정성껏 공양해서 누릴 수 있을 뿐 다른 사람은 누리지 못한다"라고 했다.

楞嚴經云, 身爲畜生, 酬其宿債. 詩意謂牛羊食竹, 及死爲筍, 爲人所食, 若償債然. 又用傳燈錄, 死爲菌, 令人食之之意. 按第十五祖那提婆傳, 尊者旣得法, 後至毗羅國. 有長者園, 樹生大耳, 如菌, 味甚美. 惟長者與第二子羅睺羅取而食之, 盡而復生, 餘皆不得見. 時尊者知其宿因, 長者問其故, 尊者曰, 汝家昔供養一比丘, 然此比丘道眼未明, 以虛霑信施, 故報爲木菌, 惟汝與子得以享之.

甘葅和菌耳 : '저葅'는 초채이니, 큰 버섯이 자란다. '여균'은 바로 앞의 구 주에 보인다.

葅, 謂酢菜也, 生大耳. 如菌, 見上句注.

辛膳胹蘁芥 : 『좌전 · 선공 2년』에서 "궁중 요리사로 하여금 곰 발바닥을 삶게 했다"라고 했다.

左傳宣二年, 使宰夫胹熊蹯.

烹鵝雜股掌 炮鼈亂帬介 : 『강남별록』에서 승려 겸명은 시와 술을 좋아하고 거위와 자라 고기를 즐겼다. 열조가 그가 원하는 것을 묻자, "다만 원하는 것은 거위가 네 개의 다리를 지니고, 자라가 두 개의 겹치마를 지녔으면 합니다"라고 했다. 도악의 『오대사보』에도 같은 내용이 보인다. 『시경 · 한혁』에서 "그 안주는 무엇인고, 삶은 자라와 생선이로다"라고 했다.

江南別錄云, 僧謙明好詩酒, 烈祖問其所求, 曰惟願鵝生四个腿, 鼈生兩重裙. 陶岳五代史補亦云. 詩韓奕云, 其殽維何, 炰鼈鮮魚.

小兒哇不美 : 『맹자』에서 "나가서 토하였다"라고 했는데, 주에서 "문밖으로 나가서 토하였다"라고 했다.

孟子, 出而哇之, 注, 出門而哇吐之.

鼠壤有餘蔬 : 『장자 · 천도天道』에서 "쥐구멍의 땅에도 남은 채소가 있다"라고 했다. 『맹자』에서 "상고시대에 자신의 어버이가 죽자 들어다 구렁에 버리고 장례를 치르지 않은 자가 있었다. 후일에 그곳을 지나게 되었는데, 여우와 살쾡이가 파먹고 파리와 등에가 모여서 빨아먹고

있었다"라고 했다.

莊子, 鼠壤有餘蔬. 孟子, 蠅蚋蛄嘬之.

可貴生於少 古來食共噫 : 『예기 · 곡례曲禮』에서 "부모나 시부모가 계신 곳에서는 감히 구역질하고 트림하지 않으며"라고 했다.

記, 不敢噦噫.

尙想高將軍 五溪無人采 : 『명황잡록』에서 고력사가 검주로 귀양갔다. 산골짜기에는 냉이가 많았는데, 사람들이 먹지 않았다. 고력사가 시를 지어 "두 서울에선 근으로 파는데, 오계에서는 따다 먹는 사람이 없구나. 오랑캐와 중하가 비록 서로 다르지만, 그 맛은 도무지 다르지 않구나"라고 했다.

明皇雜錄, 高力士謫黔州. 山谷多薺, 而人不食, 力士作詩曰, 兩京作斤賣, 五溪無人采. 夷夏雖有殊, 氣味都不改.

10. 소손과 갈민수 두 학자가 나의 「식순시」에 화답하니, 그 시에 차운하여 답하다

蕭巽葛敏修二學子和予食筍詩次韻答之[31]

『오씨만록』에서 "산곡이 남쪽으로 갔을 때, 남화의 죽헌에 이르러 시사로 하여금 시판을 낭송하게 하면서 성명을 말하지 말라고 당부하였다. 한 절구를 낭송하니 즉 "산승이 휘장 치고 맞이하지 않지만, 세상에 이런 대나무 맑은 바람은 없을 것이라. 홀로 한 손을 말아 턱을 괴고 누워서, 지나가는 구름이 있는지 없는지 얼핏 살펴보누나"라고 하였다. 서서히 성명을 보면서 "과연 우리 학자 갈민수로다"라고 하였다"라고 했다. 이 편에서 "두 뛰어난 사람 각자 시에 능하도다"라고 한 것이 결단코 지나친 말이 아니다.

吳氏漫錄云, 山谷南還, 至南華竹軒, 令侍史誦詩板, 戒勿言姓名, 誦一絶句云, 不用山僧供帳迎, 世間無此竹風淸. 獨拳一手支頤臥, 偸眼看雲生未生. 徐視姓名曰, 果吾學子葛敏修也. 此篇言二妙各能詩, 端不濫語.[32]

첫 번째 수其一

北饌厭羊酪　　북쪽 음식은 양과 타락이 넘쳐나고

---

31 [교감기] 전본에는 '答之' 아래에 '二首' 두 글자가 있다.

32 [교감기] '端不濫語'는 영원본에는 '果不誣'로 되어 있다.

南庖豐筍菜	남쪽 주방에는 죽순과 채소가 넘쳐나네.
自北初落南	북에서 처음 남쪽으로 떨어질 때
幾爲兒所賣	거의 어린놈들에게 조롱을 당할 뻔하였지.
習知價廉平	청렴한 줄 잘 알기에
百態事烹宰	온갖 방법을 요리사를 구워삶았네.
鹽晞枯腊瘦	비쩍 마른 포에 소금을 뿌려
蜜漬眞味壞	꿀로 담그면 참맛이 다 사라지네.
就根煨茁美	대 뿌리에 나아가 맛난 죽순을 구우니
豈念炮烙債	어찌 포락의 빚을 생각하랴.
咀呑千畝餘	천묘의 대를 씹어 삼키면
胸次不蔕芥	가슴이 시원히 뚫리누나.
二妙各能詩	두 뛰어난 이는 각자 시에 능하여
才名動江介	재명이 강가를 진동하누나.
詩論多佳句	시를 논함에 가구가 많아
膾炙甘我嘬	내 즐겨 고기 먹듯 회자하네.
因君思養竹	그대로 인해 대 기를까 생각하니
萬籟聽秋噫	만뢰에 우는 소리를 듣누나.
從此繕藩籬	이제부터 울타리가 빽빽해질 테니
下令禁漁采[33]	캐지 말라고 명령을 하리라.

33 **[교감기]** 고본의 원교에는 "달리 '下書示漁采'로 된 본도 있다"라고 했다.

【주석】

北饌厭羊酪　南庖豐筍菜 : 한유의 「초남식이원십팔협률初南食貽元十八協律」에서 "내가 귀양을 왔으니,[34] 남방의 음식을 먹는 게 당연하지"라고 했다.

退之詩, 我來禦魑魅, 自宜味南烹.

自北初落南 : 한유의 「남해신묘비」에서 "남방에 떨어져서 돌아가지 못한 사인"이라고 했다.

退之南海神廟碑, 人士之落南不能歸者.

幾爲兒所賣 : 『사기 · 월세가』에서 "도주공의 둘째 아들이 사람을 죽였다. 장남에게 천금을 주고서 둘째 아들을 구해오게 하였다. 이에 초나라로 가서 장생에게 도움을 요청하였다. 장생이 여러 방법으로 둘째를 구원하려고 하였으나, 결국 장남에게 조롱당하게 된 것을 부끄럽게 여겼다. 결국 둘째 아들은 죽고 장남은 그 시체를 가지고 돌아갔다"라고 했다.

史記越世家, 陶朱公中男殺人事. 莊生羞爲兒子所賣.

34　귀양을 왔으니 : '어리매(禦魑魅)'는 도깨비의 재앙을 막게 했다는 것으로, 유배를 당한 것을 뜻한다. 순(舜)이 요(堯) 임금의 신하가 된 뒤에 "네 흉족인 혼돈(渾敦)과 궁기(窮奇)와 도올(檮杌)과 도철(饕餮)을 귀양 보내 사방 변경으로 쫓아내어 도깨비의 재앙을 막게 하였다"라는 말에서 유래했다. 『좌전』에 보인다.

習知價廉平 : 『사기 · 오기전』에서 "오기는 청렴하고 공평하여 전사들의 마음을 얻었다"라고 했는데, 이 구에서 그 글자를 따다 썼다.

史記吳起傳, 起廉平, 能得士心. 此摘其字.

百態事烹宰 鹽晞枯腊瘦 蜜漬眞味壞 就根煨茁美 : '줄茁'은 나옴이다. 앞의 「차운소첨춘채」에 보인다.

茁, 出也. 見前春菜詩注.

豈念炮烙債 : 『사기 · 주기』에서 "서백이 주왕에게 포락의 형벌을 없애 달라고 청하였다"라고 했다.

史記周紀, 西伯請紂去炮烙之刑.

咀吞千畝餘 : 한유의 「남식」에서 "씹어대느라 얼굴에 땀이 나며 붉다"라고 했다. 『사기 · 화식전』에서 "위천에 천묘의 대를 가진 사람은 천호후千戶侯와 대등하다"라고 했다.

退之南食詩, 咀吞面汗騂. 史記貨殖傳, 渭川千畝竹.

胸次不蔕芥 : 사마상여의 「자허부」에서 "넓은 우리 제나라는 운몽택과 같은 것 8~9개를 가슴에 삼켜도 작은 가시 정도에 지나지 않습니다"라고 했다.

子虛賦, 其於胸中, 曾不蔕芥.

二妙各能詩 : 『진서 · 위관전』에서 "삭청과 함께 초서를 잘 써서, 당시에 상서대의 뛰어난 두 사람이라고 불렀다"라고 했다.

晉衛瓘索靖, 俱善草書, 人號爲一臺二妙.

才名動江介 : 『초사』에서 "강가의 유풍에 슬프도다"라고 했다. 좌사左思의 「위도부」에서 "하물며 위나라가 거한 중원의 높고 건조한 지역을 장강 일대의 얕은 늪지에 비교할 수 있는가"라고 했는데, 주에서 "『한시장구』에서 '개介'는 주변이다"라고 했다.

楚辭, 悲江介之遺風. 魏都賦, 與江介之湫湄. 注云, 韓詩章句曰, 介, 界也.

詩論多佳句 膾炙廿我嘬 : 『맹자』와 "구운 적과 양조 중 어느 것이 더 맛있습니까"라고 했다. 이 구에서 시가 사람들의 입에 회자된다는 말이다. 『예기 · 곡례』에서 "적을 한 입에 먹지 말라"고 했는데, 주에서 "최嘬는 한 번에 고기를 다 입에 넣는 것을 이른다"라고 했다.

孟子, 膾炙與羊棗孰美. 言其詩膾炙人口也. 曲禮, 毋嘬炙. 注, 嘬謂一擧盡臠.

因君思養竹 萬籟聽秋噫 : 『장자 · 제물론』에서 "그대는 지뢰는 들었지만 아직 천뢰[35]는 못 들었을 것이다"라고 했다. 또한 "대지가 숨을 내쉬면 그것을 일러 바람이라고 한다"라고 했다.

莊子齊物篇, 汝聞地籟而未聞天籟. 又云, 大塊噫氣, 其名爲風.

---

35 천뢰(天籟) : 1인뢰(人籟)와 지뢰(地籟)의 근본이 되는 대자연의 소리이다.

두 번째 수其二

韭黃照春盤	노란 부추 봄 소반에 빛나고
菰白媚秋菜	흰 줄은 가을 채소로 좋다네.
惟此蒼竹苗	다만 이 푸른 죽순은
市上三時賣	시장에서 세 철 팔린다네.
江南家家竹	강남은 집집마다 대를 키우는데
翦伐誰主宰	자르고 베는 일 누가 맡는가.
半以苦見疎	반은 쓰다고 버림을 받으며
不言甘易壞	달다고 쉽게 상한다 말하지 말라.
葛陂雖龍睡	갈피의 용은 조는데
未索兒孫債	아이들 빚을 갚지 못하네.
獺膽能分杯	수달의 쓸개는 잔을 쪼갤 수 있고
虎魄妙拾芥	호박은 먼지를 모은다네.
此物於食殽	이 사물은 음식과 안주로
如客得儐介	손이 대접받기에 좋다네.
思入帝鼎烹	황제의 솥에서 끓여져야 하니
忍遭飢涎嘬	어찌 허기져 침을 흘린 사람을 만나는가.
懶林供翰墨	한림에서 먹으로 글을 써야 하는데
礁杵風號噫	다듬이 공이가 되어 바람이나 일으키는가.
每下歎枯株	메마른 그루로 매번 등급이 낮아져서
焚如落樵采	초동에게 잘려져 타버리게 되는가.

【주석】

韭黃照春盤 : 구양행주는 「춘반부」를 지었다. 두보의 「입춘立春」에서 "입춘의 봄 소반에 부추가 보드라우니"라고 했다.

歐陽行周有春盤賦. 杜詩, 春日春盤細生菜.

菰白媚秋菜 : 『본초강목』에서 "고근은 줄풀이다. 강남 사람들은 교초라고 부른다"라고 했다. 『본초도경』에서 "달리 교백이라 부른다"라고 했다.

本草, 菰根, 蔣草也. 江南人呼爲茭草. 圖經云, 又謂之茭白.

惟此蒼竹苗 市上三時賣 江南家家竹 翦伐誰主宰 : 『시경 · 감당甘棠』에서 "무성한 감당나무, 자르지도 말고 베지도 말라"라고 했다.

詩, 勿翦勿伐.

半以苦見疎 不言甘易壞 : 『예기禮記 · 표기』에서 "군자의 교제는 물과 같고 소인의 사귐은 단술과 같으니, 군자는 담담한 가운데 교우 관계가 이루어지고 소인은 단맛 때문에 그 관계가 깨진다"라고 했다. 『장자 · 산목』에서 "군자의 사귐은 맑기가 물과 같고, 소인의 사귐은 달콤하기가 단술과 같다. 군자는 담담함으로 친하고, 소인은 달콤하다가 끊어진다"라고 했다.

表記云, 君子之接如水, 小人之接如醴. 君子淡以成, 小人甘以壞. 莊子山木篇, 君子之交, 淡如水, 小人之交, 甘若醴. 君子淡以親, 小人甘以絶.

葛陂雕龍睡 未索兒孫債 : 『후한서 · 비장방전』에서 "비장방이 작별을 하고 집으로 돌아가는데, 노인이 대지팡이 하나를 주면서 말하기를 "이것을 타고 이것이 가는 데로 맡겨두면 스스로 갈 것이다. 이윽고 그곳에 도착하면 갈피의 연못에 던져두어라"라고 하였다. 비장방이 지팡이를 타자 잠깐 사이에 돌아왔다. 곧바로 갈피에 지팡이를 던지고 돌아보니 바로 용이었다"라고 했다. 『장자 · 열어구列禦寇』에서 "황하 가에 가난한 사람이 갈대와 쑥대로 발을 엮어 먹고살았는데, 아들이 못에 빠졌다가 천금 구슬을 얻었다. 아비가 아들에게 말하길 "어서 돌을 가져다 깨버려라. 천금 구슬은 분명 구중 못 속의 용의 턱 아래 있었을 터, 네가 얻을 수 있었던 것은 마침 용이 자고 있었기 때문이다"라 했다"라고 했다.

後漢費長房傳, 長房辭歸, 翁與一竹杖曰, 騎此任所之, 則自至矣. 旣至, 可以杖投葛陂中也. 長房乘杖, 須臾來歸, 卽以杖投陂, 顧視則龍也. 莊子, 千金之珠, 必在驪龍頷下, 子能得之, 必遭其睡也.

獺膽能分杯 虎魄妙拾芥 : 『본초서례』에서 "호랑이가 부르짖으면 바람이 불고, 용이 소리치면 구름이 일어난다. 자석은 바늘을 끌어당기고, 호박은 먼지를 모은다. 옻은 게를 만나면 게를 녹이고, 삼은 옻을 만나면 끓어오르게 한다. 육계가 파를 만나면 연해지고, 나무가 육계를 만

나면 마른다. 청염은 알을 붙게 하고, 수달의 쓸개는 잔에 금이 가게 한다. 그 기상이 서로 관련되어 감응하는 것이 이처럼 많다"라고 했다. 『삼국지』에서 "우번이 12살 때 그 형을 찾아온 고위직의 객이 있었는데, 만나지 못하고 갔다. 우번이 뒤미처 편지를 보내 "호박은 썩은 먼지를 취하지 않고 자석은 굽은 바늘을 잡아당기지 않으니, 손님께서 찾아오셨지만 집에 없는 것이 또한 마땅하지 않겠습니까"라고 하니, 객이 편지를 보고서 기특하게 여겼다"라고 했다.

本草序例云, 虎嘯風生, 龍吟雲起. 磁石引針, 虎魄拾芥. 漆得蟹而散, 麻得漆而湧. 桂得葱而軟, 樹得桂而枯. 戎鹽累卵, 獺膽分杯. 其氣爽有相關感者, 多如此類. 三國志, 虞翻年十二, 客有過其兄, 不遇. 翻追與書曰, 虎珀不取腐芥, 磁石不受曲針, 過而不存, 不亦宜乎. 客得書奇之.

此物於食殽 如客得儐介 : 『한서 · 식화지』에서 조서를 내려 "소금은 음식과 안주의 장수이다"라고 했다.

漢食貨志, 詔曰夫鹽, 食肴之將.

思入帝鼎烹 忍遭飢涎嘬 懶林供翰墨 礁杵風號噫 每下歎枯株 焚如落樵采 : '懶林'은 아마도 글자가 잘못된 듯하다. 시의 의미는 그 시작은 큰 요리에 들어가 상제의 솥에서 삶아지는 것이요, 그다음은 붓이 되어 한림에서 쓰이는 것이요, 가장 낮게는 메말라서 초동에게 베어지는 것이니, 경계하는 뜻을 자못 내포하고 있다. 『주역 · 이괘』의 구사에서 "급

하게 오는지라 기염이 태워 버릴 듯하니, 죽으며 버림을 받는다"라고 했다. 『장자 · 지북유』에서 "장터를 관장하는 벼슬아치가 감독자에게 돼지를 밟게 하여 그 돼지의 살찐 모양을 물을 때도 그 밟는 부분이 엉덩이나 다리로 내려가면 갈수록 전체를 잘 알 수 있는 거요"라고 했다.

懶林, 疑字誤. 詩意謂其始也, 思入大烹, 以享上帝之鼎, 其次爲筆, 以供翰墨, 最下枯槁, 而爲樵夫所采. 頗含箴規之意. 焚如, 見易離卦. 每下愈況, 見莊子知北遊篇.

11. 호조청이 화운시를 보내오자 다시 그 시에 차운하다

胡朝請見和復次韻[36]

人笑庾郎貧	유랑이 가난하다고 사람들은 웃는데
滿胸飯寒菜	가슴 가득 차가운 채소를 먹는다네.
春盤食指動	봄 소반에 식지가 동하고
筍茁入市賣	죽순 나오니 시장에서 사누나.
回首萬錢廚	만전의 주방에 머리를 돌리니
不羨廊廟宰	낭묘의 대신이 부럽지 않도다.
民生暫神奇	백성의 삶은 잠시 맛난 것 좋아하지만
胞雋伐性壞	살진 고기는 생명을 해친다네.
忍持芭蕉身	차마 파초의 몸을 지니고서
多負牛羊債	우양을 저버린 빚이 많도다.
籜龍不稱寃	껍질의 용은 원망하지 않나니
易致等拾芥	쉽게 지푸라기 줍듯이 하네.
蕭蕭煙雨姿	쓸쓸한 연우속의 자태여
壯士持戈介	장사가 창과 갑옷을 지녔구나.
騈頭沸鼎烹[37]	머리 나란히 하고 끓는 솥에서 익어가니
可口垂涎嘬	군침을 흘리게 만들어라.

36 [교감기] 고본에는 '見和' 아래에 '食荀詩輒' 네 글자가 있다.
37 [교감기] '鼎烹'이 전본에는 '鼎鼎'으로 되어 있다.

霜叢負後凋	서리 맞은 떨기 남들보다 뒤에 시드니
玉食香餘噫	옥식에 향기 일어나네.
續詩無全功[38]	더 이상 시를 지을 힘이 없으니
葑菲儻可采[39]	무나 혹시 캐 보려하네.

【주석】

人笑庾郎貧 滿胸飯寒菜 : 『남사南史 · 유고지전庾杲之傳』에서 임방任昉이 희롱하기를 "누가 유랑을 가난하다고 하는가. 항상 27종의 규채를 먹는걸"[40]이라고 했다.

見上.

春盤食指動 : 『좌전』에서 초楚나라 사람이 일찍이 정 영공鄭靈公에게 큰 자라를 바쳤던바, 공자公子 송宋이 공자 가家와 함께 궁전으로 임금을 뵈러 들어갈 때 송의 식지가 저절로 움직이자, 가에게 손가락을 보이면서 말하기를 "전일에 내 식지가 이렇게 움직이면 반드시 별미를

---

38 [교감기] '續'이 고본에는 '讀'으로 되어 있다.

39 [교감기] '儻'은 영원본에는 '倘'으로 되어 있다.

40 임방이 (…중략…) 먹는걸 : 규채는 생선과 채소 반찬을 범칭한 말이다. 남제(南齊) 때의 문신 유고지(庾杲之)가 본디 청빈하여 먹는 것이라고는 오직 '부추김치[韮菹]', '삶은 부추[瀹韮]', '생부추[生韮]' 등 잡채(雜菜)뿐이므로, 임방(任昉)이 그를 희롱하여 위에서처럼 말하였다. 27종이란 곧 구(韮)의 음이 구(九)와 같으므로, 세 종류의 부추 나물을 3×9=27로 환산하여 말한 것인데, 유고지는 실상 세 종류의 부추만을 먹었을 뿐 규채는 없었지만, 임방이 장난삼아 그에게 많은 종류의 규채를 먹는다고 하였다.

먹었다"라고 했다.

左傳, 子公之食指動, 曰他日我如此, 必嘗異味.

筍苗入市賣 回首萬錢廚 不羡廊廟宰 : 『진서 · 하증전何曾傳』에서 "하루에 1만 전錢어치를 대하건만, 오히려 젓가락 댈 데가 없다 하였다"라고 했다. 『문선』에 실린 이릉의 「답소무서」에서 "그대가 돌아온 뒤에 봉지는 조금도 없었다고 들었습니다. 그러나 황제 친척들과 아첨하는 무리들은 모두 조정의 대신이 되었습니다"라고 했다.

日食萬錢, 見上. 文選李陵答蘇武書, 聞子之歸, 無尺土之封, 而親戚貪佞之類, 悉爲廊廟宰.

民生暫神奇 : 『장자 · 지북유』에서 "만물은 하나지만 아름답게 보이는 것은 신기하다고 여기고 추하게 보이는 것은 냄새나서 썩은 것이라고 한다. 그러나 냄새나서 썩은 것이 변화여 신기하게 되고 신기한 것이 다시 변하여 냄새나고 썩은 것이 된다"라고 했다.

見上.

胞犧伐性壞 : 매승의 「칠발」에서 "하얀 이빨과 아름다운 눈썹을 가진 미녀는 생명을 해치는 도끼라고 하며, 달고 부드러운 음식과 살찐 고기 및 진한 술은 장腸을 썩게 하는 독약이라고 합니다"라고 했다. 이 말은 대개 『여씨춘추』에서 취했으니, 즉 "부드러운 살결과 흰 치아를 가

진 미녀를 생명을 손상시키는 도끼라고 하고, 살진 고기와 좋은 술은 장을 썩게 하는 음식이라 한다"라고 했다. '준영雋永'은 살진 고기이다. '포胞'는 마땅히 '肥'로 지어야 하거나, 또는 아마도 '庖'자가 되어야 한다. 『한서 · 동방삭전』에서 "관도공주의 요리사"라고 했는데, 안사고의 주에서 "포胞는 '포庖'와 같다"라고 했다.

枚叔七發云, 皓齒蛾眉, 命曰伐性之斧. 甘脆肥醲, 命曰腐腸之藥. 盖取呂氏春秋, 靡曼皓齒, 命曰伐性之斧. 肥肉厚酒, 命曰爛腸之食. 雋永, 謂肥肉. 胞當作肥, 又疑是庖字. 東方朔傳, 舘陶公主胞人. 師古曰, 胞與庖同.

忍持芭蕉身 : 『유마경』에서 "이 몸은 파초와 같으니 속은 비어 차지 않았다"라고 했다.

見上.

多負牛羊債 : 『능엄경』에서 "사람이 양을 잡아먹으면 그 양은 죽어서 사람이 되고, 사람이 죽으면 양이 된다. 이처럼 죽고 나고 나고 죽는 것이 서로 번갈아 가며 서로 잡아먹는다. 네가 나의 목숨을 저버리면 나는 너의 빚을 갚고, 내가 너의 목숨을 저버리면 네가 나의 빚을 갚아서"라고 했다.

楞嚴經云, 以人食羊, 羊死爲人, 人死爲羊, 死死生生, 互來相噉, 汝負我命, 我還汝債.

籜龍不稱寃 : 노동의 「기남포손」에서 "죽림을 내가 가장 아끼니, 새 죽순 지키기 좋구나. 만 그루 껍질은 용을 감싸고, 죽순이 솟구쳐 숲에 가득하구나"라 했고 또한 "껍질의 용은 원망하나니, 죽여서 너의 입에 넣지 말라. 정녕코 너에게 맡기노니, 너는 껍질의 용을 살릴 수 있겠는가"라고 했다.

盧仝寄男抱孫詩云, 竹林吾最惜, 新筍好看守. 萬籜包龍兒, 攢迸溢林藪. 又云, 籜龍正稱寃, 莫殺入汝口. 丁嚀囑託汝, 汝活籜龍否.

易致等拾芥 : 『한서 · 하후승전』에서 "높은 벼슬자리 오르는 것이 마치 땅에서 지푸라기 줍는 것과 같다"라고 했다.

夏侯勝傳, 如俯拾地芥

蕭蕭煙雨姿 壯士持戈介 : 두목지의 「만청부」에서 "대숲 안팎이여, 십만의 장부가 있도다. 갑옷과 칼날이 삼엄하여, 빽빽한 진이 빙 둘러 있도다"라고 했다.

杜牧之晩晴賦, 竹林外裏兮, 十萬丈夫. 甲刃樅樅, 密陣環侍.

駢頭沸鼎烹 : 『주역』에서 "물고기를 꿰듯이 하여 궁인宮人이 총애를 받듯이 한다"라고 했는데, 주에서 "관어貫魚는 다섯 음을 이르니, 머리를 나란히 하고 차례로 있는 것이 마치 물고기를 꿴 듯하다는 뜻이다"라고 했다. 한유의 「우어」에서 "머리를 나란히 하고 같은 가지에 꿰어

있네"라고 했다.

易, 貫魚, 以宮人寵. 注曰, 貫魚, 謂五陰,[41] 駢頭相次, 似貫魚也. 退之叉魚詩, 駢頭類同條.

可口垂涎嚗 : 『장자』에서 "삼황오제의 예의禮義와 법도法度를 열매에 비유하자면 아가위나무, 배나무, 귤나무, 유자나무의 열매와 같을 것이다. 그 나무들의 열매의 맛은 서로 다르더라도 사람의 입맛에 맞는다는 점에서는 모두 같다"라고 했다. 두보의 「음중팔선가飮中八仙歌」에서 "길에서 누룩 수레만 보아도 군침을 흘리면서"라고 했다.

莊子云, 其味相反, 而皆可於口. 杜詩, 道逢麴車口流涎.

霜叢負後凋 玉食香餘噫 : 『서경』에서 "임금만이 진귀한 음식을 받을 수 있다"라고 했다. 진나라 왕준은 진귀한 음식을 먹고 비단을 입었다.

書, 惟辟玉食. 晉王濬, 玉食錦服.

續詩無全功 : 『열자·천서天瑞』에서 "천지 사이에는 완전한 공이 없고, 성인에게는 완전한 능력이 없다"라고 했다.

列子, 天地無全功, 聖人無全能.

葑菲儻可采 : 『시경·곡풍谷風』의 "순무를 캐고 순무를 뜯는 것은 뿌

41 [교감기] 살펴보건대 통행본 왕필의 주에서는 '五陰'이 '衆陰'으로 되어 있다.

리 때문이 아니니"라고 했다.

詩, 采葑采菲.

12. 입춘
立春

韭苗香煮餠	부추 싹이 자병에 향기로우니
野老不知春[42]	들판 노인이라도 봄을 알지 못하랴.
看鏡道如咫	거울 보니 도는 지척인 듯한데
倚樓梅照人	누대 기댄 사람 매화가 비추누나.

【주석】

韭苗香煮餠 : 최실의 「사민월령」에서 "입추에는 끓인 떡을 먹지 않는다"라고 했다.

崔實四民月令曰, 立秋無食煮餠.

野老不知春 看鏡道如咫 倚樓梅照人 : 두보의 「강상江上」 시에, "훈업은 염려되어 자주 거울을 보고, 행장엔 어두워 홀로 누각을 기대네"라고 했다. 한유의 「춘설간조매」에서 "차가운 빛은 사람을 비추는데 돕누나"라고 했다. 조하의 「장안만가長安晚歌」에서 "사람이 누대에 기대어 있으니 긴 젓대 소리 들리네"라고 했다.

杜詩, 勳業頻看鏡, 行藏獨倚樓. 退之春雪間早梅詩, 寒光助照人. 趙嘏詩, 長笛一聲人倚樓.

42 [교감기] '不'는 고본과 건륭본에는 '亦'으로 되어 있다.

13. 호조의 서신지에게 보내다

寄舒申之户曹

『연보』에서 "서신지의 이름은 권이다"라고 했다.

年譜, 舒申之名卷

吉州司户官雖小	길주 사호의 관직은 비록 낮지만
曾屈詩人杜審言	일찍이 굴원 같은 시인이었던 두심언이라네.
今日宣城讀書客	지금은 선성의 독서하는 객이 되어
還趨手板傍轅門	도리어 홀을 들고 내달려 원문 옆으로 가네.
江山依舊歲時改	강산은 변함없지만 세월만 흘러가니
桃李欲開煙雨昏	도리는 피려하지만 연우는 짙누나.
公退但呼紅袖飮	공무에서 물러나 다만 기녀 불러 술 마시니
剩傳歌曲教新翻	가곡을 실컷 부르게 하여 새로 편곡해보게나.

【주석】

吉州司户官雖小 曾屈詩人杜審言 : 『당서·두심언전』에서 "재주가 높은 것을 믿고서 세상을 오시하여 시기를 받았다. 일찍이 사람들에게 "나의 문장은 굴원과 송옥을 얻었다"라고 했다. 아관이 되었다가 낙양의 승으로 옮겼다. 일에 연좌되어 길주사호참군으로 좌천되었다. 두심언의 아들 두한을 낳았고, 두한은 두보를 낳았으니, 두보의 자는 자미

이다"라고 했다.

唐杜審言傳, 恃才高以傲世, 見疾. 嘗語人曰, 吾文章當得屈宋. 作衙官, 遷洛陽丞, 坐事貶吉州司戶參軍. 審言生子閑, 閑生甫, 字子美.

今日宣城讀書客 還趨手板傍轅門 : 『진서·왕휘지전』에서 왕휘지가 환충의 기병참군이 되었다. 환충이 일찍이 "그대가 부府에 있은 지 오래 되었으니, 요즘에는 의당 사무를 잘 알아서 처리하겠지"라 하자, 수판으로 턱을 괴고는 엉뚱하게 "서산의 이른 아침에 상쾌한 기운을 불러옵니다"라고 했다. 『한서·항우전』에서 "제후들이 장차 원문에 들어올 때 무릎으로 기어서 앞으로 나오는 것을 항우는 바라보았다"라고 했다.

趨手板, 見上. 項羽傳, 羽見諸侯將入轅門, 膝行而前.

江山依舊歲時改 桃李欲開煙雨昏 公退但呼紅袖飮 : 『시경·고양羔羊』에서 "공무에서 퇴근하여 식사하니"라고 했다.

詩, 自公退食.

剩傳歌曲敎新翻 : 원진의 「연창궁사」에서 "새로 작곡한 몇 개의 곡조 훔쳐 베꼈습니다"라고 했다. 유우석의 「양류지사」에서 "새로 개편한 양류지 곡조를 들어보게나"라고 했다.

元稹連昌宮詞, 偸得新翻數般曲. 劉禹錫楊柳枝詞, 聽唱新翻楊柳枝.

14. 두중관의 시에 차운하다

次韻杜仲觀二絶[43]

첫 번째 수其一

鳥啼花動却春寒	새가 울고 꽃이 피었는데 갑자기 봄날 추우니
香壓靑旗卷畫干	향기는 청기를 누르고 그림 난간에 맴도네.
多事今年廢詩酒	일이 많아 올해는 시와 술을 폐하니
煩君傳語問平安	그대 번거롭게도 소식 전하며 안부를 묻누나.

【주석】

鳥啼花動却春寒 香壓靑旗卷畫干 多事今年廢詩酒 煩君傳語問平安 : 『유양잡조酉陽雜俎』에서 이위공이 말하기를 "북도北都의 동자사童子寺에 대한 떨기가 있었는데 겨우 두어 척 자라자 절의 강유화상綱維和尙이 아침마다 절에게 잘 지냈냐고 물었다"라고 했다.

用李衛公報竹平安, 借取其字.

두 번째 수其二

重簾複幕和風雨	두 겹의 주렴과 휘장에 풍우가 몰아오니
無奈催沽鳥喚人	제호로가 사람을 부르니 어찌하리오.

43 [교감기] 건륭본에는 '次韻' 아래 '答'자가 있다.

只是樽前欠狂客	다만 술동이 앞에 광객이 없으니
舞娃冰雪酒磷磷	옥 같은 살결의 춤추는 기녀에 술이 맑구나.

【주석】

重簾複幕和風雨 無奈催沽鳥喚人 : 제호로는 새 이름이다. 구양수의 「제조啼鳥」에서 "꽃 위에 홀로 제호로[44]가 있어서, 술 사서 꽃그늘 앞에서 취하라고 권하누나"라고 했다.

鳥名提壺盧, 見上注.

只是樽前欠狂客 舞娃冰雪酒磷磷 : 한유의 「단등경가短燈檠歌」에서 "노란 주렴 푸른 장막에 붉은 문이 열리네"라고 했다. 당나라 하지장은 자호를 사명광객이라 했다. 『장자』에서 "묘고야藐姑射 산에 신인神人이 살고 있는데, 살결이 얼음 눈과 같다"라고 했다. 『시경 · 양지수』에서 "느릿느릿 흘러가는 물이여 흰 돌이 깨끗하고 깨끗하도다"라고 했는데, 주에서 "물이 맑아서 돌이 들여다보이는 것이다. 인粼은 또한 '인磷'으로 쓰기도 한다"라고 했다.

退之詩, 黃簾綠幕朱戶閉. 唐賀知章自號四明狂客. 莊子云, 肌膚若冰雪. 詩楊之水, 白石粼粼. 注, 淸徹也, 粼亦作磷.

44 제호로(提壺盧) : 새 이름인데, 그 울음소리가 한문으로 '술병을 들어'라는 뜻이 된다.

15. 다시 두중관의 시에 차운하다

再次韻杜仲觀二絶45

첫 번째 수其一

短舞朱裙愜醉看	짧은 춤의 붉은 치마는 취해 보기 좋은데
惜公官守隔江干	아쉽도다, 공이 근무하느라 강 너머에 있는 게.
遙憐得句無人賞	좋은 구절 얻어도 감상해 줄 사람 없어 가련하니
走馬城東覓道安	성의 동쪽으로 말을 달려 도안을 찾아보려네.

【주석】

短舞朱裙愜醉看 : 도악의 「영릉기」에서 "장사왕 발이 주상 앞에서 스스로 짧은 춤을 추니 사람들이 그 졸렬함에 비웃었다"라고 했다.

陶岳零陵記, 長沙王發於上前, 自爲短舞, 人笑其拙.

惜公官守隔江干 遙憐得句無人賞 走馬城東覓道安 : 『진서·습착치전』에서 상문의 승려 도안이 습착치와 처음 만났을 때 도안이 "천하에 내 이름을 모르는 이가 없는 승려 도안이오"라 하자, "사해를 진동시킨 습착치올시다"라고 했다. 이 구는 당시에 절에서 노닐고 있음을 이른다.

---

45 [교감기] 시의 제목에 원래는 '杜仲觀二絶' 다섯 글자가 없었는데, 고본에 의거하여 보충하였다.

習鑿齒傳, 時有桑門釋道安, 俊辯有高才, 與鑿齒初相見, 道安曰彌天釋道安, 當謂遊寺.

두 번째 수其二

詩家二杜見仍雲	시가의 두 두 씨가 훌륭한 자손을 보았으니
佳句風流照映人[46]	아름다운 시구의 풍류는 밝게 사람을 비추누나.
靑眼向來同醉醒	봄날 조는 것은 이전부터 취하고 깨는 것이 같았는데
白頭相望不緇磷	백두에 서로 바라보니 변하지 않았구나.

【주석】

詩家二杜審見仍雲 : 두심언과 및 두보를 가리킨다. 잉운仍雲은 『이아』에 보인다. 즉 "현손玄孫의 자식이 내손來孫이 되고 내손의 자식이 곤손昆孫이 되며, 곤손의 자식이 잉손仍孫이 되고 잉손의 자식이 운손雲孫이 된다"라고 했다.

審言及甫. 仍雲, 見爾雅.

佳句風流照映人 靑眼向來同醉醒 白頭相望不緇磷 : 『논어 · 양화陽貨』에

46 [교감기] '佳句'는 영원본에는 '詩句'로 되어 있다.

서 "아무리 갈아도 얇아지지 않으니, 견고하다고 해야 하지 않겠는가. 아무리 물을 들여도 검어지지 않으니, 결백하다고 해야 하지 않겠는가"라고 했다. 두보의 「별최이인기설거맹운경別崔潩因寄薛據孟雲卿」에서 "다만 닳고 검어지지 않으려고 힘썼는가"라고 했다.

論語, 磨而不磷, 涅而不緇. 杜詩, 但取不緇磷.

16. 사일에 군용 주부에게 받들어 보내다

社日奉寄君庸主簿

하군용은 태화의 주부이다.

何君庸爲太和簿.[47]

花發社公雨	사공의 비에 꽃이 피어야 하는데
陰寒殊未開	차가운 음기에 아직 피지 않았네.
初聞燕子語	처음으로 제비 지저귐을 듣나니
似報玉人來	옥인이 온 것 알려 주는 것 같아라.
遮眼便書冊	서책에 눈을 가리고
挑聾欺酒杯	귀 먹은 거 다스리는데 술이 부족하누나.
傳聲習主簿	습 주부는 명성을 드날렸는데
勤爲撥春醅	부지런히 봄 술도 걸렀다네.

【주석】

花發社公雨 : 퇴지 한유의 「억작행憶昨行」에서 "사공社公[48]에게 예를 마치니 원후元侯가 돌아왔네"라고 했다.

社公, 見上.

47 [교감기] '太和'는 원래 '太知'로 되어 있었는데, 지금 전본과 건륭본을 따른다.

48 사공(社公) : 토지(土地)의 신(神)을 가리킨다.

陰寒殊未開 初聞燕子語 似報玉人來 : 원진은 「장군전」을 지었다. 그 안에서 최앵앵崔鶯鶯이 지은 시에서, "달 기다려 서쪽 행랑으로 갔다가, 바람 맞으려 문을 반쯤 열었네. 담장 스치며 꽃 그림자 움직이니, 아마도 옛사람이 왔는가"라고 했다.

元稹作張君傳, 崔氏詩曰, 待月西廂下, 迎風戶半開. 拂墻花影動, 疑是玉人來.

遮眼便書冊 : 『전등록』에서 어떤 승려가 약산藥山에게 "어찌하여 경을 보고 계십니까"라 묻자, 약산선사가 "다만 눈가림하고 있다"라고 했다.

傳燈錄, 僧問藥山, 爲什麽看經, 師曰只圖遮眼.

挑聾欺酒杯 : 『이씨담록』에서 "이도 상공의 어렸을 때 자는 사공으로, 병부를 맡았다. 당시 문방공도 한림학사가 되었는데, 달마다 궁에서 술이 나왔다. 병부의 「인춘사기방」에서 "사공은 오늘 마음을 골몰하니, 술 한 병을 빌어 귀먹은 걸 치료하네"라고 했다. 세속에서 "사일의 술은 귀먹은 것을 치료한다"고 한다"라고 했다. '治'의 음은 '持'이며, '挑'는 마땅히 '治'로 지어야 하며, '欺'는 마땅히 '欠'으로 지어야 한다. 유소중의 시구에서 "손님 불러 술 마시면서 귀먹은 걸 치료하니, 애오라지 다시 나의 술잔을 비우네"라고 했다.

李氏談錄, 李相濤, 小字社公, 爲兵部. 時文公昉爲翰林學士, 月給內醞. 兵部因春社寄昉詩云, 社公今日没心情, 爲乞治聾酒一缾. 俗云, 社日酒治聾. 治音持. 挑當作治, 欺當作欠. 劉蕭仲社日, 招客飲治聾, 聊復盡余盃.

傳聲習主簿 勸爲撥春醅 : 『진서 · 습착치전』에서 습착치가 환온의 서조 주부가 되었다. 환온이 "한갓 30년을 책을 읽는 것은 한 번 습 주부가 되는 것만 못하다"라고 했다. 이백의 「양양가襄陽歌」에서 "마치 포도주를 막 걸러낸 듯"이라 했다.

晉習鑿齒傳, 爲桓温西曹主簿, 温曰三十年看儒書, 不如一詣習主簿. 太白詩, 恰似蒲萄新撥醅.

17. 왕주부의 집에서 도미화를 보다

觀王主簿家酴醿

肌膚冰雪薰沉水　　피부는 빙설 같고 향기는 침수향 같으니
百草千花莫比芳　　백천의 화초 그 아름다움 비할 수 없네.
露濕何郎試湯餅　　이슬에 젖는 모습 하랑이 탕병을 먹는 듯
日烘荀令炷爐香　　햇볕에 그을리니 순령이 화로에
　　　　　　　　　향을 태우는 듯
風流徹骨成春酒　　풍류는 뼈에 스며들어 봄 술이 되고
夢寐宜人入枕囊　　잠자는 침낭에 넣어도 사람에게 좋아라.
輸與能詩王主簿　　시에 능한 왕주부 집에 온통 피니
瑤臺影裏據胡床　　요대의 그림자 속에서 호상에 걸터앉노라.

【주석】

肌膚冰雪薰沉水 : 『장자』에서 "묘고야藐姑射 산에 신인神人이 살고 있는데, 살결이 얼음 눈과 같고, 처녀처럼 아름다웠다"라고 했다.

肌膚冰雪, 見上.

百草千花莫比芳 : 백거이의 시구에서 "푸른 물에 붉은 연꽃 한 송이 피니, 천백의 화초들이 모두 빛을 잃더라"라고 했다. 양문공의 『담원』에서 칭찬한 정문보의 시구에서 "백초와 천화의 길에, 바람에 가랑

비 빗겨 내리네"라고 했다.

白居易詩, 綠水紅蓮一朶開, 千花百草無顔色. 楊文公談苑稱鄭文寶詩, 百草千花路, 斜風細雨天.

露濕何郎試湯餠 : 『어림』에서 "하평숙은 자태가 아름다웠으며 얼굴이 대단히 희었기에 위 문제가 화장을 하였는가하고 의심하였다. 여름에 뜨거운 탕병을 주었는데, 이윽고 먹게 되자 땀을 많이 흘렸다. 이에 붉은 옷으로 닦으니 낯빛이 더욱 하얗게 빛이 났다"라고 했다. 평숙은 하안이다. 위나라 초기에 공주에게 장가들었다.

語林曰, 何平叔美姿儀, 面絶白, 魏文帝疑其著粉. 夏月與熱湯餠, 旣啖大汗出, 隨以朱衣自拭, 色轉皎然. 平叔, 何晏也. 魏初尙主.

日烘荀令炷爐香 : 『양양기』에서 "유계화는 본성이 향을 좋아하였다. 항상 변소에 갔다가 돌아오면서 곧바로 향로 위를 지나갔다. 주부 장탄이 "사람들이 공을 속세 사람이라고 하는데, 거짓말이 아닙니다"라 하니, 계화가 "순령군순욱이 남의 집에 이르면 3일 동안 향이 난다고 하는데 나와 비교해서 어떠한가"라 하니, 장탄이 "추녀가 서시를 본 떠 얼굴을 찡그리면 보는 자들이 멀리 달아난다고 하니, 공은 저도 달아나게 하고 싶습니까"라 하였다. 이에 계화가 크게 웃었다"라고 했다. 시인들이 꽃을 읊을 때는 대부분 미녀에 비교하는데, 산곡은 도미화를 읊으면서 미장부에 비교하였다. 이 내용은 『냉재야화』에 보인다. 의산

이상은의 「수최팔조매酬崔八早梅」에서 "사장謝庄은 옷소매에 눈이 휘날리고, 순욱은 향로에 향을 바꾸네"라고 했다.

襄陽記, 劉季和性愛香, 常如厠, 還輒過香爐上, 主簿張坦曰, 人名公作俗人, 不虛也. 季和曰, 荀令君至人家, 坐席三日香, 與我如何. 坦曰, 醜婦效顰, 見者必走. 公欲坦遁走耶. 季和大笑. 詩人詠花多比美女, 山谷賦酴醾獨比美丈夫. 見冷齋夜話. 李義山詩, 謝郎衣袖初翻雪, 荀令薰爐更換香.

風流徹骨成春酒 : 지국 한유韓維의 「도미酴醾」에서 "매번 봄이 돌아갈 때면 남은 한이 있어, 그 모습 오히려 술잔 속에 있구나"라고 했다.

韓持國詩, 每至春歸有遺恨, 典刑原在酒杯中.

夢寐宜人入枕囊 : 『세설신어』에서 "도미화로 침낭을 만들었다"라고 했다. 『전집 · 도미시』에서 "이름은 술에서 기인했는데, 풍류는 꽃잎 담은 베개 자루에 부치네"라고 했는데, 이 구의 의미와 같다.

世說, 有以酴醾花作枕囊. 前集酴醾詩, 名字因壺酒, 風流付枕幃. 與此句意同.

輸與能詩王主簿 瑤臺影裏據胡床 : 『진서 · 환이전桓伊傳』에서 "왕휘지가 청계靑溪 옆에 배를 대는데, 환이가 그 언덕을 지나고 있었다. 이에 사람을 시켜 환이에게 말하길 "듣건대, 그대가 피리를 잘 분다고 하던데, 나를 위해 한 곡조 연주해주시게"라 했다. 이에 환이가 호상胡床에 쭈그

리고 앉아 세 곡조를 연주했다"라고 했다.

晉王徽之泊舟淸溪側, 桓伊於岸上過, 謂伊曰,[49] 聞君善吹曲, 爲我一奏.[50] 伊據胡床, 爲作三調弄.

49 [교감기] '謂'자는 원래 빠져 있었는데, 전본에 의거하고 아울러 『세설신어·임탄(任誕)』을 참고하여 보충하였다.

50 [교감기] '一'자는 원래 빠져 있었는데, 전본에 의거하고 아울러 『세설신어·임탄(任誕)』을 참고하여 보충하였다.

18. 도미화

酴醾

漢宮嬌額半塗黃	한궁의 어여쁜 이마에 반은 노란색을 칠하니
入骨濃薰賈女香	뼈에 스며드는 짙은 훈내는 가녀의 향이로다.
日色漸遲風力細	해가 점점 길어지고 바람은 약해지는데
倚欄偷舞白霓裳	난간에 기대어 예상우의를 훔쳐 추노라.

【주석】

漢宮嬌額半塗黃 : 『후한서 · 마원전』에서 "성안에 도성 안에서 긴 눈썹을 좋아하면 사방의 외방에서는 이마의 절반이나 되게 눈썹을 그린다"라고 했다. 『유괴록』에서 파공巴邛이라는 사람은 누구인지 모른다. 귤 과수원을 가꾸었는데, 큰 눈이 내린 뒤 귤들을 수확하고 나니 서 말들이 옹기만한 두 개의 커다란 귤이 있었다. 파공이 이상하게 여겨 귤을 따서 갈라보니 각각의 귤마다 두 노인이 앉아서 장기를 두었는데, 모습이 상산사호처럼 눈썹이 희고 피부가 붉고 윤택했다. 귤을 가른 뒤에도 놀라지 않고 다만 내기 장기만을 두었다. 어떤 노인이 상대방에게 "자네가 내게 졌네. 지경액황 12매를 나에게 주게"라고 했다. 왕안석의 「매화」에서 "한궁의 어여쁜 이마 반 노란색을 칠하니, 엷은 화장 빛에 싸늘한 한기가 스며드네"라고 했다. 시구가 우연히 같으니, 이곳에 기록하여 둔다.

後漢馬援傳, 城中好廣眉, 四方且半額. 幽恠錄, 橘中四老, 一叟曰, 君輸我智瓊額黃十二枚. 王介甫梅花詩, 漢宮嬌額半塗黃, 粉色凌寒透薄粧. 詩句偶同, 附載于此.

入骨濃薰賈女香 : 『진서 · 가밀전』에서 "모친 가오는 가충의 막내딸이다. 하급 관리 한수가 막내딸과 사통하였는데, 집안사람은 아는 자가 없었다. 당시 서역에서 기이한 향을 진상하였는데, 한 번 사람에게 뿌리면 한 달이 지나도 향이 없어지지 않았다. 황제가 가충에게 그 향을 주었는데, 딸이 몰래 훔쳐서 한수에게 주었다. 가충의 부하 관료들이 한수와 함께 거처하면서 그 향기를 맡게 되고서 가충에게 칭찬하였다"라고 했다.

晉賈謐傳, 毋賈午, 充少女也. 吏韓壽, 與女通, 家中莫知. 時西域貢奇香, 一著人則經月不歇. 帝以賜充, 女密盜以遺壽. 充寮屬與壽燕處, 聞其芬馥, 稱之於充. 云云.

日色漸遲風力細 倚欄偷舞白霓裳 : 『초사』에서 "푸른 구름의 옷이며 하얀 무지개 치마여"라고 했는데, 주자의 주에서 "청의 백예상이라고 한 것은 해가 동방에서 나오고 서방으로 들어가기 때문이다. 그러므로 그 색을 사용하였다"[51]라고 했다. 여기서 이 말을 차용하였다. 『양태진외전』에서 "나아가서 뵈면 날마다 「예상우의곡」을 연주하였다"라고 했

51 해가 (…중략…) 사용하였다 : 푸른색은 동방을, 흰색은 서방을 상징한다.

다. '투偸'자는 백거이의 「봉화배령공奉和裵令公」에서 "난초는 순욱의 향기를 훔쳤고"에서의 투偸와 뜻과 같다.

楚辭, 青雲衣兮白霓裳. 朱元晦注, 青衣白霓裳, 日出東方入西方, 故用其色. 今借使. 楊太眞外傳, 進見日奏霓裳羽衣曲. 偸字如樂天詩, 蘭偸荀令香之意.

19. 공사가 왕기옥의 집에서 술을 마시며 지은 장운에 내가 화답하여 보내었는데, 그 시를 보고 원옹이 좌중에서 다시 차운하였다. 인하여 내가 다시 그 시에 차운하면서 원옹을 이끌어 함께 지어서 분성으로 보내다

元翁坐中見次元寄到和孔四飲王夔玉家長韻因次韻率元翁同作寄湓城

기옥의 이름은 구로, 태화 사람이다. 시랑 왕지의 아들이다.

夔玉名球, 太和人, 侍郎王贄之子.

雨罷山澤明	비 그치니 산의 못이 밝고
日長花柳困	해가 길어지니 꽃버들이 늘어지네.
遊絲上天衢	아지랑이 하늘 높이 올라가니
觀物得無悶	사물 바라보매 근심이 없어라.
時從顧曲人	때로 곡조 돌아보는 사람을 따르니
筍饌酌春醞	죽순 반찬에 봄 술 따르누나.
季子未識面	계자는 얼굴을 알지 못하지만
想見眉目俊	미목이 준수할 것이라.
新詩如鳴弦	새로 지은 시는 우는 악기와 같아
快讀開鄙吝	경쾌하게 읽으니 비린한 흉금을 트이게 하네.
銅官魯諸生	동관의 노 제생은
事道三無慍	도를 섬겨 세 번 쫓겨나도 화를 내지 않구나.

比來工五字	근래 오언시에 뛰어나
句法妙何遜	구법이 하손처럼 오묘하네.
枯棊覆吳圖	바둑으로 오나라 엎을 계획하고
青簡玩秦燼	진이 태우고 남은 청간을 읽누나.
葉暗黃鳥時	꾀꼬리 울 때 잎에 그늘지고
風號報花信	바람 불 때 꽃소식 알리네.
遙仰吟思苦	멀리서 우러르며 괴롭게 읊조리니
江錦割向盡	강엄의 비단은 이제 다 헤어졌네.
應煩王公子	응당 왕공자를 번거롭게 하리니
又破黃封印	또한 도장 찍힌 노란 봉지를 뜯겠지.

【주석】

雨罷山澤明　日長花柳困 : 두보의 「강반독보심화江畔獨步尋花」에서 "봄 경치 나른한데 미풍에 기대 있네"라고 했다.

老杜, 春光嬾困倚微風.

遊絲上天衢 : 간문제의 「춘일」에서 "지는 꽃은 제비 따라 들어오고, 거미줄에 나비 묶여 놀라네"라고 했다. 두보의 「제성중원벽題城中院壁」에서 "지는 꽃과 거미줄은 대낮에 고요하네"라고 했다.

簡文帝春日詩, 落花隨燕入, 遊絲帶蝶驚. 老杜, 落花遊絲白日靜.

觀物得無悶 : 『주역 · 건괘乾卦』에서 "세상을 피해 은둔하되 걱정함이 없다"라고 했다. 유령劉伶의 「주덕송酒德頌」에서 "굽어서 만물을 관찰한다"라고 했다.

易, 遯世無悶. 酒德頌云, 俯觀萬物.

時從顧曲人 : 『오지吳志 · 주유전』에서 "연주가 틀린 부분이 있으면 반드시 알았으며 알고 나면 반드시 그쪽을 돌아보았다"라고 했는데, 즉 주원옹을 말한 것이다.

周瑜傳, 曲有誤, 周郎顧. 以言周元翁.

筍饌酌春醞 季子未識面 想見眉目俊 新詩如鳴弦 快讀開鄙吝 : 『후한서 · 황헌전』에서 진번陳蕃과 주거周擧가 항상 그를 칭찬하며 "잠시라도 황생을 보지 못하면 마음속에 비린한 생각이 싹튼다"라고 했다.

後漢黃憲傳, 時月之間, 不見黃生, 則鄙吝之萌, 復存乎心.

銅官魯諸生 事道三無慍 : 태백 이백의 「동관산銅官山」에서 "나는 동관의 음악을 좋아해, 천 년 동안 그곳에서 떨어지지 않을 거라 여기네. 모름지기 소매를 돌리며 춤을 추는데, 오송산을 다 쓸어버릴 듯하네"라고 했다. 『논어』에서 "영윤令尹 자문子文이 세 번 벼슬에 나아가 영윤이 되었지만 기뻐하는 기색이 없었으며 세 번 그만두었지만 화나는 기색이 없었다"라고 했다.

見上.

比來工五字 句法妙何遜 : 양기실은 수부랑을 겸하였다. 하손의 자는 중언으로 시집이 전한다.

梁記室兼水部郎. 何遜字仲言, 有詩集.

枯棊覆吳圖 : 『문선』에 위소韋昭의 「박혁론」에서 "무릇 나무로 만든 바둑판 하나와 제후국 봉토封土 중에서 어느 것이 더 중요한가? 바둑돌 삼백 개와 만인萬人을 거느리는 장수 중에서 어느 것이 더 중요한가?" 라고 했다. 두목의 「송국기왕봉」에서 "이별한 뒤에 죽창의 풍설이 치는 밤에, 등잔이 까막까막하는데 오나라 정복 시킬 방법 찾누나"라고 했다. 『제서』에서 "낭야의 왕항이 제일품이요, 오군의 저사장과 회계의 하적송이 제2품이다"라고 했다. 송 문제 시기에 양현보가 장난삼아 바둑돌을 놓아보다가 황제 앞으로 돌아와서 복기하였다.

文選博奕論云, 夫一木之枰, 孰與方國之封. 枯棊三百, 孰與萬人之將. 杜牧送國棊王逢云, 別後竹窗風雪夜, 一燈明滅覆吳圖. 齊書曰, 能棊人, 琅邪王抗爲第一品, 吳郡褚思莊會稽夏赤松第二品. 宋文帝世, 羊玄保戲因製局圖, 還於帝前覆之.

青簡玩秦爐 : 『후한서 · 오우전』에서 "부친이 오회가 남해의 태수가 되어 죽간의 푸른 기운을 눅여 경서를 베껴 썼다"라고 했다.

後漢吳祐傳, 殺靑簡以寫書.

葉暗黃鳥時 : 『시경 · 개풍凱風』에서 "아름답고 온순한 꾀꼬리 보소, 꾀꼴꾀꼴 그 소리 듣기 좋아라"라고 했다.

見上.

風號報花信 : 『동고잡록』에서 "강남에 초봄부터 초여름까지 24번의 바람 소식이 있다. 매화풍이 첫 번째이고 연화풍이 가장 마지막이다"라고 했다. 당나라 무명씨의 시에서 "연화가 핀 뒤 풍광이 좋고, 매화가 익을 때의 비는 짙게 내리네"라고 했다. 원헌 안수晏殊의 구절에서 "스물네 번의 꽃 피게 하는 바람"이라고 한 것이 바로 이것이다.

東皐雜錄云, 江南自初春至初夏, 有二十四風信, 梅花風最先, 楝花風最後. 唐人詩曰, 楝花開後風光好, 梅子黃時雨意濃. 晏元獻詩亦曰, 二十四番花信風, 是也.

遙仰吟思苦 江錦割向盡 : 『남사 · 강엄전』에서 "꿈속에 한 사람이 나타나 자칭 경양 장협張協이라고 하면서 "전에 그대에게 비단 한 필을 빌려주었는데, 지금 돌려받아야겠다"라고 하였다. 이에 품속을 뒤져 두어 척의 비단을 찾아 주었다. 그 사람이 매우 화를 내면서 "어찌하여 갈기갈기 조각내었는가"라고 하고는 구지를 돌아보며 "이 두어 척 비단은 쓸모가 없으니 그대에게 주겠소"라고 했다. 이로부터 강엄의 문장이

쇠퇴해졌다"라고 했다.

南史江淹傳, 夢一人自稱張景陽, 謂曰前以一疋錦相借, 今可見還. 探懷中, 得數尺, 與之. 此人大恚曰, 那得割截都盡. 顧見丘遲曰, 餘此數尺無所用, 以遺君. 自是淹文章躓矣.

應煩王公子 又破黃封印 : 궁주는 황라파로 봉한다. 동파가 「답서액제공答西掖諸公」에서 "임금의 술이 날마다 노랗게 봉한 데서 쏟아지네"라고 한 것이 바로 이것이다.

宮酒, 以黃羅帕封之. 東坡所謂上尊日日瀉黃封, 是也.

20. 공사의 운에 다시 차운하여 화원옹 형제에게 보내고 아울러 의보에게 안부 삼아 묻다

再次孔四韻寄懷元翁兄弟幷致問毅甫52

書帙蠹魚乾	서책은 좀벌레에 말라가고
爐香眠鴨困	화로의 향에 기러기는 노곤하게 조누나.
佳人來無期	가인은 올 기약이 없어
詩句且排悶	시구를 지어 번민을 풀어보네.
遙知烏衣遊	멀리서 알겠네, 오의항에서 노닐며
棊局具肴醞	바둑 두고 술과 안주 즐길 것을.
爭道嘲不恭	길을 다퉈 공손하지 않다고 조롱하고
鏖兵勞得俊	병사 죽이며 왕을 잡느라 수고하네.
頗尋文獻盟	자못 문헌의 맹세를 찾으며
不落市井吝	시정의 비린함으로 떨어지지 않구나.
四月明朱夏	사월 붉은 여름날 밝으니
南風解人慍	남풍이 사람의 화를 풀어주누나.
風前懷二陸	바람 앞에서 두 육 씨를 생각하나니
家法窺抗遜	가법은 육항, 육손에서 볼 수 있네.
身有三尺桐	몸에 세 척의 오동을 지녔으니
爨下得餘燼	밥 지우며 태워도 남은 것 얻었네.

52 [교감기] 고본에는 '再次韻'의 '再'자가 없다.

端可張洞庭	분명코 동정호에서 연주할 수 있는데
寥濶世未信	적막하니 세상이 믿지 않구나.
爲我謝孔君	나를 위해 공군에게 안부 전해주시오
擧酒取快盡	술잔 들어 단숨에 들이키네.
世故安足存	세상일을 어찌 마음에 두랴
靑天飛鳥印	푸른 하늘에 새가 점점이 날아가누나.

【주석】

書帙蠹魚乾 : 한유의 「잡시雜詩」에서 "어찌 책을 갉아 먹는 벌레와 다르랴, 문자 사이에서 죽고 사누나"라고 했다.

退之云, 豈殊蠹書蟲, 生死文字間.

爐香眠鴨困 : 의산 이상은李商隱의 「촉루促漏」에서 "춤추는 난새의 경대에서 시든 눈썹을 그리고, 기러기 조는 향로는 저녁 향기 바꾸네"라고 했다.

李義山云, 舞鸞鏡匣收殘黛, 睡鴨香爐換夕薰.

佳人來無期 : 『문선』에 실린 강엄의 「잡체시雜體詩」에서 "가인은 자못 오지 않누나"라고 했다.

選詩, 佳人殊未來.

詩句且排悶 : 두보의 「강정江亭」에서 "번민 풀어보려 애써 시를 짓네"라고 했다.

杜詩, 排悶强裁詩.

遙知烏衣遊 : 유우석의 「오의항」에서 "주작교 근처에는 야생화만 피어 있고 오의항 어귀에는 쓸쓸히 해가 진다. 그 옛날 왕 씨, 사 씨 살던 집의 제비들 이제는 평범한 민가로 날아든다"라고 했다. 대개 강조의 제왕들은 많이들 오의항에 거주하였다. 『건강도경』에서 "오의항은 상원현의 동남쪽 4리에 있다"라고 했다.

劉夢得金陵五題云, 朱雀橋邊野草花, 烏衣巷口夕陽斜. 舊時王謝堂前燕, 飛入尋常百姓家. 盖江左諸王多居烏衣巷. 建康圖經云, 在上元縣東南四里.

棊局具肴醞 爭道嘲不恭 : 『한서 · 오왕비전』에서 "오태자가 궁궐에 들어가 황태자를 모시고 술을 마시면서 바둑을 두었다. 오태자는 본래 교만하여 길을 다투며 공손하지 않았다"라고 했다.

漢吳王濞傳, 吳太子入見, 得侍皇太子飲博. 吳太子素驕, 博爭道不恭.

鏖兵勞得俊 : 『한서 · 곽거병전』에서 "단병短兵[53]으로 싸워 고란皐蘭 아래서 무찔렀다"라고 했는데, 안사고의 주에서 "오鏖는 괴롭게 싸우며

---

53 단병(短兵) : 창검(槍劍) 등 길이가 짧은 무기이다. 여기에서는 칼이나 창 따위의 길이가 짧은 병기로 적과 직접 맞부딪쳐 싸우는 것을 의미한다.

많이 죽인 것을 이른다"라고 했다. 『좌전』에서 "적의 수령을 잡는 것을 극克이라 한다"라고 했다

漢霍去病傳, 合短兵鏖皐蘭下. 師古曰, 鏖謂苦擊而多殺也. 左傳云, 得雋曰克.

頗尋文獻盟 : 『논어 · 팔일八佾』에서 공자가 "하나라의 예를 내가 말할 수 있지만 하나라의 후예인 기나라가 내 말을 증명할 만하지 못하고, 은나라의 예를 내가 말할 수 있지만 은나라의 후예인 송나라가 내 말을 증명할 만하지 못하다. 그것은 문헌이 부족한 때문이니, 문헌이 넉넉하다면 내가 그것을 증명할 수 있을 것이다"라고 했다.

文獻, 見論語.

不落市井吝 : 양웅의 『법언法言』에서 "시정의 상인은 서로 더불어 말할 적에 재물과 이익을 화제로 삼는다고 하였다"라고 했다.

楊子云, 市井相與言, 則以財與利.

四月明朱夏 南風解人慍 : 『제왕세기』에서 순임금이 오현금을 연주하면서 「남풍가」를 불렀으니 "훈훈한 남쪽 바람이여, 우리 백성의 수심을 풀어주기를"이라고 했다.

帝王世紀曰, 舜彈五絃琴, 歌南風曰, 南風之薰兮, 可以解吾民之慍兮.

風前懷二陸 家法窺抗遜 : 『진서 · 육기전』에서 “조부 육손은 오의 승상이며, 부친 육항은 오의 대사마다. 대강 말기에 아우 육운과 함께 낙양에 갔다. 범양의 노지가 무리 사이에 있는 육기에게 묻기를 “육손, 육항은 그대와 가까운가”라 하자, 육기가 “그대의 노육, 노정과 같다”라고 하니, 노지가 조용히 잠잠하였다”라고 했다.

晉陸機傳, 祖遜, 吳丞相, 父抗, 吳大司馬. 大康末, 與弟雲俱入洛. 范陽盧志於衆中問機曰, 陸遜陸抗, 於君近遠. 機曰, 如君於盧毓盧珽.[54] 志默然.

身有三尺桐 爨下得餘燼 : 『후한서 · 채옹전蔡邕傳』에서 “오나라 사람이 오동나무를 태워 밥을 짓고 있는데, 채옹이 불이 맹렬하게 타는 소리를 듣고 그것이 좋은 나무인 줄 알았다. 이에 그에게 달라고 요청하여 거문고를 만드니 당시 사람들이 초미금이라 불렀다”라고 했다.

蕉尾琴, 見上.

端可張洞庭 : 『장자』에서 “황제가 동정의 들판에서 음악을 연주하였다”라고 했다. 사조의 「신정저별新亭渚別」에서 “동정은 음악 연주하던 곳, 소상강에서 황제 유람하였지”라고 했다.

莊子, 黃帝張樂於洞庭之野. 謝眺詩, 洞庭張樂地, 瀟湘帝子遊.

---

54 [교감기] ‘盧珽’은 원래 ‘盧班’으로 되어 있었는데, 지금 전본을 따르고 아울러 『진서 · 육기전』에 의거하여 바로잡았다.

寥閥世未信 爲我謝孔君 擧酒取快盡 世故安足存 : 『문선』에 실린 정숙반니潘尼의 「영대가迎大駕」에서 "세상의 변고가 아직 평정되지 않아"라고 했다.

文選潘正叔詩, 世故尙未夷.

青天飛鳥印 : 백거이의 「관환觀幻」에서 "다시 찾을 곳 없으니, 새 발자국이 공중에 찍힌 것과 같네"라고 했다. 한유의 「성남연구城南聯句」에서 "백사장의 전서새발자국는 도장 찍 듯 돌아나가며 평평하네"라고 했다. 대개 새의 발자국이 모래밭에 찍힌 것을 말하는데, 여기서는 푸른 하늘에 찍힌 것을 말한다.

白樂天詩, 更無尋覓處, 鳥跡印空中. 退之聯句云, 沙篆印廻平. 盖言鳥跡印沙, 今言印青天.

21. 원옹이 왕기옥에게서 책을 빌리면서 지은 시에 차운하다
次韻元翁從王夔玉借書

爲吏三年弄文墨	하급관리 삼 년 동안 문묵을 희롱하니
草萊心徑失耕鋤	마음에 풀이 얽어도 매지 못하였네.
常思天下無雙祖	항상 천하에 둘도 없는 조상 생각하며
得讀人間未見書	세상에서 아직 보지 못한 책을 읽누나.
公子藏山眞富有	공자가 보관한 책은 참으로 많은데
小儒捫腹正空虛[55]	소유가 배를 어루만지니 참으로 텅 비었어라.
何時管鑰入吾手	언제나 그 열쇠가 내 손에 들어올까
爲理籤題撲蠹魚	책 표지대로 정리하며 좀벌레 쓸어낼 테니.

【주석】

爲吏三年弄文墨 : 『문선』에 실린 공간 유정劉楨의 「잡시雜詩」에서 "맡은 일이 서로 쌓여 있으니, 글과 먹이 어지러이 흩어져 있네"라고 했는데, 주에서 인용한 『한서』에서 공신들이 모두 "소하의 문묵은 저희들 위에 있습니다"라고 했다.

文選劉公幹詩, 職事相塡委, 文墨紛消散. 注云, 漢書, 功臣皆曰, 蕭何文墨顧居臣上.

---

55 [교감기] '小儒'는 영원본에는 '小兒'로 되어 있다.

草萊心徑失耕鋤 : 『맹자』에서 "지금 그대의 마음에도 띠풀이 꽉 막혔다"라고 했다.

孟子, 今茅塞子之心矣.

常思天下無雙祖 得讀人間未見書 : 『후한서 · 황향전』에서 "경사에서 그를 노래하기를 "천하에 견줄 자 없으니 강하의 황향이라"라고 했다. 숙종이 황향을 동관으로 부르니, 일찍이 보지 못했던 책들을 읽었다"라고 했다.

後漢黃香傳, 京師號曰, 天下無雙, 江夏黃童. 肅宗詔香詣東觀, 讀所未嘗見書.

公子藏山眞富有 : 말하자면 노자의 장실과 도가의 봉래산처럼 책이 보관되어 있다는 것이다. 『주역 · 계사전』에서 "풍부하게 소유하는 것을 대업이라 한다"라고 했다. 사마천의 「여임안서」에서 "내가 참으로 이 책을 저술하여 명산에 보관하고 싶다"라고 했다.

言其藏書如老氏藏室, 道家蓬萊山也. 易繫辭, 富有之謂大業. 司馬遷與任安書, 僕誠已著此書, 藏之名山.

小儒捫腹正空虛 : 한유韓愈의 「부독서성남符讀書城南」에서 "시서는 부지런해야 소유할 수 있고, 그리 못 하면 뱃속이 텅비게 되느니라"라고 했다.

退之詩, 詩書勤乃有, 不勤腹空虛.

何時管鑰入吾手 爲理籤題撲蠹魚 : 두보의 「제백대형제산거벽題柏大兄弟山居壁」에서 "서책은 틈으로 들어오는 석양빛에 비추네"라고 했다. 한유의 「잡시雜詩」에서 "어찌 책을 갉아 먹는 벌레와 다르랴, 문자 사이에서 죽고 사누나"라고 했다.

杜詩, 書籤映隙曛. 蠹魚, 見上.

22. 원옹을 본받아 「여아포구시」를 짓다

學元翁作女兒浦口詩

五老峯前萬頃江	오로봉 앞은 만경의 강이 흐르고
女兒浦口鴛鴦雙	여아포의 입구에 원앙이 쌍쌍이 헤엄치네.
驚飛何處沙上宿	놀라 날아올라 어느 모래밭에서 잘까
夜雨釣船燈照窻	밤비에 낚싯배의 등불은 창에 비추네.

【주석】

五老峯前萬頃江 : 『환우기』에서 "오로봉은 여산의 동쪽에 있다. 높은 벼랑이 우뚝 솟아 있는데, 마치 다섯 사람이 서로 좇으며 줄을 지어 선 모습과 같다"라고 했다.

見上.

女兒浦口鴛鴦雙 : 여아포는 강주 덕화에 속한다.

女兒浦隷江州德化.

23. 지난해 원옹이 거듭 쌍간사에 가서 내 형제가 지은 시편을 보고 지은 시에 화답하였는데, 수록하는 것을 완전히 잊고 있다가 병중에 기억하고 이 시를 짓다

去歲和元翁重到雙澗寺觀余兄弟題詩之篇總忘收錄病中記憶成此詩

素琴聲在時能聽	소금의 소리는 때로 들을 수 있으며
白鳥盟寒久未尋	백구의 맹세는 식어버려 오래되어도 찾지 않네.
眼見野僧垂雪髮[56]	들판의 승려 보니 눈 같은 머리 늘어뜨렸는데
養親原不顧朱金	부모 봉양에 원래 인끈과 금인을 돌아보지 않았네.
開泉浸稻雙澗水	쌍간수의 물 끌어와 논에 물 대고
煨筍充盤春竹林	봄 대밭의 죽순 구워 반찬에 올리누나.
安得一廛吾欲老	어찌하면 한 칸 집에서 내 늙어갈까
君聽莊舄病時吟	그대 장석이 병들 때 읊조림을 들어보았는가.

【주석】

素琴聲在時能聽 : 『진서 · 도잠전』에서 "집에 거문고 1장을 보관해 두었는데 줄도 기러기발도 없었다"라고 했다.

56 [교감기] '雪'은 고본에는 '白'으로 되어 있다.

陶潛傳, 畜素琴一張.

白鳥盟寒久未尋 : 『좌전』에서 "맹약을 만약 굳게 할 수 있다면, 역시 그 맹약을 식게 할 수도 있다"라고 하였다.

左傳, 盟可尋也, 亦可寒也.

眼見野僧垂雪髮 養親原不顧朱金 : 『사기 · 섭정전』에서 엄중자가 섭정의 모친 앞에 술을 장만하고서 황금 백 일을 바쳐 모친을 위해 헌수하였다. 섭정이 고사하면서 "집안이 가난해도 모친을 모시는데 봉양을 다 갖추었으니 중자가 준 것을 감당할 수 없습니다"라고 했다. 『열녀전』에서 추호자의 아내가 "첩이 뽕을 따와서 두 시부모를 봉양하니, 타인의 금은 원하지 않습니다"라고 했다. 양웅의 『법언』에서 "붉은 인끈을 차고 금인金印을 품은 제후의 즐거움"이라고 했다.

史記聶政傳, 嚴仲子具酒聶政母前, 奉黃金百鎰, 爲母壽. 聶政固謝曰, 家貧養親, 親供養備, 不敢當仲子之賜. 烈女傳,[57] 秋胡子之妻曰, 妾採桑奉二親, 不願人之金. 法言曰, 紆朱懷金之樂.

開泉浸稻雙澗水 煨筍充盤春竹林 安得一廛吾欲老 : 『맹자』에서 "한 칸 집을 받아 백성이 되기를 원합니다"라고 했다.

孟子, 願受一廛而爲氓.

---

57 [교감기] '列女'는 원래 '列子'로 되어 있었는데, 지금 영원본과 전본을 따른다.

君聽莊舄病時吟 : 『사기 · 진진전』에서 진진이 진나라로 갔다가 초나라로 떠났다. 진 혜왕이 “그대가 과인을 버리고 초나라로 갔는데 지금도 과인을 생각하는가”라 하니, 대답하기를 “임금께서는 조나라 사람 장석의 일을 들었습니까. 월나라 사람 장석이 초나라에 있을 때 벼슬하며 홀을 잡았는데 얼마 안 되어 병이 났습니다. 초왕이 “장석은 이전 월나라의 비루한 사람이었는데 지금 초나라에서 벼슬하여 부귀하게 되었다. 또한 지금도 월나라를 생각하는가”라 하였습니다. 시종관이 대답하기를 “무릇 사람이 고향을 생각하는 것은 병이 났을 때입니다. 그가 월나라를 생각한다면 월나라 말을 할 것이며, 생각하지 않는다면 초나라 말을 할 것입니다”라 하였습니다. 이에 사람을 보내 살펴보게 하니, 아직도 월나라 말을 하고 있었습니다. 지금 신하가 비록 내쫓겨 초나라에 왔지만 어찌 진나라 말을 잊겠습니까”라고 했다. 이백의 「증최시랑贈崔侍郎」에서 “웃으며 장의처럼 혀를 내미나, 근심에 장석처럼 신음한다네”라고 했다.

史記陳軫傳, 軫至秦, 惠王曰, 子去寡人之楚, 亦思寡人否. 對曰, 王聞夫越人莊舄乎. 莊舄在楚執珪, 有頃而病. 楚王曰, 舄故越之鄙細人也, 今仕楚執珪, 貴富矣, 亦思越不. 對曰, 凡人之思故, 在其病也. 彼思越則越聲, 不思越則楚聲. 使人往聽之, 猶越聲也. 今臣雖棄逐之楚, 豈能無秦聲哉. 李白詩, 笑吐張儀舌, 愁爲莊舄吟.

24. 주법조가 청원사에서 노닌 시에 차운하다

次韻周法曹遊青原寺[58]

법조는 바로 주원옹이다.

卽周元翁.

市聲故在耳	저자의 소란스러움 아직도 귀에 있지만
一原謝塵埃	첫째인 주원은 세속의 먼지를 멀리하네.
乳竇響鐘磬	유두사의 종경은 울려대고
翠峯麗昭回	취봉에는 하늘빛이 걸렸어라.
俯看行磨蟻	맷돌 위를 가는 개미를 굽어보니
車馬度城隈	거마가 성모퉁이를 지나가네.
水猶曹溪味	물은 외려 조계의 맛이 나니
山自思公開	산문은 행사선사가 열었네.
浮圖湧金碧	부도에는 금색, 푸른색이 일고
廣厦構壞材	넓고 큰 집은 무너진 목재로 이었네.
蟬蛻三百年	매미는 삼백 년 허물을 벗고
至今猿鳥哀	지금은 원숭이와 새가 슬피 우네.
祖印平如水[59]	조사의 법인은 물처럼 평이하며

58 [교감기] 전본과 건륭본에는 '寺'자 앞에 '山'자가 있다.

59 [교감기] '祖印'은 고본에는 '禪印'으로 되어 있다.

有句非險崖[60]	시구는 험벽하지 않누나.
心花照十方	마음의 꽃이 시방세계를 비추니
初不落梯階	애초에 계단에 떨어지지 않아라.
我行暝託宿	나의 걸음 어두워져 묵기를 부탁하니
夜雨滴華榱	밤에 비 내려 화려한 처마 적시네.
殘僧四五輩	파리한 승려 4~5명 있는데
法筵歎塵埋	먼지 덮인 법연에 탄식하네.
石頭麟一角	석두는 기린의 뿔과 같아
道價直九垓	도의 값이 구중의 하늘 값이네.
廬陵米貴賤	여릉의 쌀값이 싼가 비싼가
傳與後人猜	후인에 전해져 의심을 받네.
曉躋上方上	새벽에 상방의 위로 올라가니
秋塍亂萁荄	가을 밭두둑엔 잡풀이 우거졌어라.
寒藤上老木	차가운 등나무는 노목 감싸 올라가고
龍蛇委筋骸	용과 뱀은 근육과 뼈를 풀어버리네.
魯公大字石	안노공의 큰 글자 비석
筆勢欲崩摧	필세가 무너지는 듯하네.
德人曩來游	덕인이 옛날 와서 유람하였는데
頗有嘉客陪	자못 훌륭한 객이 모셨네.
憶當擁旌旗	생각건대, 응당 깃발을 호위하고

60 [교감기] '有句'는 고본에는 '偈句'로 되어 있다.

千騎相排豗　　천 기병이 그 뒤를 따랐으리.
且復歌舞隨　　또한 가무의 기녀도 뒤따랐으며
絲竹寫煩哇　　악대도 어지럽게 연주하였으리.
事如飛鴻去　　일은 날아가는 기러기처럼 떠나갔지만
名與南斗偕　　이름은 남두와 드높아라.
松竹吟高邱　　송죽을 높은 언덕에서 읊조리니
何時更能來　　언제나 다시 갈 수 있으랴.
回首翠微合　　머리 돌려 겹겹의 취미를 바라보니
于役王事催　　왕의 일을 하느라 바쁘구나.
猿鶴一日雅　　원숭이, 학과 하루라도 친하였으니
重來尙徘徊　　거듭 온다하면 아마 옆에서 배회할 것이라.

【주석】

市聲故在耳 : 『설원』에서 공자가 제자들에게 이르기를 "산에서 10리를 떠났는데도 매미 소리가 아직도 귀에 쟁쟁하다"라고 했다.

說苑, 孔子謂弟子曰, 違山十里, 蟪蛄之聲尙猶在耳.

一原謝塵埃 乳竇響鐘磬 : 『문선』에 실린 좌사左思의 「영사詠史」에서 "남쪽 이웃은 종경鐘磬을 두드리고"라고 했다.

選詩, 南鄰擊鐘磬.

翠峯麗昭回 : 『시경 · 운한雲漢』에서 "밝고 밝은 저 운한이여, 빛이 하늘 따라 도는 도다"라고 했다.

詩, 倬彼雲漢, 昭回于天.

俯看行磨蟻 : 『진서晉書 · 천문지天文志』에서 "해와 달이 실제로 동쪽으로 운행할 때 하늘이 그것을 이끌어서 서쪽에서 지는 것이다. 비유하자면 개미가 맷돌 위를 다닐 때 맷돌이 왼쪽으로 돌고 있는데 개미가 오른쪽으로 가면, 맷돌은 빨리 돌고 개미는 느리기 때문에 어쩔 수 없이 맷돌을 따라 왼쪽으로 도는 것으로 보인다"라고 했다.

磨蟻, 見上.

車馬度城隈 水猶曹溪味 : 『전등록』에서 어떤 승려가 청량스님에게 묻기를 "어떤 것이 조계의 한 방울입니까"라고 했다.

傳燈錄, 僧問淸凉, 如何是曹溪一滴.

山自思公開 : 『전등록 · 행사선사전』에서 선사는 길주 안성 사람이다. 조계의 법석을 듣고서 이에 가서 참례하였다. 묻기를 "어떤 수행을 힘써야 분별계급에 떨어지지 않습니까"라 하니, 육조六祖가 매우 훌륭하게 여겼다. 선사가 이윽고 불법을 깨치자 길주 청원산의 정거사에 머물렀다. 사미승 희천이 묻기를 "조계대사께서 아직도 화상을 아십니까"라 하자, 선사가 "네가 나를 아느냐"라 하니, "압니다만 또한 어찌

알겠습니까"라 하자, 대사가 "여러 뿔이 비록 많아나, 기린 한 마리면 충분하다"라고 했다.

傳燈錄行思禪師傳, 師, 吉州安城人, 聞曹溪法席, 乃往參禮. 問曰, 當何所務, 卽不落階級, 云云, 祖深器之. 師旣得法, 住吉州靑原山淨居寺. 有沙彌希遷問曰, 曹溪大師還識和尙否. 師 曰汝今識吾否. 曰識又爭能識得. 師曰衆角雖多, 一麟足矣.

浮圖湧金碧 : 부도는 탑이다. 두보의 「목피령木皮嶺」에서 "금벽의 아름다운 기운 모여 있고"라고 했다. 『문선』에 실린 육기의 「연주」에서 "금마金馬와 벽계碧鷄 신神이 깃들어 있다는 바위굴에는 반드시 치제致祭의 사신이 달려가네"라고 했다.

浮圖, 塔也. 杜詩, 潤聚金碧氣. 文選陸機連珠曰, 金碧之巖, 必辱鳳擧之使.

廣厦構壞材 蟬蛻三百年 : 『사기·굴원전屈原傳』에서 "더럽고 탁한 중에서 매미가 허물을 벗듯이"라고 했다.

史記屈原傳, 蟬蛻於濁穢.

至今猿鳥哀 祖印平如水 : 『전등록·초조달마전』에서 가사를 혜가慧可에게 주면서 "안으로 법인을 전하여 마음을 깨쳤음을 증명하고 겉으로 가사를 전하여 종지를 확정한다"라고 했다.

傳燈錄初祖達磨傳, 師曰內傳法印, 以契證心, 外付袈裟, 以定宗旨.

有句非險崖 心花照十方 : 『원각경』에서 "마음 꽃이 밝게 피어 시방세계를 밝힌다"라고 했다. 동파가 일찍이 게송을 지어서 "마음의 꽃이 밝게 피어 시방을 밝힌다"라고 했으니, 대개 이에서 근본하였다.

圓覺經, 世尊告普覺菩薩云, 心花發明, 照十方刹. 東坡嘗作偈云, 心花發明照十方. 盖本此.

初不落梯階 : "분별계급에 떨어지지 않는다"는 것은 이 작품의 주에 보인다. "걸음마다 부처의 계단을 밟고 다녔다"는 말은 『전등록·법융선사전』에 보인다.

不落階級, 見此篇注. 步步踏佛階梯, 見傳燈錄法融禪師傳.

我行瞑託宿 夜雨滴華榱 : 중선 왕찬王粲의 「공연시公宴詩」에서 "군자의 대청에 성대히 모여, 화려한 처마 아래에 나란히 앉았도다"라고 했다.

王仲宣詩, 高會君子堂, 並坐蔭華榱.

殘僧四五輩 : 두보의 「산사山寺」에서 "들판 절엔 파리한 중도 적고"라고 했다.

杜詩, 野寺殘僧少.

法筵歎塵埋 石頭麟一角 : 이 작품의 『전등록·행사선사전』에 주가 보인다. 「행사선사전」에서 "선사께서 승통을 석두 희천希遷에게 전해주

었다"라고 했다.

見上. 本傳云, 師付法石頭.

道價直九垓 : 사마상여의 「봉선서」에서 "위로는 구중九重의 하늘에 도달하고"라고 했다.

相如封禪書云, 上暢九垓.

盧陵米貴賤 傳與後人猜 : 「행사선사전」에서 어떤 승려가 묻기를 "무엇이 불법의 대의입니까"라 하자, 선사께서 "여릉의 쌀값이 얼마나 되느냐"라고 했다.

本傳云, 僧問, 如何是佛法大意. 師曰廬陵米作麼價.

曉躋上方上 : 『유마경維摩經』에서 유마힐維摩詰이 자리에서 일어나지 않은 채, 모든 대중들 앞에서 보살의 모습으로 변했다. 이때 보살로 변하여 상방上方으로 올라가 중향계衆香界에 이르렀다. 부처님 발에 예배하고 세존께서 드시고 남은 음식을 얻어다가 불사佛事에 베풀고자 했다. 그곳의 모든 보살이 유마힐이 보살로 변화한 것을 일찍이 없었던 일이라 찬탄하며 곧바로 부처에게 물으니, 부처가 "하방下方에 세계가 있는데, 사바婆娑라 하고 부처님의 이름은 석가모니이다. 그곳에 한 보살이 있는데, 이름은 유마힐인데 모든 보살들을 위해 설법하고 있기에 보내어 변하게 한 것이다"라고 했다.

上方, 見上.

秋塍亂萁荄 : 비본에는 "해荄자 아래에 두 구가 있으니, 즉 "연밥은 화살촉 같고, 접시꽃은 금술잔에 놓여 있네"라고 했다.

碑本荄字韻下有兩句云, 蓮子委箭鏃, 葵花仄金杯.[61]

寒藤上老木 龍蛇委筋骸 : 『예기 · 예운』에서 "사람의 살과 피부의 모임과 힘줄과 뼈의 묶임을 견고하게 할 수 있다"라고 했다.

禮記禮運云, 肌膚之會, 筋骸之束.

魯公大字石 筆勢欲崩摧 德人曩來游 頗有嘉客陪 憶當擁旌旗 千騎相排豗 且復歌舞隨 絲竹寫煩哇 事如飛鴻去 : 두목의 「제안주부운사題安州浮雲寺」에서 "한은 봄풀처럼 많고, 일은 외로운 기러기와 떠나가네"라고 했다.

杜牧詩, 恨如春草多, 事與孤鴻去.

名與南斗偕 : 『당서 · 적인걸전』에서 인인기藺仁基가 적인걸狄仁傑을 두고 "적공의 어짊은 북두 이남에서 한 사람일 뿐이다"라고 했다.

狄仁傑傳, 北斗以南, 一人而已.

61 [교감기] '碑本'이하의 조목에 대한 교정 기록은 원래 작품 말미에 있었는데, 지금 이곳에 옮겨 둔다.

松竹吟高邱 何時更能來 : 노공 안진경이 길주 사마로 좌천되었는데, 큰 글씨는 아마도 유람을 기록한 것이다.

顔魯公眞卿貶吉州司馬, 大字當是紀遊也.

回首翠微合 : 『이아』에서 "산이 정상에 미치지 못하는 부근을 취미라고 한다"라고 했다.

爾雅, 山未及上, 翠微.

于役王事催 : 『시경』에서 "군자가 부역을 나감이여"라고 했으며, 또한 "왕사는 소홀히 할 수 없으니"라고 했다.

詩, 君子于役. 又云, 王事靡盬.

猿鶴一日雅 : 덕장 공치규孔稚圭의 「북산이문北山移文」에서 "혜초 장막이 텅 비어 밤 학이 원망하고, 산인이 떠나감에 새벽 원숭이 놀라는구나"라고 했다. 시의 뜻은 즉 원숭이와 학이 이미 하루라도 친하였으니, 다시 온다면 오히려 차분히 받아줄 것이라는 의미이다. 『한서·곡영전』에서 "하루 정도 만난 정분과 좌우의 소개도 없다"라고 했다.

孔德璋北山移文云, 蕙帳空兮夜鶴怨, 山人去兮曉猿驚. 詩意謂猿鶴旣有一日之雅, 再來尙可從容也. 一日之雅, 見漢書谷永傳.

25. 증도조의 「희우」에 차운하다
次韻曾都曹喜雨

도조는 군 안에 있으니, 응당 "집을 깨끗이 하고 풍년이 들기 기원한다"는 구가 없어야 한다. 또한 문집에 「희제증처선위청」이란 시가 있으니, 바로 이 사람으로, 또한 도조가 거처하는 곳이 아니다. 문집에 또한 「송시중섭동조」가 있는데, 아마도 이는 시중이 그와 함께 동조를 임시로 맡을 때 지은 것으로 보인다.

都曹在郡中, 不應有潔齋蘄得歲之句. 又集中有戲題曾處善尉廳, 卽此人, 亦非都曹所居. 而集中又有送時中攝東曹詩, 恐是時中與之對攝.

水旱國代有	홍수와 가뭄은 지방마다 있으니
人神理本通	사람과 귀신의 이치는 본래 통한다네.
徧雩祠小大	크고 작은 기우제 곳곳에서 지내지만
敢指蜺雌雄	감히 암수 무지개를 가리키랴.
地厭焚惔極	땅은 불로 매섭게 사르고 태우는 듯
天回顧盼中	하늘을 고개 돌려 흘려보누나.
蛟龍起乖臥	교룡은 일어나 뒤집어 눕고
星斗晦澄空	별자리는 저녁에도 허공에서 맑네.
雲挾雷聲走	구름은 우렛소리를 담고 달리며
江翻電脚紅	강은 번개 다리에 붉게 뒤집어지네.

寵光歸稼穡　　비의 은혜는 농사로 돌아가고
滴瀝在梧桐　　빗방울 오동나무에 떨어지네.
詖訟猶相及　　잘못된 송사 오히려 바로잡을 수 있지만
時霖恐未豊　　때의 장마에 오히려 풍년 못될까 두렵네.
潔齋蘄得歲　　집을 깨끗이 하고 풍년을 기도하니
同病託諸公　　같은 걱정 지닌 자가 제공에게 부탁하네.

【주석】

水旱國代有 :『좌전 · 희공 13년』에서 "하늘의 재해는 돌고 돌아 각 나라마다 번갈아 당하게 마련이다"라고 했다.

左傳僖十三年, 天災流行, 國家代有.

人神理本通 徧雩祠小大 :『주례 · 춘관』에서 "만약 나라에 큰 가뭄이 들면 무당을 거느리고 춤을 추며 기우제를 지낸다"라고 했다.『예기 · 제법』에서 "우영은 제단으로 홍수와 가뭄에 제사를 지낸다"라고 했다.『춘추』에는 천자가 지내는 기우제에 대한 기록이 있다.

周禮春官, 若國大旱, 則帥巫而舞雩. 禮記祭法, 雩禜, 祭水旱也. 春秋書大雩.

敢指蜺雌雄 : 곽박이 이르기를 "무지개 수컷을 홍이라고 하고 암컷을 역이라고 한다. 음은 '五'와 '歷'의 반절법이거나 '吾'와 '結'의 반절법이다"라고 했다.『남사 · 왕균전』에서 심약이「교거부」를 짓고서 왕균

에게 그 초고를 보여주었는데, 왕균이 '자역연권'이라고 읽으니 심약이 손바닥을 치면서 "나는 항상 사람들이 예라고 읽을까 걱정했다."라고 했다.

郭璞云, 雄曰虹, 雌曰蜺. 五歷, 吾結反. 南史王筠傳, 沈約製郊居賦, 示筠草, 筠讀雌蜺連蜷, 約撫掌曰, 僕常恐人呼爲霓.

地厭焚惔極 : 『시경 · 운한雲漢』에서 "불로 태우고 사르는 듯하다"라고 했다.

詩, 如惔如焚.

天回顧盼中 蛟龍起乖臥 星斗晦澄空 雲挾雷聲走 : 『서경잡기』에서 회남왕이 『홍렬, 회남자』을 짓고 스스로 말하기를 "글자 사이에 바람과 서리가 담겨 있다"라고 했다.

西京雜記, 淮安王著鴻烈, 自言字中皆挾風霜.

江翻電脚紅 寵光歸稼穡 : 두보의 「강우」에서 "비의 은혜 입어 난초 잎은 더욱 푸르르고, 방울 맺힌 복사꽃은 붉은 꽃망울 터트리네"라고 했다.

老杜江雨詩, 寵光蕙葉與多碧, 點注桃花舒小紅.

滴瀝在梧桐 : 맹호연의 시구에서 "성긴 빗방울 오동에 떨어지네"라고 했다.

孟浩然詩, 疎雨滴梧桐.

26. 증처선의 위청에 장난스레 제하다. 2수

戲題曾處善尉廳 二首

초연대超然臺

雞塒啄鴈如駕鵝	횃대의 닭이 기러기를 쪼니
	마치 거위를 멍에 맨 듯
萬里天衢且一波	만 리의 하늘에 또한 물결이 이누나.
宮錦絡衫弓石八	궁궐의 비단과 핫솜 적삼이 여덟 화살을 쏘니
與人同狀不同科	모습은 비슷하지만 힘이 같지 않구나.

【주석】

雞塒啄鴈如駕鵝 : 『시경』에서 "닭이 횃대에 오르니"라고 했다. 사마상여의 「자허부」에서 "백곡을 주살로 잡고 이어서 야생거위를 떨어뜨리며"라고 했다. 양웅의 「반이소反離騷」에서 "어찌 거위를 멍에 매어 따라갈 수 있으랴"라고 했다.

詩, 雞栖于塒. 子虛賦, 弋白鵠, 連駕鵝. 揚雄反騷, 豈駕鵝之能捷.

萬里天衢且一波 宮錦絡衫弓石八 與人同狀不同科 : 『논어』에서 "힘의 등급이 같지 않기 때문이다"라고 했다.

論語, 爲力不同科.

부동암不動菴

茅茨中安一牀寂	초옥 안의 고요한 침상에서 편한데
天女原非世間色	천녀는 원래 세간의 미녀가 아니라.
道人今日八關齋	도인이 지금 팔관재를 하니
莫散花來染衣裓	꽃을 뿌려서 나의 옷을 물들이지 마시라.

【주석】

茅茨中安一牀寂 : 한유의 「송장도사」에서 "신에게는 담력과 용기 있으니, 초옥에서 그저 죽을 수 없습니다"라고 했다. 『유마경』에서 "유마힐이 곧 신력으로 그 방안을 깨끗이 치우고 다만 한 침상만 남겨 두었는데, 병이 나서 드러누웠다"라고 했다.

退之送張道士云, 臣有膽與氣, 不能死茅茨. 維摩經, 維摩詰卽以神力空其室內, 唯置一牀, 以疾而臥.

天女原非世間色 道人今日八關齋 : 『남사 · 원찬전』에서 "송 효종이 즉위하자, 원찬은 시중으로 옮겼다. 문제의 휘일에 뭇 신하들이 증흥사에 모두 모였다. 팔관재를 지내는 동안에 마침내 원찬은 별도로 황문시랑 장엄과 어육을 내어와 먹었다. 하상이 몰래 효무제에게 고하자 둘 다 면직되었다"라고 했다. 『남사 · 이안인전李安人傳』에서 "오흥에는 항우의 신이 있다. 태수가 이르면 반드시 멍에를 맨 소에게 제사를 지내야 하는데, 이안인은 허락하지 않았다. 또한 대청에 팔관재를 설치

하니, 얼마 뒤에 소가 죽었다"라고 했다. 도인은 산곡 자신을 이른다. 살펴보건대 불가의 책에 계율이 여덟 가지가 있다. 첫 번째는 생물을 죽이지 말라. 두 번째는 도둑질하지 말라. 세 번째는 음행하지 말라. 네 번째는 거짓말하지 말라. 다섯 번째는 술 마시지 말라. 여섯 번째는 높고 큰 평상에 앉지 말라. 일곱 번째는 머리의 꽃장식과 구슬 목걸이를 착용하지 말고 향유를 몸에 바르거나 향기 나는 옷을 입지 말라. 여덟 번째는 가무를 하거나 가서 구경하지 말며 때가 지나서 먹지 말라. 이 여덟 가지 계율을 팔관재계라고 명하니, 관關이란 닫는다는 뜻이거나 금지한다는 뜻이다. 백거이의 「배표회한유拜表回閑游」에서 "팔관의 재계가 끝나는 날, 한 곡조 거침없는 노래로 취하며 봄을 보내네"라고 했다.

南史袁粲傳, 宋孝武卽位, 遷侍中. 文帝諱日, 羣臣並於中興寺, 八關齋中食, 竟粲別與黃門郎張淹更進魚肉食. 何尙之密以白孝武, 並免官. 南史又云, 吳興有項羽神, 太守到, 必須祀以軛下牛. 李安人不與, 又於廳上設八關齋, 俄而牛死. 道人, 山谷自謂也. 按釋氏書, 戒有八, 一不殺, 二不偸盜, 三不邪淫, 四不妄語, 五不飮酒, 六不坐高廣大牀, 七不著花鬘瓔珞不用香油塗身薰衣, 八不自歌舞不得輒往聽不過中食. 此八戒, 名八關齋戒. 關者, 閉也, 禁也. 白樂天詩, 八關淨戒齋銷日, 一曲狂歌醉送春.

莫散花來染衣裓 : 『유마경』에서 "한 명의 천녀天女가 있어 하늘의 꽃을 여러 보살과 대제자大弟子 위에 뿌렸다. 그런데 스님들이 꽃을 떼려

고 하자, 천녀가 사리불舍利弗에게 "무슨 이유로 꽃을 떼려고 합니까"라고 물었다"라고 했다. '裓'의 음은 '古'와 '得'의 반절법으로, 옷의 앞 옷깃이다. 『미타경』에서 "서방의 성중이 옷의 앞 옷깃으로 꽃을 담아 제불에게 바쳤다"라고 했다. 교연의 「답이계란答李季蘭」에서 "천녀가 나를 떠보고자, 꽃으로 나의 의상을 물들이려 하네. 선심은 정하여 움직일 수 없으니, 그대가 가져왔던 꽃을 돌려 드리네"라고 했다.

天女散花, 見維摩經. 裓, 古得切, 衣前襟也. 彌陀經曰, 西方聖衆, 以衣裓盛花, 奉諸佛. 皎然詩, 天女來相試, 將花欲染衣. 禪心定不起, 還捧舊花歸.

27. 상고의 이회도 공에게 부치다【상고는 균주에 속한다】

寄上高李令懷道【上高, 隸筠州】

李侯湖海士	이후는 호해의 선비로
瓜葛附婚友	나와는 혼인으로 맺어진 벗이라네.
平生各轉蓬	평생 각각 쑥대처럼 떠돌아
未曾接樽酒	일찍이 술상 한 번 같이 한 적 없어라.
寄聲維勞勤	마음 다해 안부만 전하는데
江路常永久	강로에서 항상 떠도는구나.
節物居然秋	계절은 어느덧 가을인데
蛻蟲悲高柳	매미는 높은 버들에서 슬피 우네.
傳聞闢學舘	듣나니 학관을 열어
鼓士薦豚韭	선비를 고동시켜 향사享祀를 한다고 하네.
能使珥筆黔	소송을 좋아하는 백성들로 하여금
稍知忠信有	세상에 충신이 있는 것을 조금씩 알게 하네.
驕虎縮爪距	교만한 호랑이가 발톱을 오므리게 하니
詩禮開戶牖	시례로 집집마다 깨우치네.
事勝感邦人	일은 훌륭하여 지역 사람들을 감동시키니
伐山謀不朽	비석을 떠서 불후함을 도모하네.
武功筆如椽	무공은 서까래만 한 글씨로 쓰나니
文字爛瓊玖	문자는 보옥처럼 찬란하네.

謂予有書癖	나에게 서벽이 있다고 하니
摹篆寫科斗	전서는 과두체로 썼네.
不珍金石刻	금석에 새길 만큼 귀하지 않는데
要我一揮肘	나에게 한 번 팔을 휘둘러달라고 요청하누나.
安知乃兒戲	어찌 알랴, 바로 어린아이 장난으로
敢傳萬世後	감히 만대의 뒤에 전하려 함을.
摩拂幼婦篇	뛰어난 작품으로 지으려니
慙非換鵞手	거위 바꾼 솜씨가 아니라 부끄럽네.
公其勤勞來	공은 백성들을 부지런히 안정시키니
嘉政民父母	훌륭한 정치는 백성의 부모라.
不用琢蒼崖	푸른 바위에 새기지 않아도
豐碑在人口	큰 비석은 사람의 입에 있어라.

【주석】

李侯湖海士 : 『위지 · 진등전』에서 "원룡진등의 자은 호해의 선비이다"라고 했다.

魏志陳登傳, 元龍, 湖海之士.

瓜葛附婚友 : 『후한서 · 예의지禮儀志』에서 "제왕의 선왕 능묘에 올라가서 제례祭禮 의식"이라고 했는데, 그 주注에서 "만약 선제先帝에게 과갈瓜葛의 관계[62]에 있는 남녀가 마침내 모인다"라고 했다. 『진서 · 왕도

전王導傳』에서 "왕도와 그 자식 왕열王悅이 바둑을 두었다. 왕도가 웃으며 "서로 사이가 과갈瓜葛인데, 어찌 이렇게까지 하느냐"라 했다"라고 했다.

瓜葛, 婚友. 見上.

平生各轉蓬 : 조식曹植의 「잡시雜詩」에서 "굴러다니는 쑥대 뿌리에서 떨어져 나와, 긴 바람 따라 떠도네"라고 했다. 『보리객담步里客談』에서 "옛사람들이 전봉을 많이 사용하였는데, 어떤 물건인 줄 알지 못하였다. 외조부 임공林公이 요동에 사신을 갔다가 쑥대의 꽃과 가지와 잎이 서로 연결되어 함께 뭉쳐 땅에 있다가 바람이 불면 곧 굴러갔다. 물으니, 전봉이라고 하였다"라고 했다.

轉蓬, 見上.

未曾接樽酒 : 『한서』에 실린 사마천의 「보임소경서報任少卿書」에서 "함께 술잔을 기울이며 은근한 즐거움을 접한 적이 없습니다"라고 했다.

司馬遷報任安書云, 未曾銜杯酒, 接殷勤之歡.

寄聲維勞勤 : 『한서 · 조광한전趙廣漢傳』에서 "계상界上의 정장亭長이 나에게 안부를 전하라고 했는데, 어찌 전하지 않는가"라고 했다.

---

62 과갈(瓜葛)의 관계 : 외와 칡이란 뜻으로, 모두 넝쿨이 있어서 서로 얽히는 식물이다. 보통 친인척 관계를 말할 때 쓰는 표현이다.

寄聲, 見上.

江路常永久 節物居然秋 : 『장자 · 산목』에서 "몸소 이런 도리를 실천하여 잠시도 선왕의 도를 떠나서 안일하게 거처함이 없었는데도 걱정에서 벗어나지 못하고 있습니다"라고 했다.

莊子山木篇, 居然不免於患.[63]

蛻蟲悲高柳 : 매미를 이른다.

謂蟬也

傳聞闢學舘 鼓士薦豚韭 : '고鼓'자는 "이응이 유속을 고무시켰다"는 말에서의 '고鼓'자와 같다. 『예기 · 내칙』에서 "돼지는 봄에는 부추를 쓰고 가을에는 여뀌를 쓴다"라고 했다.

鼓字, 如李膺鼓動流俗之鼓. 禮內則, 豚, 春用韭秋用蓼.

能使珥筆黔 : '검黔'은 검수를 이른다. 『사기 · 진기』에서 "백성이라 부르는 것을 검수라고 바꿔 불렀다"라고 했다. 산곡이 「강서도원부江西道院賦」의 서에서 "강서의 풍속은 백성들도 사납고 드세어 송사를 끝장내는 것을 능사로 여긴다. 그러므로 "붓을 귀 뒤에 꽂는 백성[珥筆之民]'이라 불

---

63 산목의 이 구절 구두점은 居然이 이어진 것이 아니라 그 사이에 찍혀야 한다. 예가 잘못되었다.

린다.

黔, 謂黔首也. 史記秦紀, 更名民曰黔首. 珥筆, 見上.

稍知忠信有 : 『논어』에서 "열 가구가 사는 마을에 반드시 충신이 나와 같은 자가 있다"라고 했다.

論語, 十室之邑, 必有忠信.

驕虎縮爪距 : 이한의 「찬배민장군사호도」에서 "뭇 호랑이와 목숨을 다퉈 날카로운 이와 갈고리 같은 발톱으로도 두려워서 감히 대들지 못하게 하였다"라고 했다.

李翰贊裵旻將軍射虎圖, 戰羣虎之命, 使鋸牙鉤爪, 戢而莫措.

詩禮開戶牖 事勝感邦人 : 도연명의 「영이소」에서 "남은 영광을 어찌 돌아볼까, 일이 훌륭하니 행인을 감동시키네"라고 했다.

淵明詠二疏云, 餘榮何足顧, 事勝感行人.

伐山謀不朽 : 『한서 · 지리지』에서 "어렵과 벌채로 직업을 삼는다"라고 했다. 『좌전 · 양공 24년』에서 봄에 목숙이 진나라에 갔다. 범선자가 그를 맞으니, 묻기를 "옛사람이 말을 하였으니 "죽어도 썩지 않는다"는 것은 무엇을 이릅니까"라 하니, 목숙이 "노나라에 선대부가 있으니 바로 장문중입니다. 그가 죽고서도 그 말은 우뚝 남아 있으니, 이

것을 이른 것입니다"라고 했다. 숙손표叔孫豹가 듣고서 "가장 뛰어난 것은 덕을 세우는 것이요, 그 다음은 공을 세우는 것이요, 그 다음은 말을 세우는 것이다. 비록 세월이 오래 흘러도 사라지지 않으니 이것을 불후라고 이른다"라고 했다.

漢地理志, 以漁獵山伐爲業. 左傳襄二十四年, 春, 穆叔如晉, 范宣子逆之, 問焉曰古人有言曰死而不朽何謂也. 穆叔曰魯有先大夫曰臧文仲, 旣沒, 其言立, 其是之謂乎. 豹聞之, 太上有立德, 其次有立功, 其次有立言, 雖久不廢, 此之謂不朽.

武功筆如椽 : 『진서·왕민전』에서 "꿈에서 어떤 사람이 서까래만한 큰 붓을 주었다"라고 했다.

晉王珉傳, 夢人以大筆如椽與之.

文字爛瓊玖 : 『시경·목과』에서 "보옥으로 보답하네"라고 했다.

國風木瓜, 報之以瓊玖.

謂予有書癖 : 『진서』에서 "두예는 『좌전』을 좋아하는 벽癖이 있고 황보시는 『서경』에 지나치게 빠졌다"라고 했다.

書癖見次韻答張沙河注.

摹篆寫科斗 不珍金石刻 : 사형 육기陸機의 「문부」에서 "금석金石 악기로

연주하며 그 덕德을 넓혀가고"라고 했다. 묵경 단문창段文昌의 「평회서비」에서 "금석에 새겨 아름다운 덕을 드날리네"라고 했다.

陸士衡文賦, 被金石而德廣. 段墨卿平淮西碑, 刻金石以揚休德.

要我一揮肘 安知乃兒戲 : 『한서·주아부전』에서 문제文帝가 "지난번 패상과 극문은 어린아이 장난 같았다"라고 했다.

漢周亞夫傳, 鄉者霸上棘門, 如兒戲耳.

敢傳萬世後 摩拂幼婦篇 : 채옹의 「제한단순소작조아비후題邯鄲淳所作曹娥碑後」에서 "누런 비단과 어린 부인 및 딸의 자식과 부추 절구[黃絹幼婦外孫虀臼]"라고 했는데, '절묘한 좋은 글[絶妙好辭]'임을 말한다.

後漢蔡邕題曹娥碑云, 黃絹幼婦, 外孫虀臼.

慙非換鵞手 : 『진서·왕희지전』에서 "평소 거위를 좋아하던 왕희지가 거위를 많이 기르고 있다는 산음山陰의 한 도사를 찾아갔는데, 그 도사가 왕희지에게 『도덕경道德經』 한 권을 써 주면 거위를 모두 다 주겠다고 하자, 왕희지가 흔쾌히 승낙하고 그 경문經文을 써 준 다음에 거위를 새장 속에 넣어 가지고 왔다"라고 했다. 이백의 「송하빈객귀월送賀賓客歸越」에서 "산음의 도사를 만일 만난다면, 응당 황정경을 써주고 흰 거위와 바꾸겠지"라고 했다.

見王羲之傳. 李白詩, 山陰道士如相見, 爲寫黃庭換白鵞.

公其勤勞來 : 『시경 · 소아 · 홍안』의 모서毛序에서 "만민이 난리에 흩어져 살 곳을 얻지 못하였는데, 먼 곳에서 온 자를 위로하고 떠나간 자를 돌아오게 하여 안정시켰다"라고 했는데, 『모시정의』에서 "'노래勞來'는 오게 함을 부지런히 하는 것이니, 백성들에게 정성을 다하는 것이다"라고 했다.

小雅鴻鴈序,[64] 萬民離散, 而能勞來還定, 安集之. 正義曰, 勞來者, 來勤也. 殷勤於民.

嘉政民父母 不用琢蒼崖 豐碑在人口 : 『예기』에서 "공실은 풍비[65]에 준한 것을 사용한다"라고 했다. 시의 의미는 즉 백성들이 소생하면 사람들이 비석을 세우는데 산곡을 글씨를 쓰겠다는 말이다. 마지막 부분에서 말한 것은 즉 다만 능히 뿔뿔이 떠난 백성을 오게 하여 편안히 살게 한다면 백성들이 부모처럼 섬길 것이니, 이른바 "길가는 사람들의 입이 비석과 같다"는 것에 해당할 것이니, 굳이 비석을 사용하지 않아도 된다는 것이다.

禮, 公室視豊碑. 詩意謂, 姓蘇人作碑, 山谷爲書. 末章言, 但能勞來安定, 則民事之如父母. 所謂道上行人口似碑, 無用此也.

---

64 [교감기] '序'자는 원래 없었는데, 전본에 의거하여 보충하였다.
65 풍비 : 무덤 안에 사방으로 나무 기둥을 세우고 그 사이에 관을 끼워서 하관하는 매장 방법이다.